十四夜

著

醉珍珑

（中册）

四川文艺出版社

目 录

（中 册）

目　录

（中　册）

第一章　落花流水春去也

韶乐悠扬，琴瑟和鸣。

殿前仪官宣布礼毕，请王爷、王妃入内殿，卿尘随着交入手中的红绫往前走去，忽闻远远传来一声通报："湛王殿下到！"

只一停的工夫，一个温雅的声音由远而近，立刻便到了正殿："四哥今日大喜，怎也不请我们看看新娘子的花容月貌？"声音淡朗，依稀含笑，韶乐声中，给这殿前更添热闹。

卿尘心中微紧，怀滦赈灾，连着楸、荥两江春汛，夜天湛奉命监察，天帝并没有旨意召他回天都，他怎会在此时到来？尚未待人思量清楚，平日里往来甚密的皇亲贵族已经一呼百应，闹着要看新王妃。

夜天凌清冷的眸子往众人身上一带，卿尘感到他回身过来，手扶在自己腰间微停顿了下。帘影之外透来熟悉的目光，她敛眉，柔唇淡淡勾出抹轻盈的微笑，面前细细密密的珠帘轻挑，那笑便如同琼宇天光落在了众人眼底。

大殿中的哄闹顿时一静，卿尘大方抬眸，两痕秋水潋滟映着凤冠霞帔，妩媚明丽，从容中带着温婉，矜持里透着隽秀，如一朵娉婷清兰，绰约淡雅处偏偏摄人心魂。

而这清水眸光却只落向了一人。夜天凌薄唇噙着丝若有若无的笑意，亦看着她。

相对凝望，全不知身前还有一人已痴到了骨子里。

逆旨回京只为这一眼，夜天湛定定地看着柔彩娇红中的人。

九翟凤冠，珠玉累累，半掩面前似水容颜，如隔重山深梦。广袖翟衣上繁复的花纹红得夺目，美得绝艳，似一片飘逸的红云，却化作利剑，瞬间刺入心房。

面上温文如玉的笑掩了锥心之痛，他起手斟酒，举杯勉强笑说："我来得匆忙，没备下贺礼，便敬……敬你一杯酒……"

一盏喜酒，斩不断理还乱。

卿尘看着夜天湛递来的金盏，眸子微抬，清澈里映出那张熟悉而又陌生的容颜。

总有一日，你会把我当我。

曾几何时，早已忘却了前尘。

纠错爱恨，繁华一梦，今宵酒醒。那双俊朗如斯的眼眸却也从此印在了心中，刻上了今生。

她不想亦不能拒绝这杯酒，静垂的鸾红广袖微动，便要接过来。

突然身边伸来一只手，在她之前将酒杯接下："多谢七弟，卿尘不善饮酒，这杯不妨由我代她。"夜天凌淡淡说着，将那酒抬头饮尽，照杯一亮。

夜天湛深深望来，笑容下复杂、隐忍、不甘、痛楚种种神情合成杯中苦酒，仰头时宽袖遮下，尽数随这辛辣烈酒呛喉入腹，抑回了心底。

酒入愁肠，深底里灼热地痛。

亲贵之中，夜天溟饶有兴趣地看着几人，脸上突然逸出抹妖魅冷笑，细眸轻轻上挑，也端杯道："大喜的日子，不如我们也敬四嫂一杯？"兄弟闹喜堂，这在行礼之时并不稀罕，便是皇家规矩森严也难免。年轻的皇族子弟便有人跟着起哄闹酒，纷纷自案前举杯而起。

夜天凌眸底深沉，掠过丝冷然神情。十一早觉气氛微妙，方要设法阻挡，却见夜天湛剑眉一挑，回身一笑，抬手揽住夜天溟，挡下面前众人，俊朗笑容中带着几分薄醉："还是咱们兄弟先饮几杯的好，莫要误了新人吉时，稍后再敬四哥不晚！九弟，你说是不是？"

俊眸望去隐着丝微锐，和夜天溟无声对视，仍是那翩翩儒雅、玉树临风的湛王。卿尘静静望着夜天湛，看着他一如既往的袒护，心海波澜顿起。

夜天溟眼中魅光一动，意味深长地笑道："七哥说的也有理。"回身对卿尘端了端杯，倒也没再纠缠下去。

礼部仪官正怕这些皇子闹起喜堂来不好收拾，见机忙再高唱："入洞房！"

珠帘轻落，再度遮挡了卿尘的秀颜。夜天凌却将红绫微收，握住她的手往新房走去。卿尘知道他是怕自己不悦，丝丝柔情悄然萦绕，暖入了心底。

龙凤花烛高照，一室流光溢彩。

入了内殿，几个侍女托着金盘上前，伴着吉利话将五色花果撒入凤帐鸳榻，红枣、栗子、桂圆、莲子、花生，圆圆的滚动着喜气，藏入了各个角落。

待到安床过后，掌仪女官便请王爷王妃并坐玉案之前，将两人衣角牢牢打了个结。紫玉盘捧上如意秤，夜天凌伸手接过，轻轻将那道珠帘挑开，再放回盘中。

白夫人看着新王妃轻赞了声，红装粉黛不掩清颜，只周身那潜定的书卷气，淡然而幽静，清隽而高洁，便叫人形容不出她的美。再看自家王爷，朗目含星，一身叫人仰视的峻冷潇洒，在这红烛下更添了几分难得一见的柔情。这才真是天造地设的一双璧人。

纵已看过千回万回，夜天凌仍醉在那一瞬的抬眸中。

红烛微动，似是带出了流光如水，恍若旧梦前尘浮光掠影，化作一缕幽香覆上心头。

金钗凤冠的华艳都不及那双眼睛，如秋水，如淡波，如清月，波光粼粼里带着点点温柔和羞涩，自细羽般的长睫下看向他。极静的，极轻的，似是一触便蒙蒙漾了开去，然那微藏在水色清光后的灵黠便这么一带，偏又勾起心中深深涟漪，漾得人心口震荡。

掌仪女官手托金盘，将合卺酒跪送到身旁。夜天凌含笑取过那一双翡玉如意盏。

湿湿楚璞，既雕既琢。玉液琼浆，钧其广乐。

冰纹玉盏鸳鸯丝，柔柔绾做同心结，纤细如缕，却牢牢牵扯丝丝柔韧，跨过这万世千生山高水长，在大红的幔帐前生出枝叶缠绵的连理。

卿尘静静望向夜天凌，一抹灿亮炫目的笑在他的凝注下漾起，倒映在轻红醇浓的美酒中。朱唇微抿，琼浆入口，是你中有我的盟誓，是同甘共苦的约定，似苦而甜，缕缕缠绵。

酒未沾唇已微醺，夜天凌只觉一道清凉甘洌带着兰芷幽香直润肺腑，千回百转心神俱醉，忍不住轻轻抬手，将卿尘鬓角的一缕青丝绾起。

女官上前跪请了两道发丝，以五彩丝系成如意同心，笑道："恭贺王爷、王妃，喜结连理，百年好合！"

白夫人带着几个侍女并碧瑶等亦贺道："恭喜王爷、王妃！"说话间见晏奚在影壁外探头探脑的，笑说："哎呀，这就等不及来请了！"

夜天凌微一叹气，站起来，眼光却始终没离开卿尘，只觉她是如此牵绕心神，低头柔声道："我去去就来。"

卿尘知道外面华宴张设，多少人等着他，轻柔一笑，亦殷殷叮嘱："别让他们灌酒。"

短短数字，激起万丈柔情，直如瀚海旭日一般喷薄荡漾。夜天凌几欲开怀畅笑，回头深深再看她一眼，方往前殿去了。

第二章　斗转星移奇算数

待到房中只剩下碧瑶，卿尘松了口气，由碧瑶帮着将那凤冠取下，去了沉甸甸的钗钿，只插一道翡玉呈凤华胜在发间。

碧瑶看了看，不依道："郡主，眼下是大婚之夜，殿下还没回来，怎好卸了妆容。"

卿尘伸手将一处发髻松开，回头笑说："压得人脖颈都酸了，便饶了我吧。"

碧瑶拿起玉梳替她理着头发，抿嘴笑道："这可是规矩，今日不能太随意了，何况郡主成了王妃，为人妇者需得绾发，哪能这样。"她一边说着，一边轻巧地替卿尘绾着长发，自镜前挑了一双金蝶玲珑步摇，又配了缀玉细钿，看了看道："不能再少了。"

铜镜中映出个妆容清美的影子，步摇上盈盈颤颤的蝶须自发间流泻下来，韵致别样，妩媚动人。卿尘只得依了她笑道："这嫁人的规矩你竟比我都清楚，也好，等哪日自己出阁，倒是方便了。"

碧瑶俏脸一红："我还不是生怕今天错漏了哪样，郡主倒来取笑我！"

卿尘笑着放过了她，起身打量这新房，却见窗边摆着一株金沙树菊、一株妙法莲华，娴雅清致，都是兰中上品，随口道："这花开得正美，难为他记得，选了放在新房中。"

碧瑶抿唇轻笑道："郡主可是不知道，今日新房里鸾车上用的所有兰花，可都是凌王殿下亲自挑选的呢。"

卿尘微微一愣，却不想夜天凌竟会操心这些微不足道的小事，心思流转，不由低头浅浅一笑。

碧瑶帮她将沉重的喜服换作一身明红贡缎重锦流云纹裳，随口将迎亲路上的情景说给她听。卿尘听到天都、平隶、怀滦等地的百姓洒扫铺地之时，微微愣住。当日治疫救灾，并没想有如此回报，却不料百姓都记在了心里。

碧瑶说到进了王府："后面入了正殿，郡主都知道了，便不用我说了吧？"

卿尘无可避免地想起方才夜天湛那杯酒，扭头看了会儿窗外，道："碧瑶，你替我去趟前厅，悄悄带句话给十二殿下，让他无论如何今晚也要将七殿下送回怀滦。"便是如此，天帝若真要追究起来，也足以降罪了。

碧瑶颇有些不满地道："七殿下方才当着众人……"

话未说完，卿尘微微摇头。碧瑶撇嘴，稍后轻声叹道："唉，其实七殿下对郡主也算是一片痴心，当时整个天都的人都传说郡主是要嫁给七殿下的。"

"这话以后不要再提。"卿尘垂眸，隐约一叹。她不能违拗自己的心，就像他也压抑不了他的心意一样。这世间多少事归根到底便是谁也无法说服自己，为情所困，闻之可笑，但当有一个人入了自己心里，原来当真是挥之不去，避之无从。如今她终于能体会他的心境，却可惜从此以后，无法再给他一分一毫的回报。

碧瑶奉命前去传话，她刚走不久，门外便轻轻传来笑声，原来是素娘同冥魇来了新房。

素娘给卿尘道喜之后道："天机府中设了宴，等着敬凤主和殿下喜酒呢！殿下在前面走不开，大家便要我二人来请凤主，不知凤主肯不肯去？"

卿尘笑道："你们有心，我又岂能扫兴？"说话间见冥魇一如既往漠然地站着，看向这新房的神情有些复杂的怅惘，目光落在她身上时，立刻便避了开去，像是在躲着那耀目的红装。

卿尘望一望冥魇，也只微微一笑，举步向天机府走去。

天机府中除了莫不平等七宫护剑使，陆迁、杜君述都在，还有上次未见着的几位，南宫竞、夏步锋、唐初、史仲侯，皆是夜天凌手下得力大将。另有善治河工水利的斯惟云，通典籍博古今的周镌和一位中年儒士左原孙。卿尘听这左原孙的名字有些耳熟，却一时想不起在何处见过。

斯惟云正同陆迁在争论什么，左原孙亦在旁负手看着。一见新王妃，大家都丢下话题上前来贺喜。

卿尘知道能在这儿的都是夜天凌心腹，也并不拘束，含笑受了他们的大礼，问道："看陆迁愁眉苦脸的，在做什么？"

陆迁挠头道："斯兄方才和我赌酒，出了几道算题，我若解出来他才喝酒。"

卿尘瞥了眼他们画下的题目，只见一乃"束水攻沙"，一乃"圆城图式"，最后却是"大衍求一术"的算题，不由笑道："陆迁，他这是诓你呢。这束水攻沙是治河筑堤的实例，需配以演段术计算土方，推导变化甚是复杂。圆城图式若要全部推演出来，共有六百余条算式。如此难缠的题目，你今晚这酒怕是劝不成。"

陆迁文章绝天下，于数术上却所知有限，此时方知上了斯惟云的当，道："好啊！若不是王妃提点，险些被你蒙混过去。"

斯惟云哈哈一笑，摆手道："我本不胜酒力，怎敌得过你和杜兄两人轮番劝酒，若非这几道算题挡着，现在怕是已不能醒着见到王妃了。"

"不行！今天是王爷王妃大喜之日，说好了不醉不归！"

陆迁、杜君述等人自然不依，纷纷嚷着要请王妃做主，罚他再饮三杯。卿尘见状笑说："不如这样，我也出一道算题，若他解了，这酒便作罢，若解不得，便当真罚他三杯如何？"

"王妃一眼便看破这几道题目的难易，看来也是精于数术，惟云愿请教一二。只是确实酒量有限，还请王妃高抬贵手。"斯惟云欠身笑道。他自来痴迷数术，听闻要开解题目，心下颇感兴趣，倒不执意推拒，移步案前，将笔墨呈上。

卿尘道："我只是记性好些，曾在先贤书中见过些算题罢了，想必也难不倒你。"说罢在纸上画出一图，此题一出，身旁左原孙忍不住道："七衡六间无极图？"

卿尘暗中奇怪，这算图是她在宫中文澜阁收藏的一本《九周算经》中看到的，左原孙怎会知道？脑中突然一闪："是了！《九周算经》之后有一章附论，以这七衡六间无极图演化出一列阵法，可是左先生的手迹？"

这《九周算经》本是当今圣上胞弟瑞王府上的藏书，圣武十九年瑞王因事获罪，流放客州死于途中，府邸被查抄后多数藏书流入宫中。左原孙当年是瑞王府首席幕僚，素有军中智囊之称，因事瑞王曾被收监三年，后来其人便不知所踪。卿尘无事在宫中翻阅群书，最喜看些奇门术数、五行阵法，她记性颇佳，又有先时留下的记忆，印证书中记载倒也知晓了不少奇巧之术，闲暇时推演玩乐，也觉甚是有趣。

左原孙垂眸看了看那七衡六间无极图，面色微动："多年前一时兴起之作，不想王妃竟然知晓。"

卿尘取了几根象牙银箸，一箸代表一千精兵，就着那算图将阵法列出："我对那阵法很是好奇，但有些许不明之处，还请先生不吝赐教。"

南宫竞等人皆是带兵的武将，于阵法多有研究，闻言一同围上来看。

左原孙短暂的惊讶过后，依旧气定神闲，一袭长衫衬着鬓角略见的几丝白发，周身沉淀着闲淡的自信，立在桌旁："王妃请说。"抬手将几根银箸挪动了位置。

卿尘见他移阵，凝神看去，稍后叹道："左先生这三根银箸，已将我要问的全然解答了。"

"哦？"左原孙不禁看向她，"王妃先前可是要问那阵法的几处破绽？"

"正是。"卿尘道，"先前那阵法虽精妙，但却有生死之门可破，而如今想要破阵怕需费周折才行。"说话间她将几根嵌金的象牙箸取在手中，看似随意地摆放下去。

左原孙不语，伸手拨动原先的银箸，阵法忽变。卿尘眉梢轻动，立刻撤了两箸。

左原孙道声："妙！"手下再动，银箸围成的圆阵忽然开裂，形如长翼。卿尘却不以为惑，知他乃诱敌之计，若按鹤翼阵去破说不定便全军覆没了。

金箸兵马紧合，成八卦状而列，却暗藏机锋。左原孙微微点头，阵归浑圆，立时将金箸困在其中。

卿尘稍思片刻，以不变应万变稳稳周旋，几个回合，却有两路兵马忽往左原孙阵中巽门杀去。此处正是左原孙阵中帅位所在，他嘴角一挑，合阵而成锋锐之势，众人只看得眼花缭乱心驰神摇，似乎这小小木桌化为惨烈沙场，陈兵列马刀光剑影，一时惊心动魄。

如此不知过了多久，卿尘突然以箸点桌，笑道："不行了，以此兵力只能自保，要破阵尚难，我认输了！"

左原孙抬头，语中透出些感慨："王妃将在下逼得甚苦！"

卿尘看着那满桌筷箸，摇头道："是先生承让，当真兵临城下，敌人岂会待我这般思量布阵？先生这阵势既来自七衡六间无极图，待我请莫先生开解了几个星相上的问题，再请教先生高明。"

左原孙呵呵一笑，笑中亦带着几分爽朗，隐约透出当年戎马驰骋的豪情。夏步锋此时方从阵中回过神来，叹道："不想一道算术也能化成如此阵势，今日当真增了见识！"

"天数之道自与物合，夏将军可知方才那大衍求一术中也藏着点兵的学问？"卿尘笑问道。

"愿闻其详！"

"三岁孩儿七十稀，五留廿一事尤奇，七度上元重相会，寒食清明便可知。"卿尘将算题重复，随即铺纸润墨，笔走龙蛇，边写边道，"依此解算口诀，点兵之时，若兵卒以三三、五五、七七的阵势排列，默察阵势便可反推兵员总数，瞬间即知。"

杜君述不懂兵法，只看字赞了一声："不想王妃写得一手好行书。若再锋峻些，竟和殿下如出一辙。"

卿尘笑着搁了笔："这字当初便是随他学来的。"一边将那点兵之道细细说与夏步锋等人听。

道理听起来简单，但用起来却难之又难，必要有出神入化的心算才行。几人之中反是不曾带兵却精通算术的斯惟云略一推演便得心应手。

过得片刻，南宫竞亦入其门径，演示几遍后，兴奋道："果然奇妙，兵贵神速，这点兵的法子甚是有效，当要好好研究才是！"

"南宫什么事大呼小叫的？"话音方落，门厅处传来夜天凌沉稳的声音。众人自一处抬起头来，才知看得专注，竟连夜天凌来了也不知道。

倒是冥魇原本望着外面出神，第一个看见夜天凌进来，先叫了声"殿下"。夜天凌点头，眼底似一片清冷天星，微微一抬，那星光便尽数落在了卿尘身畔，嘴角笑意轻荡。

第三章　芙蓉帐暖度春宵

"殿下不是在前厅吗？"史仲侯刚从那点兵奇法中回神，随口问道。

"都什么时辰了？"夜天凌似是语带微责，却掩不住那丝笑意。

众人方觉已至亥时了，素娘笑道："殿下定是回了新房发现不见了王妃，看我们只顾闹，竟忘了时辰，今晚可是洞房花烛夜呢！"

南宫竞一拍大腿："哎呀！被这阵法算数迷住了，酒也没敬，喜也没道，这真是罪过，还请殿下和王妃恕罪！"

"说起来就没完没了，谁让你们此时去研究什么算数。"杜君述失笑，"如此喜酒也不能多饮了，春宵一刻值千金！"

卿尘低头，红唇轻抿。夜天凌笑骂："一群没规矩的！"

众人再道了喜，纷纷笑着辞出，一时间便走了干净。夜天凌见他们神情暧昧，无奈摇头，回身却见卿尘立在桌旁，笑盈盈地看着他。

她一身鸾服换作了烟霞流云般的重螺纹裳，那明红的颜色是一道醉人的浓烈色泽，却又偏偏浓浅回转透着些烟雨朦胧的绰约，对襟绣着一双细羽鸳鸟，和发间那微颤的步摇相映生辉，只衬得人款款淡淡，明明滟滟，微微一动便似笼在了轻云之后，动人心弦。

他上前执了她的手道："哪有这样的王妃，新婚之夜便找不见人了。"

卿尘侧头看他："他们事先没知会你吗？"

"说了。"夜天凌挑挑眉梢，"前面闹得厉害，一时竟没记起来。"

"那不怪人家了。"卿尘柔柔道。

夜天凌微微一笑，不与她争辩，只道："别动。"

"嗯？"卿尘刚一愣神，却被他一把打横抱起在臂弯，眼角看到外面伺候的侍女都笑着低下了头，急忙轻声道，"还有人呢！"

夜天凌只往后一瞥，晏奚早知趣地挥手将众人遣开，自己也一溜烟地消失在长廊那端，刹那便静静地只剩了他们两人。"现下好了？"夜天凌低声笑问。

卿尘双颊飞红，轻声道："你抱着我去哪儿？我自己会走！"

"回新房！"夜天凌被她娇羞的模样惹得大笑，几分薄醉畅然心怀，微醺在这柔静的春夜里。

卿尘被他笑得嗔恼，却偏又无计可施，只能任他抱着自己沿回廊往漱玉院走去。一路上夜天凌低头看她，也不说话，仿佛看也看不够。卿尘便安静地环着他的脖颈，依偎在他温暖坚实的怀中，那刻温存，浓浓的、深深的、眷眷的，似这天地也一同沉醉。

金风玉露一相逢，便胜却人间无数。

浩瀚耀目的星空中，一道天光漫漫的银河清晰划过，飞星碎玉，绚丽如织。星光落处，一叶叶梧桐轻碧浅紫，风微动，点点坠了满地，落下一声淡淡温柔。

夜天凌自身后挽着卿尘站在窗前，侧脸微动，碰到了一点清透的玉坠。

"玉琢锁兮，充耳诱莹，玉制铛兮，充耳诱矣……"他低声道，那温热的气息萦绕在卿尘耳边，轻轻地，激起阵阵神妙感觉。

削薄的唇自那玉石上掠过，沿着她修长的脖颈一路流连而下，带来醇酒入喉的酥软和炽热。卿尘轻轻依靠在他怀中，浑身柔若无骨，在他温柔的攻陷下缓缓沉沦，眼波到处，是醉人心神的烟雨迷蒙。

夜天凌嘴角勾起一抹迷人笑意，仿佛耀目的阳光穿透冰凌，绝峰雾散，微微用力便将她带入帐中。

芙蓉帐暖，龙凤花烛流光溢彩，轻纱一般笼在人的身上，朦胧而妩媚。卿尘静静看着他，星眸微醉："四哥……"

夜天凌俊朗的身影倒映在那湾清光灿渺的深潭之中，手揽她不盈一握的纤腰，低声在她耳边道："叫我的名字。"

那半命令半诱惑的声音倏忽而至，轻轻掠入了她心底，攻城略地，悄然便将人掳了去。"凌……"卿尘低声呢喃，环上了他的脖颈。红酥玉指带来微凉的碰触，却点燃了满腔爱恋。

夜天凌一抬手，将最后那道半拢的丝绢掠开。

青丝婉转散覆，流泻在香肩枕畔，隐约掩映了一抹清丽桃色。

夜天凌静静望着卿尘，幽深的眼中满是惊艳，修长手指带着无尽的疼惜和怜爱滑过莹莹雪肤，抚上那只冰清玉洁的银蝶。

丹纱帐影春宵醉，那银蝶灿烂，轻舞招展，翩跹流连在花间帐底，云池琼宇。

此生与君共，万世千生，比翼双飞，不思归。

金殿，明烛，孙仕立在朱红的九云盘梁柱旁，眉眼低垂。

堂高殿深，是望不尽的迷暗。烛芯噼啪一声轻响，琉璃灯罩上映出一抹奇妙异彩，那龙纹栩栩似欲升云腾空，却转瞬便没了去，叫人几疑看花了眼。

安息香沉静缭绕，礼部官员匡为一板一眼有条不紊地呈报着凌王同清平郡主的婚典。

天帝一身青缎闲衫，斜靠在云锦软榻上，手中暖着盏新沏的君山银针，手指有一下没一下地叩在茶盏上，为臣子的不免越发谨慎了几分。

待说到三地百姓朱砂铺道送婚祈福，天帝指下微微一顿，半眯的眼睛略抬了抬，一道威沉的目光掠来。匡为顿时语下微滞，偷眼看去，却只见君王闭目养神的龙颜，便深吸了口气，继续说下去。

孙仕略带灰白的眉毛不自觉地动了下，虽是晚春了，夜里却还带着丝轻寒，将睡意驱得全无。他怔忡，父子君臣，这一局棋愈走愈深了！

"你方才说湛王自怀滦回来了？"匡为停了说话，似是过了许久，天帝随口问了句。

匡为略一斟酌，据实回道："臣今晚确实在凌王府见到了湛王。"

"嗯。"天帝挥挥手，"跪安吧。"

"臣告退。"匡为见状，躬身退了出去。

天帝闭目深思，直至内侍托了个嵌金木盘进来，孙仕恭声道："陛下。"

见皇上睁眼看来，内侍跪着将诸后妃的名牌呈至近前。天帝目光一动，停在莲妃的牌子上，手指由那处缓缓掠过，似是滞了下，却转而在殷皇后那金凤展翼的牌子上点了点。孙仕上前将那牌子翻过来，内侍便俯身退下，自去传旨接驾。

孙仕侍候天帝看了会儿书，轻声提醒道："陛下，时候不早了。"

天帝将手中书稿合上，"列国奇志"四个字高华飘逸，映入了眼帘，一时有些出神，稍后方对孙仕道："还不困，随朕走走去。"

淡月一痕，掩入了如织星空，御庭春径繁花余香。天帝颇有些不耐地看了看亦步亦趋跟在身旁的内侍们，道："叫他们不用跟着。"

孙仕回身摆摆手，内侍们退了开去，却不敢散，只远远伺候着。再看着方向，竟是往莲池宫去了，孙仕心知不能劝，唯有快步跟了上去。

甫至宫门，便听得一阵低低的吟诵声入耳，在这原本静谧的夜色下婉约恍惚，却又带着十分的虔诚和庄穆。

如此熟悉的《圣源经》，天帝在一棵木樨树下站定，遥望莲池宫正殿。

依稀曾记得那日，他的西征大军带回了柔然最美的女子，送至宫中等待皇兄的召见。

那一夜，他也是在庭中树下站了许久。一晃经年，每每心头仍会浮起那淡寂的经文，似是哀伤，似是轻愁，伴着三更细雨，落花纷纷飘碎了一地。

一路征尘南北，这《圣源经》的吟诵曾日日相伴军中，不绝如缕，如泣如诉，一丝一波早已入了神魂。

三十余年前那抹冰山雪莲样圣洁的身影，同如今大殿中青灯下的白衣素颜依稀仿佛，过尽千般岁月，依旧能勾起昔日年少气盛铁血柔情。

浮光掠影，仿若褪至了极轻，极淡，却又丝丝韧韧，纠结如许。

静谧的夜中木樨树悄然招展，枝叶芬芳，带着些蛊惑似的迷离。多少年隐忍，步步为营，如今坐拥天下，却换不见伊人一笑，天帝眼中不自觉掠过一丝深沉精光。

眼见站得久了，孙仕谨慎地上前道："陛下，皇后娘娘那儿怕是还等着呢。"

天帝眉头一皱，望向四周层叠起伏的殿阁，突然吩咐道："告诉皇后，朕今晚不过去了。"说罢袍袖一甩，大步走向莲池宫中。

第四章　比翼连枝当日愿

自大婚之后，告祭太庙、入宫谢恩、相府回门，尚有不少礼仪要做。夜天凌分寸不差地陪着卿尘，处处滴水不漏，只是两人于众人面前却显得疏离，当真应了那相敬如宾之语。

夜天凌之清冷，卿尘之沉静，落于人眼难免便有些若有若无的生分。一时间，天都中流言蜚语明起暗传，当初凌王拒婚，如今湛王伤情，都如同亲见一般说得有板有眼，倒成了段天家风流秘事，绘声绘色惹人遐思。

卿尘偶有听闻也只付诸一笑，云鬟广袖宫装矜持，与夜天凌同进同出，风姿高华中总带着抹清澈却又隐约的潜静。也遇上那宫闱士族搬弄口舌，却不是慑于夜天凌峻冷凝视，便是惑于卿尘淡定浅笑，往往消遣的话语到了嘴边竟生生咽回，反成了落远轩中不时玩笑的话题。

却有一日，五皇子设宴汐王府，王侯公卿多在其间。汐王侧妃郑夫人颇受宠爱，一同随侍在席。

酒过三巡，许是带了几分薄醉，郑夫人同卿尘话了几句家常，忽而瞥了夜天凌一眼，半酸半笑道："听说湛王殿下自怀滦回来在府中闭门思过，近日微染风寒。都知道四嫂精于医道，怎也不过去看看，说不定便药到病除了呢！"

按天朝历来祖训，皇子领命在外不得御诏严禁私自回京。夜天湛怀滦的差事虽办得出色，却因卿尘大婚那日私回天都为天帝所斥责，不但没有嘉赏反令他在府中闭门思过，一月不许外出。为此殷皇后对卿尘甚是着恼，卿尘颇为无奈，但心中因着对夜天湛一份挥之不去的愧疚，也只能处处避让着。

郑夫人之话方落，夜天凌微锐的目光往汐王处一掠。如同巧合，卿尘也抬眸似有似无地看定汐王。

席间陡静，来去无人答话，郑夫人惊觉失言，怔在那处笑也不是不笑也不是。汐王面色一沉，不豫地喝道："还不下去！"

卿尘眉梢微挑，一抹淡笑便悄然在唇边轻漾，虽不悦有人出言无状，却也是酒后，便笑着挽了郑夫人的手道："方才那个绣描的法子，我还没明白呢，还要请妹妹再说给我听。"

夜天凌闻言，嘴角微微一掠，便往汐王处举了举杯。席间秦国公、长定侯等忙笑着圆场，汐王妃也跟着对卿尘说："郑妹妹精于刺绣，四嫂若有喜欢的样子便叫人拿来，让她绣给你。"

郑夫人自知闯祸，尴尬道："四嫂……四嫂尽管画了样子给我，我绣好了给四嫂送去。"言下尽是赔罪的意思。

卿尘也不咄咄逼人，便道："我对这些甚是外行，改日有空还要向你请教。"

三言两语笑着便过去了，汐王妃在旁谨慎地觑了卿尘一眼，宫府里百花齐放见得多了，却从未见过这样行事的。方才若说没恼，竟直接将眼神往汐王那里问罪，一句言语都不同郑夫人理论，再看却偏偏又不似着恼，水波不兴地清静笑着，一径地淡然，叫人不疑有他。

还好没计较下去，汐王妃暗中舒了口气，早听说是个柔中带锐的女子，跟在天帝身边时朝堂上也从容不畏，这倒真和凌王登对，若让湛王娶了回去，怕还吃不消。

隔了两日，卿尘都将这事忘了，郑夫人却特地差人送了幅并蒂花开的绣屏来。

做工精细，栩栩如生，卿尘心想若要她绣上这么一幅，怕是还不知要几年。想自己总是将线丝绢布并手指弄到惨不忍睹，她只好挑挑眉梢作罢，反正这又不是什么要紧的东西。

雪战趴在卿尘身边似是知道她的心思般，眯眼瞅了瞅她，尾巴扫扫，盖住鼻子继续埋头假寐。卿尘不意捉到这小兽一丝目光，丢下刺绣别有用心地伸手揉它脑袋。雪战惨被蹂躏，无奈抬爪拨弄她的手，卿尘袖口一滑，露出条深红色晶莹的串珠。

大婚时太后赏赐的血玲珑，便是水晶灵石中的石榴石。碧玺灵石、冰蓝晶、月华石、紫晶石、血玲珑，这已经是她寻到的第五条玲珑水晶了，金凤石在殷皇后手中，卿尘不由自主回身往夜天凌那边看去，还有一条黑曜石在他那。

因大婚的缘故，夜天凌这几日放下政务并连早朝都免了，这平日处事不误分毫的人竟心安理得，闲散得出奇。除却外面那些虚礼，他每日只陪着卿尘，青衫淡淡，浑身透着股叫人新奇的闲逸，仿佛以前如影随形的清冷只是种错觉，眉间眼底地一带，往往被那意气风发的潇洒冲淡了去。

目光沿着他的手腕慢慢落到他坚实的胸膛、稳持的双肩、削薄的嘴唇、挺直的鼻梁，和那双沉淀了幽深的眼睛上，卿尘一转便忘了为什么扭头，索性只托了腮看他。

夜天凌无意抬头，正落入那湾盈盈的注视中，一径的温柔带得人心头微暖，犹如暗香浮动的黄昏，透着柔软到骨的桃影缤纷，落了满襟。

修长手指一动，手中书卷虚握，安静地回望过去，朝夕相对，此生静好，竟似永也不见厌倦。

四周人事竟都成了虚设，这情形也不是一天一日才有了，于是碧瑶、晏奚甚或白夫人，常常低头抿嘴悄悄退了出去。凌王府那严肃中渐渐透出些玲珑和美来，翠荫微浓，和风清畅，阳光下便一日日温暖了这暮春如画。

闲散的日子没过几天便恢复了往日的节奏，朝中诸事繁多，夜天凌原本每日都要到晚上才能回府，今天却格外早些。

窗外花轻，阳光半洒席前，卿尘靠在窗前正对着棋谱解一个古局，见他回来了，有些奇怪地问道："这么多日没上朝，竟没什么事缠身？"

夜天凌在她身边坐下，随手抄了几颗棋子把玩。玉色棋子跳动在他修长的指间，清脆作响："怎么，难道盼着我忙？"

卿尘笑道："也不是，只是好奇，前些时候忙得什么似的，怎么今天却能闲下来？"

夜天凌掸掸衣袖，闲闲地靠在了案上，看向那棋盘，淡淡道："我将虎符交了。"

卿尘闻言愣住："什么？"

"今日朝上，我将神御军的兵权交回了父皇。"夜天凌重复了一遍。

卿尘手顿在半空，抬头看他。兵权，那是多少人想而不得的东西，又有多少人对夜天凌手中的兵权深感忌讳，他竟这么潇潇洒洒的一句话，交了？

　　她细想了会儿，便大概明白了其中缘由。在湛王和溟王都请旨赐婚时，天帝偏出人意料地将她这个凤家的女儿指婚给凌王，看来是想以凌王制衡湛王，同时分化外戚势力。夜天凌手握重兵，太过忌讳，此时只有主动退步，才能使得天帝安心。

　　"是因我们的婚事？"她问道。

　　夜天凌不甚在意地道："也算是吧。"

　　卿尘将几粒棋子缓缓握在掌心，不由便蹙起了眉梢："没了兵权，等于失去半边天下，我这个妻子竟让你失去了如此重要的东西。"

　　夜天凌见她认真了，薄唇微扬，不疾不徐地道："带了这么多年的兵，难道调兵遣将还非用那一道虎符？莫要小看了你的夫君。"

　　卿尘凝视他片刻，面前他深邃的眸中一点星光微绽，极轻，却慑人夺目般傲然。她心间豁然开朗，眼波轻漾，转出一笑，将手中棋子缓缓放在棋盘之上，一子落下，盘中纠缠不明的局势隐有变动："如此的话，溟王神策军那边不是也得交了？"

　　夜天凌道："那要看他是不是聪明。"

　　"聪明，只可惜有时候聪明太过。"卿尘一直不喜欢夜天溟，"我赌他不交。"

　　"他交还是不交，都无关大碍。"夜天凌语气略有些锋峻，"只是他千不该万不该，不该陷害大皇兄，更不该对你有不轨之心。"说话间他将一颗白子啪地丢入局中。

　　黑白双子散落经纬，那黑子原本攻势凌厉，咄咄逼人，但此子入局，一大片黑子顿时成了死棋。黑子长驱直入的锋芒受阻，再兼后方空虚，顿时有些难以为继，白子先前步步为营稳扎稳打的格局瞬间反占了上风。

　　这时候，夜天溟若交兵权，则失了手中一枚至关重要的棋子，在军中他断没有夜天凌这般影响力；若不交兵权，那么除非起兵夺位，否则天帝也容不了他几时了。显而易见，天帝如今也是有了一步步上收兵权的打算。卿尘含笑挑起了几颗黑棋，却忽然一愣，夜天溟那些非分的举动她并没有对夜天凌提过，探询地看去："你怎知道他对我……嗯……"

　　"嗯？"夜天凌剑眉轻扬，继而淡淡冷哼，"他每次看你，便如当年看你姐姐纤舞，我岂会不知？"

　　卿尘突然笑道："你知道他在看我，那岂不是你也在看着我？"她丹唇微抿，眸中灵动，颇有些调皮的意味。

　　夜天凌将手中剩下的几颗棋子随意丢下，一局棋顿时乱了套。他似笑非笑中有些不明含义的暧昧，低头在她耳边："嗯，我一直看着你。"

　　卿尘本来揶揄别人的神情毫无抵抗力地转成羞涩，往他臂弯里躲去。夜天凌环着她，嘴角挂着丝调侃的微笑。卿尘嗔他一眼，靠在他怀中："四哥，过些时候我送你样东西，或者也能弥补一二，只是要费些时日。"

　　夜天凌低头问："什么东西？"

卿尘微笑道："先不告诉你！"

夜天凌倒也不追问，只看着她清澈的眼睛道："能换得你在身边，莫说什么兵权，即便倾尽天下又如何？"

淡淡一句话，直撞入心湖，倾覆了神魂。卿尘心里涌起前所未有的痛快的感觉，眉一扬，如他般傲然道："我可为你深闺添香，便能同你披荆斩棘，你娶了我，定也不负天下。"

夜天凌眼中一波，转而笑说："这样的女人也只有我敢娶，别人谁要？"

卿尘不服抬头："你不要，总有人要！"

夜天凌臂弯一紧，缓缓道："他敢。"

卿尘见他霸道，却开心不已，扬声清笑，夜天凌也抑不住，笑了起来。

笑声依稀，穿窗而去，连走过外面的晏奚都感染了几分，不禁咧开嘴，只觉暮春醺然，人生如斯，竟是无比的美好。

天机府是夜天凌每日必到之处，今日同卿尘一并前去，正巧冥执自外回来，带了他前几日要的东西来，问道："殿下看看这些可够齐全？"

夜天凌接过来翻了翻，往案上一掷，面上竟带了几分薄怒："混账东西，竟至如此无法无天！"

卿尘伸手拿来，见都是些官员欺民霸市贪赃枉法的罪证，有些当真出人意料的可恶，也难怪夜天凌动怒。

陆迁他们已看过了，道："殿下，户部不整国将危矣！我等虽知门阀腐朽有官必贪，却谁也不想竟到了如此地步。"

夜天凌眼光微利："我此次将兵权暂放，便是要腾出手来拿这个毒瘤开刀。"

杜君述问道："殿下终究是将兵权交了？"

夜天凌点了点头。

"那殿下之后打算从何处动手？"左原孙问道。

"便从这些人身上。"夜天凌指着案上，冷冷道。

"为不惹人注目，殿下还是不出面的好。"杜君述道，"也最好不要从户部查起，否则恐怕千难万难。"

"那便从军饷查。"卿尘将手中东西放下，淡淡道，"查军饷，一查一个准，既面上已在兵部放开手，便正好由兵部来，借刑部的手整顿兵部，从而往户部查。"

杜君述道："军饷也不是没查过，但因根还是在户部。别说下面官官相护，就是皇上那似是也没那么大的决心去动，之前也整过几次，都只是点到为止。"

"这次能走得远些。"卿尘凤眸微挑，"事情一定要从神策军军营里起，闹大了到皇上那处，现在皇上正盯着兵权，一定会顺水推舟。"她点了点案上的纸页，"至少这些，到时候一个也跑不了，而此事的关键在于可以动他。"

"他？王妃是指……"陆迁看过来问。

"嗯。"卿尘点头，"人人自顾不暇时，便是最好的时机。"

"倘若他自己将兵权交出来呢？"陆迁道。

卿尘笑着摇头，看向夜天凌："还是那句话，我赌他不交。"

夜天凌道："军饷不严整，以后的硬仗就更难打，正好借此时机一并办了。"

说话间南宫竞、夏步锋等几员大将求见。夏步锋进门几乎连礼数都忘了，急匆匆问道："殿下何故竟放了军权？兵部里面议论纷纷，说是殿下再不管这摊子事了，以后我们仗还怎么打？"

夜天凌扫了他一眼："嚷什么嚷？带了这么多年的兵，还是一副急躁性子！"

夏步锋打仗是难得的猛将，但天生性急率直，为此也没少遭夜天凌斥责，当下没敢再作声。

南宫竞这些事上比夏步锋要稳当，但也存着疑问："殿下，您就这么交了兵权，神御军将士们听谁的？"

夜天凌淡淡道："听你们的。"

南宫竞错愕，随即便恍然，郑重道："我等定不负殿下所托。"

夏步锋仍是忍不住问道："殿下，那北疆的事要等到什么时候？本想痛痛快快打一仗，这么一来岂不要变哑炮？"

夜天凌负手立在窗前，道："若我所料不错，过不久诸侯便会有自行请撤的折子来。届时若处理不当，他们必反，如今业州、定州、燕州、景州、肃州这几处尚都在北晏侯控制中，此时兴兵怕是事倍功半。"

左原孙点头道："战火方平，国本空虚，大江沿岸今春又有洪灾，似乎不是时机啊。"

陆迁道："此时若削藩，的确胜负难料，弄不好前功尽弃。"

左原孙斟酌道："若能拖到明年，业州等便无大碍，只是燕州……殿下，那柯南绪恕我无能为力。"

夜天凌看着他道："柯南绪此人和你并称双绝，看来很快便可一见高下了。"

左原孙闭目一笑，卿尘瞬间从他眼中看到了一闪而过的痛恨，那样闲逸潇洒的人身上露出的令人心悸的冷厉，那一刻冰寒，竟是杀气。然而左原孙的语气仍是平静的："殿下可有想过，若是朝廷硬要在此时削藩，该当如何？四方诸侯，尤其是那北晏侯，怕是早也耐不住了。"

旁有掣肘，胸有良策而不知能否得行，窗外明媚的春光在夜天凌脸上投下分明浅影，却有淡淡凌厉的精芒自他眼中透出："他耐不住了？本王也没耐心再和他耗下去了。数次与突厥之战都因他从中作梗而难尽全功，他倒知道一旦没了异族之患，诸侯国便形如鸡肋，削藩势在必行。此次便颠倒过来，先靖内后攘外。"他缓步站到案前，在那摊开的地图上一点，修长手指沿北直上，"削藩的仗是必打的，早来便有早来的打法。安了内境直接指兵漠北，毕其功于一役，我要让东西突厥一并再无翻身之日。"

数人无语，都凝神在那图上打量，南宫竞看了半晌，道："燕州，易守难攻，怕是最难的一处，不过在这图上还看不出究竟。"

夜天凌对左原孙道："这些还得劳烦左先生。"

左原孙微笑着看了卿尘一眼，道："殿下还有……"卿尘忙悄悄摇头，左原孙话锋一转，"还有时日，殿下便放心。"

陆迁从图中抬起头来："便是全胜，之后休养生息也大费年月。"

杜君述亦道："虽说不是不能打，但只苦了将士百姓们，实乃下策。"

夜天凌眉峰微锁，众人不说，却都清楚知道，握权，也是势在必行的了。各自心中细细斟酌，前方后方，都得有最坏的打算，亦要十分稳妥才行。养精蓄锐，志图高远，等了许久的一刻，如今箭已在弦上。

第五章　善恶悲欢其心苦

度佛寺庄穆的钟声下了舟船便听得清晰，山门迎面，镌刻两条石联：

大梦闻钟，香雨迷蒙当醒眼。
浮生若絮，碧云飞坠且回头。

佛寺的建筑有别于他处，以大佛殿为中心的各处殿堂呈圆弧形重重递进，形成规模宏大的建筑群。殿前广场上御赐的鎏金五百罗汉像神态万端、各具形容，予人整齐肃穆，却又不似凡尘的感觉。

佛殿之外，八方林道相间，长年不息的烟香悠然弥漫，渐入青山，显示出这座皇家古寺超然的地位。西方以大青石砌成八角九层佛塔，挺拔突出于重林之上，几欲刺破天穹。沿青塔后行，渐有僧舍掩映在山林之间，石道蜿蜒，转折渐收，两旁直立的崖壁上现出依山势雕凿而成的诸佛之像，宛若天成，历经风雨岁月现出沧桑古朴的痕迹。

愈行愈高，路分为二，一条通往天家禁地"千悯寺"，点缀半山的一片青瓦殿院既是历代未能诞育子女的妃嫔出家之处，亦是关押皇族待罪宗人的地方；一条沿山路而上，有方丈院建于崖沿处，佛道行尽，眼前却豁然开朗。

苍松翠柏，点缀岩层，禅院庄宁，菩提荫绿。

黄竹山舍中，一道月白色起暗纹的清淡素衣将那蒲团轻轻遮住，外罩的素银浅纱缀着几点细纹流泻袖边，朦胧中稳秀的长襟微垂，从容而淡定。

卿尘素手执杯，抿了一小口度佛寺独有的"其心"茶，纤眉忍不住微微一掠。初沾唇齿的清甜，一缕辗转送入喉间，化作渐浓的悲苦久久不散，余留齿间尚带着些酸涩，再一回味，却仍是萦绕不绝的淡香。

百味纠缠，浸入肺腑，半日不知再饮。真不知是什么制的茶，竟将人间七情六欲都占了去。

敬戒方丈已年近九旬，寿眉长垂，静坐在卿尘对面，看向她时眼中透出一丝深邃的笑意："王妃每次喝这茶都几欲皱眉，却又为何每次都要饮呢？"

卿尘将老竹茶杯放下，杯中水清如许，若非一旗一枪浮了几片枯叶，便只觉得是空置在眼前。她笑了笑："方丈既知这茶苦得出奇，却又为何要制？"

敬戒方丈道："老衲看王妃神情，这茶岂止是苦？"

卿尘唇角微扬："五味俱全，这茶品得说不得。"

敬戒方丈展颜道："此茶便是为知其味者而制，只可惜人们往往一沾唇便觉得苦不堪言，即便饮完也是勉强。这么多年来，王妃是第二个喝过这茶后还愿再喝的人。"

卿尘一时好奇，便道："敢问方丈，那第一个人又是谁？"

敬戒方丈合十："有缘之人。"

卿尘会意，不再追问，只道："茶中滋味，人间诸境，若众生皆得其真，世间又怎会有佛祖？"

敬戒方丈道："众生皆佛，佛亦为佛。"

卿尘道："佛上有进境，云外有青天。"

敬戒大师淡淡道："佛法无边。"

卿尘笑着扬头，绾在脖颈后的坠马髻稳稳一沉，那柔顺的乌发丝丝如墨，随着她的笑动了动："我不和方丈论佛，那是自讨苦吃，我本不是诵经念佛之人，再说便要亵渎佛祖了。"

敬戒方丈望着面前案上一方锦盒，道："王妃不诵佛经却行善事，资助度佛寺活人无数，如此诵不诵经，又有何干？"

此时碧瑶自外面进来，对敬戒大师恭敬地一礼，在卿尘耳边轻声道："郡主，信已经交给紫瑗了，她说想见您。"

卿尘点了点头，眼中静静的一抹微光淡然，对敬戒方丈道："方丈这么说，我还真是受之有愧，我非是慈悲之人，很多事也只凭自己心中善恶。便如当日我请方丈遣散部分百姓，善堂中不要养些不务正业的懒人，方丈怕是不以为然吧。"

"阿弥陀佛！"敬戒方丈低宣佛号，"佛度众生，所谓存者去者，是非公道如何评说？"

卿尘微笑："既不能说，不如不说。"说罢站了起来："打扰方丈清修，我该告辞了。下次再来还要叨扰一盏方丈的其心茶。"

敬戒方丈平和一笑，合十送客。

卿尘步入度佛寺后山鲜有人迹的偏殿，紫瑗正跪在佛前，低首垂眸，虔诚祷祝，一袭淡碧色的绢衣衬着窈窕的身形，纤弱而柔美。

卿尘没有惊动她，轻声走到她身侧，微微闭目，香火宁静的气息萦绕身边，悄无声息。紫瑗抬头看向高大庄重的佛像，目带祈求，忽然看到卿尘站在身边，吃了一惊："郡主！"

卿尘淡笑道："看你如此诚心礼佛，都不忍出声喊你，许了什么心愿？"

紫瑗低声道："我求佛祖保佑郡主和四殿下，平安喜乐，长命百岁。"

卿尘道："你有心了。"

紫瑗笑容中有着些许的愁绪，垂下眼帘，却欲言又止。卿尘看在眼里，道："倘若有话不妨直说，莫要闷在心里。"

紫瑗轻咬嘴唇，突然跪下求道："郡主，您能不能……放九殿下一条生路？"

卿尘淡淡看着她，没有立刻回答，转身望向殿中佛坐金莲。宝相庄严，拈花微笑处，那神情是看透世情的悲悯，芸芸众生无边苦海都在这一笑中，过眼如烟。

她回身，缓缓问道："紫瑗，我让你做这些事，你恨我吗？"

"不！"紫瑗立刻摇头，"郡主救了太后娘娘，救了我，亦保全了我们全家性命，恩同再造，我只会为郡主祈福，岂会有所怨恨？"

"即便我要你害人？"

紫瑗抬眸道："郡主不会害人。"

卿尘轻声一叹，问道："他对你好吗？"

面对这一问，紫瑗神情迷茫："他若要对人好，能将人都化了，可他偏偏喜怒无常，转眼就变成另外一个人，比地狱的修罗还骇人。我从来都不知道他是个什么样的人，但我看得出，除了溟王妃外，谁也入不了他的眼。王府中的女子虽多，他也不过就是逢场作戏。他平常在人前那么张扬，可我在府中常常看到他一个人待着，却觉得他很孤单，很可怜。"

卿尘抬手燃了香，静静奉于佛前，道："可怜人必有可恨之处，我不想告诉你他都做过什么，知道太多对你并没有好处。有些事情，既然做了就必得承受后果，所种何因，所获何果，这或者便是他的业障。"

紫瑷沉默了半晌，低声道："紫瑷明白。"

"你愿意？"

紫瑷点头以答。

卿尘眸中深色如同秋湖月夜，光华淡凛："紫瑷，抬起头来，你真的愿意？"

紫瑷抬头看着卿尘，眼中有些忧伤，但却并不能掩盖肯定的神色："我可以为郡主做任何事情。我求郡主饶过他的性命，只是因为这些日子以来眼看着他的痛苦，于心不忍，他毕竟……毕竟是我的夫君。但他若对郡主和四殿下不利，那便是我的敌人。"

卿尘并没有因她的话而欣喜，浅浅蹙眉，道："我并没有想要他的性命，只因他早已生不如死。你回去吧，若心甘情愿，便照我说的去做；如若不然，我也不会怪你。"

紫瑷俯身道："请郡主放心。"

紫瑷走了后，卿尘独自在佛前站了会儿，才举步下山。

未至山门，她无意中抬头，却在来往的香客中看到一个人。

一个人，一身墨黑色的武士服，匀称而修长的身形如剑，然而剑入匣中，锋芒深敛。

与往日长街奔马的恣意放肆不同，他沿着青石台阶一步步独自走着，神情奇异而安静。

卿尘不由停下了步子，驻足在不远处的大殿前。

夜天溟原本看着大殿上方一片浮沉纷扰的青天缓步前行，忽然若有所感地扭头。

卿尘这一次没有避开那双眼睛，隔着人来人往，青烟缭绕，她看到了他，他也发现了她。

芸芸众生，浮尘过眼，熙熙攘攘，擦肩而过，如一幕幕无声的画面，轮回眼前。

听不见纷扰与嘈杂，半幅红尘，万丈烟云。

一双魅异而平静的眼睛，一对纯净而清利的眸子。

青山深处庄严的钟声遥遥传来，夜天溟似是恍然惊醒，忽然眉眼一吊，那种妖媚的光泽刹那间从黑暗中迸射，明耀刺眼。他举步往大殿走去，穿过了人群纷攘，几乎是瞬时便到了卿尘面前，暗光异亮的眸眼一垂："四嫂。"语调微长。

温热的呼吸几近眼前，卿尘羽睫轻扬，不露声色地缓缓退了一步："不想殿下也会上山拜佛。"

夜天溟盯着她："我也没想到四嫂是吃斋念佛之人。"

卿尘一笑："吃斋念佛我做不来，不过上山叨扰方丈大师一盏清茶罢了。"

夜天溟背着手侧头打量她："方丈大师？他那里只有苦茶其心。"

卿尘想起方才敬戒大师提到的喝茶人，心中一动，道："其心何苦？"

夜天湛细眸轻眯，微光浮动："其心皆苦。"

卿尘道："善恶其心，悲喜其心，苦乐其心，是非其心，其心百味，如何只有一苦？"

夜天湛道："百味如一，其心自苦。"

卿尘道："殿下的茶斟得太满了，杯满茶溢，百味难入，是以独具其苦。"

夜天湛唇角勾着抹似明似暗的笑："观一切境，若喧若寂，若物非物，若欣若厌。苦满空溢，明心见性，见性成佛。"

卿尘淡声道："大悟无言。"

夜天湛道："大悲无泪。"

卿尘凝神看了他一眼，见他神情上有种异样的东西如轻羽点水般一闪而过，人却往前一倾，低声在她耳边道："本王独爱此味，时时心存惦念。"

卿尘微微斜眸，两人近在咫尺："殿下既读经论禅，想必也听说过，无妄想时，一心是一佛国；有妄想时，一心是一地狱。众生造作妄想，以心生心，故常在地狱。菩萨观察妄想，不以心生心，故常在佛国。"

夜天湛突然仰头哈哈大笑，神情狂妄，惹得周围不少人往这边看来："佛国又如何，地狱又如何？本王难道还怕了他？相由心生，命由我立！"

卿尘方要说话，突然见他从自己脸上收回目光往旁边看去，原来却是紫瑷从度佛寺的大殿中沿阶而下，想是在正殿上过香后，此时才下山。

紫瑷初时没有看到他们两人，只是低着头步步缓行，待走到快近前猛地见到夜天湛，着实吃惊，停住脚步匆匆一福："殿下！"

夜天湛转身："你怎么在这儿？"

紫瑷轻声答道："妾身见殿下这几日事多心烦，想来此敬香拜佛，求个吉利，只是不知殿下竟也来了。"

夜天湛望着她柔顺娇怯的模样，抬手将她带到身边，言语听起来格外温存："我倒不知你有这份心，忘了该见过王妃了吗？"

被夜天湛挽着，紫瑷略有些慌乱地抬头看卿尘，心中怦怦乱跳："紫瑷……见过王妃！"

忽然身边暖气扑面，夜天湛魅亮迫人的眼神在她面前一落，手底微微用力将她拉近，紧靠在她耳边道："你在发抖。"

紫瑷心中存着事情，不敢看他，只是柔声道："殿下……"

"你在害怕什么？"夜天湛继续问道，神情有些阴郁，"害怕本王吗？"

他阴晴不定的性情紫瑷向来是知道的，定着心神回道："紫瑷怎会怕殿下，只是觉得殿下的手很凉，山高风冷，殿下出府该添件衣服，这样一件单衣怎么能行？"

山风飘荡，确实是有些凉意，夜天溟眼中阴鸷的颜色缓缓收敛，倒没再说什么。

此时卿尘忽然对他笑道："很久没见着紫瑷了，殿下若不介意，不如让紫瑷乘我的船回天都，一路也好说说话。"

夜天溟闻言，深眸之中笑意一晃，衬着那张完美的脸庞有种勾魂夺魄的美："那么便有劳四嫂了，改日请四哥四嫂来我府中宴饮，还望四嫂赏光。"

卿尘静静道："多谢殿下。"

紫瑷暗中松了口气，夜天溟转身离去时，卿尘已经伸手握了她的手，她掌心全是冷汗："郡主！"

卿尘道："委屈你了。"

紫瑷缓缓摇头，看着夜天溟远去的背影，道："此后一生，我愿为他抄经诵佛，只求若能赎那万一的罪业，便也知足。"

佛钟如诵，山寺渐远，卿尘与紫瑷一路缓行，步出山门，佛界尘世交临的一线，她驻足回头遥望寺阶高起。登山祈福的善客步步攀登，俯首低身，神情各异。大佛殿中释迦牟尼巨大的尊像尚依稀可见，镏金重彩庄严肃穆，深檐飞阁下缭绕在青烟之后。

她微笑拂袖，飘然往山下而去，人说佛度众生，红尘中却有多少轮回苦难，求佛何如求己。奈何世人总是苦苦执着，舍近求远，难怪佛祖永远垂眸浅笑，永远不言不语……

第六章　千帆过尽长江水

禁宫北苑，击鞠场上长杆飞月，球似流星，一片人马奔腾。

莺飞草长、春光明媚的日子，一年一度的击鞠赛又到了近期。往年这时候，夜天凌若要击鞠一般都去神御军营，顺便督促将士们练习马技，今年却因交了兵权，不愿招人耳目，便被十一拉来了这里。他并不沉迷击鞠之戏，只下场玩了两局，便将球杆丢给侍卫，自去外围观战。夜天湛已经连战数局，正想出场略做休息，一边纵马和他并行，一边道："四哥的球技是越来越厉害了，十二弟他们这回可输得心服口服。"

夜天凌翻身下马，侍卫忙上前接了马缰，他微微一笑道："刚才若不是七弟配合得好，也攻不破他们的球门。"

场内掀起欢呼，却是十一带球攻破了对方球门。夜天湛喝了声彩，突然听到除了场中的热闹外，不知何处传来阵阵喧哗。夜天凌也听到了，扭头往开仪门方向看去。击鞠场因在宫城外围，离开仪门较近，此时留意去听，那些吵闹声便越发清楚。

　　夜天湛叫来侍卫道："去看看什么事。"

　　那侍卫领命而去，不多会儿小跑着赶回来禀道："启禀殿下，神策军的将士在开仪门前闹起来了！"

　　"所为何事？"

　　侍卫答道："听说是因为军中传出了有人侵吞军饷，将士们气愤不过，要面请陛下圣裁。神策军三品以下的将士差不多都到齐了，简直就是……就是兵变！"

　　夜天湛吃惊，天都之中守军兵变，这是开国来从未有过的事，非同小可，脑中第一念头便是神策军既然如此，不知神御军情况怎样，扭头往夜天凌看去，却听他问了一句："溟王人呢？"

　　侍卫道："没有见到九殿下。神策军大将都到了开仪门，但还是镇不住场面，已经派人去找九殿下了。"

　　夜天凌微一点头，夜天湛瞥见他的神情，心间蓦地闪过丝异样。虽说这位四皇兄向来遇事冷淡不惊，但作为统领军务之人，这也太过镇定了，他略略思忖，问道："事涉军饷，凭几员大将恐怕压不住，四哥要不要去看看？"

　　夜天凌已命侍卫退下，道："神策军向来归九弟统调，此事该由他去处理。"

　　"倘若神御军也闹起来呢？"

　　"那便该尊请父皇圣裁。"

　　这显然是不打算插手，夜天湛心思敏锐，已将此事大概料到了几分："四哥言之有理，出了这等大事，想必九弟很快便到了。"

　　正说着，致远殿传旨内侍匆匆寻来，传天帝口谕宣凌王、湛王即刻入见。

　　天帝这边得报神策军兵变，偏偏四处找不到夜天溟的踪影，正龙颜大怒。尚书令殷监正早已被宣见，刚递给夜天湛一个眼神，便听天帝质问下来："私吞军饷，激起将士叛乱，你们兵部和户部都干什么去了！"

　　夜天凌虽然不再掌管神御军，但仍挂着兵部的职衔，同湛王一并先行请罪。天帝刀锋般的眼神带过去，盯住夜天湛："越来越不知收敛了，朕高官厚禄养着他们，他们还不知足，连军饷都敢动，你户部怎么说？"

　　夜天湛不慌不忙，从容奏道："依儿臣之见，此事非严办不可。当务之急应先稳住军心，承诺将士们彻查此事，然后从兵部始，清查户部，绝不能有所姑息。将士激变虽触犯天威，但若能借此清正吏治，则焉知非福？还请父皇息怒。"

　　他这一番话让在场几人都意外至极。清查户部，必然牵连百官，谁都知道湛王是朝臣士族的大树，按道理他保还来不及，谁知竟主动提出清查。他这样的态度，顿时将眼前火药味甚浓的场面压下去几分。夜天凌不动声色地往他那里看了一眼。天帝并未作声，目光中隐含思忖，脸色却渐渐有所缓和："照你这么说，这是个得罪人的差事，该让谁去查？"

夜天湛道："儿臣愿为父皇分忧。"

"哦？"天帝反身坐下，抬眸看向夜天凌，"你觉得呢？"

夜天凌道："儿臣附议。蠹虫噬木，久必断梁；硕鼠食粟，终可空仓，贪吏窃国形同此二。今天既可因军饷激起兵变，日后就难免国将不国，请父皇降旨严办。"

天帝合目沉思，稍后道："既如此，朕便将此事交与你二人。凌儿代朕去开仪门告知诸将士，军饷一事，朕绝不姑息！"

几人退出致远殿，夜天凌先行赶去开仪门宣旨。殷监正待他一走，便问道："殿下，我们为何要自行清查户部？"

夜天湛遥望着夜天凌远去的背影，神色静如冷玉。方才夜天凌在殿中警钟一般的话语，让他心中颇有些不谋而合的感觉，但这场兵变的真正目的，恐怕远非表面这么简单。

"自己不查，难道等着让别人一网打尽？"

殷监正沿着他的视线看去，已有些明白他此举的用意，却又道："可是如此一来，我们岂非自毁长城？"

正午骄阳照在夜天湛的朝服之上，嵌丝银线轻微的光泽一闪，映着那白玉龙阶上耀目的阳光，恰如他眼底一丝锋利："蠹虫噬木，久必断梁；硕鼠食粟，终可空仓。你没有听到这话吗？不查才是自毁长城！告诉他们，若再不知收敛，谁也别怪本王无情。"

殷监正被他语中的严厉震得一顿，没有立时接话。夜天湛似乎轻叹了声："欲速则不达，我们失策了。"说完此话，他淡淡一扬眉，眼光往开仪门方向瞥去，俊雅的微笑又回到脸上，"走吧，为时不晚。"

无论何时，莲池宫总是如此安静，卿尘几乎可以听到自己的脚步声。安息香缭绕的青烟婉转直上，伴着静垂的帷幔偶尔飘摇。

凝眸看去，眼前每一处金丝木梁上，都细细雕刻着幽美的清莲，鬼斧神工极尽精巧，千姿百态地深深镌刻成整座宫殿，历经数十年岁月却没有分毫改变。

莲妃合目靠在绣榻之上，清丽绝伦的面容依旧带着辽远和缥缈，透明白皙，几乎不见丝毫血色。

接连病了多日一直不见好。卿尘将搭在她关脉的手指收回，担忧地道："母妃……"这病分明是由心生。

莲妃微微睁开眼睛，摇摇头："陪我坐会儿，说说凌儿这几天都干什么了？"

卿尘淡笑了下："朝堂上也无非就是那些，闲时在府中看书、写字，也练剑。偶尔四处走走，说王府中好些地方他都不知道有那样景致。"

一抹慈爱在莲妃眼角微晕。迎儿进来轻声禀道："娘娘，陛下又有赏赐来。"那祥和的神情尚未化成笑意，便在莲妃脸上微微淡了。她只点点头："知道了。"

迎儿又道："这次是孙总管亲自送来的，还有口谕说陛下今日晚膳来咱们宫里用。"一边说着，一边将那赏下的东西呈给莲妃过目。

一对玉光通透的翡翠镯并同色莲花玉簪，这是年前南使朝贡的贡品，极难得的成色质地。如此赏赐连皇后都不曾有，天帝竟将一整副都赏了莲妃。

如今似是不同往日，天帝不但赏赐频频，常来莲池宫，更连晚膳都要到这里来。

莲妃只看了一眼那些东西，便让迎儿拿走，静静叹了口气，对卿尘道："如今凌儿有你，我便放心了。"

卿尘道："母妃只要把身子养好，不必多虑挂心。"

莲妃眼中有些迷蒙，轻声道："这么多年，你不知道我有多怕，凌儿，他是一步一步踩在刀锋上过来的。这些年因着我，宫里朝外多少人不待见他，但是他更难的还在后头，你以后要多帮着他，也多劝着他。"话中说不清的一抹疼惜，混杂着沉积多年的爱、恨、伤、悲，起伏沉寂，此时听来却似过尽千帆，落木萧萧，无限凄怆哀凉，仿佛已经无力再想再看。

卿尘道："母妃放心吧，四哥他心里都清楚得很。"

莲妃咳了几下，卿尘忙轻轻替她抚背，莲妃却握住她的手道："卿尘，你记得一句，若有那么一日，你便告诉他，陛下……陛下待他还是不薄的，无论他要做什么，千万莫让恨迷了自己的心。"

卿尘一时间有些怔忡，夜天凌虽从未对人表露出半点儿心思，仿佛什么都不曾改变，就连那句"父皇"也从未私下改口，但他心里的确恨着天帝。

弑父之仇，逼母之恨，他那样的人，若恨起，便会恨到深处吧。

顺风而上，船行稳健。楚堰江天堑平阔，江面之上船只密集，两岸坊间盛设帷帐，檐宇如一，繁华楼市，商贾如云。

凌王府的舟驾一路出宫回府，卿尘在船舱坐了会儿，便站到船头。江风长起，吹得她衣衫飘摇，白江如练，遥见苍茫天际，有如一线。她靠在船头，沿着江岸随意看去，突然觉得有什么人在盯着自己，一回头，迎面横陈江面的跃马桥上，正有人勒马伫立，往船上看来。

众多侍卫簇拥之下，一人身着银色武士服，贴身修长，衬着江上反射来的斜阳有些耀眼，几乎看不清是何人。

但卿尘很清楚地感觉到那双眼睛，妖魅而邪气十足的眼睛，一瞬不瞬地看着她。那种饱含侵略性的目光如影随形，几乎想将她吞噬。

夜天凌，她淡眉微扬，亦凝眸看去，目光中隐着三分怜悯的伤感。夜天凌面色沉沉，煞气浓郁，隔着江水长流，目光始终锁定在她身上。

不知为何，面对这样的注视，卿尘却突然想起度佛寺前，浮烟影中踯躅独行的那个人。

江水滔滔自两人之间奔流而去，夕阳下空寂的青天，在天都喧哗的背后呈现出一片奇异的琉璃紫色，浮云游荡在天底，如无声的梵音缥缈缭绕，凡尘一世，纠结不休。

每一次偶遇，每一次相望，她总觉得他那魅异的眸中隐藏着太多的东西，浓得仿佛可以燃尽一切。沉重的炽热和炽烈总叫人不愿去看，憎厌之后亦会涌起极深的怅叹。

船缓缓地穿过桥洞沿江前行，将"跃马桥"三个大字抛在身后。

江流渐远，夜天凌与卿尘的目光亦同时消失在对视中，但卿尘知道他依然在看着这边。她将目光投向天际，斜晖脉脉，已近黄昏。

日暮之下，伊歌城渐渐笼罩在一片柔和的余晖之中，雄伟的大正宫背倚群山，俯视着这片繁华的人世。

卿尘合目叹息，若所料不差，夜天凌应该是刚从宫中出来。方才船只路经开仪门时，神策军的将士们虽已散去，但宫城四周重兵戒严，紧张的气氛仍在，可以想见前时万人拥聚、愤慨激动的情形。这一场兵变，不知夜天凌会做何感想。

便在几日前，鸾飞顺利产下一名男婴，母子平安。做了母亲的她看起来似乎比以前多了几分温柔，然而她对夜天凌的恨并没有因此停止，甚至更多了难言的决绝。

冤冤相报，情缘孽缘，事到如今又会有怎样的终了？

上九坊沿河宽阔的街道旁皆是华坊高阁，王公府邸，不时见到士族子弟纵马驰乐，男子呵呼女子娇笑交错扬起，绝尘而去。王府船驾在栈头停靠下来，卿尘举步而下，正巧遇上凤衍亦乘船回府。

凤衍迈步下船，老眉微拧，负手前行，似是有什么事情想得出神，一时没有注意旁边是凌王府的舟驾。卿尘略加思量，主动招呼道："父亲！"

凤衍乍闻声音，一怔，见是卿尘，随即停步笑道："王妃。"

卿尘命碧瑶原地等候，抬眼看了下凤衍身边跟着的人。凤衍会意，回头道："你们在此候着。"便同卿尘往一旁慢慢走去。

浩荡江水，轻涛拍岸。走了几步，卿尘道："父亲，陛下往后还是有很多事要靠着凤家的，些许事情何足为虑？"

凤衍花白的眉毛微动。他也是刚刚入宫回来，天帝因神策军的兵变余怒未消，他和卫宗平皆遭斥责，同时得知天帝已派凌王和湛王平乱严查。他一路上正权衡此事，卿尘的话到了他心里不知又有了几番思量，自然品出个中滋味。这话自然是实话，只是此时此刻，说话的人是他的女儿，凌王妃。

天帝赐婚凌王之后，再未指定女吏随驾，反而时常召卿尘入宫，或者听琴散步，或者下棋闲聊。天朝修仪一职如今已是名存实亡，但凌王妃的话，却是分量犹重。

凤衍颔首轻笑："雷霆雨露皆是君恩。"抬眼注视卿尘，"大婚也有些日子了，凌王……可好？"

这试探的一问意味模糊，卿尘报以浅笑："殿下待我很好，请父亲放心。这段时间朝事不那么忙了，他还说要陪我回府探望父亲母亲呢。"

"哦，哦。"凤衍点头。卿尘清亮的凤眸淡淡那么一挑："有句话，父亲请多斟酌。当断不断，必受其乱。"

凤衍何等城府，闻声知意，但不露声色，再行探问："王妃这话是指？"

"咱们凤家。"答是答了，却答非所问，让凤衍没摸着半点儿确切的说法。凤衍看过去，只见暮色下一张水波不兴的淡颜，隐隐含笑。

卿尘停住脚步，如今这关系，总还是要护着凤家才行，毕竟面上有一份血缘在。凤家已因夜天溟断送了两个女儿，她不打算做第三个。

第七章　一池波静小屏山

暮春倏忽，一晃夏日已至，满园草木历了暖风润雨，郁郁葱葱地舒展开来，骄阳透空洒下淡淡光影，斑驳幽静，化作一片细碎的明媚。

天机府前峻峭的青岩稳稳牵了石桥，只一转，便园色阔朗，一波莲池在阳光下反射出金芒银光，湖波粼粼，不时耀人眼目。左原孙立在门前，细柳依依绿荫深处，一抹淡淡的轻罗烟色渐行渐远，凌王妃临去时那一笑似乎还在，叫人不由得也随着她透出几分笑意来。

左原孙回身不无感慨地看了眼案前，卷轴宽密，尽览山河格局，徐徐平铺，将眼前一方屋子占了小半。由东而西，由南往北，绘的是天朝及四境军机图，山关海防、重镇边城历历在目。如今已到西北一片，便是这一角，却也是最难的，还要再费些时日。

图中各处皆是一手清隽的蝇头小楷，锐意微露，傲骨放逸，行行点点如星火燎原，收揽这万里疆域入画。很难想象是出自那看似柔弱的女子之手，然她随手指点细细而谈，又叫他不得不信。再看那些书简资料，已在他这里堆了小山样的一片，卷卷之上都留着频频翻阅的痕迹，不知凝聚了多少心思在其中。

这些日子同心研究，将这图中不足之处勘正弥补，竟叫他也痴迷了进去，仿似当年纵横疆场的心又回来了。左原孙笑了笑，这些都瞒着凌王，天机府中不准一人走漏此事。那日陆迁无意撞上，硬是被逼着发誓保守秘密。左原孙摇头，认真往那北端幽蓟十六州处看去，一时又陷入沉思。

这军机图有左原孙相助，事半功倍，眼见便可完成。卿尘抿嘴浅笑，转过临水回廊，迎面见白夫人同两个女子自园中过来。

她看到那两人形容衣着，在一丛紫藤花前停住了脚步，繁花投影悄然暗上心间，遮住了骄阳煦暖。

风过，掠着几丝淡紫色的飞花扑上透迤绡裙，夜天凌的两名侍妾千洳和写韵见到卿尘，同着白夫人一起俯身行礼，话音略有些娇媚，带着点吴女的酥软动听，低眉柔顺，颇楚楚动人。

大婚之后白夫人带着阖府女眷叩拜王妃时似是见过一面，卿尘凝眸，打量过去，其后再未想也未见，更无人在她面前提起，她只当是没了这两人。

这府中尚有人可以名正言顺地分享她的丈夫，这个念头带给她一阵些微的不快。

白夫人抬头，见她迟迟不语，轻声再道："王妃。"

卿尘将目光轻带，投向姹紫嫣红深处，蜂蝶翩跹，丛丛花香熏人欲醉。她微微颔首："起来吧。白夫人，你随我来一下。"

白夫人往身后一瞥，起身随在卿尘身后去了。待到漱玉院，卿尘却只坐着不语，眸中远带着窗外清碧一色的流水出神，直到碧瑶奉上两盏清茶，方抬头问道："她们两人来府里多久了？"

白夫人想了想道："千洳来得早些，有四五年了，便是写韵，也服侍殿下快两年了。"

"这么久了。"卿尘没想到，一时沉默。

穿窗望去，一道清流蜿蜒，极安静地绕着那竹林，澄澈明净。漱玉院中多流水，深深浅浅远远近近，珠玉玲玲，水声衬了修竹茂林，总叫这院中带着三分清幽的静寂。

白夫人道："说起来其实也不算早，像济王、汐王府里的，连子嗣都诞下了呢。湛王府中的靳妃，不是也有了身子？"

"子嗣？"卿尘别过了头，"为何她们这些年却没有？"靳慧前些时候有了身孕，她倒很想去看看，但想起夜天湛，却又总有些犹豫。

白夫人叹了口气："也不知殿下是怎么想的，每次总会有药赐下，为此还惹得太后很不高兴。"

卿尘淡锁眉心："殿下常去她们那里？"

白夫人道："殿下每年最多也不过三五个月在天都。以前太后派女官催，他便去，只这次带兵回来，却半夜里都常在书房，也许是太忙了吧。"

卿尘听了，修长黛眉轻微地一挑，低头啜了口清茶，细品那茶香，略带着微微的清苦。

白夫人侧面看着，那茶中清袅的水汽在卿尘面上淡淡缭绕，整个人似是笼着一抹烟云般的轻愁，浮光婉转只略做流连便化在那深湖似的黑瞳中，继而被周身的淡定所取代。倒不似是容不下，却无由地比那些容不得闹起来的还叫人心疼，她微微叹了口气。

待白夫人走了，卿尘便一直倚在窗口静静看着那片幽幽青竹。

日前春时几场雨后，竹林里齐齐地冒出几多嫩芽，细翠地清爽地破开了黑土，如今挺拔有力地伸展着。夜天凌喜欢竹子那份清傲，她喜欢竹子那份幽静，两人常常就站在这里看着。他会从身后环着她，她靠在他怀里。

她轻微吐气，将掠到腮边的一缕发丝吹开，心中若有若无地怅然，似乎又清楚地远离了这里，便如当初，迷茫中暗藏的孤独。

如此盼望他怀抱中的安定，他清淡却熟悉的语气，甚至他平静到寂冷的眼神，那里总有一点幽远的星光在望向她的时候微微地将她拢住，告诉她，她属于他。

那样的怀抱、语气和眼神，可曾为另外的女人有过？

她不知，她对他的过去一无所知，正如他对她曾有的世界无从探寻。

碧瑶见她在窗边待得久了，忍不住上前道："郡主，咱们园子里水多，虽入了夏也总还是凉的，可别着了寒气，否则我怎么向殿下交代？"

卿尘回过身来，问道："你交代什么？"

碧瑶笑道："殿下说了，郡主心血不足身上怕冷，我得多记着，一旦有个不舒服便唯我是问。"说罢添了杯暖茶过来："前几天郡主要的药材送了来，要不要看看？"

卿尘将茶盏轻叩着，道："先放着吧。"语中淡淡，不是平时的清静，略带几分倦意。

碧瑶跟她日子久了，多少也能摸到她的心思："郡主，您若是不喜欢她们两人，只消一句话打发出去便是了，殿下绝不会说什么的。"

卿尘略皱眉，淡声道："打发出去吗？一个王爷的侍妾，进了王府几年又被送出去，定会遭尽冷眼闲言，怕是连家人都未必容她们。"

碧瑶沉默了会儿，道："郡主行事向来果决，怎么今日遇上了这事，竟会心软？"

卿尘似是笑了笑，笑意隐约在唇边一掠便逝去，淡若浮痕："事有可为不可为，这与果决并无关系。同为女人，将心比心，又何苦如此为难？"

这也是个道理，碧瑶倒再说不出什么，只叹气道："那郡主这到底是怎么了？"

卿尘但笑不语，站起来走到书案前，漫无目的地随手抽了卷书，却一翻，掉出张纸来，上面密密列着些人名。

扫了一眼，目光落在几个字上，郎中令李暄，说起来倒是个可用之才，只可惜投了溟王麾下，浊中难独清，此次自是难免牵连了。

不过两个月，兵部原是溟王的人已查办了十之八九。查饷，自然跑不了户部，夜天凌早将户部摸得一清二楚，一根线牵起，雷霆手段步步紧逼，竟牵出了数百万的亏空。一时间朝中官员人人自危，怕是不少人多日没睡上安稳觉了。

神策军之事让夜天溟在天帝眼中信任尽失，事情到了这地步便已足够。卿尘默默看着这笺纸上娟秀的梅花小楷，当一个女人的爱被无视和践踏后，曾经爱有多深，那恨便有多深。没有人比鸾飞更了解夜天溟，她几乎能猜出夜天溟的每一步动作，步步为营，先其而行。真正和夜天溟博弈的是鸾飞，恩断义绝，她用这样的了解将夜天溟慢慢逼向山穷水尽。

卿尘合卷立在案前，心中一时空荡无着。夏日蝉声细细地吟唱着，此时听起来格外烦躁："我去园子里走走，你不用跟着我。"她吩咐了碧瑶，举步走出房门。

闲步踩过石径，竹荫幽林在阳光下细影斑驳，草木秀润远带碧水三千，湖光蒙蒙。

漱玉院中流水百转，最终都聚在了这处望秋湖，湖水澄明如镜，遥遥倒映着天高影淡，幽雅平和似是能洗净人一身机锋，满心凡尘便落了碎淡。

卿尘俯身下来，在这深静的湖水中看着自己的影子，那样切实，却又隔着千山万重。

她将衣袖挽起，伸手进水里，阳光透了水波有些圣洁的光泽，腕上的碧玺折射了天水浅影，发出灵动的七色微彩。水波静谧不见异样，她颇有些沮丧地收回了手，坐在了湖边。

岸边浅波打湿了绣鞋，在天青色的素淡中浸出一抹浓重的深意，更增添了其上花纹的繁美色泽。她索性赤脚弄水，纤袅白衣静展于石上，似有流云之姿。

抬头仰望晴空淡云，风微过，云带逍遥，无拘无束。

湖光一晃，孤单的影子旁多了个人，身形颀长，青衫磊落，夜天凌俯身问道："怎么一个人待在这里？"

卿尘回答道："这里清静。"

夜天凌一握她的手，眉梢微拧："会着凉的。"不由分说便把她拉了起来。

卿尘却握住他的手："陪我坐一会儿好不好？"

她语气中少见的央求意味让夜天凌微怔，他垂眸探到她眼波深处邈远空蒙的痕迹，点头："好。"寻了块平石，挽她坐下。

卿尘反手环到他身后，紧紧将他搂住。

夜天凌低声问道："怎么了？"

卿尘只靠在他身上，过了会儿闷在他肩头道："你是我的。"

"嗯？"夜天凌将她的头抬起来，"什么？"

卿尘扬眉，凤眸微挑："你是我的！"简短字语，说得清晰。

夜天凌薄唇扬起无声的弧度："谁说不是了？"

卿尘在他的笑中盯着他眼睛，极认真地道："谁也不准说不是。你的人、你的心、你的一切，统统都是我的。"声音清雅、低柔，却带着分决然的味道。

夜天凌从未听哪个女人用这种口吻和他说话，微微眯了眯眼睛，打量眼前人："怎么，想霸占着我？"

卿尘点头道："既然你娶了我，我嫁了你，你便只是我一个人的，我也只是你一个人的。今日之前的事我不管，但从今往后，你要是去碰别人，我就碰别人；你要是爱了别人，我就爱别人；你要是再娶别人，我就也必然另嫁别人。"

夜天凌眼中映着淡淡波光一亮，剑芒般慑人："哦？那我倒要看看，谁敢动我的女人？"

卿尘起身，回眸看着他："他人如何，我不管，但我说到做到。"

夜天凌依旧坐在石上，双手撑在膝头。卿尘此时站在他面前，赤着脚，裙衫半湿，秀发垂腰，依旧不耐烦那繁复的钗环，散散泻在身前，叫他想起第一次见到她的模样。黛眉清远，翦瞳似水，垂眸时柔静的闲定，闲定里偏偏带着一丝月华般的光芒，那光芒冷静，有种清傲而从容的东西让他感到异样，异样得不谋而合。

依稀便从那时候起，这个来历不明的矛盾的女人在自己心里下了一道蛊，慢慢地，一丝丝地蚕食着他的心，直到他眼底心头只容得下她。越只有她，偏又觉得她的一切都是谜，仿若曲径通幽，每一转都惊叹着，这一生都能让人心醉神迷。

他眼底饶有兴趣地带着抹笑："我倒还真不知道，原来我的王妃这么霸道。这样的女人有一个就够人消受，难道我还自找麻烦，再去招惹其他人？再者说，"他那洞悉一切的目光微微一抬，"我若做得到，你也要做得到。"

轻言淡语连消带打，消弭了一丝铮然。卿尘忍不住笑了，用一只脚尖去触湖水，夜天凌抬手将她扶住。

卿尘自然而然地握着他的手，保持平衡，玩心忽起，突然用脚尖将湖水掠起，往他身上溅去。

水珠在阳光下洒开道晶莹的半弧。凭夜天凌的身手岂会让她这小伎俩得逞，只往后一闪便让水滴尽数落了个空，他仰面躺往那大石上顺手轻带，将她一把拖了过来。

卿尘惊叫一声被他稳稳地接在怀里。夏日的温度覆在石上，有股暖流在脊背上熨过，夜天凌淡淡道："怎么，不信我？"

"不是。"卿尘只回答了一下就撑起身子，"你怎么躲得这么快？"

夜天凌实在忍不住，笑道："是你自己太慢，竟怪我太快，还真不讲理。"

卿尘眼中烟波轻横，撇嘴以示怀疑："怎么可能？我心念刚起，你便已经向后躲开了。"

夜天凌悠然道："人体经脉交错牵连，牵一发而动全身，这是最简单不过的道理。你转那小心思的时候难道不知自己手上在用力？"

卿尘好奇地在石上趴下，享受着那微烫的温热，如同一只收起爪子的小猫："你教我好吗？"

夜天凌轻轻伸手轻抚她的秀发："你要学什么？"

卿尘道："我不会的那些，还有箭术、剑法……很多的。"

"很辛苦。"夜天凌淡淡说了句，执起她细长的手指，"这手还是弹琴的好。走，跟我去看看。"

卿尘随他一路往四学阁去，迈入室内，一眼便看到窗旁静静摆着张古琴。她颇为意外，走上前去仔细抚看。

那琴古朴，典雅中正，阳桐圆而为面，阴梓方而为底，天地方圆，阴阳召和。琴身前广后狭，下喻六合，上应周天度，龙池为八风，凤池聚四气，腰腹法四时，五弦如丝，冰洁莹长，凛然峻华中透着一股清逸之气。她惊叹："好琴！"

"喜欢吗？"夜天凌道，"本来说了要给你找来那张'一池波'，寻了小半年，方知那琴在江州席家收藏着，人家爱如性命怎么也不肯出让，也不好夺人所爱。不知这张你是不是中意？"

卿尘将手指轻过琴弦，如龙吟低绕，似凤鸣婉转，带出一道清越圆润的弦音，只觉这琴一雕一琢如此合人心意，静静叹道："很喜欢。"

夜天凌笑道："那我就没白费心琢磨，还真想不到制琴有这么多讲究。"

"你做的？"卿尘再次讶异。

"怎么，不像？"夜天凌嘴角淡噙着笑意。

卿尘眸光映着他深溺的温柔："那这琴就来得珍贵了。"

夜天凌笑了笑，道："琴还没有名字呢。"

卿尘略一沉吟，步至案前，展纸润墨走笔写下"正吟"两字，其后书道：

岐山之桐，斫其形兮，冰雪之丝，宣其声兮。

夜天凌立于身旁，一手挽了她纤腰，一手将她执笔的手握住，续道：

巍巍之魂，和性情兮，广寒之秋，万古清兮。

一柔一峻，一笔一锋，淡淡墨香落在滑如春冰的素笺纸上，神里髓中，一丝不乱的清傲峻远，锋锐暗隐。卿尘微微一笑："他们都说我的字像你的。"

夜天凌看了看："嗯，比初见的时候好多了。"

卿尘将笔放下："你取笑我，不理你了。"

夜天凌将她揽得紧紧的，笑说："那你走吧，看你走到哪里去。"

卿尘又好气又好笑："你当我真的走不了？"

夜天凌在她耳边轻笑，淡淡却又万分笃定地道："你走到天涯海角，我也把你抓回来，这一生一世你都别想。"

卿尘在他怀中安静下来，幽幽地叹了口气："四哥，只要你一日属于我，我便不会走。"

夜天凌不语，若有所思，以一种深静的眼光凝视她，很久。

第八章　　乱生春色本无意

翌日凌王府前，中庭一色的水磨青石地平整宽阔，绿树成荫，一个内侍快步自后院出来，步履慌忙，走得甚急。

夜天凌刚从外面回府，正将马缰丢给侍卫，那内侍见了他，匆忙收住脚步："殿下。"

夜天凌点点头，随口问了句："干什么去？"

内侍躬身答道："白夫人遣小的速去请王御医。"

夜天凌眼底一动，站在阶前回身："什么事宣御医？"

"府里没说。"

王御医素来是给王府女眷诊病的，夜天凌担心卿尘，入府便往漱玉院去。

漱玉院水色宁静，几个侍女在洒扫殿院，卿尘却不在，也无人知道去了何处。得知夜天凌传人，凌王府总管内侍吴未匆匆赶了过来。

夜天凌问他："王妃呢？"

吴未垂手答道："回殿下，王妃在思园千洳夫人那儿。"

夜天凌有些意外："怎么回事儿？"

"千洳夫人……悬梁自尽了。"

夜天凌闻言，眸中掠过隐隐诧异。吴未低声道："殿下昨日吩咐将两位夫人送去别院，今日差人去请千泅夫人时便见夫人寻了短见。幸好发现得及时，王妃正在以金针施救。"

"王妃怎么说？"

"什么也没说。"

"知道了，你下去吧。"沉默片刻，夜天凌淡淡吩咐。

吴未觑了觑夜天凌脸色，极冷，如高峰峻岭，无动于衷。他躬了躬身，退出漱玉院，略一思索还是往思园去了，却见白夫人掩门出来摇了摇头。

"怎么，救不了？"吴未心里一沉，问道。

"人倒是救过来了。"白夫人朝屋里看了一眼。吴未隐约听到有人哭道："王妃，千泅不敢奢求别的，只求能留在府中，求王妃别逐我出府。"

一时间屋中似乎只有千泅的抽泣声，吴未轻声道："说起来，王妃也不像计较的人。"

白夫人掠了掠微白的鬓发，道："依我看，王妃和殿下真是一个性子，那股子傲气半点儿不输。根本没放在眼里，还谈什么计较？"

吴未亦愣愣，摇头道："我是看不明白了，王妃既然不计较，殿下这又是为什么突然赶人，闹得千泅夫人寻了短见？"

"你糊涂了不成？"白夫人叹了口气，"咱们殿下对王妃是真真用了心了，这一样再明白不过。"话语之中略略感慨，谁能想到会有这么个人呢？昨日不过是听说王妃在花园遇见过两名侍妾，殿下跟着便入宫求见太后，下令将人送出王府。若是无所谓的人，三千粉黛也作寻常，但若真真喜欢了，九天十地哪怕只有这一人，便已足够。

两人心领神会，同时看了看屋中。像是过了许久，一个低婉的声音淡淡道："你愿意留在凌王府，我也不说什么，但性命珍贵，往后不要用这种法子轻贱自己。殿下身边多少朝事军务已够他劳神，不管府里以前是什么规矩，现在既然有我在，我不想有这样的事再给他添乱。"

千泅那柔软的，带着丝微哑的声音凄然道："千泅知道，千泅可以永远不让殿下见着自己，只求王妃别赶我走。"

极深的一丝叹息，那淡雅的声音又道："好好歇着吧。写韵，你跟我来。"

门帘轻响，卿尘带着碧瑶和写韵出来，站下道："白夫人，差人好生照看着这边，别轻待了。"

白夫人答应着，卿尘回头问写韵："你打算什么时候走？"

写韵敛眉答道："但凭王妃做主。"

卿尘不语，蹙眉看她。写韵一愣，顿时醒悟，以前的路是身不由己，现在生死去留，所有的都是自己说了算啊！她略有些激动，道："写韵想等……等千泅姐姐身子好了再走。"

卿尘微微一笑，点头道："好，需要什么便找白夫人取，牧原堂那里我会送书信过去。"想了想，又将手中那包金针递给她："这个送给你，你很有天分，以后好好学。"

写韵双手接过了那金针，竟像是在梦中一般。

天都最大的医馆，有着最好的名医。牧原堂开医科招弟子，是男女都可以入学的，难道她真的也可以去学医术吗？写韵抬头，正遇上那双清澈的凤眸，秋水潋滟，潜静里带着丝鼓励的笑意，似是看透了她的心思："能不能入了医科还要看你自己，牧原堂也不收无用之人。回头我叫碧瑶给你送几本医书过来，若有什么不懂的可以随时来问我。"

写韵俯身便拜了下去，语中哽咽："多谢王妃！"

卿尘挽手将她扶起来："既然选了这个，以后定然还要吃苦，到时候别为今日后悔。"

"写韵绝不会后悔。"一声坚决的回答，似是充满了希冀，让一旁的白夫人看得疑惑，眼前这双向来温顺的清水杏眸竟是从未有过的明亮，她不得不承认这时的写韵，是她见过的最美丽的一刻。

夜天凌负手站在窗前，看着远远水榭上杏黄的纱幔被微风扬起，金线绣成的细纹游走在清淡的云中，湖光潋滟，倒映着琉璃般的天色。

他的心思一时还没自朝堂上收回，转瞬又想了过去。殷家，竟如此根深势大，千层万层密不透风。亏空看起来查得一帆风顺，但从上到下都有人护持得滴水不漏，竟没有一个多余的人能动。溟王的党羽一一落马，不过是湛王也乐得见此情形，顺水推舟罢了。

初时汹涌波涛如今化作细水缓流，更何况天帝也有了收手之心。权倾百年的士族门阀，便是天子帝王要动他们也得斟酌万分，一个不好，便是进退两难的局。

夜天凌眼底掠过冷芒肃杀，清寒的神色却在抬眸时微微一敛，明淡水色中卿尘沿着水榭静静走来，竹廊低影在她身后清远曲折，回绕湖中，如同一幅淡淡的画卷。

在夜天凌看向她的时候，卿尘似是无意抬眸，潜静的一丝星光微锐，如水，幽幽一晃，掠过几丝飞花飘旋在望秋湖上。

"不去看看？"卿尘抚开绡缦轻纱走到夜天凌身边，淡淡开口问道。

"不必了。"夜天凌亦颇不在意地道。

"那我便做主了。写韵喜欢医术，也颇有些天分，她想去牧原堂学医，过几日便送她去。千泇还是留在府里，就依旧住思园吧。"卿尘转身在旁边坐下。

夜天凌垂眸看她，轻轻将手抚上她后背："为什么？"

他手心温热的顺抚让胸臆间的室闷松缓许多，卿尘道："千泇说，她来了凌王府四年零十一个月二十五天，你什么时候去过她那里，穿什么衣服，说什么话，她每次都记得清楚。她知道你不在乎她，但她可以记一辈子，她心里存了你，忘不掉，只有你。对一个以死相胁的女人，我厌烦，一个哭着在我面前这样求着的女人，我亦不喜欢，但我也无法拒绝她的请求：她可以不让你见到她，只求留在这府中。"卿尘微挑着秀眉将夜天凌深深打量，"我倒不知道有人这么迷恋我的夫君。她既愿意留在府中，也就不必往别处送了。"

夜天凌静静回望她，唇角略扬："枕榻之旁，岂容他人安睡。"

卿尘一笑："之前说过，我不在乎你曾有千娇百媚姹紫嫣红，我要的是，此后你只属于我一个人。"

"在我眼中，你已是千娇百媚姹紫嫣红。"夜天凌的手轻轻沿着她的耳侧抚过，说得极轻，甚至带着一丝漫不经心的随意，如同一道冷冽的清泉微转，划过心扉。

卿尘回头妩媚一笑，淡淡容颜晕着丝浅绯，在夜天凌黑瞳中央映出一抹桃色清艳。她抬手将发丝理顺："好了，这府里上下，难道我还管不了了吗？"

夜天凌将她掠着发鬓的手捉住，手指在腕处滑下，挑起那串剔透的冰蓝晶，突然问道："为何戴着这个？"

卿尘素手微垂，那冰蓝晶自腕上脱下，挂在夜天凌指尖晃了晃："这个又叫作海蓝宝，具有治疗净化和灵通力量，早晨喉咙不太舒服，便随手拿来戴了。"

夜天凌神色微怔，似是出乎意料，沉声道："这是殷氏门阀的珍宝，湛王妃的信物。"

卿尘不想他竟知道此物由来，微微垂首，却突而扬眸看他，笑说："你在吃醋？"

夜天凌指尖微松，冰蓝晶落往花梨木案上。他顺势将她下巴轻轻捏住，依然用那低沉的漫不经心的声音道："是又如何？"

卿尘脸上露出丝狡黠的意味，似是极得意，孩子般地笑着。她将夜天凌腕上的那串黑曜石勾过来："那你把这个给我，我以后就再也不戴这串冰蓝晶了。"

夜天凌反手握住她："你对这串珠很感兴趣。"

一如往常地清冷淡然，深不见底的眸中却掠过洞穿人心神的幽光，那样深锐的探究，叫卿尘不由得垂眸避了开去。"我有吗？"她矢口否认。

"你已经不是第一次看着这个发呆了。"

"我喜欢。"卿尘道，却没听到夜天凌说话，一抬头，见他只静静地看着自己，一言不发。

卿尘扭头望向窗外，眉宇间如那渺远的静湖烟色，笼上了一层轻愁。极轻地蹙眉，几乎未来得及在眉心留下一丝痕迹便逝去了，却叫夜天凌看得如此清晰，心底深处浓浓一滞，眼中锋锐不由得便换作了淡淡柔悯。

隔了一会儿，夜天凌清冷的声音在卿尘耳边响起："不想说可以不说，以后若想要什么便直接告诉我。"他将那串黑曜石取下递给卿尘，"放在你那儿也是一样。"

谁知卿尘却摇头："我不想要。"夜天凌微微诧异，卿尘又道，"至少现在还不想要，放在你那儿也是一样。"

夜天凌蹙眉，卿尘却微微笑着，取过铜镜，反手抽下发间的簪子，发丝如瀑，衬在雪白轻绢上，黑白分明。

夜天凌扶在她肩头的手顺势接过玉梳，替她梳理着长发。发丝带着若有似无的清香锦缎般垂泻在他指间，这种温凉的感觉异常熟悉，隐约在灵魂最深的地方多年前便有过如此景象，一丝一梳，久远而宿命的纠缠。

"卿尘。"夜天凌看着镜中淡影成双，"我们是不是，这样过了很久了？"

铜镜微光，映着缱绻柔情似水，卿尘扬起笑颜："嗯，很久了。"她认真地道。

听着这颇带点儿傻气的答话，夜天凌薄唇优美而舒展地扬起，整个人似是笼在了一层异样的柔软中。

卿尘微微垂眸，窗边风淡，远远送来水的气息。夜天凌方才提到殷家时的一抹神情却浮现在眼前。极复杂的眼神，他不仅仅因那串冰蓝晶而不满，是六部之中夜天湛的手段开始显现了吧。

她沿着那水榭远远地望出去。浮光掠影淡笼着如烟水色，若是植上荷花，倒有几分像湛王府中闲玉湖，想必轻粉玉白露珠凝翠，闲玉湖中的荷花今年也是开得极好。领士族之风骚，聚天下之贤德，夜天湛岂会容人动摇了那些门阀的根基？他与夜天凌，之前还算携手对抗溟王，待到道路渐清，恐怕便再也没有理由齐心协力。

卿尘将目光投向清远的一片天际，看似温润，看似清冷，这两个人，却是谁也不会轻易罢手。

第九章　　等闲变却故人心

入秋过了几日，日头依旧似火般炙热，风中似是偶尔带了几分微凉，却被晒得不及一转便全无了踪影。倒是空气中浮动着草木干燥的气息，不时送来身畔，叫人觉得还真是晚夏近秋了。

卫府宽逾数亩的庭院，南麓白石砌成一片颇具峥嵘之态的假山将西北角占了大半。奇花异草间引水而下，一幅流瀑珠玉飞泻，飞阁建檐，有高亭成临渊之势，俯瞰之下山水并成美景，可谓煞费苦心。秋风带着高爽水意荡入掩在树荫影里的相府居室，卫宗平却正着恼。

"嘱咐过多少次，让你胆子别那么大，你倒好，如今兵部到户部两面查下来，你还来和我商量什么？趁早自己去投案痛快，省得丢我卫家的人！"那声音抑着怒气，连着燥热的空气一并冲卫府大公子卫骞去了。

卫骞扭头避了避老爷子的怒火，手里拿着块雕坐佛的玉佩把玩，却拿眼觑着母亲。卫夫人瞪他一眼，道："老爷，话不能这么说，骞儿可是咱们的亲生儿子，哪有不管的道理！"

"管？"卫宗平更是气不打一处来，"你生的好儿子，上次他做下天舞醉坊的事，湛王和凤家双双盯着不放，若不是我叫人咬死了郭其替罪，你今天还能见着这个儿子？他倒好，非但不知道收敛，反变本加厉，弄出这么多亏空来，你叫我怎么管！"

卫夫人道："不就是几十万的空缺嘛，咱们又不是拿不出来，补齐了不就得了。"

"妇人之见！"卫宗平叱道，"那也得由你补得进去！你知道这次是谁在查？那殷家身后又是谁？怎么补？"

卫夫人急道："又不是就咱们一个挪用，自上而下朝里多少人都这么办，怎么偏偏就骞儿这里查得紧！"

卫骞将手里坐佛一扔，不耐烦地掸着身上精制的云锦长衫："户部也不是整过一次了，我就不信，这次还能往死里整？"

卫宗平冷哼一声："这等事落在凌王手里，什么时候见过轻办的先例？朝中唯一能扛得住他的便是殷家，咱们同湛王历来便是两边，哪一个能让你好过？你当这还是太子在的时候？"

提到太子，卫夫人便想起惨死的女儿，哭道："我不管，老爷，我已经没了一个女儿，这个儿子说什么你也得想办法。"

这一哭更是添堵，又不好训斥。卫宗平紧着眉头想，户部这亏空查得确实蹊跷，明明天帝都有收手的势态，唯有卫家被盯着不放，说不得还真得从湛王那里寻出路，凌王处是想都别想。却听外面侍从禀道："相爷，殷尚书来了，见不见？"

"哦？"卫宗平倒一愣，"请去前厅奉茶，我稍后便来。"

"老爷，这殷尚书此时来，会是什么事？"卫夫人不禁停了啜泣问道。

"我如何知道？"卫宗平敲了敲长案，"来得真巧啊！"

"不管是什么事，老爷便从他身上想想办法，说不定便有转机？"卫夫人急忙叮嘱，"对了，前几日秦国公夫人倒提起件事，那殷家小姐已到了出阁的年纪，老爷若觉得殷家肯松口，不妨这事上拉拢着他们，倘真成了亲家，他们难道还见死不救？"

卫宗平点点头："待我先去见见他再说。"

客厅里殷监正品着上好的春茶，定窑刻花白瓷盏，微微地润着抹茶香。剔透白瓷衬着澄明，观色已是一品，入口鲜醇高爽，幽幽甘香不绝，是西王今年新来的春贡，宫里也不很多，卫府却是拿来待客用的。

他眯着眼往那一双紫檀嵌金低架上看去，一尺余高的珊瑚树成对摆着，天然奇形衬着正红的色泽极为抢眼，映得近旁几件玉雕都没了光彩。但若近看，便知那是整块翡翠琢成的青瓜缠藤，但看瓜下嬉戏的孩童眉眼传神栩栩如生，定是出自"一刀斋"的手笔。单这几件拿出去已是价值不菲，更不要说其他陈设，这主人还真是极尽奢华，毫不收敛的人呢。

想卫宗平当年若不是力保天帝登基即位，当朝相臣也轮不上他，却也就是这一注押对，赢得半生富贵。殷监正忍不住捋了捋颌下微须，在朝为官是务必要选对了主子才好。一抬眼，见卫宗平迈进门来，起身拱手迎了上去："卫相。"

"呵呵，叫殷相久等了。"

"是我来得冒昧。"

起手端茶润了润喉，卫宗平将茶盏搁下，开口道："殷相此来……"却正瞥见殷监正看了看刚奉茶上来的侍女，卫宗平会意，"你们都出去吧。"

看着客厅的透花门微微掩上，殷监正一笑，声音压了压："卫相，宫里出事了。"

"哦？"卫宗平只抬了抬眼，宫中若有什么大事，难道他还会不知道？

"今日皇宗司封了溟王府，溟王被软禁在府中了。"殷监正沉声道。

"什么？"卫宗平明显一惊，"所为何事？"

"谋逆。"沉沉二字，如重锤敲入卫宗平心里，几乎叫人一抖，这是重罪啊，却听殷监正继续道，"说是溟王身边一个叫紫瑗的侍妾在府里发现了魇镇祺王的巫蛊，那侍妾原是延熙宫的侍女，便入宫上禀了太后娘娘。陛下即刻便下令锁拿溟王，皇宗司接着在王府里搜出了紫金九龙朝冠和明黄龙袍，这不是谋逆是什么？"

卫宗平只觉得手心凉透，此事他事先竟毫不知情，立时想起最近溟王很是拉拢卫家，难道因此失了天帝的信任？想到此处，浑身一阵冷汗。见殷监正正看着自己，道："难得殷相此时能记着我卫家。"

殷监正不慌不忙道："七殿下常说卫相乃是元老重臣，向来行事明白，此等事情得同卫相多商量啊。"

"七殿下？"

"七殿下。"

这是向来不算和睦，却亦是不得不留心的主。自前些日子为众人举荐之后明明被压制着，谁知不声不响便扳倒了溟王，现在又分明是不计前嫌。想必最近户部的事也是握在他手里，难怪只有卫骞身上查得严。湛王，看去一身温煦风雅，处处透出的凌厉可真叫人喘不过气来！

卫宗平深深地饮了口茶，抑住心里波动，识时务者为俊杰，他叹了口气，转了一下话题："最近朝堂上诸事杂乱，人心惶惶啊！"

殷监正却像能知道他心思一般："听说卫相问过户部的事？"

卫宗平道："还不是那逆子惹祸，着实叫人烦心。"

"户部里怎样，全在七殿下一句话。"殷监正笑道，"不过小事一桩，卫相大可放心。"

"不愧是七殿下。"卫宗平终于下定了决心，"便请殷相先代为回话，改日我必当亲自答谢。"

殷监正领会了话中之意："如此甚好。"

卫宗平却想起夫人刚刚所言，正好探问一下，便道："听说府上千金正当妙龄，不知可许了人家？"

殷监正却摇头叹道："别提小女了，都是被我宠得无法无天，婚姻之事也要自己做主，这几日正闹着呢！"

"这是为何？"

"天都多少英俊才少，她偏偏看上个不能招惹的人，愁煞我也！"殷监正倒不似做戏，看来是真的毫无办法。

卫宗平笑道："小女儿家难免闹闹脾气，不妨让她和骞儿多去游玩，说不定反而能成了一桩喜事？"

"呵呵！"殷监正一愣，笑说，"说得是，说得是。不过若说喜事，皇后娘娘前几日倒提起为七殿下纳正妃的事，卫相府上的二小姐还未许配他人吧？"

卫宗平听出言下有意，道："皇后娘娘的意思……"

殷监正笑道："卫相，咱们两家看来倒是真有儿女缘分呢。"

两人心照不宣，卫宗平极感慨地抿了口茶，湛王，眼下看来是最明智的选择了！

第十章　红绡帐底卧鸳鸯

秋夜清浅，月色隐隐地笼在云后，一片淡淡暗寂。

溟王府中早已下了灯火，除了夜天溟被禁在内院，府中所有家眷都被集中在偏殿看守，一重重院落悄无声息，黑暗里掩着沉闷的不安。唯有府外皇宗司守卫职责所在，偶尔能听到长靴走动的声音。

夜已中宵，府中一道僻静的侧门处微微响动，一人悄然推门而入，周身罩在件黑色斗篷里，连着风帽遮下整张容颜，丝毫看不清晰。

几乎是熟门熟路地入了内院，那人微微抬头，廊前一盏若隐若现的风灯轻晃，在她苍白的脸上掠过丝光影，眸中是片深寂的黑暗。

院里香桂坠了满地，风过后，丝丝卷入尘埃。

日日复日日，年年复年年，盛时花开飘香砌，零落又成泥。

那人驻足，似乎看了看这花木逐渐凋谢的庭院，伸手将室门推开。

秋风微瑟，随着她卷入屋内，带着片早凋的枯叶，吹得本已昏暗的烛火一晃。

夜天溟却还未睡，神色微见憔悴，抬眼处，一抹魅色却在烛火中显得分外美异。见到来人，他略有意外："四嫂？"

那人将手中一个食盒放下，冷冷地注视着他："不，是我。"她将斗篷的风帽向后掠去，露出张消瘦的容颜，映在夜天溟魅光微动的眼底。

夜天溟长眉一皱，将她打量，突然神情大变："是你！"

"对，是我。"那人微微冷笑道，"很诧异吗？"

夜天溟眸中满是惊骇："不可能，你……不可能！"

"你太低估凤家了。"那人极冷地一笑，自食盒中取出一壶酒，"没想到今日是我来陪你饮酒吧？"

夜天溟此时已然镇定下来，走到案边再次将她打量，终于说出两个字："鸾飞。"

鸾飞提壶斟酒："殿下。"

"怪不得他们事情策划得如此周详，原来是你。"夜天溟眼中阴鸷的目光骤闪。

"殿下应该亲眼看着我死才对。"鸾飞目光微寒。

"你来干什么？"夜天溟心中暗怒，冷哼一声道。

"来陪殿下饮酒。"鸾飞面上却带了温柔的神情，将斗篷解开丢在一旁。

她身着一袭绛红云绡宫装，其红耀目，似血般浓浓婉转而下，流云裙裾衬得身姿俏盈，轻罗抹胸，长襟广带，似是整个人带着回风起舞的风情，惑人心神。

鸾飞托着酒盏，步步轻移，丹唇微启："君若天上云，侬似云中鸟。君若湖中水，侬似水心花……"

歌声妙曼，勾魂摄魄，夜天溟瞳孔猛地一缩，听她道："殿下，你可记得这支《踏歌》舞，在这府中的晏与台上，你见过的。"低低的声音，幽迷而怨恨。

夜天溟却似乎已被魔住，痴痴地看着她转身，起舞。

鸾飞回眸一笑，笑中透着刻骨缠绵的寒意："像吗？穿上这身衣服格外像是不是？我从七岁那年便看着你们俩，我学着她的一举一动，她走路，她跳舞，她皱眉，她欢笑，只为了你多看我一眼，你看，是不是很像？"酒盏已托到夜天溟面前："殿下！"

秋波温柔，是纤舞的呢喃击在心头。夜天溟一把将那盏酒握住，倾酒入喉，呛烈灼人。

鸾飞托盏的手带来一阵幽香，罗袖滑下，露出玉白皓腕。夜天溟眼中似是跳过炽热的焰火，疯魔了一样将她攫住，狠狠地吻了下去。

红唇轻软："纤舞！"他低唤，唇上却重重一阵剧痛，瞬间鲜血长流。

夜天溟猛地松手退开，迎面那双眼睛如此强烈的憎恨，似是化作了尖刀，要将他寸寸割透。

"很像，是不是？"鸾飞再问。

夜天溟嘴角殷殷一道鲜血流下，阴鸷的目光带着几分狂乱，他忽然仰天大笑起来："哈哈，哈哈……像，太像了，可惜不是纤舞，永远也不是，你是凤鸾飞！纤舞死了，你也该死！你为什么还活着！"

"因为你说过和我同生死，共富贵。"鸾飞伸手将沾在唇上的血缓缓抹去，在灯下抬手细细审视，"我若死了，你怎能活着？你若活着，我又怎能去死？"

唇间那抹血色将夜天溟一双细长的眸子衬得分外妖异："好，不愧是凤鸾飞，所以你永远不可能是纤舞！"

"被人陷害的滋味怎样？"鸾飞冷冷地问道，"被自己身边的人出卖，即将一无所有。"

夜天溟心底生怒，眼前却突然一阵晕眩："你……"他踉跄扶了长案："你给我喝了什么？"

鸾飞笑着："你应该很熟悉，离心奈何草。"

夜天溟愣了愣，似乎听到了极好笑的事情，不由便笑出声来："你应该用鸩毒！我早就活够了，纤舞死了，我活着又如何？"

他身子摇摇晃晃，面前的身影越来越模糊，却变得如此熟悉。红衣翩跹，轻歌长舞，玉楼宴影，上阳三月新春时，风正暖，花正艳，蛾眉正奇绝。

"纤舞……"

鸾飞静静看着夜天溟倒下，眼角滑落泪水："我爱了你一生，随了你一生，等了你一生，最后，你想着的念着的爱着的，还是纤舞。"她跪下来，伸手抚摸夜天溟的脸，"不过现在，你只能和我在一起，我们一起还了欠下的债，等见到了纤舞，我也把你还给她。"

她执起那盏明灭不定的烛火，慢慢地划过纱帐、窗帷，艳红的舞衣在骤然明亮的火焰中带出一道决然的风姿。

火起势成，她将夜天溟用过的酒杯斟满，就手饮尽，轻轻念道："常来夜醉酒，月下霓裳舞，胭脂玉肌雪，唇齿琼液香，笙歌满春院，横波媚明霞，轻飞牡丹裙，临水看君来。"

秋夜风高，烈焰长飞，终于映红了上九坊的天空。

圣武二十六年秋，溟王谋逆，事败，畏罪纵火，焚府自绝。帝诏，溟王出皇宗，除爵位，眷属七十六人入千悯寺。

溟王府一夜大火，如同当年东宫焚毁，风流落去，只剩下了断瓦残垣。

因前几日微有不适，卿尘一直未曾进宫，再次踏入这殿宇连绵的宫阙，突然竟有种恍如隔世的感觉。

似是一夜秋风，已换了世颜。

宫闱生变，朝政纷乱，北晏侯虞凤却恰在此时上了道称病请撤的表章，如同夜天凌所预料，四藩趁隙欲乱，已是迫在眉睫。

卿尘自延熙宫中出来，有些出神地驻足远望，御苑中不知何时开了盏盏秋菊，摇曳纤弱，素色如雪。

她将手掌轻轻伸开，湛湛秋阳在指间映出近乎透明的莹白，隐约可以看到丝丝血脉川流其间。

或许这个身体里真正流淌着的便是权臣门阀的血，没有怜悯亦没有优柔寡断，翻手为云亦可覆手为雨，将别人的命运倾覆于指掌。

只是即便罪有应得，究竟谁有权利去审判，去惩戒，这审判与惩戒又究竟是对是错？

天帝膝下最小的瑞阳公主正咿咿呀呀，由几个常侍女官引着在苑中玩耍。

远远看着那小巧的身影蹒跚学步，卿尘心底有一丝酸楚微微泛上。

金檐丹壁的宫廷，在孩子眼中似是华彩溢美琉璃世界，不知等她长大后，历尽红尘万丈，是否依旧记得这琼宇仙境中曾有的嬉笑与欢闹。

多少人困在其中，为权痴，为情狂。鸾飞之痴狂，宁愿与夜天溟同归于尽，撇下尚未足月的孩子。

遗书托孤，以身还情，以命抵债，却又种下新的孽缘轮回。

她从未想问夜天灏是不是会原谅她，亦从未看到同样的痴恋心碎，只因此生眼中只能容下一人，即便早知错付终身。

那孩子似是能感到母亲的离去，终日哭闹不休。卿尘无奈，只得同夜天凌商量去请夜天灏。

许是血脉相连，孩子见到夜天灏竟然停止了哭泣，睁开眼睛一瞬不瞬地看着他。瞳仁乌黑清澈，映着隽雅面容苍白如死。

"狠心弃子，她心中终究只有九弟。"夜天灏语出哀痛，却当即入宫请求天帝准许收养婴儿，天帝没有追究只语片言，默然应允。

鸾车离开宫门，驶在回府的路上。卿尘轻轻掀开繁华重绣的锦帘，秋阳下的街道，行人安恬，有父子、母女、夫妻，或行走、或交谈、或叫卖、或闲暇。

盛华风流的坊肆间，天高云淡，迎面秋风飒飒。

如此琐碎而又平淡的生活，禁宫朱墙里，却是一片片刀光剑影。万里江山锦绣下，亦是烽烟将起。

回到府中，卿尘见前面有客来访，也没注意来了何人，颇有些神不守舍地往天机府走去。穿过垂藤回廊，雕花长窗半掩，几人声音传入耳中。

"此时若联姻殷家，倒也并非全无益处。眼前殷家先提出嫁女，只不知殿下怎么想。"

"殷家既请了朝中老臣来提亲，殿下多少也得给个情面，究竟怎样，待会儿问问便知道了。"

卿尘心谷骤沉，然而推门的手已不及收回。屋中杜君述、陆迁等人见到她都是一愣，顿时停止了说话。

气氛微僵，白绡裙裾逶迤而过门槛，身后紫薇花正落了末期，飘零廊前。

"王妃！"杜君述起身叫了一声。

卿尘强抑着心底翻腾，淡淡看了他们一眼："是什么人来提亲？"

陆迁犹豫了一下，回道："殷相托了秦国公和长定侯，呃……正和殿下在前面说话。"

卿尘站在门前光阴中沉默了片刻，道："你们的意见？"

杜君述他们相互对望，似是不知如何作答。卿尘眸光微微一抬，语气听去倒是平静："殷家是湛王的直亲，岂是嫁一个女儿便能改变的？殿下倘若答应了此事，便等于附翼于湛王，秦国公和长定候在朝中的立场，你们比我更加清楚。陆迁去前面告诉殿下，就说我不同意，请殷家小姐另择高门吧。"

陆迁迟疑道："王妃，这……恐怕不妥……"

"去。"卿尘只再说了一字，转身拂袖而去。陆迁方要追上，一直不曾作声的左原孙抬手将他拦住，摇了摇头道："去吧，按王妃说的做。殿下的心志我等皆知，拒绝殷家，这个理由再合适不过。"

苑中秋风乍起，黄叶匝地，一路踏碎在脚下，传来枯枝残叶纷纷断裂的声音。卿尘初时走得极快，渐渐却缓了步子，方才莫名的情绪涌过，一股难言的孤独兜上心头，便如退潮之后的海滩，一片茫茫空荡。

她了解陆迁等人心中的打算，游戏的规则自来如此。皇族门阀，联姻、结盟、娶妃、纳妾，对他们来说本就是再正常不过的事。此时此地，哪个男人不是三妻四妾？自王公大臣而至皇子帝王，哪个身边不是粉黛佳丽如云，百媚千红无数？

暂时的虚与委蛇，无非谋略手段，何况与殷家联姻，若成，则胜算大增；若不成，则无非是牺牲一个殷采倩，凌王府中多了一个女人而已。

只是对她来说，那不仅仅只是一个女人。

他是他们的皇子王爷，却是她的丈夫，她唯一的亲人，这误入此间的一抹游魂，生生死死只有他，只有这一个人属于她。

回到漱玉院，卿尘只身靠在榻上，怔怔地瞧着紫绡云纱帐。

屋中很静，他不在身边，没有人在身边。隔着烟罗轻纱，眼前是锦席低案，雕窗画栏，往日看似熟悉的景象突然变得如此陌生，陌生到恍惚，那种熟悉的感觉一丝丝从心底渗透出来，逐渐包围了她整个人。

仿佛自己突然不是自己，一片迷茫，无依无靠，好像已经很久没有这种感觉了。

她差一点儿就忘记了那样的痛，什么山盟海誓，什么两情弥坚，统统都可以在一句话中化作飞灰，这世上最脆弱的是爱情，最不可靠的是男人。

或许无论到了何时，无论到了何处都是一样。

她轻轻握着腕上的灵石串珠，苦笑着闭上眼睛。自从嫁入凌王府，寻找九转灵石的想法似乎越来越淡，她好像真正变成了凤卿尘，随着时间的沉淀慢慢改变自己，慢慢忘记前尘。直到今天，那念头重新回到心间，这里终究不是属于她的地方吧，或许一切仍旧是梦，梦中短暂的幸福毕竟不是她的归宿。

卿尘心中思绪纷乱，一时想到从前，一时想到以后，却都空无着落，在这样混乱的疲倦中，光阴渐暗，而她不觉昏沉睡去。

梦中似睡似醒，依稀见到好多熟悉的人，但他们周身都模糊，一个个地消失离去，看不清容颜。她伸手欲留，却无论如何呼喊都发不出丝毫声音，只能眼睁睁地看着物是人非。四处陷入陌生的暗潮，夹杂着孤独、绝望、恐惧层层涌上，如影随形地缠绕上来。黑暗中仿佛有人站在面前，一双寂冷的眼睛淡淡看着她，可是当她向他走去的时候，他却渐渐消失在无尽的暗处。

"四哥……"她似是听到自己喊了出来，脸上冰凉全是泪水，身边有人叫她："卿尘，卿尘，醒一醒。"

卿尘猛地自噩梦中惊醒，周身冷汗涔涔，只觉得心脏似是越跳越快，几乎要破腔而出，只能抚了胸口喘息，一句话也说不出来。是挣扎的痛，那恐惧压在胸口，久久不肯散去。

夜天凌将她拥在怀里，见她脸色煞白，急忙吩咐道："传御医来！"

"不要！"卿尘紧扣着他的手指，使劲摇头，"我不要御医。"

"好，不要。"夜天凌对赶进来的碧瑶一抬头，转身柔声安慰道："没事，只是梦魇而已，醒了便好了。"

所有的东西满满地抑在心头，卿尘见了他却恍然如梦。泪水潸然而落，湿了面颊，湿了衣襟。

夜天凌静静环着她，目光中隐约带着歉疚和疼惜，轻轻替她抚着胸口，良久道："卿尘，你心里究竟要装多少心事，难道连我也不能说？我并不想要一个柔顺隐忍的妻子，在我面前，你可以随心所欲，我要那个真实的你，曾经的，现在的，以后的，我都要。我是你的丈夫，有什么我不能替你承担？只要有我在，你不必强迫自己坚强，你在想什么，告诉我。"

他的话语低沉在耳边，引诱着卿尘心中所有的秘密。她俯在他的怀中，含糊不清地哭道："我想回家，可是回不去，我不知道在什么地方，找不到家……"浑浑噩噩，断断续续，她也不知到底在说什么，夜天凌却一直认真地听着，眼中慢慢由惊诧变为柔软的怜爱，只是将她越发抱紧。

纱帷清浅，曳地静垂，朦胧中只见相依。

碧瑶轻声转身出去，将赶来的御医请去偏室暂候，悄悄掩上房门。

过了许久，仿佛所有的东西都在他温暖的怀中化作一片轻鸿，淡淡飘远。

尘埃渐落，归于熟悉的平安和清寂。

卿尘耳边传来夜天凌低声叹息："清儿，上天何其眷顾，竟万世千生将你送来我的身边！"

清儿，已有多久没有人这样唤她？卿尘蓦然抬头，正落入夜天凌柔情似水的深眸之中，他淡淡一笑："对吗？清儿？"

卿尘只怔怔地看着夜天凌，一时竟说不出话来。

夜天凌抚过她微湿的面颊，语意温柔："怪不得你总是在意这些串珠，是我不好，从今以后有我的地方便是你的家，即便回不去又怎样？"

他的目光幽静而深亮，灿若星辰，照亮了漫漫黑暗。一串黑曜石套入了卿尘的纤细的手腕，依稀带着他的体温，温凉地圈上心头。

"你……不怕我走？"卿尘迟疑问道。

夜天凌剑眉微挑，似是说得轻描淡写："家既在这里，你要去哪儿？何况，你走了我怎么办？"戏谑调侃异于常日，显然故意逗她。

卿尘垂眸侧首："联姻，你还有天下。"

短暂的一阵寂静，她听到夜天凌缓缓道："我夜天凌此生只会有一个妻子，即便是江山天下，也不必委屈她去得。"不变的清淡的声音，却带着丝不容置疑的凝重，如同一道盟誓镌上心底，"以后不管有什么人提亲，咱们就这样告诉他们，你的笑容没有任何东西可以交换。"

黑曜石沉光激滟，映在他深邃的眸中，卿尘在他的凝注下闭上双眼，笑着，泪水却如断线之珠落了满襟。

情深至此，夫复何求？即便前途是披荆斩棘又如何，这一生，已注定随他。

第十一章　往来姻缘谁是非

黄叶轻，暮山凝紫，云去天高，秋色连波。

湖光倒映山色，如淡笔画出的清远水墨，一丝钓线轻轻落入水面，荡起几圈縠纹，转瞬又恢复了平静。

白衫如玉，不沾闲尘，紫竹长竿握在夜天凌手中极稳，不慌不忙的适然。

身旁的十一却终于有些沉不住气，开口道："四哥，不过被父皇训斥几句，你便躲来此处闲情钓鱼？"

夜天凌不语，只向他抬了抬手，十一无奈回身去看卿尘。

卿尘立在他们身后亭中，正写些什么。此时收了最后一笔，将轻挽的衣袖放下，对十一一笑说："来看看，我的字现在比四哥怎样？这道手本若呈上去，父皇也未必知道不是他写的。"

十一起身，低头一看，眉头便皱起："此时奏请去东蜀勘察水堰，四哥，工部又不在你职中。"

"那便更该去看看，多知道些有什么不好？"夜天凌淡淡道。

十一将折子放下道："都什么时候了，父皇下旨撤北侯国为十六州，北晏侯兴兵在即，你却称病连朝都不上。"

卿尘衣袖一拂，不着痕迹地止住十一，轻轻摇头："四哥这几日着了些风寒，确实身子不适，前时在朝上不过硬撑着罢了，便让他歇歇吧。"十一一愣，卿尘将他手中的折子晾了晾收好，"几句斥责虽非父皇亲口所言，但是什么分量，难道你不知道？"

常年拥兵，居功自傲，多行专断之权。十一冷哼一声："若不是四哥常年拥兵，哪来的他们在这里安安稳稳地聒噪！专断之权难道给这些连北疆是何等模样都不知道的人来行？"

卿尘垂眸，眉梢无奈轻蹙。无论如何，此次他们是绝不会将军功再拱手让给夜天凌了，却不知这军情之险，是否也人人如他，看得清楚。

她温柔地看着夜天凌，想起他昨日回府时眼中的疲累，她心底仍泛起丝丝的疼惜。

知我者谓我心忧，不知我者谓我何求？

推波助澜，终究还是走了最坏的一步，这世上又有几人能在隐忍中等待最佳的时机？边陲烽火难平，征战连年，又将有多少将士英魂，埋骨他乡？

水面一声轻响，一尾斤余重的鲤鱼随着夜天凌手腕微扬吊上半空。夜天凌伸手将它从竿上取下，却又随意丢回湖中，长身而起，瞥了眼那折子："撤亦反，不撤亦反，他们说的不是没有道理。十一弟，你不妨好好掂量一下这折子。"

卿尘将石青披风搭在他肩头，他眸光轻柔，望向她一笑。

十一亦是带了多年的兵，略加思索，心头一动："壅水筑堰地处东蜀，下临青州，西接封州，青州、封州，那是西岷侯重军驻兵所在。"

"对，"夜天凌负手北望，"一旦堰成，则可数日而截壅水，青、封两州便在指掌之间。"

"四哥是提防东蜀军？"十一目光一沉。

夜天凌深邃双眸精光一现，带着深思熟虑的沉静。

西岷侯近年来聚蜀地精兵设东蜀军，沿壅水诸州屯兵，其心昭然若揭。

北疆一旦战起，西岷侯退可入川蜀据守自立，进可与北晏侯联手，由渊江穿壅水南下直逼天都，两面夹击，实为心腹大患。

湖州春汛一过，夜天凌便遣斯惟云入蜀，暂停修堰导江的工程，日夜督造壅水江坝。左原孙也早已于数月前动身北上，此时已入合州。

一连月余，夜天凌扛着各方压力一力拖延争取时日。济王、汐王、湛王却联手支持即刻撤销侯国封地，殷家、靳家、卫家各处官员亦层层上表，甚至公然弹劾。

天帝今日终究准了北晏侯的奏折，降旨撤北侯国，依南靖侯属地之前例，分封为十六州都护府。

圣旨不日即到北疆，天都六军待命，兵马暗集。

天狼星动，是久违的兵锋杀气。

夜天凌极冷地一笑，微微扭头，马蹄声轻沿湖而来。

夜天漓翻身下马，将缰绳一丢，来到近前："十一哥！你果然在四哥这儿。"

十一仍在想着西北军事，心不在焉地应他一声："有事？"

夜天漓剑眉微挑："母妃让我找你进宫。"

"哦？"十一并未在意他语气中的异样，随口问道，"什么事？"

"似乎是……"夜天漓顿了顿，"要将殷家长女殷采倩赐婚与你。"

"什么！"十一惊诧抬头，夜天凌同卿尘尽皆愕然。皇子封王后开府赐婚虽是再平常不过之事，却谁也没想到十一的王妃会是殷采倩。

"怎么又是她？"卿尘不禁有些恼怒。前事方隔不久，殷家的女儿难道是急着出阁，人人可嫁？

殷家曾向凌王提亲之事少有人知，但十一却清楚，一时哭笑不得："胡闹什么！我找母妃说去！"

"十一哥！"夜天漓拦住他，"是皇后娘娘的懿旨。"

十一一怔，停下脚步。除去莲妃，后宫之中苏淑妃最受天帝宠爱，因此早惹得皇后不满，常为些小事便招来斥责。苏淑妃向来柔顺，处处忍让，皇后倒也不能拿她怎样，但若因此事违抗懿旨，恐怕往后便有委屈可受了。

夜天凌嘴角浮起一抹讥诮的冷笑，殷采倩要嫁的怕是十一身后的苏家吧。士族之中，苏氏一族历来最为清高，门庭严谨，一向同殷家生疏，自然是殷家最急于笼络的对象。

天家门阀，无论男女都逃不过这联姻的命运。从天帝后妃三千到诸王妻妾，或娶或嫁，他不记得有哪个不牵扯了门庭权位。思及此处，忍不住看了卿尘一眼，目光到处心中总有柔情似水，对于她，这个阴错阳差出现在自己生命中的女子，他自是无比珍视。

卿尘却正不悦："是殷家的主意吗？即便是皇后娘娘，也不能强娶强嫁吧？"

夜天漓道："殷家事事都是皇后做主，听说殷采倩不知为何被皇后召进宫中狠狠训斥一番，随后皇后便同母妃提了此事。"

所因何事几人心知肚明，十一对夜天凌苦笑道："四哥，这真是阴魂不散。"

夜天凌拍了拍他肩膀道："少安毋躁，先进宫看看情形。"

十一虽随性却不鲁莽，点头道："也好。"

夜天漓陪十一进宫，十一心绪不佳，路上皱眉不语。到了宫门，夜天漓突然站住叫他："十一哥。"

十一在玉阶之上回头，夜天漓笑嘻嘻地对他道："你若不愿娶殷采倩，不如我向父皇求旨赐婚好了，反正他们要的是联姻。"

十一剑眉微拧："你娶她？难道你喜欢她？"

夜天漓似是一本正经地想了想，笑道："人长得不错，脾气娇蛮了点儿，但想必应该比我那几个侍妾有趣，我无所谓。"

十一看他吊儿郎当的模样，瞪了他一眼："胡闹什么？趁早打消这主意！"

夜天漓自宫中出来，便已知这事很难有转圜余地，懒洋洋笑说："苏家毕竟是门阀之重，他们不会轻易罢休，这点你比我清楚。别的不说，单说应付这种女子，我可比你容易得多。"

"倘若当真谈婚论嫁，你们两人倒是般配，只可惜殷家打的如意算盘。"十一冷冷向远处一望，秋风过，阶前落叶微卷，"哼，我已经想好了，北疆一开战我便请命带兵出征，到时候哪里还有时间大婚，让他们等着去吧。"

这倒是个能拖延一时的办法，夜天漓问道："倘若北晏侯按兵不动呢？"

"北疆这一仗打定了。"十一大步前行，"北晏侯若明日便起兵造反，我真还要多谢他！"

满阶黄叶瑟瑟，又是秋来，夜天漓负手身后摇头跟上十一，无可奈何地耸了耸肩。

圣武二十六年十月庚寅，北晏侯虞夙斩杀朝廷北疆镇抚使，自蓟州起兵。

蓟州守将尽皆归附虞夙，唯有副帅常立不服叛逆，据理抗辩，终于激怒虞夙，被当场斩首祭旗，血溅辕门。

虞夙谋划叛乱已久，此次布置充足，两路叛军趁夜奔袭，连取合州、原州、辽州。中军至燕州与其谋士柯南绪所率兵马会合，一路南下直逼肃州。

肃州守将威远将军何冲率军布防抗敌，千里烽烟冲天，急报帝都。

天帝诏告天下，出兵平叛，长定将军南宫竞率十二万先锋军星夜驰援肃州。

十一皇子夜天澈领十万兵马即刻入防幽州，迎击西路叛军。

另有三十万天军集于平州，整装待命。

六军待发，唯有主帅悬而未决。

秋雨缠绵，淅淅沥沥已下了几日，却始终没有停的意思。

黄叶翩飞转眼零落泥中，天地间灰蒙蒙一片，秋浓，已是寒意袭人。

凤府宏伟富丽玉马金堂，两尊石狮子被雨水冲刷得干净，静卧在朱门两侧。卿尘沿那青石长阶走下，凌王府的鸾车已经候在门前。碧瑶收起紫竹伞，打起车帘，待她上车便递了暖炉过来。

偎着手中一团暖意，卿尘闭目在锦垫上靠了会儿，车行渐远，相府朱门已消失在连绵雨中。

她嘴角突然勾起一抹淡静的微笑，凤衍，真是个不错的对手。名门钟鼎，多少风雨起伏，凤家稳列士族之首果然并非侥幸。

这一番密谈似是父女叙话，实则明枪暗箭相互试探，最终做了一场赌注。

赌局是这场形势未明的战争，赌的是凤家的去从。

卿尘睁开眼睛，明净的眸中掠过好笑的神情。联姻，皇族名门以姻亲交结，巩固势力，掌控朝政宫闱。而夜天凌这个王爷娶了她这个凤家嫡女，却仍与凤家形同陌路。

　　既然已成姻亲，何必浪费？她笑了笑，凤家毕竟是她名义上的亲族，族人门生遍布朝堂，根植深广，很多事情可以事半功倍。无论如何，岂能容凤家相助他人？

　　眼前浮起夜天凌听她说到凤家时的样子，不过一笑置之，神情傲然，似是原本便未放在眼中。这问鼎逐鹿的游戏中，他根本是想将这百年风流的士族挥手抹掉，越是难为，他竟越是乐在其中。

　　凤衍分明是低估了夜天凌，不仅仅是凤衍，所有人都只能看到他驰骋疆场的锋芒而不知那似海深心。夜天凌的冷漠如一道清寒的利刃，从来无人能近其身。

　　而这场豪赌中，卿尘唯一的赌注就是对他的了解。因为了解，所以毫不犹豫地信任，甚至可以赌上自己的一切。

　　方才提到莫不平时，饶是凤衍稳如泰山亦忍不住惊诧万分。何止莫不平，左原孙、杜君述、陆迁……这任何一个名字都足以令人侧目。女为悦己者容，士为知己者死，凌王麾下又岂是只有精兵猛将而已。

　　细雨轻轻打在鸾车之外，车中显得格外宁静。卿尘随手掀开虚遮的垂帘向外看去，路上行人落落，此时的上九坊笼在雨幕深处，风流清冷。

　　十一出兵那日也是如此天气，大军齐发，整个伊歌城一片肃然。

　　殿前请战，堪堪避开那荒谬的赐婚，国事为重军情紧急，连皇后也毫无办法。

　　卿尘随夜天凌在城门之上遥遥相送，烟雨迷蒙，不觉离人断肠。却看到十一回身向这边一笑，仿佛天空又恢复了秋高气爽，再看时，银甲骏马已率大军没入雨中。

第十二章　心痴至此意难平

　　卿尘正要放下车帘，依稀听到有声哭求自近处传来。她奇怪地看去，原来是路过了湛王府，有两个人正将一个女子拖往府中，那女子面容熟悉，竟是靳妃身边陪嫁的侍女翡儿。

　　"停车。"她对外面吩咐，"去看看什么事。"

　　翡儿正在两个掌仪女官手中挣扎，一见凌王妃的车驾，拼命喊道："王妃救命！救救我家夫人！"

卿尘步下鸾车，纤眉一蹙，低声喝道："放手，这成何体统！"

那两个女官见是凌王妃，不敢造次，忙俯身施礼。翡儿扑至卿尘面前，跪地哭道："王妃，看在过去的情分上，请您救救我们夫人！"

"出什么事了？"卿尘伸手扶她。

"府中一点儿小事，不敢惊动王妃。"一个女官赶在翡儿之前道。

卿尘淡淡瞥了那女官一眼："我问的是翡儿，什么时候要到你回话了？"

声音清淡，目光中却含着冷然的意味，那女官微微一震，不敢再说。

"王妃，我家夫人要临盆了，求您想法救救他们母子！"翡儿松手给卿尘磕头，眼泪一个劲地往下掉。

"什么？"卿尘蹙眉问道，"你们为何不宣御医？"

"王妃……王妃不准……"翡儿话说到一半，被身旁那女官抬手一掌掴在脸上："胡说，还不闭嘴！"

这些宫中出来的女官自幼在掖庭司中受教，专门训诫侍女宫人，下手都十分狠辣，翡儿脸颊顿时肿起，人便跌往一旁。

"放肆！"卿尘叱道，"在我面前也敢如此！"她心中顿时明白，夜天湛三个月前娶了卫家的二女儿卫嫣为王妃，定是卫嫣容不得靳慧，趁她临盆之际暗施毒手，翡儿情急护主想偷偷出府求救，却被掌事女官抓回。

卿尘背心不由涌起一股寒意："七殿下人呢？"

"殿下朝事缠身，已有几日未曾回府了。"翡儿哽咽哭道。

"速去宫中宣御医，将靳妃临盆之事奏禀太后及皇后娘娘知道。"卿尘回身对侍从吩咐，"还有，将七殿下请回来！"

那两个女官脸色一变，事情奏禀到太后和皇后那里，谁也不敢再做什么手脚，一旦有事，都要担上干系。

侍从立刻去办，卿尘狠狠瞪了两个女官一眼，长袖一拂，顾不得碧瑶撑伞，便往湛王府中快步而去。

残叶萧萧，雨敲长窗，层云阴霾，四处暗沉沉的叫人心烦。

殷采倩在屋里踱了几步，往靳妃住处悄悄看了一眼，终于还是开口问道："真的不让人进去吗？"

卫嫣倚在榻前，拨弄着身旁的镂空细藤花银香球，头也不抬："不给她点儿颜色瞧瞧，这府里还都当她是湛王妃呢。"

殷采倩平时常来湛王府玩，靳妃一向待她亲厚，心中颇有不忍："万一出事怎么办？"

卫嫣扬唇冷笑：“那又如何？行事手软便是给自己留后患，看看我姐姐便知道了，待嫁到十一王府，你也得好生记着。”

一丝冷风透了窗缝袭来，雍容风流下的狠辣叫殷采倩心中微微一寒。自从卫嫣嫁进湛王府，与靳妃便是一山不容二虎。靳妃行事还算忍让，但卫嫣却处处咄咄逼人，假若当初太子妃也和她一般强硬，东宫或许便不是今天这个局面。她突然想起今日是为何事而来，急忙道：“湛哥哥怎么还不回来？你帮我和他说，我不嫁给十一殿下！”

卫嫣精致的面容之上微笑端庄：“好了，你也别闹了，皇后娘娘的懿旨谁能说不？何况嫁做十一殿下正妃是光耀门庭的事，你还别扭什么？”

殷采倩将柳叶眉一扬，不满地站起来：“什么光耀门庭？我干吗要嫁给自己不喜欢的人？”

“十一殿下出身高贵俊朗潇洒，哪点儿不让人喜欢了？”卫嫣问道。

“他好，自有喜欢他的人，反正我不喜欢。”殷采倩嗔道。

卫嫣抬头看了看她：“都行了及笄礼，还像个长不大的孩子。那么多上门求婚的公子，你看不上也就罢了，偏着了魔似的念着凌王，害得舅舅也遭母后训斥。出身士族，婚嫁系着家族荣辱，岂由得你自己喜好？”

殷采倩俏面微红，眼前不由便浮起那个清傲的身影，那日看着他纵马驰入神武门便再也忘不掉，像是刻在了心头。她冷哼转身：“姑姑为什么就非要我嫁给十一殿下，你嫁给湛哥哥，难道不是喜欢他？”

卫嫣责怪道：“胡说什么，别人怎能同他相比？天都之中哪个女子不想做他的妻子？”

话虽如此，眼中却透出一丝怅然。只是他心中，念念不忘的又是谁？温润之中的疏离，风流之下的落寞，谁能得他真心一笑？良宵新婚酩酊大醉为谁？宿立中宵独自望月为谁？她清清楚楚知道答案，明明离他那么近，却觉得如此遥远，完美无瑕的姻缘偏偏叫人无从看顾。卫嫣心中一腔暗恨都转到了靳妃身上，狠狠地将手中绢帕一捏，白首鸳鸯图扭曲在绿阳春晓中。

门帘掀动，掌事女官匆匆进来，神色颇为慌张：“王妃，凌王妃派人将靳妃生产之事上禀太后和皇后，还命人去请殿下回府了。”

“什么？”卫嫣怒道，“凌王妃？”

“她人已往靳妃那边去了。”那女官俯身道。

“看看去！”卫嫣拂袖起身。

雨打残荷，在水面上溅起清冷波澜。

卿尘正走到靳妃住处，迎面卫嫣同殷采倩带着几个侍女赶来。

“不知四嫂来了，有失远迎！”卫嫣上前拦了去路，屋中依稀传出靳妃阵阵呻吟。

卿尘向她看去："不敢劳动大驾，请让开。"脸上虽淡淡笑着，眼中却没有丝毫温度，幽深里一星微锐直逼卫嫣眼底。

卫嫣脸色一变，抬眼看卿尘立在阶前。风雨潇潇中玉色纹裳轻飞，容颜似水带着高华傲气，如这灰暗的天地间一抹清色，飘逸出尘。

这便是他牵肠挂肚的那个女人，连新婚之夜醉中都喊着她的名字！她心底嫉恨翻腾，不由语出尖刻："四嫂又没嫁到湛王府，何必来管这里的闲事？"

"我若是嫁进湛王府，说不定现在躺在里面生死不知的便是你。"卿尘明澈眸底隐有怒色，恼她狠毒，丝毫不留情面，"一尸两命，即便专宠于七殿下，晚上在他身畔你合得上眼吗？"

"我与殿下之事哪用你一个外人妄加揣测！"卫嫣怒到极点。

卿尘玉容清冷，声音隐寒："靳姐姐若是有什么不测，即便七殿下不追究，我也绝不会饶你！让开！你是想让我进宫去请太后，还是皇后娘娘？"

"你……"卫嫣气结，却被殷采倩拉住，"接生嬷嬷不是候着了嘛，我们里面坐着等吧。"说着对卿尘使了个眼色，似是让她快些进去。

卿尘一愣，不料她来打圆场，却也不及多想，快步往靳妃房里走去。

殷采倩虽庆幸卿尘赶来救靳妃，心中却亦百感交集。伊歌城中哪个女子不想嫁给夜天湛，偏偏她凤卿尘不想，偏偏她要嫁给那个人，偏偏那个人心里眼里只有她。她好不容易等到及笄，想尽办法相胁父亲去凌王府提亲，却只换来寥寥几句顾全场面的婉拒之辞。银牙微咬看着卿尘背影，到底意难平。

秋风骤紧，暮霭沉沉天暗。

夜天湛翻身下马，将缰绳丢给侍卫，迅速往府中走去，披风轻扬，轻甲佩剑一路微响，步履匆匆。

方至门前，室中隐约传来一阵婴儿的哭声，他猛地抬头，眸底忧喜难辨。

"殿下，你可回来了！"卫嫣笑意娴柔地上前迎他，亲手接过披风，看到他这身装束突然一愣，"这是……"

"怎么样了？"夜天湛问道。

"从清早到现在，急坏我们了，又不敢去催你回府。"卫嫣转身接过侍女递上的热茶，"快先暖暖身子。"

"你辛苦了……"夜天湛对她温和一笑，伸出的手却突然停住，话音断落，目光越过她肩头凝滞在那里。

卫嫣回头，看到卿尘举步出来，夜天湛目光中泛起轻涩的温柔，全部落在了那白衣浅影之上。她端茶的手微微一抖，脸上却强自留着笑意。

刚刚掌起的茜纱灯下，卿尘一手扶着屏风，低头对御医嘱咐着什么，那御医恭谨地记下。卿尘长舒一口气抬眸望去，正遇上夜天湛熟悉的目光。她忽然微微一颤，眼前夜天湛长剑在身，戎装束甲，墨色战袍给他温文尔雅的风华中添加了一抹罕见的肃锐，整个人如同剑在鞘中，深敛着秋寒。

三十万大军虚待主帅，如今终于尘埃落定。军情紧急，连日不眠不休布置停当，即刻便要挥军北上。

天帝教子从不偏颇，自太子始诸王无人不曾身披战甲历练疆场。虽不是人人如凌王般威震六合，却都是可用之才。

亦曾带兵平夷寇，肃边防，夜天湛的军功掩在文雅贤德的名声下，几乎被人遗忘。身后宗族显赫并不需要他将自己放逐征战浪迹边疆，他本已拥有得太多。

竟真的是他，面对此情此景，卿尘什么也不能说，什么也不愿说。她同风衍赌，赌天朝的皇权更迭，赌风家的荣辱兴衰，赌这场战争唯有夜天凌能胜。

疆场青冢埋白骨，古来征战几人回。如果她赢，陪送的是否会是夜天湛的一切，乃至性命？

但她无论如何也不能输。

卿尘眉宇深锁，原本积了满心的责备停在嘴边。面前那双向来湛如晴空般的眼眸，此时隐隐尽是红丝，他显然是彻夜未眠，倦意满身。

"恭喜殿下，母子平安。"卿尘终于轻声道。

夜天湛方回神："哦，有劳你了。"

卿尘笑了笑，转眼看往卫嫣。卫嫣垂头掩去眸中神情翻涌，盈盈拜倒，声音柔软得像是最温顺的妻子："恭喜殿下！妾身已叫人备下了十全汤，靳妹妹生产辛苦，需得好好补养才是。"

夜天湛点头柔和地一笑："还是你有心。"

雨已停，风萧萧。

"那妾身先告退了。"卫嫣盈盈施礼，宫灯在她脸上投下明暗浅影，只能看到一点红唇娇艳欲滴。

整日的疲惫骤然袭来，心口泛起的一丝丝隐痛让卿尘无力再去分辨这是是非非，她稳了稳心神，在卫嫣之前举步向外面走去："天色已晚，殿下进去看看吧，我告辞了。"

乌云未散，天穹仍灰暗得压抑。却是这冷落秋风带来一阵凉意，舒缓了心中的室闷。

卿尘筋疲力尽地扶着阶栏站了一会儿，手中握着的金针透过软缎微微刺痛了掌心。

这忙碌中降临的生命是天家尊贵的血脉，在尚未看到这个世界的时候便背负了如此恩怨纠葛，生命，究竟是喜还是悲？

殿宇连绵的湛王府中，他如春风般的温雅风流掳获了多少女子的心。她们为他痴为他狂，他竟任她们痴，任她们狂。

多情总被无情伤。

抬眼望去，那片记忆中碧叶连天的闲玉湖隐没在渐暗的天色下，残枝败叶，零落水中。

身后靴声微响，一阵寂静后传来温润的声音："卿尘。"

卿尘回头，看到夜天湛站在身后，戎装衬托下的俊朗风神，无比熟悉却又陌生。

相对无言，自从嫁入凌王府，再未单独见过。眼前这一瞬间，卿尘恍然又回到了很久以前，在这闲玉湖近旁，看夜天湛蓝衫倜傥，笑得云淡风轻。

那微笑像极了李唐，勾起七情百味，却更驱散了伤痛阴霾，暖风拂面，夏日浓荫，层层涌上心头。

沉默中，夜天湛目光落在卿尘手中金针之上，终于还是先开口道："你的医术越来越好了。"

卿尘淡淡一笑，若再晚些时候，靳慧怕是当真危险，她庆幸自己学得一身医术，还能救人活命："靳姐姐元气大伤，需得用心调养。孩子虽然平安，但在胎里受了损伤，眼下还十分虚弱。宫中那些御医也只是中流，不妨让人去请牧原堂的张定水老神医来看，他的医术才是妙手回春，我不过是得了他几分传授罢了。"

"嗯，我知道了。"夜天湛答应。

说了这两句话，卿尘似乎突然再无话可说，看着他束甲佩剑的身形半隐在长天暮色之下，喉间涩涩竟是酸楚。

"我明天便带兵出征。"夜天湛站在一步之外凝视着她，目色如玉，透着安静的矛盾。

"时间不多，进去陪陪她吧。"卿尘低声道。

"你似乎只惦念着靳慧，急着将我往她身边推。"夜天湛沉默了一下道。

"你该比我还惦记着她。"神情掩在淡淡的暮色中，卿尘眉间眼底流露出一种若有若无的伤感，"你娶了她，为何让她受这样的委屈？你是她的夫君，她那样依赖你，你应该好好保护她。"

夜天湛似乎愣了愣："什么？"眉头不由自主地一皱。

卿尘看着他的眼睛："至少，在她最需要你的时候，你应该在她身边，而不是让别人几乎置她于死地。"

夜天湛眼中忽而闪过一丝锐光，看定卿尘，却旋即又归于疲惫的平静："是我疏忽了。"语中几分落落自嘲，似乎在那一瞬的震惊后，一切都微不足道。

"靳姐姐若有什么三长两短，我会恨你。"卿尘转身沿阶而下，走了两步，终究回头，深深地将他看在眼中，"沙场凶险，你……要小心。"

夜天湛微微闭目，脸上慢慢浮现他一如往常清湛的笑容："临走前竟能见到你，我很高兴。"

简单的一句话，却叫温热的泪水冲入眼底，卿尘猛地回身避开他的注视："保重。"长裙拂转，快步离去。

湛王府的大门突然变得那样遥远，胸臆间的不适渐渐袭来，天地越发昏暗，旋转。

"卿尘！"夜天湛焦急的声音传来，卿尘一个趔趄，站立不稳，身子落入他的护持中，"你怎么了？"

抓着他的手待那阵晕眩终于过去，卿尘摇摇头："没事，只是累了，我要回家。"

孑然一身，无家可归。很久以前她在湛王府中说过的话突然那样清晰地回想起来，有什么东西从心底被抽离，缓慢而疼痛。夜天湛深深吸了口气，他终究没能留下她，以此为家。

但他的手仍坚定地扶着卿尘："我送你回去。"

卿尘轻轻放开了他的手："有人比我更需要你，既娶了她们，就好好待她们。"

可怜之人必有可恨之处，可恨之人挣扎于爱怨情仇，又何尝不是可怜？

夜天湛微微一僵，看着卿尘转身，消失在渐浓的夜幕下。

第十三章　三千青丝为君留

不知是怎么上的鸾车，不知究竟有什么人和自己说了什么话，红罗锦垫已被秋冷浸透，卿尘靠在上面，疲惫自四肢百骸丝丝渗出，缓缓将身心淹没。

眼前层层尽是夜天湛身着戎装的样子，只瞬间的一瞥，为何让她恐惧至深？

不是从未料知，只是潜意识里一直回避这个可能，似乎不想便不会发生。自一开始，她便选择了，从来没有为这个选择后悔过，但并不代表心不会痛。

她太了解夜天凌，在这一刻，却因为了解而陷入了莫名的惧怕。不论南宫竞的十二万先锋军和十一的西路军，此次出征三十万精兵之中过半来自神御军营，就连主帅左右先锋也分别是夏步锋及史仲侯。

夜天凌早已料到一切，信手拈子，已布好了这局棋。虚座以候，且待君来。

这不合时宜的战事在他翻手之间化为最可怕的利刃，一旦兵动北疆，寒剑出鞘，马踏山河，谁能掠其锋芒？即便是朝堂上步步退让看似艰难，又有几分是真，几分是假？

进可攻，退可守，一切进退都在他的手中，游刃自如。

闭目，心底深处是那双清寂的眸子，幽若寒潭，深冷难测。

撑了一日神志疲倦至极，一路昏昏沉沉，直到鸾车停下，碧瑶打起车帘轻声叫道："郡主，已经到了。"

卿尘自半昏半明间醒来，撑着额头又稍坐了会儿，方下车往府中走去。

门前候了许久的晏奚迎上前来，俯身道："殿下回来多时了，一直在等王妃。"

卿尘在幽篁长廊处停下，吩咐道："你们都下去吧。"说罢独自一人进了寝室。

青衫肃淡，夜天凌正在案前看着几道表章，听到她进来，头也未抬，只淡淡问道："去哪里了？"

卿尘赤足踩上锦毯，松手一放，微湿的外袍落在地上。她将头上束发华胜随手抹下，丢往一旁，人便靠着软榻躺下，闭目不语。

夜天凌手中走笔未停，眉心却微微一拧，紫墨至处银钩铁画锋锐透纸。待写完，他方回头看去，突然错愕，掷笔于案起身上前，伸手抚上卿尘额头："怎么了，弄成这样？"

卿尘脸侧发丝散落，仍带着点雨水的湿意，她知道自己现在定是一身狼狈模样，微微睁开眼睛安静地看着他，秋水澄明，似若点漆，更衬得脸色雪白。

夜天凌深深皱眉，转身对外面吩咐："备水沐浴！"

卿尘瞬目，懒懒抬手拂了下湿发。夜天凌眸中猛地掠过暗怒，握住了她的手，沉声道："这是怎么回事？"

白皙的手上隐隐有几道瘀青，是方才被靳慧握得紧了，此时才觉出疼。卿尘勉强笑道："靳姐姐今日生了个男孩，有人不想看孩子出生，我差点儿就救不了他们母子。"

夜天凌面色阴沉："你便只知道救人，自己也不管了？"

"四哥。"卿尘轻轻地喊他。

夜天凌唇角微抿，眼中虽怒色未褪，却伸手取过一件衣袍罩在卿尘身上，小心地将她抱起，大步往寝室深处走去。

伊歌城中多温泉，宫中府中常常引泉以为浴房。转过一道织锦屏风，潺潺水声依稀入耳，迎面水雾氤氲，暖意便扑面而来。

夜天凌遣退侍从，直接便抱着卿尘步入泉池。热水的熨烫叫她微微一颤，却驱散了透到骨子里的冰冷。

池水不深，坐下刚好及肩。夜天凌让她靠在怀中，为她除去衣衫，动作轻柔，似乎生怕弄疼了她。卿尘闭着眼睛任他摆弄，突然反手环上他的胸膛，长发落入水中漂起如丝浅网，明眸荡漾迎着他的目光。

"疼吗？"夜天凌握起她的手问道。

卿尘摇头，原本苍白的脸上因水汽而浮起一层别样的嫣红，仍旧一瞬不瞬地盯着他的眼睛。夜天凌清冷的眸底微亮，似是灼灼火焰自幽深处燃起。卿尘伸手环上他的脖颈，夜天凌臂弯一紧，俯身便将她吻住。

几乎是狂热的，寻找着彼此柔软的缠绵，呼吸温热纠缠在一起，深深探入心腑。

良久，夜天凌将她搂在肩头，长叹一声低头道："野丫头，跑出去一天弄得这么狼狈，回来还不安分。"

卿尘在他怀中一转，慵然自睫毛下瞥他一眼："那又怎样？"

夜天凌深眸一细，露出丝危险的神情，手臂猛地使力，便将她自池中捞起，大步往一旁宽大的软榻走去："那本王便要罚你！"

流水溅落一地，卿尘懒懒地蜷在那里。烟罗轻纱如雾般泻下，仿佛水汽渐浓。

雪帛素锦，三千青丝零散枕畔，清水晶莹，点点滴滴沿着冰肌玉骨流连坠落。夜天凌俯身将卿尘挽在身下，吻住她锁骨处一颗水珠，沿肩而下在那如玉雪肤上挑起桃色清艳。

卿尘闭目，身边耳畔尽是他的气息。不由得，那心跳便随着他急促而轻微的呼吸声越跳越快，仿佛被下了蛊，控制不住，再也不属于自己。

勾着她柔软的腰肢，夜天凌却突然安静了下来。卿尘奇怪地睁开眼睛，见他正看着自己，眼底尽是疼惜。"累不累？"见她看来，夜天凌低声开口，"若身子不舒服便和我说。"

淡淡地，似清流潺潺没过心房，卿尘扬唇浅笑妩媚，伸手抚过他的胸膛，勾住他的脖颈："凌，我要你！"

夜天凌手臂一紧，长叹声中低头覆上她醉人的红唇。暖雾迷蒙一室，天地轻转，水乳交融，一切陷入幽沉迷离的梦中。

没有试探，没有猜测，没有痛楚，没有嫉疑，没有他，亦没有她。情到深处，心神无尽伸展，探入彼此最隐秘的领域，眷恋纠缠合而为一。身体乃至灵魂，在最深最浓的爱恋中燃烧，欲火销魂成为彼此的一部分，永远不能分开。

软帐轻烟，春色旖旎。

缠绵过后，夜天凌闭目靠在榻上，伸手有一下没一下地抚着卿尘后背。卿尘慵懒地伏在他肩头，一动不动像只疲倦的小猫，因微微觉得凉，便往他身旁蹭去。夜天凌嘴角淡淡一扬，捞过身旁薄衾给她罩上，她转身找了个最舒服的姿势，贪婪依偎着他怀抱的温暖，不觉竟昏昏欲睡。

夜天凌亦闭目养神，不知过了多会儿，外面晏奚低声请道："殿下。"

"什么事？"夜天凌淡淡问。

"夏将军和史将军都已经来了。"

"嗯。"夜天凌睁开眼睛，"让他们稍等。"

"是。"

卿尘睡得本不沉，朦胧中听到说话，觉得夜天凌轻轻将手臂自她枕下抽出。她缠住他的臂膀："四哥。"

夜天凌抬手拍了拍她的面颊："赖在这儿继续睡，还是我抱你回房？"

卿尘摇头："我不要你走。"

夜天凌挑眉一笑："怎么今天这么缠人？听话，我很快回来。"

"若我不让你去呢？"

"哦？"夜天凌勾起她小巧的下巴，目光研判，"我的清儿虽然调皮，但却不是那么不懂事的。"

卿尘无奈松开手，夜天凌随手拿起一件干净的衣袍披上。卿尘出神地看着他宽阔的脊背："四哥。"她低声唤他。

"嗯？"夜天凌应道。

卿尘沉默了一下，终于问道："他，能活着回来吗？"

夜天凌手在领口处微微一顿，背对着她停住，不语。

"只要……只要活着。"卿尘心底随着他的动作微沉，深吸一口气道。

满室寂然，唯有池边水声琤琤，入耳分明。

夜天凌静默了一瞬间，卿尘微微咬唇看着身前的他，那挺直的后背撑起素青色的长袍，冷然如山。

无言等待，分明只是转瞬之间，却似是熬过漫长千万年的光阴。

"好。"简单而清淡的一个字，就像他以前常常答应陪她去什么地方，答应随她品梅子新酒，答应听她弹一首新曲那样微不足道。夜天凌将衣衫轻抖，整好，袍摆一掠，回身深深地看向卿尘，目光直追进她心底。

那样熟悉的回答，不问因由，只要是她的请求。他答应她的，从来都没有做不到。百感交集翻上卿尘心头，然而如释重负的轻松却猛然被一股酸楚狠狠揉过，碎成了喑哑的苦涩扼在胸间。

仿佛轻描淡写，她却知道他这一字允诺的背后意味着什么。她迎上夜天凌的目光，尽量平静地道："我欠他一条命。"

夜天凌目光在她脸上流连片刻，眼底冷锐隐去，慢慢泛起柔和，闻言一笑："妻债夫还，天经地义。"语气清冽，带着丝倨傲，更多柔情。

心如割，偏柔软，泪如雨，却不觉，卿尘轻声叫道："四哥……"

暗叹一声，夜天凌坐下将她揽在身旁："不过是一句话，何必如此？你是我的妻子，这一生一世都要和我相伴，我所求所想若是成了你的痛苦，那还有什么意思？"

水雾婉转，纱帐轻扬，缭绕在淡白的玉石阶柱之间，恍如仙境般安然缥缈。卿尘伏在他的胸前，看着这梦幻似的眼前，轻轻道："四哥，谢谢你。"

夜天凌在她身畔沉默，稍后抵着她的额头，低声道："若真的要说谢，或许是我该谢你。直到遇见你，我才知原来人竟真是有七情六欲，笑也不是很难。你就像是我丢失的那一部分，将另外一个我从很远的地方带来了，如果这世上所有的东西只能选一样，我宁肯要你的笑。清儿，若你苦在其中，即便是天下，我得之何用？"

清浅低语，字字情深，眉间眼底，是无尽的轻柔，万分怜惜。

卿尘将十指与他相扣，紧紧握住，在他的注视下抬头。他眸中星光清柔，深亮幽灿，点点照亮了这漫漫人生，她报以微笑，温暖他的喜怒哀乐，携手之处，便是天下。

锦衾微寒，灯花渐瘦，已是月上中天。

漱玉院中隐隐还有灯光，夜天凌自府外归来，遣退跟随的侍从，缓步往寝殿走去。

中庭临水，月华如练映在湖中，带着清隽的柔和。风微冷，他负手望向深远的夜空，地上淡淡地投下一道孤寂的影子，四周暗无声息。

致远殿中一番长谈，机锋谋略如同这夜色，悄然深长。

月光在他深沉的眼底带过清冷的痕迹，棱角分明的面容此时格外淡漠，仰首间思绪遥遥敞开，这样熟悉的月色清寒，似乎常在关外漠北的夜晚见到。

西风长沙，万里戎机，相伴而来的往往是兵马轻嘶，金柝寒朔，面对千军万马铁衣剑戟，每一次抬头都冷冷清清，这二十余载孤身一人，无论做什么事心里那种感觉都是一样。

在清晰至极的地方，一点模糊的孤独，会不经意地袭入心间。

他嘴角勾起淡淡自嘲，五官的线条更添冷峻，然而透窗映来一束朦胧的烛光却出其不意地在侧首时覆上了他的脸庞，将那份漠然轻轻遮掩，使得他的目光突然变得柔和。

室内罗帐轻垂，淡淡地萦绕着凤池香的味道。卿尘只着了白丝中衣，手中书卷虚握靠在枕上假寐，雪战伏在她身旁蜷成一个小球，睡得香甜舒服。

夜天凌迈入寝室看着这样的情形，不由自主便扬起了唇角，俯身悄悄拿起卿尘手边的书，目光一动落到了她的脸上，一时间流连忘返。

红罗轻烟，那微微散乱的青丝如瀑，细致长眉斜飞带入乌鬓，睫毛安静丝丝分明地衬着梨花雪肤，挺秀的鼻梁下淡淡的唇，衣胜雪，人如玉。他看着她，竟有些深夜梦回的错觉，异样的轻软温柔地生遍心间，淡去了一切惊涛骇浪。

烛花噼啪一声，夜天凌看了看那半明半暗的宫灯，起身脱掉外袍。然而再回身，却见卿尘已经醒了，正嘴角含笑，慵懒而温柔地看着他。

"总是这样睡，小心着凉。"夜天凌无奈笑道，将被角一扯替她盖好，神情平常。

"谁让殿下总彻夜不归？"卿尘撑起身子故意嗔道，声音里却分明是心疼。

夜天凌眉梢轻挑，目光中微带歉疚，淡笑道："怎么，王妃独守空闺，心生寂寞了？"

卿尘红唇微抿白他一眼，见他眉宇间带着几分闲淡不羁，甚至更多满足的安然，不似前几日凝重，便问道："父皇怎么说？"

"准了。"夜天凌躺到她身旁，淡淡道，"即日便可启程。"

奉旨入蜀，明为雍江水利，实为安定西蜀，乃是撤藩的一步妙棋。

自从虞凤起兵之后，朝中一团忙乱，夜天凌却带卿尘游山玩水，钓鱼品酒，对北伐之战不闻不问，全然是置身事外的态度。然而多年领兵征战，他早已是天朝军中之灵魂，凡动兵锋天帝必有倚重，几乎已是一种习惯，也是不争的事实。削藩，乃是天帝毕生之愿，此时执意而行未尝不是有了凤愿的意思。面对夜天凌的退，天帝虽不多言，却如何不是无可奈何。

数日前开始，天帝每日召夜天凌入宫下棋，夜天凌便奉旨陪天帝下了数天的棋。

如今棋下完了。既然要动兵，那便必然将按他的部署，事事因势而成，处处可为己用，这便是夜天凌可怕之处。

卿尘舒了口气，侧头见夜天凌手臂垫在枕上静静地看着帐顶，方才的温柔褪去，脸上连平日人人熟悉的清冷都不见，极漠然的，没有丝毫的感情。唯有那眸中，深冷一片幽暗的背后依稀竟似慑人的杀气，如锐剑浮光般，令人望而生畏。

戒急用忍，他究竟能将这几个字做到何等地步？

弑父夺位之仇，看似无动于衷，夜天凌对天帝始终维持着父子君臣的相处，只因二十余年，他们本便是父慈子孝。

一切都没有丝毫变化，那从来不说的恨，他所失去的，因为太深而不愿提起。爱亦到极处，恨亦到极处。卿尘看着他闭目皱眉，眉间的那道刻痕如同揉进了她的心底。她像往常一样伸手，轻轻地抚上了他的眉心。

夜天凌微微一惊，猛地睁开眼睛，却在看到卿尘那双潜静的眸子时怔住，仿佛被她自某处深暗的梦中惊醒，心中竟涌起如释重负的感觉。

卿尘淡噙着笑意，轻声道："回家了，就不想了，总皱着眉头心里会累的。"

夜天凌握住她的手抚在额头，沉默了一会儿，突然道："清儿，人人都说我无情，我若让他一无所有，是不是当真无情无义？"

手掌遮住了眼睛，再也看不清那道锋利，寂冷的话语淡淡自他口中说出，似悲似恨，一丝压抑在骨髓里的痛楚极其隐约，却叫人心头一痛。

卿尘知道他心中压抑了太多的东西，无从开解，只温柔道："不管你要做什么，都有我陪在你身边。"

夜天凌扭头看她，眉宇清隽，眼中却带着丝歉然："此次入蜀不知何时回京，将你一个人留在天都，总觉得放心不下。"

卿尘唇角弯起淡淡弧度，安静道："不管你到哪里，我也都要陪在你身边。"

夜天凌微愣，眉头再次皱起："此行征战难免，沙场凶险，你不能去。"

卿尘问道："若我有理由，你会带我一起吗？"

夜天凌扬眉揣度，不置可否。卿尘起身披上外袍，执灯道："四哥，你随我来。"

"去哪儿？"夜天凌不解问道。

"天机府。"

府中静悄悄一片，卿尘手中宫灯淡淡，朦胧遥远沿着回廊轻转，她在天机府的偏殿停下，回头对夜天凌一笑，推门而入。

随着殿内火光微亮，夜天凌看到卿尘站在墙壁之前举起那盏琉璃宫灯，灯火摇曳，映着她白袍透逸玉容清浅，身后隐约悬挂着一幅军机图。

他上前一步凝神看去，心中微微一震。卿尘回身将身旁的烛火点燃，听到夜天凌头也不回地伸手道："把灯给我。"

卿尘将宫灯递到夜天凌手中，一一燃起殿中明烛。烛光大亮，那幅凝聚了无数心血的军机图如画卷轻展，清清楚楚地呈现在夜天凌面前。

夜天凌立在殿中，目不转睛地看着面前。万里疆原，山河格局，尽在这卷下一览无余。无数繁华都郡、边防重镇随着那熟悉的字迹缜密铺展，历历清晰，细致处点点滴滴，杂而不乱，将四境尽收其中。

笔下精准奇巧，轻重得当，绘揽六合指点八方。只一眼，他便知道对于行军打仗这是无价之宝，反复看察，不能置信地回身："这是你绘的？"那卷中之字，府中不会再有第二人。

卿尘淡定一笑，将一盏宫灯托起，看着面前。灯火清亮，在她潜静的脸上映出从容，她傲然道："四哥，我说过，你娶了我，定也不负这天下。"

夜天凌眼底深深映着卿尘白衣倩影，那目光中是惊是喜，像望向一件梦寐以求的珍宝。宁静的灯火下他执着地凝视，叫卿尘只能痴痴回望，竟忘了自己是谁。

他抬手，温暖的手指抚过她的眉、她的眼、她的唇，深叹一声将她紧紧拥在怀中，低声道："得妻如此，夫复何求！"

卿尘靠着他，手掌处传来他稳健的心跳，那切实的温度带着动人心弦的力量一波一波传入她的心房，让她觉得永远也不愿离开："带我去，让我陪着你，好不好？"她柔声道。

夜天凌将她身上裘袍轻拢，抚摸她散在肩头的秀发，目光柔软："我何尝不想时时有你在身旁，只是行军征战太过艰苦，你身子不好，怕你会受不了。"

这并不属于自己的身子啊！她因为这颗心而来到这里，是否也会因此而分离？卿尘心头泛起一缕涩楚，静静伏在他怀中道："所以我才更要和你在一起，人生短促，我不想浪费一天一日。"

夜天凌因她语中的哀伤猛然皱眉，脸色瞬间微变，低声道："不准胡说。"

灯下浅影明暗，卿尘被他狠狠握住，却露出从容淡笑。纵使前面是未知的人生，她也不后悔赴这前世的殇恋，义无反顾。

"我自己的身子，自己再清楚不过，好歹我也是个大夫，哪有那么容易死……"

话未说完，夜天凌手臂一紧，俯身便封上她的唇，斩断了她的话语。极为霸道的炙热和深柔的怜惜随着他的呼吸搅进心湖，碎起千层浪，散入心神醉浓。

直到卿尘觉得自己几乎要融在他的气息当中，化成飞沫淡烟，化成他的一部分。夜天凌轻轻放开了她，眸中沉淀下深深担忧。他低语："你若要陪着我，便要陪我一生一世。"

卿尘笑着环上他的胸膛，猛地拉着他在殿中旋转，俏声笑道："我会的，四哥，我要陪着你，看你君临天下，看你马踏山河，看你靖安四海，看你缔造盛世，我要你天天都笑着和我在一起！"

她笑得那样清脆，那样开心，仿佛整个世界的欢乐都握在自己手中。白袍貂裘在身后长长地撒开，迤逦秀美，大殿里回荡的余音随着轻纱飘扬，烛火摇曳，舞出耀目的绚丽。

夜天凌似是被她的笑声感染，清寂、冰冷、忧痛、伤恨都化作无形，纷纷碎淡。这一刻他情愿与她做一对痴男怨女，坠入红尘万丈，梦醉神迷，永远也不要醒来。

第十四章　千古江流百回澜

大江东流，波澜千古。

蜀中平原天府之国，田畴万顷，沃野千里，中有大小江河一千五百二十六道，东蜀壅水汇三江之流一路开阔，接沧浪江贯通南北，乃是入川重要的水路。

天晴万里，云淡，风冷。

深秋寒浓，迎面江风拂来，吹得裘袍猎猎，凉意袭人。卿尘随夜天凌踏上壅水大堤一侧，江岸数十万征夫往来挑抬，以竹笼装石截水筑堤，数月之中壅水渐缓，十二道陡门分布江上，将这滔滔江水扼于指掌之间。

斯惟云自堤头回身，迎上前去："殿下、王妃！"

夜天凌微微点头，沿江放眼而望，赞许道："不过数月之间，如此浩大的工程完工在即，惟云，我没有看错人。"

斯惟云深深一揖，笑道："惟云幸不辱命，更要多谢王妃奇思妙想，若无这十二道陡门控制水流，届时要毁堤放水，损失也不小。"

卿尘迎着江风往远处极目能见之处看去，青州郡城立于壅水下游，隐约可见，她浅浅一笑，道："筑堤不易，能保全自然要保全。这陡门我不过信中这么说说，原是纸上谈兵，谁知你竟真的造成了，若不是亲眼看到，还真不敢相信。"

斯惟云随着卿尘目光远望，神情中却略见忧虑："殿下，尚有一事……"

"说。"夜天凌淡淡道。

斯惟云迟疑一下，道："壅水拦坝截流将在分水塘中逐渐蓄水，水量不可小觑，陡门一开洪峰泻下，将使江中水位陡增，恐怕青州、封州及沿岸各郡将有半数成汪泽一片，惟云斗胆，请殿下三思。"一边说，一边看向卿尘。

卿尘自前些日子斯惟云的来信中早知道他有此顾虑，另有原因便是筑堤的百万工匠多数是来自青、封两州郡属，若亲手截江水淹家园，恐怕民愤难平。她曾试着与夜天凌提过此事，却并无结果。

夜天凌负手静立前方，远望蜀中平原江河山野，浑身上下散发着一股深冷的气度，叫人不敢直视。他眉峰微锁，眸间一片深沉，久久不语。

西岷侯的势力与北晏侯不相上下，蜀中天险，易守难攻，不出其不意剿灭东蜀军，则极有可能是将这天府平原拱手让与西岷侯自立为王。即便双方开战，若不能一举摧毁其主力，整个蜀中早晚亦将沦为杀场战地，一旦西岷侯与北晏侯叛军的势力合而为一，比起水淹两州或许要付出更大的代价。

卿尘对斯惟云微微摇头，让他暂且不要提此事。事关行军胜败，斯惟云清楚夜天凌做此决断之前早经深思熟虑，也不能再开口妄言，只得静候身旁。

夜天凌转身看了他一眼，于此事未置一词，只道："回行馆吧。"

方入别馆，卫长征入内送上前方军报。十一同南宫竞等人几乎每日都有密信快马送至，夜天凌虽人在蜀地，却对北疆战况了如指掌。

连日兵马交锋，十一率大军迎击北晏侯之子虞呈所率的西路叛军，拒敌于幽州，铁马横枪封锁西线。

南宫竞先锋军增援肃州，与叛军主力遭遇黄岭谷。双方短兵相接，南宫竞兵锋精锐，以少敌多巧计周旋，突破敌军防守抵达肃州。

肃州守将何冲率军出城接应，内外夹击迫虞凤退守城外三十里。双方连日血战多次，肃州兵士死守城池，终于候得湛王大军杀至。

虞凤久攻肃州不下，转走景州，取定州。

湛王趁机挥军北上，收复辽州。随即整顿大军，兵分两路成合围之势，于铁勒原大败叛军，俘敌一万四千人。

平叛大军士气高涨，势如破竹一路北上。如今虞夙且战且退，回军临安关据守不出，已与湛王相持多日。

夜天凌接过军报随手拆看，唇角微微一勾，卿尘抬头："怎么了？"

夜天凌将军报递给她，卿尘看了笑道："夏步锋还真是员猛将，竟连斩虞夙三员大将，难怪你如此器重他。"

负手闲步立于窗前，夜天凌眉峰一扬，神情倨傲："虞夙此番损兵折将，倒知道收敛些了。"

"相持着也好，这边能腾出时日来。"卿尘看着案前的军机图道，"四哥，惟云说的不是没有道理，青州、封州两处壅水河段狭窄，陡门一开，江水暴涨，必定会酿成水祸的。"

阳光微闪，在夜天凌眼中映下一道明锐的光泽，他看着窗外风卷落叶淡淡道："两害相较取其轻。"

卿尘知道他说得在理，轻叹一声站起来："不如我去惟云那里看看吧。"

夜天凌回身看着她："惟云和你比较谈得来，你同他聊聊也好，否则他总是难以释怀。"

卿尘点头道："我知道，这也在所难免，不能怪他。"

世事总难全，卿尘心中倒对斯惟云极为赏识，他虽多有顾虑却顾全大局，日夜监工修筑大堤未有丝毫懈怠。夜天凌识人用人非但使其各尽其才，亦能令他们忠心不二、令出必从。

秋阳自高远长空铺洒而下，卿尘转身看着夜天凌清拔的身影沐浴在阳光中，淡淡金光洒落在他青色长衫之上，那逆着光阴的深邃轮廓如若刀削，沉峻锋锐，坚毅如山。

眼前这个使天下贤能者俯首称臣的人是自己的夫君，卿尘眸底淡淡转出一笑，没有什么能动摇他的心志，一个同样让自己臣服的男人，或者，这便是她情愿一生随他的因由吧。

独坐轩中，埋首层图长卷，斯惟云抚额皱眉，忍不住心生烦躁，推案而起。

封州，那是故乡所在。

少时嬉戏江畔的情景犹在眼前，不想如今此处竟要亲手毁在自己引以为傲的壅江水坝之下，情非得已，却是情何以堪？

他踟蹰良久，喟然抬头，猛地看到卿尘白衣轻裘，面带微笑站在身前，正看向那一案凌乱的图纸。斯惟云吃了一惊："王妃，惟云失礼了。"

卿尘习惯了陆迁的少年潇洒，杜君述的疯癫不羁，总觉得斯惟云工整严谨，倒还有些不习惯。"还在想壅水蓄洪之事?"她对斯惟云一笑,随手展开一卷图纸。

字如其人,斯惟云的字瘦长有力一丝不苟,正如他的人,瘦削似有文人之风,却处处透着风骨严整。若不是这样的人,如何能将如此浩大的水利工程一手策划?卿尘看过那繁杂的图纸,不禁慨叹。她在千百年后曾经听过看过的东西,不过只是大概模糊的轮廓,但和斯惟云提起之后,他却真的能在大江之上将其变成现实。这番奇巧心智,当世之中怕是无人能出其右。

斯惟云无意一瞥,眼前秋阳穿窗,淡映在卿尘白衣之上,明光澄透,风华从容,那周身透着的潜静气度如清湖深澈,竟叫他一时挪不开眼,胸口的那股郁闷便在她明净一笑中烟散云淡,心底无由地安静下来。

见他久不作声,卿尘奇怪抬眸。斯惟云忙将目光一垂,不敢与她对视,道:"王妃,我知道此事是不得已而为之,却仍不甘心。"

卿尘微微点头,细长的手指在斯惟云精巧的水利图上划过,思虑片刻,问道:"我记得日前信中曾与你商讨过,开山凿渠,支分壅水,穿定峤岭绕两州而过的构想,你有没有想过?"

这数月来书信频繁,斯惟云自那日天机府中与卿尘笑谈算数到如今共商水利构建,早已引为知己,凡事经常与她商讨。俯身抽出另外一张图纸,指给她看:"此法确可使壅水分流,避开青、封两州。原本为平衡水量趋避洪峰,亦会在此设筑分水坝相连南北二渠调节江水,使之枯季不竭,涨季不溢。但北渠虽早已动工,却进程缓慢,只因定峤岭岩石坚硬,整个水道才开凿了小半,即便夜以继日赶也来不及。"

卿尘注目看去,而后笑了笑:"殿下其实也希望你能设法筑成此渠,方才在堤上看到定峤岭那边一直没停工,不是也一言未发吗?"

斯惟云抚过手下图纸点头道:"殿下予我临机专断之权,如此信任,我又岂能辜负?壅江水坝绝不会耽搁行军大计,只可惜事到如今,恐怕难以两全其美了。"

卿尘转身问道:"你对蜀中甚为熟悉呢?"

斯惟云神情悠远,似带着些怀念,却隐着深深痛惜:"我自己便是封州郓城人氏,此处民风淳朴风景怡人,是极美的地方,加之物产富饶,年有丰余。若眼下这筑堰引渠的构想完成,则蜀地水旱从人,便更不枉'天府之国'的美称。"

"所以殿下才必取蜀中。"卿尘抬眼远望,别馆临江不远,耳边依稀传来江水浪声,"蜀中乃天下粮仓,至关重要,绝不容失。"

"我知道。"斯惟云凝重答道,"我可以只想一个封州,殿下却要兼顾四域,所以我并无怨言。"

卿尘自他清瘦的脸上看到一丝笃定,壮士断腕豪情在,令人佩服赞许:"水利乃农耕之本,农耕乃民之所倚,民生即是天下。你手中实是系着我朝根本,待蜀中安澜,尚有沧浪江水患待整，殿下对你甚为倚重。至于青、封两州也已有安排，调百万之资重建两郡，或可略为补救吧。"

斯惟云疑惑看来，百万之资，即便是国库征调也要大费周折。卿尘却只是淡笑，不再多言。离开天都之前她已将莲妃所赠的紫晶串珠交与莫不平，着冥衣楼暗备军资粮草以防战中不测，更要以此善后蜀中。

"何不相信殿下？"她扬眉举步，"走，陪我去江边看看，这功在千古的水利工程只听你在信中频频提起，既然来了，我倒真想好好见识一番。"

斯惟云自愣愕中回过神来，即刻命馆内侍从备马。

一路指点交谈，卿尘同斯惟云到了江岸之前。

定峤岭山高险峻，如一把锐利的长剑直插云际，拦截大江。山风江水料峭而来，扑面冰寒，几乎吹得人睁不开眼睛。

卿尘扶着风帽策马缓行，岭前北渠并不甚广，只约有一人之深，十余步宽，较迂曲小冲积平原而过的南渠而言，只能容三分江水。然就是这三分江水，尽可将良田化作泽国，房屋毁为废墟。

临川涉水，有不少征夫正在凿山穿渠，艰辛抬挑。自古以来，庶民所知政情不过寥寥，生死变迁无不是掌于当政者手中。这江畔近百万民众，不过是靠劳力养家糊口，期求丰年盛世，安度生活，又有几人知道家园将毁，甚至性命堪忧？

在位者玩弄权术覆雨翻云，纵然有幸身为施政一方，心中也无法不生感慨。若无坚硬如山的心志，所谓天下，不过只是苦累折磨罢了，不苦自己，则毁苍生。

斯惟云随卿尘并骑而行，见她仍往深处走去，出言阻止道："王妃，前面开山凿岭甚为危险，莫要再行了。"

卿尘微勒马缰，举目遥看，耳边已能听到叮当不绝的斧凿之声，她看了会儿，突然问道："这开山凿渠用的是什么法子？"

斯惟云道："此乃蜀中古法，在山岩之上架柴灼烧使之炙热，而后取冷水或醋猛浇其上，则岩石淬裂，再以铁凿开剥。如此逐层烧凿，周而复始，则贯通山岭。"

"那岂不是很慢？"卿尘诧异抬头。

"但除此之外别无他法。"斯惟云道，"这已是最省时省力的法子了。"

"为何不以炸药开山？"卿尘再问。

斯惟云一愣："用什么？"

卿尘恍然，火药在此时应该并没广为应用，心中电念飞转，催马道："走，我们回去！"扬鞭转回行馆。

斯惟云路上相询，都被卿尘抬手阻止，只对他道："快些去把冥执叫来，我有事问他。"

不过一会儿，冥执同斯惟云来到别馆，见卿尘正在案前翻书查找。

"王妃！"

卿尘抬头，对他们一笑，问道："冥执，江湖上可有火雷弹之类的东西？"

冥执道："有，王妃要做什么？"

"你可会制作？"

"虽不精通，略知一二。"

卿尘在纸上抄了些什么，她记得火药乃是古时道士炼丹求仙时无意发现的，果然在这种书上查到了蛛丝马迹。她将笺纸拿给斯惟云："书中自有千般计，惟云，看我设法保你一个完好无损的封州。"

第十五章　惊雷动地移山海

别馆清幽，后院忽然轰隆一声巨响，远近可闻，震得栖鸟惊飞，屋宇簌簌作响。

一座小假山被炸飞一角。卿尘不想这东西如此猛烈，虽自觉站得够远，却仍被飞石击得睁不开眼睛，匆忙回身举袖遮挡，面前突然人影一暗，却是斯惟云快步挡在了她身前。

冥执满身狼狈地自不远处飞掠过来，抖落飞灰尘土："王妃，不用木炭果然也行。"

卿尘躲过沙石，对斯惟云投去感激的一笑。斯惟云微微怔忡，却低头轻拍衣衫，避过了她的眼睛："此处太危险，王妃还是避一避吧。"

卿尘却只凝神思量："去掉木炭，这次加的是清油、松蜡和干漆，我们不妨再加桐油试试。不过这引信不行，常人没你这般身手，如何躲得过去？"边说边指着冥执灰扑扑的一身笑道："看你都成什么样了？

话音刚落，卫长征带了几个近卫匆忙过来，夜天凌身形出现在拱门处，看到院中情形，目光往卿尘身上一带，剑眉蹙拢，眼中生出丝惊怒。

卿尘吐吐舌头心叫不妙，刚对他露出个笑容，已听他沉声问道："这是干什么？"

夜天凌打量卿尘无恙，眸中怒色褪了几分，但看向四周乱石狼藉仍旧神色未霁。

卿尘伸手抹了抹发间灰尘，笑道："没什么，做个试验而已。"

她白裳之上覆满灰土，再怎么整理也是狼狈。夜天凌语气微冷："整个别馆都快让你们拆了，岂能如此胡闹？"

先前多次失败，并未料到这次真能引发爆炸，卿尘自知理亏，早知如此，便该去外面寻个开阔的地方才对。她对斯惟云和冥执使个眼色让他们先走，免得一并遭训斥，笑着道："妾身知错，殿下大人大量，还请息怒。"

身边众人退尽，夜天凌怒瞪她一眼："没一日安分，哪有点儿王妃的样子？"

卿尘撇撇嘴："我若寻出办法，能保全青、封两州呢？"

夜天凌眸中闪过诧异："什么？"

卿尘被灰尘呛得皱眉咳嗽："小女子自有妙计，咳咳，虽未成亦不远矣！"

夜天凌揽她走到廊下避开浮灰，审视她那花猫一样的脸庞，突然失笑："你若真能保全两州，本王重重有赏！"

卿尘耸耸鼻子："谁稀罕！"

夜天凌不以为忤，伸手替她抹了抹脸颊："还不洗把脸去，黑一道白一道的，不知道还以为登台唱戏呢。"

卿尘抿嘴笑着，突然想起和十一在竹屋生炉火的情形，历历在目，如是眼前。

那时萍水相逢，夜天凌有伤在身，形容清冷，言语淡漠，却在见到他的一刹那，她像是坠入百世千生宿命轮回，无端地沦陷在那双眼睛中，一切便在不经意间注定。

当胸一箭，竟成了千年姻缘，此时想起仍然会心疼，卿尘回身抬眸，看向夜天凌的目光融融浸浸，不禁多了几分柔软。

夜天凌触到她的眼神，心头微微一荡，深秋静阳风中回暖，在他清冷眸底洒下温柔淡定，浮浮沉沉："发什么呆？"他笑问。

卿尘被他这一问，却不由挂念起十一来，问道："十一今日有信来吗？幽州可好？"

"只要虞呈不妄动，十一镇守幽州有山有水，比在天都逍遥多了。"夜天凌道。

十一这番"逃婚"可真不枉此行，卿尘抬头向着湛湛秋阳呼了口气："哈！多日未见，还真有点儿想他了呢。"

"哦？"夜天凌眼波动了动，隐带微笑，"竟当着自己夫君的面想别人？"

纤眉高挑，卿尘转眼妩媚，挑衅道："就是想，怎样？"

夜天凌不动声色地笑着："小女子恃宠而骄，看来不立点儿家法不行了。"

卿尘眼中狡黠，盯着夜天凌笑意盎然，趁他不注意猛然抽手，竟让他一把抓了个空："谨遵殿下令洗脸梳妆去，换衣服啊，你不准进来！"

夜天凌倒也不追，只负手闲闲走去，戏谑道："还怕我看？"趁卿尘闻言脸红，身形一动便将她逮到怀中，反手掩了房门。

屋中笑声轻扬，秋叶随风，金灿灿地沐着阳光翩跹而下，舞尽缠绵。

一夜秋风紧，壅江水冷，长浪微退，露出峥嵘岸石。

自那日后，夜天凌下了严令，不准卿尘再靠近那火药分毫。令出如山，从斯惟云到冥执人人严守，自到山边去改进试验。

卿尘几次想偷跑去看，夜天凌却似乎知道她的心思，无论何事都将她带在身边，害得她也只能跟着他，听他和唐初、卫长征等商量如何布兵，如何行军之事。

夜天凌此次只带了一万玄甲铁骑，加上本城守军，不过三万有余。他却要以这三万兵马，破西岷侯十五万东蜀军，奇谋险兵运筹帷幄，直叫卿尘看得咋舌。

蜀地秋冬并不十分寒冷，夜天凌理事的室内却因卿尘怕冷早早生起了炭火。卿尘倚在窗前坐了会儿，不耐烦地将手中书卷丢下，去拨弄铜炉中烧得通红的银炭，一边叫道："四哥！"

"嗯？"夜天凌看着案前文卷淡淡应道。

"我去看看他们弄得怎样了吧。"卿尘将目光从铜炉上空朦胧流动的热气中投向夜天凌。

"不行。"

"那你和我一起去总行了吧。"卿尘仍不死心。

"前几天不是去过了吗？"

"可是又过了几天了。"卿尘可怜巴巴地托着腮，看着他。

夜天凌抬眸一瞥，眼中掠过丝笑意："心浮气躁的，自从到了蜀中怎么竟不像在天都那么安静了？"

"你指望我待在别馆深闺画眉窗前描绣大门不出二门不入啊？"卿尘道。

"你？"夜天凌失笑，"你昨天刚和唐初热火朝天地将我此次行军方略大肆研究了一番，各说各有理，哪有时间画眉描绣？"

"最后还不是都被你给否了，害我白操心一番。"卿尘道，"坐得久了会冷，得出去活动一下才好啊。"

"冷吗？"夜天凌身上只着了件云青长袍，看了看那铜炉。

卿尘丢下盖子，绕到他身后环着他脖颈，不由分说便将手塞进去："你试试看！"

指尖冰凉，夜天凌却只微微躲了一下，便任她暖着："怎么这么凉？"

倒是卿尘反而抽手出来："凉你干吗不躲？"

夜天凌一笑，伸手握着她："此处离东蜀军驻地太近，何况今日外面风大，你在这里陪我不好？"

卿尘被他语中那若有若无的温柔圈住，只能贴着他耳边笑说："好好好，我不过看他们还没有进展着急嘛。"

夜天凌微微侧头，道："等此间大事落定，我再抽空带你好好游玩。"

卿尘点头，越过他的肩头往案上看去："四哥，这一仗你有几分把握？"

夜天凌眉目不动，淡淡道："十成。"

"哦？"卿尘撑着身子打量他，"战事百变，岂能如此夸满？西岷侯手中可是有大军十五万呢。"

夜天凌目中掠过一丝微冷的光泽："知己知彼，百战不殆。那西岷侯善勇无谋，一举一动尽在我眼中，十五万大军又有何惧哉？待他兵葬壅江，才知后悔莫及。"

沉敛里那份桀骜如兵锋慑人，若西岷侯大军甫动便以惨败收场，恐怕这四合之内无人再敢随虞夙妄图天庭，对北疆叛军将是沉重的打击。

案上散放着南宫竞今日快马传书，大军兵攻临安关数次不下，双方皆有损伤，卿尘心中泛起丝矛盾的苦涩。

夜天凌见她目光落在那军报上突然默默不语，倒笑说："放心，他定当破得了临安关。"

卿尘微微一震："为何？"

"中军兵占优势，破关不过是个时日问题而已。何况，虞夙亦会让他破。"夜天凌淡淡道。

"临安关是蓟州之咽喉，一旦破关，大军长驱直入，北藩岂不是兵败如山倒？"卿尘不解地问道，"虞夙怎会容他破关？"

"临安关外北疆寒冬，届时胜负难料。"夜天凌微微闭目，"虞夙此人老奸巨猾，又岂如西岷侯这么好相与？"

"但久攻不下，粮草补给都将越发艰难。"卿尘道，"这临安关，不破也得破。"

"对。"夜天凌只简单说了一个字，便不再言语。

卿尘亦沉默，却听到外面卫长征禀道："殿下，斯大人求见。"

"让他进来。"

"殿下，王妃！"斯惟云自外进来，步履匆匆，神色似惊似喜，风尘仆仆，显然刚从定峤岭赶回来。

"坐下说。"夜天凌道，"定峤岭那边怎样？"

"谢殿下。"斯惟云在下首落座，道，"那火药威力非常，比起烧石开山快了不下数倍，如此一来，南渠指日可成！"

"当真好用？"卿尘问道，"究竟是怎么弄的，快说来听听。"

斯惟云道："七分硝，三分硫，不用木炭而加清油、桐油、浓油、黄蜡、松蜡及干漆。初时也只能像在别馆一样炸开些松散山石，后来我寻了蜀中一家善做烟花的老工匠来，他研究过后，便改了些工艺，一旦点燃，当真石破天惊，开山辟岩如无阻碍。只是那引信和烟花的引信不同，老工匠还在改进，近日着实辛苦冥执了。"

"那照此来说，开凿南渠尚需多少时日？"卿尘问道。

斯惟云微一沉吟，道："怕是还得两月左右，殿下！"话虽如此，但若军情不容耽搁，也无可奈何。

卿尘和斯惟云同时看往夜天凌。

夜天凌自案前站起来，负手静立，将墙上军机图看了半晌，稍后道："我给你五十日时间，此已是极限。"

"多谢殿下！"斯惟云长身而起，深深拜下，神情激动。

时间虽极为紧迫，但青、封两州终于有望得以保全。人定胜天，这破山开渠之举，是保全两州百姓数万性命百年家园，亦是泽被蜀地功名千古的浩大水利构建，思之便令人热血沸腾。

"惟云，若你能精测细量，自不同地方同时穿山开凿，或可事半功倍。"卿尘伸手找出夜天凌案前备份的水利图，展开道，"真正实地测量这些东西我就不懂了，便看你自己有几分本事能抢在西岷侯动兵之前。"

"臣知道！"斯惟云语出坚定，"定峤岭快得一分，殿下这里便多一分胜算。"

夜天凌微微点头："五十日，只少不多，且不能耽误大堤完工，你去吧。"

斯惟云长身一拜，不再多做停留，立刻动身赶回定峤岭。

案前的军机图上勾着几道浓重的红色，乃是连日来商定好的行军路线。几道箭头锋锐，矗于雍水古浪河河段，转而与两路兵力相合，划往幽州，将同十一的西路军会师，过合州，取横岭，入北疆，兵锋直指临安关。

卿尘站到夜天凌身边，看着军机图上辽阔疆土，目光落在蜀中古浪河："四哥，如此无论如何也要引西岷侯出动，在此处渡江了。"

先前既有弃卒保车的想法，只要西岷侯兵马在雍水河段，哪怕窝于青、封两州不出都可一举歼之，但现在很多地方都要重新思量布置。

"不错，若要保两州无恙，唯有这道河段可行。再往下游，水分两渠汇入他途，便无用处了。"夜天凌深邃的眸底锋锐微绽，唇间掠出一丝淡笑，"待我亲自引军陪那西岷侯练练兵，给你看出好戏。"

第十六章　三愿如同梁上燕

常年带兵，夜天凌一向有早起的习惯。卿尘以前随侍在天帝身边早朝，被逼得不能贪睡，嫁入凌王府后倒没了这个规矩，早晚随她。但她却不知自何时起，竟养成了每天清晨都要亲手为他整束衣容的习惯，只要夜天凌起身，她便再难入睡，已经许久没有贪睡的时候了。

这日却不知为何，夜天凌起身后见卿尘懒懒地窝在那里不动，半睡半醒地看着他，他伸手抚了抚卿尘散在额前的发丝，俯身问道："怎么了，今天不跟我去校场？"

卿尘轻声道："不去。"

夜天凌微微一笑："我看你这几日是越发偷懒了，前些时候还总闹着要出门，如今倒安分起来。"

卿尘似笑非笑瞥了他一眼："我安分，你岂不是省心？"

夜天凌替她将被角轻掖："如此便饶你再睡会儿吧。"

卿尘"嗯"了一声："四哥，今日若没什么要事，就早些回来。"

"好。"夜天凌随口答应一声，起身出去。天光轻淡，远远透出晨曦，几名玄甲近卫早已等在门外，翻身上马，便往校场去了。

夜天凌此次带来蜀中的玄甲军乃是军中精锐，天色未亮便早已装束整齐，对阵操练，十余年寒暑如一日，从无间断。

别馆所在的江水郡城中驻军两万三千，自夜天凌到后，便日日随玄甲军一起操练。开始将士们都颇有些吃不消，但因底子还不错，到现在逐日习惯，似是阖军换颜，大有长进。

夜天凌一到校场，大将唐初同江水郡督使便自点将台迎上前来："殿下！"

这江水郡督使正是当年曾冒险相信卿尘，使百姓避过地震之灾的怀滦郡使岳青云。他本就是武将出身，那次赈灾后夜天凌赏识他人品胆识，借封赏之机设法将他调放外官到了蜀中。

这一步棋安排在蜀中，事事料先，环环相扣，也是十分关键之处。岳青云到任之后，整顿民生勤练兵马，倒真未辜负夜天凌一番提拔。

夜天凌登上点将台，唐初抬手施令。

玄甲军闻令而动，瞬间集于台下，行动之迅速纵使岳青云已不是第一次领教，仍旧暗中慨叹。

校场中轻尘飞扬，肃静无声，映着点点铺洒开来的晨光，玄甲慑人，兵戈耀目，军威如山。

唐初抬眼一扫，扬声问道："何故缺了一人？"

领兵副将出列答道："禀将军，神机营张争昨天不慎扭伤脚骨，是以在营中休息，今日未曾随军操练。"

唐初点头，回身道："殿下。"

夜天凌自阵中收回目光，问那副将："伤得可厉害？"

那副将答道："回殿下，只是普通的扭伤，并无大碍，但为不耽搁过几日出兵，特稍事休养。"

"嗯。"夜天凌挥手令他归列，"待会儿一起去看看。"

那副将俯身道："谢殿下！"后退一步，自行入阵。

岳青云目露诧异之色，不想一个士兵受点儿小伤，夜天凌以王爷之尊竟也要亲自垂询探视。昔日从军不在夜天凌帐下，只耳闻其治军极严，这些日子随行在侧，亦深深领教，但见如此恩威并施，怎不令三军将士人人誓死效忠。

他却有所不知，眼前这些玄甲军将士无不是夜天凌自带兵以来便亲手挑选训练的精锐之士，多年来随他纵横边疆征战南北，几乎从来不离左右，攻城略地立下汗马功劳。

这支精锐之师曾如利刃长驱奇兵突起，一日之内攻陷南番重镇百色城，未伤一兵一卒，反而将夷族援军杀得丢盔弃甲，狼狈弃守；曾仅凭七千兵力驻扎潼阳关，震慑西突厥八万大军不敢轻举妄动，连夜退兵；更曾深入西域，周旋于大小三十六国战乱之间，平息干戈，使西域诸国多数臣服天朝；亦使吐蕃控制西域的想法落空，长久以来只能友好相交，不敢有所妄动。

无论北疆西陲，玄甲军皆威名远扬，锋芒所指，闻者色变。一场场铁血征战，夜天凌与之同生死共患难，名为部属，实胜兄弟，诸将士亦深感他知遇之恩，追随身畔，赴汤蹈火在所不辞。

一万兵马此次入蜀，神不知鬼不觉，就连岳青云这个督使都丝毫未曾察觉。事后思及，若这是攻占江水郡的敌军，当真防不胜防，暗中惊出一身冷汗。莫说夜天凌有调军龙符在身，便是没有，谁人又能逆其行事？

而甫入蜀地十日之内，玄甲军中的神机营已将青、封两州驻军情况摸得一清二楚，沿江山岭城郡各处地形也尽在掌握，纤毫不遗。

冥执依夜天凌之命归入神机营，一身轻功来去无踪，有日竟将西岷侯送给爱妾的玉锁环佩取了来挂到雪战脖子上，不过自然遭了夜天凌训斥，还被雪战极为不满地吼了一通，直把卿尘笑得不行。

神机营本便集中了军中善工事、机关、间谍的顶尖人物，再得冥执调教点拨，更是如鱼得水。便如前几日，照斯惟云用来开山的火药方子，弄出个名为"玄甲火雷"的东西，一枚轻弹随手丢出，爆炸连连，瞬间便浓烟四起烈火焚烧，极具威力。

卿尘同神机营这些年轻将士处得极熟，不时偷偷出些鬼点子让他们去研究，总有意外收获。幸而这帮小子深知轻重缓急，军纪严肃，决不误事惹祸，否则还真会叫夜天凌头疼。

江水郡所属两万三千士兵遵夜天凌之令，每日沿江边负重快跑以增强体力，这时候已在操练中。夜天凌便对岳青云道："走，到江边看看去。"

唐初却道："殿下请留步，兄弟们今日有话对殿下说。"

夜天凌微觉奇怪，回头道："何事？"

唐初俊面带笑，转身走到夜天凌面前，扬手挥下。校场中玄甲军一整军容，突然随他一起单膝行军礼，齐声道："玄甲军十营将士恭贺殿下寿辰！"

天际晨光万里，朝阳破云而出，映出万道金芒。贺声自万名将士口中齐声喝出，如同出自一人之口，气势慑人，撼天动地。

饶是夜天凌平日喜怒不形于色，看着校场中一片玄色亦面露惊诧，但只愣了一瞬，便扫了眼唐初："什么时候竟也学会这些花样了？"

唐初俯身："今日是十一月壬午，兄弟们都记得殿下寿辰。呵呵，不过也得了高人指点。"

夜天凌心中微微一动，看向场中这些随他刀林剑雨过来的将士。多少年并肩征战，似是早已血脉相连，平日不想倒不觉如何，此时面对众人，心中竟是深深感慨，一股铁血豪情亦是凌云而生。

但他平日在军中人前肃冷惯了，仍是面无波澜，负手淡淡道："起来吧，近来大家都辛苦。唐初，晚上备美酒犒劳兄弟们，畅饮无妨，但不可醉酒生事，听清楚了？"

"谢殿下！"唐初及众将士哄然应命。

岳青云拱手道："不知今日是殿下寿辰，未曾备得贺礼，不如今晚这酒便让末将预备如何？"

夜天凌薄唇微挑，似是想到什么事而带了抹不易察觉的笑意，道："难得你有心，你们商量着办吧。"

出了校场，夜天凌巡看江水郡驻军操练，后同卫长征等人去了定峤岭。

五十日时间已过大半，定峤岭这边昼夜不停地抢筑水渠。斯惟云计算准确，自两处同时开山通渠，并在山岭至江水间设了一道横空铁索，炸开碎石就地装入竹笼，沿铁索运至江边，即刻乘船送上壅水堤坝。

如今大堤已成，北渠也进入收尾，只南渠还剩一小段，照此情形，不日亦将完工。

事多不觉，转眼过了大半日。夜天凌在山岭间立马，突然记起卿尘嘱咐他早些回去。一旦思及，心里竟不知为何格外想她。练兵筑渠，无论多大的事情，周遭这忙碌似是便在这种情绪里远远地荡开了去。这些日子无论何事形影不离，乍然一日不见，她的轻语浅笑缠绕心间，出其不意地竟如中了什么毒一样，百转难解。

夜天凌迎着山间冷风不由一笑，清寂的眼中略带自嘲偏又深软幽亮，十分无奈不敌情浓。

斩不断理还乱，此般滋味不亲身尝得永远也无法想象，七情六欲竟是如此惑人。何况今日最是想同她一起啊！

便是立时回程，到了别馆也已近黄昏。夜天凌下马步往房中，走到门前突然一停，推门的手半空中顿了顿，眼中笑意微绽，方将房门推开。

刚刚迈入门槛，立刻有双柔若无骨的手蒙上了他的眼睛，身边那熟悉的淡香若有若无，衣衫窸窣，不是卿尘是谁？

"四哥！猜猜面前是什么？"夜天凌身形高挺，卿尘踮脚勉强才能从身后捂着他的眼睛，清声笑道。

夜天凌嘴角扬起个愉悦的弧度，微微侧头："很香，有酒……"

"还有呢？"

"这味道极是熟悉。"

"是什么？"

"燕尾桃花虾。"

"还有？"

"九品鲜笋？"

"还有？"

"猜不到了。"夜天凌失笑。

卿尘笑着引他去案前，一下子放开手，夜天凌微微一怔，眼前冰盏玉壶伴着几道精致菜肴，赏心悦目，香气扑鼻。

卿尘俏盈盈环着他的腰，秀发长垂，自身后探身出来："看是不是都是你爱吃的？"

夜天凌眸中含笑，反手将她揽过来，只见如意豆腐、燕尾桃花虾、凤穿金衣、九品鲜笋、生丝江瑶、玉板翠带，六道菜肴盛在一色的冰色浅碟中，佐了几样精致小点并一品龙井竹荪汤，色香味俱全。"观之不错，却不知味道怎样。没想到这别馆的厨子竟也会做宫中的膳食。"他笑道。

卿尘抬眸看他，却晒道："咳，味道大概马马虎虎，这是我做的，那小厨房已经被我折腾得人仰马翻了。"

"你做的？"夜天凌惊讶，随即恍然道，"怪不得今天赖床不随我出去，原来是想偷偷弄这些。"

卿尘娇俏浅笑："今天特别嘛。"

"今天特别?"夜天凌故意板起脸，"特别到连我帐前大将玄甲铁骑你都敢私下支使了?"

卿尘吐了吐舌头："我不过出了个主意，反正他们早便要给你贺寿，是唐初自己来找我讨法子的。"

夜天凌修长手指一动，在她额角轻弹，卿尘伸手拉他坐下："我第一次做菜，尝尝看!"

夜天凌轻声叹道："其实这些事自有人伺候，何必你亲自去做?"

卿尘抬眸看他，目光清亮，柔声道："别人做的不一样，我就是想亲手做来你尝，只做给你一个人。以后只要你不嫌难吃，我便常常给你做。"

夜天凌一时竟不知说什么好，宫中府中山珍海味无数，此时都不如眼前简单几道菜肴，他伸手取过象牙筷，"那让我先试试你的手艺。"

卿尘目不转睛地看他脸上表情，见他尝了一块鲜笋，故意不语，便催促道："好不好吃?"

夜天凌露出一点儿悠远的神情，道："让我想起儿时在延熙宫的日子。"

卿尘雀跃道："那便是不难吃了?"

夜天凌笑道："我的清儿最是聪明，做出来的菜哪里又会难吃!"

卿尘知道自己这临时学来的手艺也就是勉强说得过去，不过仍旧十分开心，执壶替他将酒斟满，道："这酒今天你得好好喝，这可是十一差人从幽州快马送来给你贺寿的'洌泉'酒。十一还带信来，说自小至今未得逞的心愿便是看他四哥一醉，今日碍着战事不能前来，要我借着好酒怎么也把你灌醉看看。"

盏中琼浆如玉，微带着点儿冰蓝颜色。酒香清洌，似是撷了山间灵气水中精魂，飘逸悠远透彻清明，未饮便已沁入肺腑。夜天凌执杯笑道："摆酒叫阵，看来胸有成竹呢。"

卿尘浅笑妖媚，嫣然道："我可比十一有自知之明，反正论酒量我是敌不过你，只看你是不是自觉。你不是说自己酒量不大吗?怎么就不见醉过?"

夜天凌挑挑眉梢："饮酒过度，伤身乱性，昏聩者为之。"

"人生得意，纵酒一醉也不为过。"卿尘反驳道，"总是醒而不醉，岂不无趣?"

夜天凌将盏中酒香深嗅，扬眉畅笑，一饮而尽："你怎知我没醉过?"

"咦?"卿尘顿时好奇心起，"十一都没见过，快说什么时候，我好告诉他!"

夜天凌把玩手中冰玉盏，目光一动，极专注地看她，那眸中深邃处清光幽灿，静静无声却铺天盖地："我自娶了清儿那日便早已醉了，不知道什么时候能醒来。"他淡淡笑着，不无感慨地道。卿尘未沾酒香，却已霞染玉容，被他看得羞怯，垂眸小声嘀咕："这种话怎么和十一说?"

声音虽小，却清晰地传入夜天凌耳中，他促狭笑道："你便和他说，我若醉也只为一人，让他此生惦念着吧！"

卿尘含笑嗔他一眼，手却被他握住："陪我喝一杯。"

一双冰盏，酒色醉人。"冽泉"入喉，如同一道炙热的暖流直润肺腑，这酒果然如十一所说，清澈中性烈无比，饮之回味无穷。

卿尘微微闭目细品那酒香醇冽，转而款款起身，夜天凌亲手为她做的那张"正吟"琴安然放在窗前。她步到琴前，拂襟而坐，按弦理韵，指下一抹澄透清音悠然扬起。

春日宴，绿酒一杯歌一遍，再拜陈三愿：一愿郎君千岁，二愿妾身长健，三愿如同梁上燕，岁岁长相见。

月色初起，伴着一丝轻云如缕，清光淡淡流泻满院，斜窗而入。七弦琴，红酥手，余音袅袅，绕梁不绝。

卿尘随性弄琴，低吟浅唱。这琴声，似有似无，如仙如幻，仿佛空彻浩渺又自四面八方萦绕飘来，处处不在处处在，丝丝扣着神魂，牵着心弦。

夜天凌知道她没酒量，不敢让她多喝，只静静看着她，把盏独饮。不知是这酒当真性烈，还是眼前人太美，歌太柔，琴太妙，月色朦胧一片，心间已没有任何事情可想可念，只愿此情此景一生常伴。

玄甲军中设宴，卫长征受命来请夜天凌，方走入院中便听到这里琴声清绝伴着优雅低歌，深情缠绵，柔肠百转。他驻足不前，低头思量一会儿，忽而一笑，转身退了出去。

第十七章　但愿长醉不愿醒

酒微酣，人初醉，夜天凌略饮了几杯，便知这酒确是烈酒，亦是好酒。前劲清润而后劲深醇，那五脏六腑间恍惚的香绵，叫人纵醉也值得。

诚然从不醉酒，却并不是他海量，不醉只是因不能醉，不愿醉，亦没有人让他醉。

卿尘抚琴而歌，玉箸布菜，轻声低语同他谈笑。夜天凌撑着额头安静地听她说话，面色清冷如常，削薄的嘴角乍一看就像平日遇到事情时不经意地抿起，然而那却是一丝淡淡的笑意。

卿尘也曾见过无数人醉酒，就连夜天湛那样温文尔雅的人，酒至酣处亦会有三分狂放不羁。而他偏偏如此安然，静静地一言不发。

你若说他醉了，他真要答你话时清晰如许；你若说他没醉，他已不是平常的他。

中宵月影，朦胧入室，卿尘倒是真的不胜酒力，自己早已迷蒙，拎着酒壶一晃，笑道："又空了，四哥，你不能再喝了，再喝便真的醉了！"

夜天凌淡淡一笑，低头看向她："你不是想见醉酒的我吗？"

"那你醉了吗？"卿尘问道。

夜天凌望向窗外月色，停了片刻，握手成拳，又在自己面前伸开，修长的手指干燥而稳定，若握上剑，叫人丝毫不怀疑可以一剑封喉。

他静静看了半晌，道："酒，确已经喝得太多，但却不像，是吗？"

"没有这样醉酒的。"卿尘轻声道。

"嗯，或许没有。"夜天凌眼中黑得清透，淡淡道，"但我从第一次喝酒便告诉自己，不管喝多少，人不能醉。"

"为什么？"

"因为醉了，便不知道自己究竟要做什么了。"夜天凌道。

"一直清醒着不会累吗？"

"醉而复醒，实则更累。"夜天凌缓缓闭目，轻嘲道，"何苦自寻烦恼。"

卿尘专注地看着他，眼前那刚毅的轮廓因唇角浅浅的笑意而柔软，叫她看得痴迷。她伸手触摸他的唇："在我面前，你也要这样控制着自己吗？"

夜天凌睁开眼睛，眼底浮起神色温柔："有你，我不因酒醉。"

卿尘双颊飞红，笑着站起来，身子却软软一晃，她伸手去扶桌案，不料落入了夜天凌的怀抱。

夜天凌俯身看她，瞳仁深处如有魔力，叫人晕眩迷失在里面。他略一用力，将她带往身后烟罗帐里，锦被柔软丝滑，触到因酒意而烫热的肌肤，温凉如水，划过心扉。

月光如同轻纱，淡淡地铺泻窗棂，洒了一地，清亮而幽静。

卿尘身边尽是夜天凌身上熟悉的气息，他的体温如同深沉的海洋，无处不在地包容着她，叫她几乎溺毙在这样的温存中。

夜天凌靠近她，在她额头轻轻印下一吻，拥着她靠在榻前，静静看她。卿尘亦没有说话，那一刻的宁静中她能听到他心脏的跳动，那轻微的声音在她的心灵间如此清晰，没有任何的隔阂，他属于她，就如同她也属于他，完全地毫无保留地拥有彼此。

一室静谧，此时无声胜有声。

不知过了多久，夜天凌自卿尘微笑的容颜上移开目光，闭目长叹道："清儿，希望此生此世我都能护佑你，让你永远这样笑着，远离人间悲恨愁苦。"

"若悲恨愁苦里你都在身边，那其实也无妨。"卿尘轻声低喃。

夜天凌缓缓摇头，唇边似有似无荡起微笑："我在的话，便只给你欢笑。"

"那你得宠我疼我爱我，便管不了我了。"卿尘道。

夜天凌抬手刮了她鼻子一下："你要是开心，我管你做什么？"

卿尘抬眸："你不怕我闯祸？"

夜天凌剑眉微挑，却道："不怕。"

卿尘故意叹道："殿下果然是善用兵谋之人，欲擒故纵，这样一来我倒不好意思闯祸了。"

四目相对，两人同时失笑，突然夜天凌目光一动，掠向窗外。

卿尘听到一阵远远的破空声，随他看去，夜空中绽开一声轻响，银光洒落，竟是耀目的烟花。

"哎呀！"卿尘起身叫道，"险些忘了，四哥，我们去看烟花！"

夜天凌见她步履还跟跄，就要往外跑，一把拉住："刚喝了酒便出去吹风，什么烟花？"

卿尘道："是斯惟云请老工匠特地做的，说是极为精巧，只有蜀中才能得见。我让神机营送上壅水大堤，今晚给你贺寿，也是贺堤坝落成！"

"就你花样多。"夜天凌无奈笑着，同她一起向外走去。

壅水江畔，神机营几个年轻将士已将烟花安放在大堤之侧，偶尔随手点上一支穿云箭，啸声清锐破入夜空，带出一道似有似无的烟火。

时至戌半，空中几朵花炮首先亮起，层层开放，映照江水山岭。

斯惟云立在江畔仰首望去，转身对卫长征道："还未见殿下同王妃过来，要不要等一会儿？"

卫长征一笑，回头示意。斯惟云沿他目光看去，山岩临江不远处一块高起的岸石上，不知何时静静地立着两个人，白衣轻裘，携手相依。

一朵巨大的烟花高高升起，在半空骤然爆开数层，金银两色交织，映得四方夜色犹如白昼。

烂银碎金，炫耀长空，清晰地照在凌王妃的脸上。江风飒飒，吹拂白裘微动，她双手合十似是在默默祷祝，雪琢玉雕的面容带着圣洁与虔诚，炮声热闹的夜风中显得如此淡静，似乎一切尘世喧嚣都寂灭在她的温柔中，如此深刻的温柔。

那是一个妻子想起丈夫时的神情，柔软而宁静。

斯惟云恍然失神，曾经在太极殿上俯瞰朝臣的从容高华，曾经在天机府中不让须眉的果断锋锐，曾经在壅水高岭指点山河的奇谋聪慧，曾经在军机图前挥洒谈兵的运筹帷幄，这一切似乎根本都是错觉，让他几乎以为自己的记忆出了差错。

清平郡主，凤家嫡女，御前修仪，这一切都不曾存在。

她只是一个女人，一个安静地站在丈夫身边的女人，同他并肩而立、不离不弃的女人。

或者，便是那只挽在她肩头稳定而温暖的手，让她的神情如此沉静，让她的微笑如此炫目。

所有人的目光都望着绚丽烟火满天，唯有凌王，静静看着自己身边的妻子，少有情绪的眼中映着淡淡火光，一片柔情无边。

命中注定，只有这个谜一样的女子，才能让凌王的无情万劫不复，也只有凌王这样的男人，才会让如此女子倾心相许。更是只有这两个人，才值得他，值得岳青云，值得唐初，值得卫长征追随左右，誓死相从。

斯惟云深深舒了口气，望向远处的定峤岭，暗中遥祝。人世间总有些事情不尽如人意，说不得，却偏偏亦叫人终生不悔。

"许了什么心愿？"见卿尘那样认真地合十许愿，夜天凌在一旁看着，终于忍不住问道。

"不告诉你。"不知是被一朵烟花映红，还是突然害羞，卿尘脸上掠过淡淡的娇红绯色，妩媚动人。

夜天凌笑了笑，也不追问，只不紧不慢地道："我刚刚也许了个心愿。"

卿尘抬眸询问，夜天凌道："要不要交换听听看？"

女人天生好奇，怎经得住诱惑，卿尘咬着红唇想了想，终于踮脚在夜天凌耳边悄悄说了一句。

夜天凌眸间笑意隐现，臂弯微收，低声道："这个不难，咱们今晚便努力就是了。"低沉的声音，暧昧的呼吸逗得卿尘颈间痒痒的，躲又躲不开，挣扎道："轮到你了，快说！"

夜天凌抬手替她将一缕秀发掠回风帽中，清俊的眼中深亮无垠，微微扬眉，淡看这漫天烟火，缓缓道："但愿长醉不愿醒。"

心有灵犀，情意绵绵，卿尘明白他话中之意，含笑不语。

烟花耀目此起彼伏，似是绽开了无数的喜悦，丛丛簇簇，天上人间。

夜风激荡飘摇，江水带着无数流星般的光芒流逝东去，滔滔拍岸，浪声高远。

逝者如斯夫。卿尘微微仰首，看着彩亮光明洒照长空，绚丽多姿，绝艳惊人。

如此的夺目明亮，却又如此的短暂。

星辉流火，将最灿烂辉煌的一刻尽情绽放，转瞬即逝，陨落凡尘。

美丽的悲哀，最是叫人痴迷，她目不转睛地看着，心间喜悦骤然落入一点哀伤。江风寒凉，刺得双目微酸，不觉竟有两行清泪悄然流下。

夜天凌像是立刻感觉到了她心绪起伏，俯身问道："清儿？"

卿尘却转眼带着泪笑了："不知道是不是太高兴，总觉得不真实。"她拉着夜天凌的手："四哥，你陪我去放烟花好不好？"一边说着一边就拉着他向大堤那边举步跑去。

"慢点，"夜天凌无奈道，"没有人和你抢。"

卫长征他们见两人突然过来，纷纷俯身见礼。夜天凌抬抬手，还没来得及说话，便见卿尘从一旁侍卫手中取过香火，笑着准备去点引信了。

"我来！"他一把将她抓回，"不准你胡闹。"

"那我们一起。"卿尘和他一同持了香火，触上引信。火花轻闪，夜天凌很快带着她后退几步，那烟花冲天而起，星星点点落得四处尽是光芒繁亮，却是那种近看的火树银花。

层层星光似是将周围化作了神奇的花火世界，璀璨明炫，卿尘拍手笑道："太美了！"

老工匠特制的烟花果然是难得一见的精工巧做，品样繁多，卿尘挑挑拣拣，一个个亲自燃放看，一时间笑闹嬉戏，玩得不亦乐乎。

夜天凌始终陪在她身边，光影此起彼伏，在他清淡的脸上投下若隐若现的笑意。卫长征在旁新奇地看着，忍不住同斯惟云相视而笑，突然有神机营中兵士寻到他身边，说了几句话后将一样东西交给他。

"殿下！"卫长征上前一步，低声请道。

夜天凌回身，听他轻声禀报了什么事情，复又接过他手中一张信笺就着烟火明亮浏览看过，略一思索，交代了几句，便又回到卿尘身边："还有哪个没试过？"

唐初和岳青云都立刻离开了大堤，卿尘知道定是军中有事，虽是意犹未尽，却懒懒道："我累了，不想玩了，咱们回去吧。"

夜天凌俯身一笑："正在兴头上，怎么就累了？陪你再玩会儿。"

卿尘摇头："真的有些乏了，留几个以后玩。"

夜天凌岂不知她的心思，道："并无大事，不过神机营截住一个虞凤遣来蜀地的密使，自有他们审着，明日再去也不迟。"

卿尘柔声道："事关军情，怎好耽搁？还是去看看吧。"

夜天凌却接过她手中的香火，道："今晚哪儿也不去，就陪你。"眼中清光淡淡，一片干净的深黑，似是真的丝毫不挂心那些军务。

卿尘见他当真不打算过去，倒有些诧异，夜天凌剑眉一挑："怎么，整日都是这些，竟连一晚也不容我歇歇？"

话说得随意，卿尘却蓦然心疼。他一年到头眼前心中尽是朝事军务，且不说那些艰难险阻，纵然事事游刃有余，却也难免操心疲惫，就这特别的一刻奢侈放纵，又如何？

那一夜，夜天凌陪卿尘燃尽了所有的烟花，夜色无边，似是永远会这样炫美，留在记忆深处，经久不褪。

后来真的累了，两人才意犹未尽地回到别馆，夜天凌待卿尘睡熟后却仍去了军营，回来已近清晨。卿尘醒来时，只知道她依旧睡在夜天凌的臂弯中，人说百世修得共枕眠，而他和她，已是修了万世，千生。

第十八章　　奇谋险兵定蜀川

圣武二十六年冬，长风，晴冷。

青州西岷侯府，两名便衣侍卫携西岷侯廖商的密信手令，护着北晏侯来使秘密出城，行至江边临岸雇了舟楫，顺水东上。

壅水悠悠，过尽千帆。

长楫入水轻点，不急不慢。船上舟子年纪不过二十左右，身量挺瘦，形容朴实，招呼客官进了舱中避风，自在船头掌楫。

客船杂在往来行舟间，远远看去似是大江之上一片落叶，行了几程，悄无声息不见了踪影。

河道愈窄，渐渐入了密林山岫。

一个侍卫自舱内出来，咦了一声，回身对舟子喝道："这是何处？为何离了主江？"

"这是一段近路，大爷没走过？"那舟子漫不经心地往他身后瞥了一眼，随意道，"此程尽处，便是丰都鬼城。"

前途曲幽，杳无人迹兽踪，寂静得叫人心底悚然。那侍卫隐约觉得不妙，突然看到舟子眼中闪过与身份极其不符的精光，惊觉后方要发作，猛地脚下船身晃动，身体失衡的片刻，眼前微花，一杆竹楫已迎面袭来。

侍卫骇然抽刀，那长竹如附鬼魅，挟着劲风锐利，千重虚影中一点淡光疾驰，破入他匆忙抵挡的刀势中，不偏不倚穿喉而入，骤然带起一蓬细微的血花。

手中之刀似是戛然而止，凝空僵住。他双目圆睁，不能置信地低头看着身前，喉间咯咯两声哑嘶，伏地倒毙。

另外一个侍卫察觉有异，匆忙持刀扑出舱外。

身形未稳，背后杀机袭来，猝不及防时颈间轻电般带过一丝冰凉，回头处，见那北晏侯密使手中寒光闪过，白练耀目，锋芒之上的那抹鲜血，变成了他看到的最后景象。

举手之间，一切悄无声息。小船依旧沿水行驶，平稳悠然。

那北晏侯密使顺势一带，身前侍卫倒入舱内，反手亦将另一具尸体拽入。抬手在面上抹了抹，露出本来面目，身上长袍抖落，底下是件粗布衣服，杀人的剑早不知隐往何处。

他自一个侍卫身上搜出什么东西，躬身出了船舱，捞起搭在近旁的竹竿笑道："卫统领好枪法。"

卫长征亦笑道："冥执兄的快剑，叫人看得手痒。"边说边伸手在船篷之上摆弄几下，乌篷客船化作渔船，再看不出先前痕迹。

冥执道："若不是殿下有令军中不准私斗，倒真要讨教几招。"

卫长征无奈地耸肩，两人相视一笑，长风顺水，转过几道河湾，施施然往江水郡城中去了。

三日后，虞凤接到入蜀密使飞鸽传书，报说已与西岷侯达成协定，一切依计而行。白纸黑字加盖朱红信印，确凿无疑。

与此同时，蜀中壅水双渠穿山越岭大功告成，命名"安澜渠"。

十一月壬辰，西岷侯廖商以"正君位"之名自青州起兵举事，与虞凤两相呼应，兵分水陆沿渊江而上，欲取壅江水道南攻天都。

当日，虞凤叛军出临安关迎击湛王大军，一反避退之势，行动狠辣，北疆战况立时吃紧。

虞凤长子虞呈率西路叛军猛攻幽州，幽州地势平原坦荡，不易死守。十一皇子率幽州将士化守为攻，与叛军多次激战，将虞呈叛军生生阻于城外二十里。双方日有交战，战事不定，频频多变。

各处消息传至天都，举朝皆惊。

两路平叛大军被北晏侯攻势缠住，无暇兼顾蜀中，不过数日，青州、封州、岳州、衡州等几处重镇已完全落入西岷侯手中。

朝臣各执己见，太极殿朝议，竟有大臣上书天帝言议和之策。

天帝震怒，连贬中书郎奉恒、按察使成纶、都指挥同知唐匡等几名重臣，即刻降旨革西岷侯廖商世袭爵位，撤西侯国，发讨逆檄文，却未动一兵一卒。

廖商兵取扼于雍、渊两江咽喉处的江水郡城，江水郡督使岳青云拒绝归顺，率将士两万迎击叛军于丰岭，寡不敌众，且战且退。

西路叛军声势夺人，兵锋大盛。

烽烟四起，西北皆乱，中原数十年安定分崩离析。

军报战情频频飞奏入城，时日渐寒，江水郡似是极为冷清，城中军禁，坊肆街道空无一人，倒真显出几分冬季的萧索来。

卿尘同斯惟云遥立在雍水高处，风冷刺骨，长浪击岸。

斯惟云虽是身着裘袍，却仍不住咳嗽，卿尘极为担忧地看了他一眼："惟云，你这病是思虑忧劳过甚，兼之外感风邪，着实不宜在此吹风。"

斯惟云原本便清瘦的脸上此时更添苍白，强忍下胸中不适，道："不在这一时，事关重大，岂能让王妃一人在此承担。"

卿尘叹了口气，常听人道呕心沥血，这一坝双渠工程之大时日之短，令斯惟云耗尽心神，如何能不伤身？安澜渠一成，他便是一场大病，今日非常之时，他硬是挣扎起身与她一起前来江上，否则要她自己掌控这长堤陡门助夜天凌行兵，说是无碍，心中倒也真有几分忐忑。

千古江水，在人的超卓智慧下蓄水成湖，改流入川。眼前战事成败在即，自此蜀地水旱从人，斯惟云所做之事，不敢说后无来者，但确实前无古人。

卿尘知道斯惟云刚正严谨，是个非常执拗的人，劝而不得，只好道："待此间之事落定，不管这渠坝还有什么未曾完结之处，你必须歇息些时日，按昨日我说的方子先服用着，好好调养。"

斯惟云心里泛起一股暖意，偏偏亦杂着酸楚，低头微微咳嗽，再开口时声音已平寂无澜："惟云遵命。"

卿尘无奈摇了摇头，斯惟云似乎永远不会如杜君述或是陆迁一样在她面前谈笑自如，不过这正是杜君述之所以为杜君述，斯惟云之所以为斯惟云。

每个人都会用不同的方式生存于世间，这便也是人生精彩之处。

沿着这山河远远望去，斯惟云心中似乎畅快了许多。

目所能及之处，雍水大坝截江而立，十二道陡门交错分布扼于各处，分水湖蓄水拦洪，安澜渠穿山过水，蜿蜒长流。

自然山川之力人所难及，却又处处可为人所用，造福苍生。人生于自然，长于自然，用于自然，眼前一切看来都如此和谐平静，却又暗藏生机。

浮生短暂，多少人荒唐虚度，蹉跎岁月。而自己却能将毕生心愿付诸现实，这番作为足以为傲，他迎风一笑，不由道："今生不枉来世上一趟，斯惟云虽死无憾了！"

卿尘深深看了他一眼："这是什么话，难道人世中再无留恋了吗？今后还有多少大事等着你去做呢。"

斯惟云闻言怔忡，人性有七情六欲，苦苦执着，岂会真的了如浮云无牵无挂？他与卿尘清隽的目光微微对视，默然不语，过了一会儿，方道："此后王妃但有用得着惟云之处，请尽管吩咐，惟云在所不辞。"

卿尘眸光通透，在他脸上一顿，淡淡笑说："怕是难，此时要你卧床静养都不行。"

斯惟云语塞，正尴尬，卿尘却放过了他，静静转身望向前方，俯瞰山峦，眼底是一片幽深的清肃。斯惟云心中轻轻一震，她这神情竟似极了凌王，叫人几乎不敢逼视的风神中沉敛的是深稳与从容。一身冲淡平和下仿佛看尽一切，一切又都不在心中。

惶惑时醍醐顿悟，他眉心舒展，同卿尘一并望向远处，瘦削的身子如松柏迎风挺立，风骨肃然。这世上还有多少事等着他去做，能共同处事，得使天下安澜，亦何其幸也！

前方突然响起破空之声，一道烟花升上半空，爆开鲜明的血色，刺人眼目。

"来了！"两人同时一震。烟花为信，表示己方兵将已撤出江岸。卿尘与斯惟云对视一眼，纤眉微扬，目中掠过清光明锐，回身断声喝道："传令开闸！"

令出，隆隆声响，几乎同时传入耳中。

江上十二道陡门水闸缓缓升起，分水湖中所蓄江水应势而出，洪峰奔腾，挟着千军万马之势铺天盖地地泻往江中。

飞流激溅，白浪滔天，如同十二道怒吼的蛟龙，撼动江河。

辽阔的江面上激起猛烈的水雾，脚下大地亦微微震动，声势惊人。

平静了许久的壅水瞬间卷起洪浪咆哮怒吼，再不复往日温柔风貌，似乎要毁灭一切，狰狞万分。

谋出于智，成于密，败于露。

称病不朝，暗中入蜀，筑堤蓄水，练军调兵，一切都行得极为隐秘。夜天凌将西岷侯一举一动看在眼中，但连朝中近臣也鲜有几人知道他已到了西蜀，多少人还在猜测凌王失势，甚至更有凌王已被天帝幽禁的传言。

此处，西岷侯起兵之机，朝中不早不晚传出凌王奉旨治江的旨意。岳青云亦适时散布消息，令西岷侯得知凌王到了江水郡军中，而后引兵节节败退，诈作不敌。西岷侯果然下令水军骑兵两路夹击，紧追不舍，务必要将凌王生擒活捉。

以凌王在军中威信，多年领兵不败的神话象征着天军常胜之势，他若被擒，必然给天朝军心带来致命的一击，这正是叛军迫不及待想要的效果。

失之毫厘，谬以千里。

对与错，成与败，生与死，往往便在这一步之间。

等待十五万东蜀军的，不是匆忙迎战的玄甲军，而是壅江沉寂了多时的大水。

西岷侯部下五万骑兵贪功冒进，自水流浅缓的古浪河段渡江追击退往江水郡的天军，却不料遭逢灭顶之灾。

洪水无情，往日脉脉江水化作猛兽深渊，同时将陈列江中的十万水军数百战船瞬间吞没，几乎没有留下任何痕迹。

岳青云待洪水稍退，挥军反攻，紧追穷寇。

西岷侯在亲卫拼死救护下幸免于难，率残兵往青州方向退去。

丛林荒野，萧索于瑟瑟寒冬。

曾威震西陲的东蜀军残部尚余三万人许，深夜仓皇回军，行至桐岭飞仙渡，离青州已不足百里。一路行军，人马皆疲，几近极限，领军方传令安营暂歇。

散兵疲将狼狈歇于林间，为怕引来追兵，一律不得燃火照明，但黑夜中尚秩序井然，倒不愧历来训练有素。

高石嶙峋，枯树残叶，黑魆魆一片瘆人的死寂。忽而不远处夜鸟飞起，掠得深林一阵微响。

廖商一生戎马，此时纵然疲惫却警觉犹存，手按住剑柄，沉声喝道：“传令警戒，以防有变！”

像是呼应他这句话一般，四周本来沉寂的山林突然亮起火光，几乎瞬间照亮四野，将东蜀军余部所处的地方映得清晰无比。

如此迅捷整齐的火把，看人数不在万人之下。而最可怕的是两边山崖同时燃亮，陷他们于居高临下的包围之中，这悄无声息却又分毫不差的行动，普天之下唯有一支军队可以做到。

前方微微伸出的山崖之上火光最盛，映出百名玄甲战士，肃然而立。当先一人傲然立马崖前，火光明暗，一身利落的轻装武士服在黑夜中勾勒出清拔的轮廓，正是叛军欲先擒之而后快的凌王。

“侯爷别来无恙。”夜天凌居高临下，遥遥问候。

廖商此时既反，早已废了臣属之礼，凌王灭他十余万东蜀军，此时仇人相见，恨不能生啖其肉，喝道：“夜天凌！你竟敢蓄水淹城，与老夫使诈！”

夜天凌唇锋略挑，似是带了一丝轻蔑的笑意：“兵不厌诈。”

廖商骁勇善战，此生经历大小战役无数，向来极为自负，今日虽经惨败，却仍不将对手放在眼中：“以巧为谋，侥幸得胜，何足称道？如今既狭路相逢，正好一较高下，让老夫看看你究竟有何过人之处！”

“败军之将，有何资格再与本王对阵。”夜天凌淡淡道，“你若自己束手出降，本王或可留你一命。”

廖商仰天长笑："小子狂妄，以眼下你我兵力，胜负尚且难料，你口出狂言为时过早。"

夜天凌冷眸扫过东蜀军，黑夜深沉，面对眼前三倍于己的兵马，他锐利的目光似乎穿人肺腑，清淡话语却若闲谈风月："若本王所料不差，侯爷定是想杀回青州，东山再起吧？"

廖商冷哼道："老夫兵归青州，必先取你首级祭旗！"

"哦？"夜天凌轻描淡写应了声，随意抬手。身后暗处纵马转出一人，廖商一见之下心中大震，此人正是青州巡使罗盛。

"见过侯爷。"罗盛拱手，上前致礼。

数日之前，罗盛将青州城拱手让与廖商起兵立事，供兵械、粮草辎重之物，出谋划策左右随行，不料竟在此时现身凌王军中。

廖商只道罗盛因己方兵败而归顺凌王，怒极拔剑喝道："反复小人！无怪你青州守军不出一兵一卒，原来私下背叛于我！"

罗盛神情肃穆，扬声道："侯爷此言差矣！我罗盛受君之恩食君俸禄，岂会当真从逆叛乱？我等不过是遵凌王殿下密令行事罢了。"

青州如此，封州想必难免。此时东蜀军由进可攻退可守顿时变作进退两难，廖商本欲据蜀中天险重新立足的方略再不可行。

夜天凌漠然道："本王遣工匠军民抢修水渠保全青州、封州，从来没有打算送与侯爷谋逆作乱。"

壅江大水，沿江重镇原本绝无幸免，东蜀军众将士不少当地人氏，此时听得青、封两州居然无恙，多数暗中松了口气，败兵之事倒成了其次。

罗盛趁机道："侯爷若体谅这些跟你的将士，便莫要执迷不悟。如今蜀中多少父母妻儿翘首盼归，你们何必去同逆贼虞夙一并送死？"

东蜀军阵后突然掀起骚动不安，廖商喝道："何事惊慌？"

有士兵飞奔来报："北面追兵临近，约有两万人许，请侯爷示下！"

这正是岳青云率军追至，前后夹击，东蜀军残部已入合围之势。一方初逢大败，兵疲马倦；一方乘胜追击，士气长足，优劣之势立判。

天边月上东山，波澜清冷。

夜天凌早已料到岳青云行军的速度，沉声喝问："侯爷可知本王为何要在这飞仙渡拦你？"随着他的话音，身后火光高亮，那方山崖之上原来刻有几个大字。

蜀中安澜。

银钩铁画，每字如有丈余，刻于高耸的岩石之上，年岁过尽，风雨犹坚。

这岩壁石刻乃是开国之初安定蜀中后，蜀中民夫工匠自发所凿而成。既是昭显天朝盛世，亦希望自此蜀中安靖平定，永无乱日。

东蜀军中一阵寂静。山风强劲吹得火光招展涂满高岩陡壁，摇摆不定的明暗映入人人心底。

"这四个字侯爷应当熟悉。自古战者，胜败百姓皆苦。你既镇守川蜀天府之地，却为何不体恤蜀中军民，偏要枉自兴兵，倒行逆施？"

廖商冷笑："冠冕堂皇之言，蜀中兴亡都在老夫掌间，你休想以三言两语乱我军心。"

夜天凌语锋微冷："以一己之私，陷百姓于不安，陷将士于不忠，你若不降，便莫怪本王无情了。"

"休得胡言！"廖商含怒喝道，"老夫生平不识降字！"

"好！"夜天凌眼中精光骤盛，"本王佩服，便凭此言留你全尸无妨。"抬手处，长剑离鞘斜指天峰，"东蜀军众将士，廖商叛逆欲乱川蜀，本王念汝等无知被惑，不欲深究。此时弃械投明，既往不咎，若负隅顽抗，杀无赦！"

话音落时，万剑出鞘。

杀气，玄甲军浴血疆场的狂肆杀气弥漫于黑夜之中，摄人心魂。

东蜀军气势完全被压制，其中突然有人扬声道："我等已然随军作乱，此时纵然归降，也难逃叛逆之罪！"

夜天凌剑锋侧处耀起一刃寒光："你等能保得性命至此，足见皆是东蜀军中精锐，本王素来惜才，愿归顺我军中之人，本王以夜天凌三个字保其无恙。"

夜天凌三字，乃军中之信，兵中之义，凌王言出素来无悔。

廖商幡然醒悟，再拖延下去，己方军心必乱，不觉又中了凌王之计，挥剑喝道："三军听令，与我杀出重围！"

话音甫落，身侧几名部将对视一眼，扬剑而出，竟齐齐发难将廖商挟持在手。廖商身旁的亲兵猝起反抗，却寡不敌众，数合之后便被斩杀拿下。

唐初传下军令，玄甲铁骑强弩戒备。东蜀军阵前生变，乱作一团。

冰冻三尺非一日之寒，廖商性情暴烈刚愎自用，众将中早有不满。罗盛得凌王授意，暗中设法笼络，致使廖商起兵难以齐心合力。雍水一战，廖商又一意孤行几乎葬尽东蜀军精锐，如何能再使众将为之卖命？

游刃有余，不战而屈人之兵，兵之上者。夜天凌居高临下看着眼前骚动，面如平湖，漠然冷肃。

"我等愿归顺殿下！"几名东蜀军将士率部属俯身请降。

身后军中数处响起呼声："西岷侯已然被擒，都降了吧！"夜天凌嘴角不易察觉地微微挑起，罗盛安插进东蜀军的这些人倒很懂得如何把握时机。

东蜀军残部经此大劫，皆不愿再为叛乱而战，此时主帅已然被俘，一旦有人呼吁，纷纷附和，去剑解甲就地跪降。

夜天凌持缰纵马，率玄甲铁骑缓缓行至阵前。

廖商横遭大将叛变，破口大骂众人无义，须发皆张怒到极处，直骂得几名军将神色尴尬。

夜天凌眉目冷然，眼中寒光微慑："廖商，他们既愿归降，便已是本王部属，本王帐下将士岂容你辱骂，再不收声莫怪本王不念情面。"

廖商被兵将压持却依旧暴躁如雷，白眉扬起，大声骂道："老夫兵定西陲之时，你这竖子小儿还不知身在何处，如今竟敢如此同老夫说话！满腹阴谋诡计，有本事真枪实剑一见高低！"

"北王阴，西王烈，果然名不虚传。事到如今还是这副口吻，便是不败在我手中早晚亦斗不过虞凤。"夜天凌俯视他道，"你可叛我天朝，如何怨他人叛你？"

廖商双目圆睁，突然哈哈大笑："天朝夜氏一族又是什么好东西，你叛我我叛你，你们这些皇子哪个不是包藏野心！"

夜天凌不怒反笑，目如惊电掠往廖商眼中，慑得他猛然住声。他在马上低身于廖商耳边，淡淡道："那你就更不妨留着性命，看看什么叫真正的谋事。"

语中孤绝，气度狂傲，廖商蓦地愣在当场。夜天凌挥手道："押下去。"眸间冷冷一瞥，"本王耐心有限，你若再敢妄言一句，马粪灰土总够你吃！"

凌王言出必行，此乃人尽皆知。倘若在人手中受辱还不如战死，廖商想到此节倒收了斥骂，立刻被人押走。

夜天凌看了看东蜀军，淡声道："东蜀军仍是蜀中重兵保障，自此时起既入本王麾下，本王一视同仁。罗盛，协助众将即刻清点人数，救治伤员，分发补给，整顿休息，天明时前来复命。"话声淡淡却透着凛然霸气，传遍三军。

东蜀军将士早折服于凌王手段之下，此时稍整队列，数万人单膝跪俯行军礼，齐声道："东蜀军愿追随殿下，将功折罪！"

夜天凌傲然回马，遥望天际，风飞大氅，峰峦尽处薄云飞扬，天，便要亮了。

第十九章　昨夜西风凋碧树

　　七日之功定川蜀，以三万轻骑破敌十二万六千人许，降两万八千，损兵仅一百三十二人。

　　八百里战报飞来，一时间天都上下震惊于凌王精兵奇谋，争相传说。

　　当初持议和之辞的朝臣尽皆汗颜，无怪天帝对蜀中军情无动于衷，原来是早有安排，君心似海，深不可测。却更有多少人依稀觉得，凌王，似比眼前高高在上的天帝更为难测，看不透，摸不清。

　　夜天凌在奏章中详述雍江水利大事，战况却写得极为简略，无非两州诈降，引水破敌，乘胜追击，蜀军倒戈之语，明列众将之功，并为东蜀降军请赦旨。

　　朝中一片惊疑赞佩声中，天帝降旨加凌王为三公昭武上将军。

　　军中将士论功行赏，为定蜀中人心，东蜀军叛乱之事不予追究。江水郡督使岳青云平叛有功，擢升麓州巡使，暂领东蜀军。

　　与此同时，十一皇子夜天澈以奇兵诱虞呈叛军入幽州城北峰指谷，大败其军，晋封澈王、加镇军大将军。

　　湛王大军不急不躁，表面稳扎稳打与虞夙叛军主力步步交锋，却暗中兵分两路偷袭临安关。

　　虞夙匆忙回军自守，被两路骑兵乘虚猛攻破关而入，平叛大军临于燕州城下，深入北疆。

　　捷报频传，湛王由征北将军衔加晋武卫上将军，增赐一万食邑户。

　　连日颓废之局幡然逆转，乾坤朗朗，冬日阴霾的天色云退雾散，透出许久未见的晴天。

　　轻烟，淡幔，莲池宫依旧冷冷清清。

　　这里似是寒冬最深最远的地方，尘封的寂寞令岁月退避，光阴荏苒，亦不曾驻足。

　　斜阳已暮，穿透宫闱长窗散照在白玉地面上，清美的浮雕间，莲花百态落上了层层淡金，呈现出庄严的华妙风姿。

　　如往昔每一个傍晚，莲妃独自在殿前静堂诵念着《圣源经》，从来不曾间断。

　　沉香安寂的气息淡淡缭绕，伴着低浅的诵吟声盘旋，飞升，消失在高深的大殿尽处，烟过无痕。

　　轻微的脚步声自身后传来，莲妃身侧出现了一双金丝绣飞龙的皂靴。诵经声平平淡淡没有丝毫停滞，莲妃也未曾侧目半分。

那靴子的主人便站在那里，不动，微微闭目，耳边低缓的声音传入心间，一片宁静祥和。

一人站着，一人跪着。

天际层云凝紫，暮色渐浓，最后一丝暖色缓缓收拢，退出了雕梁画栋，留下无边无际的清寂。

光滑的黑玉石珠衬着莲妃纤长净白的手指，微微地落下一颗，经声余韵低低地收了。

莲妃睁开眼睛，玉石如墨倒映着她绝色的容颜，也倒映出另一个人的身影："臣妾参见陛下。"她静静起身，再静静对来人福下。

纤弱的身子因跪得久了而微微一晃，一只持稳有力的手已扶上了她的胳膊。

"爱妃平身。"

"公主请起。"

那只手的力度叫她恍然错觉，每一次时光都像重复了三十多年前的那一天，也是这只手，在千军万马前将白衣赤足出城献降的她稳稳挽起，她抬起头，看到了一双明亮惊羡的眼睛。

那双眼睛，撞入昆仑山的冰湖，融化了寒冰积雪。

那一望，望过了万水千山，遥遥岁月。

她抬起头，看到了那双锐利深沉的眼睛。

眼角几丝皱纹刻下岁月，唯有不变的目光仍旧透过眼底掠入心间。

相对一瞬，似穿过过往万余个日夜，将红尘光阴定格在那风沙漫漫的大漠，定格在长云蔽日的日郭城前，定格在铁马金戈的血泪中。眼底那抹白衣身影，从来都没有变过，极淡，却又极深。

她在这个男人的身前拜服，举起族人的降表。她随他的大军千山万岭离开故土，一去便是一生。

"这静堂太清冷，你身子刚好些，还是不要久待。"天帝的声音将她从恍惚中惊回，本该是柔软的体贴，却仍带着君王的威严，不觉早已入了骨髓。

她退身，垂眸："谢陛下体恤。"

天帝眉心一拧，原本高昂的兴致不知为何便淡了下来，看了看她，道："凌儿此次带兵出征又大获全胜，朕很是高兴。"

莲妃心里深深一震，墨玉串珠在指间收紧，带兵出征，不是单单的督察水利。所幸是胜了，却不知人怎样，有没有伤着，是不是疲累，什么时候能回来。千头万绪不言不说不问，仍旧垂眸："恭喜陛下。"

天帝站在面前等了一会儿，见她只说了这四个字便恢复了沉默，问道："你就不问问儿子怎样，毫不关心？"

莲妃静静道："陛下教子有方，不会有差错。"

"从领兵打仗到大婚立妃，这么多大事你都置若罔闻，"天帝语气微微沉了下来，"朕有时真怀疑，他究竟是不是你的儿子！"

"他是陛下的儿子。"莲妃的声音低而淡，如同这竹节香鼎中透出的烟，不待停留便消逝在了大殿深处。

天帝垂首俯视着她，面上难以掩饰地显出一丝不豫："抬起眼睛看着朕。"

随着这不容抗拒的命令，莲妃优美的脖颈缓缓扬起，睫毛下淡淡眸光对上了天帝的视线。

那双眼睛，如同雪峰轻雾下千万年深静的冰湖，几分清寒，几分明澈，带着幽冷远隔着缥缈，分明看着你，却遥遥得让人迷失其中，以为一切只是入梦的错觉。

天帝黑沉的目光将她深深看住，久久揣摩，终于开口道："你知道朕为何要将凤家那个女儿指给凌儿？"

"陛下自有陛下的道理。"莲妃道。

天帝伸手一抬，将她慢慢离开的目光带回："就因为她那双眼睛，像极了你的，所有的女人，只有她和你一样，敢这样看着朕！"

莲妃目中平静："陛下识人，断不会错。"

天帝手下微微一紧，随即颓然松开，那丝不悦的神情慢慢地化作了哀伤，隐约而无力："你一定要用这种语气同朕说话？"

莲妃轻轻后退一步，俯身请罪："陛下若不喜欢，臣妾可以改。"

"莲儿。"天帝沉默了一会儿，突然唤了她的乳名。

灼灼之仙姿，皎皎于清波。

因为这个名字，冒天下之大不韪册嫂为妃，兴天下之精工修造寝殿，莲池宫中美奂绝伦雕满清莲，前庭后苑遍植芙蕖。

刻痕深寂，默然相伴流年，残荷已萧萧。

这两个字，在莲妃心头轻轻划过，极隐约地带出丝痛楚。

"你恨了朕这么多年，连凌儿也一并疏远了这么多年，还不够吗？这一生，有多少个三十年！"天帝长叹一声道。

"臣妾并不恨陛下。"莲妃淡淡道。

"是吗？"天帝语中颇带了几分自嘲的讥诮。

"是。"莲妃安静起身，"若恨过，也早已抵消了，臣妾只是不能忘。"

天帝眉目突然一冷，不悦道："你忘不了谁？"

她看着天帝，竟对他转出一笑。

尘封多少年的笑，有着太多的复杂纠缠，也无笑声，也无笑形，一径地暗着："我忘不了你。"

不是臣妾，是我；不是皇上，是你。

我忘不了你。

甲胄鲜明凌然于马上的大将军，抬手遮挡了跪伏的羞辱，帅旗翻飞，蔽去漫天飞沙。

雄姿英发的少年郎，抬手拭去肝肠寸断离别的泪，俊然朗目，抚平愁绪万千。

木槿树下，多情人，抬手搭上温暖的衣衫，神色轻柔，暖暖一笑。

就是这一笑，俘虏了谁，迷惑了谁，沉醉了谁，或许终生都不能相忘。

天帝浑身微震，伸手握住莲妃："你都记得吗？多少年了，我以为你都忘了。"

不是朕，是我；不是爱妃，是你。

莲妃却轻轻地抽回了手，凝视着天帝双目道："你叫我怎么忘？我的族人在你的铁骑精兵下家破人亡，我的兄弟非死即伤，我的父亲，在跪降后饮下你送来的毒药。柔然族已是苟延残喘，遭突厥大举围攻，你作壁上观按兵不救。"

渺渺的柔情，铁血的心。

何处的因由，此时的果。

天帝的神情在她一字一句中冰冷，渐生悲戚："原来你记得的是这些。"

"只有这些吗？"莲妃神色凄迷，眸中覆上了一层水雾深浓，"你给我希望，却又亲手将我送到别的男人怀中，我认了，可你连他也不放过……"

"住口！"天帝猛然怒喝，"你可知道你在说什么！"

"我当然知道。"莲妃面无表情道，"你以为可以瞒过所有人，却瞒不过我，那些丹药我都认得。"

天帝容颜寒冷，而后缓缓道："你怎会不认得，那本就是你自柔然带来中原，亲手进献给先帝的。"

一道清泪自莲妃面颊潸然滑落，她极凄惨地仰面，望向已陷入深黑的殿堂，道："我是个罪人，我从一开始便想要他的命。但他对我那样好，我下不了手，可你却令他沉迷于修仙之术，频频服用丹药，他还能活吗？"

"这不正是你想要的结果？"天帝语气越发冰寒。

莲妃看着他，目光穿透了他，越到了遥远的地方："所以我们都活该受到惩罚。"

长风微动，扬起宫帷淡影，穿过莲妃的长发，吹动白衣寂寥。香炉中点点明红燃到了最后，挣扎几下，灰飞烟灭。

天帝的脸色便如这漫长的冬日，极深，极寒，更透着沉积不化的悲凉。

死一般的沉默，大殿中静到了极致。

昏暗中两人面对面站着，仿佛已经站了多少年，对视的双目了无生机。无力的哀凉生自心底，久久存留。

很久以后，天帝终于开口道："你不是我，永远无法体会那种屈于人下的感觉，就连自己心爱的女人，也要拱手送至别人怀中。我做了的事，从不后悔。"

"便是后悔，又有何用？"莲妃淡淡道，"此生已往，我每日诵念经文，或者可以为你我赎罪。"

"你何必要自苦于你我二人，也更苦了凌儿。"天帝道。

莲妃俯身下去："臣妾恭送陛下。"

天帝看着身前这抹淡淡的身影，夜色灰暗渐渐地失去了清晰，在殿前染上晦涩的浓重。他长叹一声，转身而去。走了几步，忽然又回头道："我今日是想来告诉你，凌儿很好，让朕极为放心。朕一直以来总觉得愧疚于他，不知现在是否弥补了一二，上一代的恩怨莫要再在他们身上牵连重演了。"

莲妃柔弱的身姿一动未动，泪却早湿了衣襟。

殿前，天幕如墨，月如钩。

《天朝禁中起居注·卷八十·第二十三章》：

圣武二十六年十二月壬申，帝以凌王军功显赫政绩卓然，母以子贵，晋莲池宫莲妃为贵妃，六宫仅次于皇后。

御旨出，中书、门下两省散骑常侍、谏议大夫、左右拾遗、礼部及十三道言官奏表谏言，非议激烈，以为制所不合。

帝置谏不纳，一意行之，贬斥众臣，以儆效尤，举朝禁言。

北疆军营，大地冰封，飞雪处，万里疆域苍茫。

夜天凌将那八百里快马送来的恩旨和杜君述等人的密函掷之于案，站在帐前放眼看向长风送雪的江山，唇角一抹薄笑。

第二十章　却说心事平戎策

幽州位于天朝北疆边缘，东系涧水，西接勐山，南北两面多是平原，中有低山起伏，阔野长空，连绵不绝。

北风过，苍茫茫枯原无尽，远带天际。

万余人的玄甲精骑穿越勐山低岭，出现在一处开阔的平川，马不停蹄急速行军，遥遥看去像是一刃长驱直入的剑锋，在半黄的山野间破出一道玄色锐利，将大地长长划开。

当先两骑却是白马白袍，率先奔驰于众骑之前。十数名近卫落在身后，分作两队如同鹰翼般展护左右，激起尘土飞扬。

奔上一道低丘，众人勒住马缰，停下稍事休息。云骋在丘陵前兜了一圈，停在风驰之旁。卿尘因方便穿了男式骑装，轻裘胜雪意气从容，一双秋水清瞳深若点漆，顾盼间竟别有一种风流俊俏潇洒的美。她在马上纵目四野，见前后尽是连绵不绝的平原，不禁道："幽州这地势无险可守，真难为十一竟能在此挡下虞呈叛军。"

"所以要尽快收复合州，合州凭祁门关天险，乃是幽州以南各处的天然屏障。"夜天凌遥望平川，眼中隐有一丝深思的痕迹。

卿尘道："只可惜守将投敌，合州轻易便落入叛军手中，恐怕失之易，得之难。"

"无妨。"夜天凌神色沉定，"这世上没有攻不下的城。"说话间目光自远处收回。

卿尘带马笑道："四哥，咱们比比看谁先到幽州城怎样？"

夜天凌眼底划过有趣的神色："你可知多少年来，天朝上下无人敢和我比试骑术，更别说是女人？"

卿尘凤眸清扬："所以她们都不是凤卿尘，更不是凌王妃。"

夜天凌峻冷的眼中清光微闪："说得好！"此时忽见前方轻尘飞扬，有先锋兵飞骑来报："殿下，前方探报，虞呈叛军轻骑偷袭幽州被守军阻截，现下双方短兵相接，正在交战！"

"所在何处？"

"城西二十里白马河。"

"地图。"

身后侍卫立刻将四境军机图就地展开，夜天凌翻身下马略一察看，问道："我方何人领兵？"

"澈王殿下亲自带兵阻击。"

"兵力如何？"

"各在五到七千之间。"

"传令。"夜天凌战袍一扬，"全速行军，抄白马河西夹击叛军，若见虞呈生擒活捉！长征，率四营兵士护送王妃先入幽州城，不得有失。"

"得令！"将士们领命声中，卿尘对他深深一望："一切小心。"

夜天凌微微点头："先入城等我。"

"嗯。"卿尘唇角带笑，目送他翻身上马，率军而去，回头命卫长征整队，微一带马，当先驰出，四千将士便随她往幽州奔去。

澈王大军驻扎于幽州城北，卿尘等人过幽州城不停，直奔军营。

营中将士同凌王部将一向相熟，留守副将闻报出迎，却见玄甲军中多了个白衣轻裘、眉清目秀的人物。

凌王妃随军之事知道的人并不多，那领先的左副将柴项对卫长征打了个询问的眼色。卫长征俯身说了句，柴项神情一震，看向卿尘，卿尘在马上对他颔首微笑。

柴项知晓分寸，亦不多礼，即刻安排驻军扎营。方安置停当，便有侍卫来报凌王、澈王已领兵回军。

卿尘远远见夜天凌同十一并骑回来，身后将士井然有序，略带着些气血昂扬兴致勃然，显然是得胜而归。

十一一身戎装轻甲，外披绛紫战袍，身形挺拔，英气潇洒，待到近前，打量着卿尘笑道："哪里来的俏公子，怎么我都不认识？"

卿尘数月未见他，心中着实挂念，抬头含笑相望，闻言潇洒作揖："见过澈王殿下。"

十一扬眉长笑："大战归来有美相迎，人生快哉！"

卿尘刚要反驳，目光一转落在他左臂上。长风翻飞处带起战袍，下面的甲胄之上竟有血迹，她眉梢弧度尚未扬起便蹙拢："受伤了吗？"

"没事。"十一轻描淡写道，"不过一时疏忽，那虞呈倒聪明，竟让他走脱了。"

夜天凌对十一道："去让卿尘替你看看，这里有我。"

十一点头："四哥来了我便轻松了。"笑着下马入帐，将军中事务尽数丢给了夜天凌。

卿尘命人将帐中火盆添旺，小心地帮十一解了战袍，一见之下便皱眉："再深几分便见骨了，流了这么多血，你定是伤着以后还逞强。"

十一未受伤的手撑在军案上，闭目养了养神，睁开眼睛依旧是明朗带笑："身为主帅，便是这条臂膀废了也不能露怯。"

卿尘边替他重新清理伤口，边轻声埋怨："你是皇子之尊，何必这么拼命？"

十一道："军中一视同仁，只有将士兄弟没有什么皇子王爷。"

"倒不愧自小便跟着四哥，说话口气都一样。"卿尘无奈。

淡淡清凉将伤口火辣辣的疼驱退几分，药汁的清香盈于身边，十一笑说："还是你这伤药灵。"

"走前不是给你带了吗？"

"赏给受伤的将士了。"十一随意道。

卿尘知道他便是这般性子，也没办法，取来绷带敷药包扎，突然看到他肩头一道淡淡的伤痕，随口道："这是以前的旧伤。"

十一侧头看去："也是你上的药，不过那时候可没现在这么温柔。"

卿尘不怀好意地将绷带一紧，十一"哎哟"一声，满脸苦笑："古人诚不欺我，得罪什么人也不能得罪女人！"

卿尘挑着眉道："不怕受伤就别喊疼，澈王殿下现在会生灶火了？"

十一抚着伤口，目光往她身上一带，突然露出饶有兴趣的神情，他抬起胳膊活动一下，寻个舒服的姿势靠在案前："我不会生灶火，却总比有人不仅不会生火烧饭，还不知家里有什么没什么，进屋被自制的蛇酒吓着，出门找不到回路，甚至家住什么山，在哪一州哪一郡也不清楚，要好得多。"

他长长说了一通，卿尘微怔，眸底轻波，淡淡半垂眼帘，薄露笑意。原来有这么多破绽，看十一平日随意率性，其实事事都逃不过他敏锐的眼睛，清楚明白。

十一眼光扫至她身前，黑亮而带着点儿笑谑："我说四嫂，就凭你这持家的本事，当初在那竹屋日子到底是怎么过的？"

卿尘抬手便将药瓶丢去，十一侧身避开一手接住，放声大笑。卿尘将睫毛一扬，迎着他的注视带出流光微转，眼眸弯弯含笑将药瓶要回来："要你多管闲事！"她将手边的东西收好站起身来，却突然间身形一顿，抬手按上胸口。

十一见她脸色瞬间苍白，忙扶住她："怎么了？"

卿尘缓缓摇头，心口突然袭来阵闷痛，一时间说不出话。她靠着十一的搀扶慢慢坐下，自怀中取出个白色玉瓶，将里面的药服下后好一会儿才缓过来。

十一剑眉紧锁，满是担忧地看着她，问道："还是那病症？"

卿尘淡然一笑："已经习惯了。"

十一道："定是这些日子随军奔波累着了。"

"没有。"卿尘立刻否认。

"不必瞒我，"十一道，"四哥的玄甲军我再清楚不过，没有多少人吃得消，何况你这身子。其实我早便想说，你跟来军中太辛苦了，何必呢？"

卿尘沉默一会儿："别告诉四哥，一路上他已经很迁就我了，我不想拖累他，但我一定要来，这时候我要和他在一起，有一天便在他身边一天。"

十一眉头不由得一皱："你这话叫人不爱听，像是……"他顿住不言。

卿尘眉梢微微一带似笑，苍白里透着明澈，将他未说完的话说出来："有今日没来日，所以有一日便珍惜一日。"

十一抬手止住她："别再说这样的话，天下名医良药总能找来，宫中还有御医，待回天都好生调养，怎么会治不好？"

卿尘扬唇笑了，抬头看着帐顶半晌，清静的眸光落在十一眼中："你和四哥一样，总不把我当成大夫，其实我不比这天下任何大夫差，这病在这里治不好，此话我只告诉你，你该信我。"

十一只觉得面对她的平静心中莫名的沉闷，许久才问道："四哥不知道？"

"他只知道这病难医，但这些我没对他说过。"卿尘答道。

十一突然在她刚才的话中想起什么："你说在这里治不好，那就是有能治好的地方？"

卿尘眸色极深极远，始终安然地笑着："有，但我不会去。"

"为什么？"

"如果要冒着再不能见的风险，那和不治并无区别。"卿尘淡淡道。

"卿尘。"十一十分不解道，"你在和我打什么哑谜？"

"十一。"卿尘喊他，并没有回答他的问题，"你答应过我三件事，你说过无论何事都可以。"

十一道："我说过只要是你托的事，我一定尽力做到。"

卿尘平静地看定他的眼睛，说："如果，我是说如果有那么一天，我便把他托付给你了。不管他要做什么，也不管是对是错，请你在他艰难的时候帮着他，在他危险的时候护着他。"

十一深黑的眼中似有苦笑一掠而过："倘若真有你说的那个'如果'，他还能活吗？"

卿尘压着衣襟的手微微一紧："能，他比任何人都坚强。"

十一叹了口气："四哥于我既是兄长，亦同师友，这些你不说我也会做，换成四哥对我，也会如此。"

"那我便放心了。"卿尘道，唇边勾起笑容。

"但我担心。"十一道。

"嗯？"

"你最好是给我保证没有那个如果，否则我也不知会发生什么事情。"十一认真道，"四哥无情，是因他不轻易动情，你比我更清楚。那种痛苦，你叫我怎么帮他替他？"

"我会的。"卿尘微微扬头，眼中透出潜定的坚韧，"我也答应你。"

十一向她伸出一只手，两人在半空击掌为誓。

过了会儿，卿尘笑着道："这病虽不能痊愈，但也不会轻易致命，调理得好一样会长命百岁。你也放心，我毕竟是个不错的大夫。"

十一靠在案上闭目，神情略有些疲累，再睁开眼睛，淡淡凝视她双眸："卿尘，你心里害怕。"

卿尘闻言笑容一滞，十一明亮的目光直看到她心底，将她看得透彻。她深吸一口气，静静道："知我者，十一。"

情到深处即生忧怖，她确实是怕，却不是怕生命的消亡。从来到这里的第一天，她便知道隐藏在自己身上的危险，但那时候孑然一身生死由命，她并未放在心上，甚至想过如果那病症突然发作，是不是一切就能回到原来的世界。但是现在，她怕，这种怕，不知何时生出，一点一点不断地沉淀，无法言说亦无处可说，就这么悄无声响地盘踞在一隅，似有似无。她往心底深埋着不去想，不去想便当没有，却被十一一眼看出。

"卿尘，你心里存了太多事情，你可记得我和你说过，莫为明日事愁。"十一道，"你只要相信你看定的人，也相信你自己，就足够了。"

看着眼前和往日略有不同的十一，卿尘报以清澈的微笑。

可以在一个人面前不必顾虑和遮掩，包括一切情绪的起伏，是件令人愉悦的事情。

她希望能一直这样下去，青山常在绿水长流，年年岁岁岁岁年年，每一个春夏秋冬日升月落都不会改变，有夜天凌，有十一，她知足。

"你们都好，我便无忧亦无怖。"她低声道。

十一脸上浮起一如既往俊朗的笑容："对了，有东西给你。"

"什么东西？"卿尘问道。

十一自案前取出个小锦袋，卿尘打开一看，惊讶地抬头："你从哪儿弄来的？"

托在她掌心的竟是一道小巧的幽灵石串珠，清透的水晶体中静静生长着神秘的暗绿色的花纹，晶莹雅致，相得益彰。第七道玲珑水晶，卿尘白皙的手指轻轻握起，指尖触到水晶冰凉的温度，心中浮浮沉沉恍若突然溯回过往，一时不知在想些什么。

"听四哥说你喜欢这些串珠，收集了不少，偶尔得到便给你留着了。"十一道。

卿尘月眉淡扬，低声笑道："若是让四哥知道你给我这个，怕是要怪你。"

"嗯？"十一奇怪。

"什么事背着我呢？"随着清淡的声音，营帐被挑开，夜天凌进来正听到卿尘的话。

卿尘将那串珠一握，往身后一藏，巧笑嫣然："保密！"

夜天凌眼光掠过她眸底轻轻一停，她不说他便不问，只自己抬手倒了杯茶，不慌不忙坐下来。

终于是卿尘忍不住："你怎么不问十一给了我什么？"

夜天凌低头喝茶，淡淡笑道："过会儿把你们两个分开审，才知道说的是不是一致。"

卿尘撑不住笑了，十一亦笑道："我看还是招了吧，倘被带到神机营去审那可吃不消。"

卿尘便将那串珠拿出来，夜天凌深黑如墨的瞳孔微微一敛，薄唇轻抿，意味深长地瞥了卿尘一眼，道："很漂亮。"

十一对夜天凌心情神色再熟悉不过，立时知道这串珠关系着什么，而且是夜天凌颇为在意的事情，一种隐而不发故意淡去的在意，不提不说却放在心底的在意。

卿尘不待他问，便道："东西我笑纳了，事情便有时间让四哥慢慢说给你听，到时候方才你问我的也就明白了。"

夜天凌看看十一："改日再说此事，只要届时你不大惊小怪。虞呈今日虽侥幸逃脱，但损兵折将也够他消受。"

十一听谈到军务，便收起了满不在乎的神情："仗虽是胜仗，但虞呈六千精锐骑兵险些全军覆没，以后要引他出战便难了。我此次是费了不少功夫把他诱来，他们似是想用拖延的法子。何况虞呈此人原本便谨慎多疑，现在既知玄甲军也到了幽州，怕是更不会轻易出战。"

将西路大军拖在此处，中军过了临安关便失了呼应。兴兵之事拖得越久，天下人心便越乱，人心不定，必生新乱，如此下去步步将入艰难。但于叛军，却是恨不得四境皆兵灾祸迭起，就此动摇天朝皇族的统治。

夜天凌修长的手指在案上轻叩，陷入深思，稍后道："虞凤生有两子，长子虞呈率西路叛军，次子虞项可是随他在燕州？"

"对。"十一道，"听闻二子素来不和，虞凤自不会将他们放在一处。"

"不和便好。"夜天凌神情肃淡，"不妨派人散发消息，便说虞呈率军久无功绩，虞凤欲以次子虞项取代西路指挥权。"

"逼迫虞呈急于建功，引他出兵。"十一接着道，"这消息最好是从燕州那边过来。"

"便让左先生设法成就此事。"夜天凌突然想起什么事，"你这几日将柴项闷得可以。"

平业将军柴项乃是十一军中一员骁将，近几日总不能率兵出战，着实郁闷得无法可施，几乎每日都来请战，却都被十一轻描淡写地打发回去。

十一呵呵一笑："他胸中那股气憋到这份上，届时定如猛虎下山势不可当，我自有重用他之处。"

卿尘这边早已铺纸研墨，片刻后将拟给左原孙的书信递来，一边调侃十一："可怜柴项不知道有大功在前等着，还得再苦闷几日。"

夜天凌一眼扫过，道："便是这个意思。"

卿尘见无异议，再提笔写了几个字，取出一枚小印蘸了朱红印泥清晰地压在下方。

十一看她纤细的手指收笔执印，觉得整个军营里肃杀的铁血气氛都在她举手投足中慢慢收敛，稳而不戾，静而不躁，本来因战事而飞浮的心就这么沉定下来，恢复了清宁。他静了会儿，不禁叹说："改日我也得娶个这样的王妃，才不输给四哥。"

卿尘微笑，白玉般的脸上若隐若现安静的温柔，夜天凌抬眼看十一："急什么，天都还有人等着你大婚呢。"

十一愕然失色，卿尘不禁莞尔，促狭地对他眨了眨眼，十一狠狠瞪她一眼，回头想起那殷家大小姐，一声长叹，满脸郁闷。

出了十一的营帐，有军将前来禀报事务，夜天凌便站在营前略做交代。卿尘静静立在他身旁，握着那幽灵石串珠举目望向已然灰沉的天际。

落日低远，在幽州军营起伏的原野间暗入西山。傍晚长空下大地模糊了轮廓，一种昏黄的空旷弥漫其间，显出遥远的苍凉。

北风萧索，她的目光追随着长野落日微微有些恍惚，收回来落在手中的串珠之上，她一颗颗拈着那冰凉的珠子，若有所思。突然手边一紧，袖袍下夜天凌握着她的手不轻不重加大了力道，叫她觉得微微有些疼，却拉回了游离的心神。

抬眼看去，夜天凌依然在和那副将说着什么，神情清淡目不斜视，唇角微微抿成一道薄锐的线条，暮色下看起来却异常鲜明。他似乎有意用这种方式打破她独自思想的空间，提醒她或者亦有些强迫的意味，要她将心思收拢至他处。

一丝浅笑不期然覆过容颜，卿尘便将目光流连在他的侧脸。他似乎感觉到了她的注视，眼底轻微地一动，事情也差不多交代清楚，副将行礼退了下去。

夜天凌转身，握着卿尘的手放开，却揽上她的腰，目光审视她的眉眼慢慢落到了她手中的串珠上，停住。

营帐四周已燃起了篝火，通透的灵石在火光之下淡淡闪着幽美的色泽，一丝一丝映在夜天凌深寂的眼中。他似乎看了那串珠很久，才伸手从她指间挑起，淡淡道："你还是想要这些灵石串珠？"

冷风吹起发丝，卿尘的笑在火光深处微微有些魅惑："很漂亮，不是吗？你刚刚也这样说。"

夜天凌抬头望向已经黑下来的夜幕，深眸入夜无垠，再没有说话，只是挽着她往自己营帐走去。

进了营帐，夜天凌再也没有提起这件事，直到卿尘忍不住问他："四哥，你不喜欢？"

夜天凌静静地看着她一会儿："你想回去？"

卿尘眉梢往鬓角轻轻掠去，一双凤目便挑了起来"如果……你欺负了我，我便回去。"

夜天凌眉目间不动的清冷，却望穿她的眼睛透入她心间，慢慢道："那么这些东西你永远也不会用到。"

"谁知道呢？"卿尘神情带笑，"听说男人都不可靠，誓言更不可靠。"

夜天凌终于紧起了剑眉，沉声道："我不会给你机会。"

隐含着温柔的话被他用如此霸道的语气说出来，卿尘眉眼一带，流出妩媚的笑意，她闭上眼睛，轻轻靠上他的臂弯，嘴角弧度渐渐扬起，那是一种温柔而满足的微笑。

第二十一章　不意长风送雪飘

一夜北风轻，小雪点点飘了半宿，细盐般洒落冬草荒原，不经意便给严寒下的萧索添了几分别样的晶莹。

翌日，天空仍旧意犹未尽地阴沉着，冷风洋洋洒洒卷起夜间积下的薄雪，偶尔一紧，打在衣袍上似是能听到细微的破碎声。

十一立在右军营帐不远处，好整以暇地看着前方。因臂上有伤，他并未穿战甲，只着了件玄色紧身窄袖武士服，腰间紫鞘长剑嵌了冰雪的寒凉安静地置于一侧，远远看去，他整个人亦像一把明锐的剑，英挺而犀利。

三军左都运使许封押送的粮草辎重卯时便已抵达，正源源不绝地送入大营，车马长行肃然有序。

行军打仗粮草向来是重中之重，身为主帅自然不能忽视，必要亲自到场加以巡查。然而如同既往，十一脸上很少见所谓主帅应有的凝重，调兵遣将、兵马筹略都在那轻松的笑意间，漫不经心，却无处不在。

此时他也只闲立近旁，目光穿过营中猎猎招展的军旗落在极远的云层之端，与其说他在思量什么，不如说他在欣赏平野落雪的冬景。

北方入冬日益寒冷，呼吸之间，眼前凝出一片白白的雾色。冰冷的空气使人头脑越发清醒，十一扬唇一笑，这场战事顺利地推进，得心应手。他毫不怀疑最终的结果，并享受着走向这结果的过程，运筹帷幄决胜千里，他似是透过风雪看穿离此几十里外的敌方军营，眼中有着意气风发的豪情。

身后传来轻微的脚步声。他起初并未在意，但来人一直走至近旁，他心底微动，突然回身看去，倒将那人吓了一跳。

卿尘臂上搭着件貂氅站在他身后，微微吸气后，毫不客气地抱怨："吓死人了！"

十一顿时哭笑不得，但看着她显然不打算讲道理，只好道："这么说是我该道歉？"

"那是。"卿尘道，将貂氅递给他，"到处都找不到你，你不在营帐歇息怎么自己站在这儿？"

十一顺手接过她递来的貂氅，却没有披上，目光往她眼底一落，将手一伸："还我。"

"什么？"卿尘不解相问，但她心思灵透，随即便明白了他的意思，将手腕上的串珠在他眼前一晃，立刻藏到身后，"送了人的东西岂有要回去的道理？"

十一剑眉一拧："早知如此，说什么也不能给你。"

卿尘调侃道："堂堂王爷什么时候变得这么小气了？"

十一看着身前白衣翩然的女子，薄薄的雪色深处莽原连天，风过雪动，忽而竟有种遥远的感觉，想起夜天凌所说的离奇之事，眸色深了几分："平白给四哥添堵，快些还我。"

"小小串珠而已，添什么堵啊！"卿尘满不在乎地看他，手在身后把玩那串珠。

"你说呢？"十一瞪她一眼，却在看到她眼底一掠而过的灵黠笑意时，终于耐不住笑了。

清扬的笑声破开寒冬初雪轻轻荡在两人之间，卿尘觉得大概只有在十一面前她才会这样笑，一时间极为开心。十一方要再说什么，却忽然看向她身后，眼底笑意一凝，上扬的唇角骤然停住，随之而来的是明显的诧异。

她顺着十一的眼光回头看去，十一出声喝道："郑召！带你身边的人过来！"他声音极为严肃，甚至带着一丝不满。卿尘甚是困惑，她很少听到十一这样呵斥帐下将士。

不远处刚刚经过的两人闻言停住，其中一个身着参将服色的军士抬头往这边看来，面露犹豫之色，但却不敢违抗命令，立刻来到近前。

"末将参见殿下！"两名将士一前一后行礼。

十一并未让郑召起身，目光落在后面那名士兵身上，声音微冷："你抬起头来。"

那士兵身子不易察觉地一颤，反而下意识地将头埋得更低。

卿尘心间顿觉疑惑，凝神打量那士兵。因他深深低着头，军服铠甲将模样遮去大半，看不确切，卿尘的眼光掠过那人的双手时突然停住，长眉淡淡一拢，眸底微波。

那是一双小巧的手，指甲修长而有光泽，肌肤细嫩柔滑，交叠在黑色的军甲上显得异常白皙，像是陈列着一件美丽的玉雕，此时手指下意识地攥紧了军服的皮革，因用力隐隐透出玫瑰样的血色。

"抬起头来！"十一加重了语气，他认真起来的时候，那种天生的贵气与威严便叫人无法抗拒。

那士兵迟疑片刻，终于慢慢地抬头。

卿尘看清那张清秀的脸庞，心底着实一惊。眼前这人，竟是殷家嫡女，湛王的表妹，十一内定的王妃殷采倩。

十一面色一沉，剑眉飞扬，喝问郑召："这是怎么回事儿？"

郑召慌忙俯身谢罪："殿下恕罪,这……这……"

他不知该如何措辞的解释被殷采倩打断："是我逼他帮我隐瞒的,与他无关。"

十一猛地扫视她："军营重地,岂是你随便能来的地方?"

殷采倩却也将柳眉一挑："我本来也没想来西路军营,我是要去找湛哥哥!"

"七哥中军难道不是军营?"十一冷声道,"郑召,你竟敢任女子扮作士兵私自混入军中,该当何罪!"

这郑召亦是天都贵胄之子,平日里常与殷采倩等士族女子相邀游猎,自来相熟。殷家因急于笼络苏氏门阀,一心欲使长女联姻。殷采倩对此事坚决不从,数度与父亲争执吵闹,但见殷皇后心意已决,任谁也无法挽回,知道终有一日违拗不过,竟索性来了个一走了之。她溜出天都后本想去湛王军中,天高地远也不会被父亲发现,谁知阴差阳错混入了西路的粮草大军。郑召发现她后原本也想即刻送她回天都,但经不过她软硬兼施地请求,竟帮她一路蒙混至此。

郑召知道此事再也隐瞒不下去："末将知罪,请殿下责罚。"

"杖责三十军棍,就地执行!"十一身后突然传来一个极冷的声音,仿佛将这严寒风雪深冻,没有丝毫温度。

夜天凌带着数名将士不知何时到来,郑召暗自叫苦,此事在澈王手里或还有商量的余地,但以凌王治军的手段,恐怕怎也不能善罢甘休了。

卿尘看了夜天凌一眼,并未作声,十一面色未霁,犹带怒色。

玄甲军侍卫一声应命,就地行刑。

殷采倩看到夜天凌,本来心中一阵惊喜,这时却大惊失色。战甲摩擦的声音伴着军棍闷响将她自一瞬间的冰封中惊醒,刑杖已动。

"住手!"她向前挡在郑召身旁,"此事不能怪他!"

刑杖在离她身子半寸处生生收势,玄甲侍卫目视夜天凌,等待他的指示。

夜天凌面无表情,那道娇俏的身影撞入眼帘,未在他眸底掀起丝毫波动。此时三军左都运使许封匆匆赶来,至前行下军礼："末将参见两位殿下!"

夜天凌道："你可知发生何事?"

许封往殷采倩处一瞥,眉头紧皱："末将刚刚得知。"

"该当如何?"

"末将自当受罚。"

"为何领罚?"

"驭下不严,部属触犯军法,将领当负其责。"

"本王着你同领三十军棍,可有怨言?"

"并无怨言。"说话间许封扶右膝叩首,自己将铠甲解下,露出脊背跪在雪中。

夜天凌始终不曾看殷采倩一眼，冷冷道："继续。"

"慢着！"殷采倩以手挡住军棍，倔强地道，"要打连我一起打！"

夜天凌漠然道："你以为本王不会？"

天空阴云欲坠，浓重的灰暗压向大地，凛冽长风吹起细微的冰粒，刮得人肌肤生疼，眼见一场大雪将至。

夜天凌玄色披风迎风飘扬，在殷采倩面前一闪而过。她曾在梦中无数次细细描摹的清冷身影于那锐利的战袍下透出峻肃与威严，那沉冷若雪的目光，和想象中的他完全不同。

殷采倩来不及细想，坚持护在郑召身前："凭什么这样责罚他？三十军棍，还不要了人半条命去！"

"军中私留女子，依律责三十军棍，除三月俸饷。"

"那他便是因我而受罚，我不能坐视不管！"殷采倩道，"要怎样你才免他惩罚？"

"军法如山。"夜天凌扔出了简短的四个字，挥手。

殷采倩还要争论，夜天凌抬眸扫视过来，她心头一震，话竟再难出口。

卿尘瞬目轻叹，眼前这般形势，恐怕得下令将殷采倩拖开方能实行军法，但硬要士兵把殷家大小姐架开的话，传到皇后耳中怕不妥当。她往夜天凌看去，却见夜天凌也正将目光投向她这边。她会意地将眉梢轻挑，上前拉开殷采倩："别再胡闹了，这是军营。"

殷采倩反身质问道："你也是女子，为何便能在军中？"

卿尘淡淡道："我是奉旨随军。"

身后军棍落下，声音干脆，毫不容情。殷采倩大急，无心同卿尘分辩，转身欲拦，但手却被卿尘紧紧握住，不大不小的力道，让她挣脱不开。

面前那双眼睛微微清锐地透入心间，她听到卿尘低声说了句："你难道没有听说过四殿下治军无情？若再闹下去，这三十军棍怕要变作六十，届时生死难说。"

她闻声停止挣扎，迟疑地往夜天凌处看去，他冷酷的眉目没有她惯见的娇宠或是纵容，面对这样无情的面容，除了顺从，她分明没有更多选择的余地。

郑召和许封两人背上从白变红由青生紫，而至皮开肉绽飞溅鲜血，滴在衰草薄雪之上灼人眼目。

殷采倩何时见过如此血肉横飞的景象，惊怒惧怕，更掺杂了无力与不甘，顿时眼中泪水打转。她扭头一避，眼泪断珠般落了下来，只狠咬着嘴唇不肯出声。

三十军棍很快打完，许封同郑召咬牙俯身："谢殿下责教。"

"扶他二人回帐，上药医治。"夜天凌道，"长征，调派人手，明日送她回京。"说罢，拂衣率众而去。

积了终日的大雪到底纷纷扬扬落了下来，山川原野万里雪飘，天地苍茫，瞬间便将整个军营掩在了纯净的雪色之下，一眼望去银装素裹，风光肃穆。

寒冷在雪的阻挡下似乎收敛了些，卿尘靠着一方紫貂银丝垫，微笑看着对面兀自生着闷气的殷采倩，她伸长了手指在火盆上方暖了暖，玉白的肌肤衬得火色越发艳红。

炭火的暖意将风雪带来的潮气逼得如水色般浮上半空，飘漾着镜花水月般的迷蒙，素色屏风一清如洗，随着空气微微地涌动。

殷采倩抱膝坐在那里，只是盯着眼前发愣，或许是累了，一言不发。这一路她虽有郑召护持，却也受了不少苦，平日娇生惯养的千金小姐混在将士之间风餐露宿行军千里，现在却要被送回天都，她以沉默无声地抗议。

夜天凌既下了军令，便是令出必行，卿尘思索着该怎样劝她才好。

"王妃！"帐外有人求见。

卿尘将目光自殷采倩身上移开，淡声道："进来。"

随军医正黄文尚入帐，躬身向卿尘请教几个关于外伤医治的问题。殷采倩闷闷坐在旁边，备感无聊，不由得抬头打量起卿尘来。只见她闲闲而坐，白袍舒散身后，发丝轻绾，束带淡垂，周身似是笼着清隽的书卷气，平和而柔静。她时而伸手为黄文尚指出一些穴位脉络，玉色指尖如兰，纤白透明，似是比语言神态更能表现她的从容和安然。不知为何，殷采倩忽然便想起了夜天湛。

风神照人的湛王，每次谈到这个女人的时候总会用一种悠远的语调，飘离的神情，意味深长而带笑，笑中不似往日的他，但又说不出有什么不同。

她曾听夜天湛坐在王府的闲玉湖边反复地吹奏一首曲子，玉笛斜横，临水无波。那笛音落在碧叶轻荷之上仿似月光，恍惚柔亮，婉转多情。

她曾因好奇追问这是什么曲子，夜天湛只是笑而不语，目光投向高远的天。

然而在夜天湛大婚之后她就再也没有听到那首曲子，确切地说，是再未见他的玉笛。

她很怀念那笛声，后来靳慧告诉她，那是一首古曲《比目》。

待黄文尚离开，卿尘觉得有些累了，重新靠回火盆前静静翻看一本医书，却见殷采倩欲言又止，她抬眸以问。

殷采倩犹豫了一下，问她道："我听说你的医术很好。"

卿尘点头："还好。"说话间眸色澄静，带着淡定的自信。

殷采倩睫毛微抬："那你有没有好些的伤药？"

卿尘似是能看透她的心思："你想给郑召他们治伤？"

殷采倩点头，颇有些懊恼："我并不知军中会有如此重的责罚，是我连累了他们。"

卿尘道："我已经命人将药送去了，这个你倒不必担心。"

两人似乎没有什么多余的话可说，都沉默了下来。卿尘斟酌片刻，婉转问道："你此次是私自离开天都的？"

一提到这个话题，殷采倩顿时带了几分戒备，不悦道："我不回天都。"

"难道你还能此生都不回去吗？"卿尘目光落回书上，笑说，"殷相岂会不担忧？"

殷采倩言语冷漠："他们若还是逼我嫁人，我便不回去！"

这倒和十一的逃婚如出一辙，卿尘抬眸，淡淡一笑："殷相此举并没有什么错，你是族中嫡女，也应当多担待些。"

殷采倩一眼横来，卿尘不疾不徐又道："当然，我并不想你嫁给澈王。"

殷采倩眼中似是带出些嘲讽："族中嫡女，你就是因为这个才不嫁给湛哥哥，辜负他对你一片深情吗？"

夜天湛的名字骤然在卿尘心中带起几分涩楚，丝丝散开，化作百味纷杂。她半垂下眼帘，嘴角仍旧噙着丝幽婉的笑意，道："我嫁的，是我想嫁的人。"

"我也只嫁我想嫁的人。"殷采倩未加思索，立刻道。

"你想嫁给谁？"卿尘淡声相问，眸色幽远，略带一丝清锐，落向她眼中。

殷采倩神情一滞，杏眸略抬，却在那道从容的目光下立刻避往一旁。卿尘笑而不语，只是静静看着她。

过了好一会儿，殷采倩幽幽问了一句："你不怕他吗？"

卿尘修眉淡舒，了然而澄明："你怕他。"

殷采倩竟然没有矢口否认，望向别处的目光透出些迷茫的色泽，夜天凌刚才杖责将士的冷酷不期然浮上心头。然而她脸上很快出现一抹倔强的痕迹，直言道："我喜欢他。"

"哦。"卿尘淡笑，不见惊怒，"我不介意你在军中多留些时日，只要你能违拗他的命令。"她好整以暇地将医书翻到下页，容颜淡隽半隐在水色微蒙之后，如隔了一片琉璃世界。

殷采倩深深呼吸，压下无端加快的心跳，几乎有些挫败于卿尘的无动于衷，心底不由生出些恼意。就在她微觉不快的同时，卿尘忽然抬眸，展开一笑，清流恬适缓过碧野山林，微风带醉，碧空如洗。

如白云过境，她将衣袖轻轻一拂，合上手中的书，含笑道："你不妨多了解他，再言喜恶。军中都是男子多有不便，今晚你便在我帐中歇息吧。"

天幕入夜，冷月上东山。

夜天凌回到帐中，低头将落在肩上的轻雪拂去，卿尘正以手支颐看着那张展于案上的军机图。

案前燃了熟悉的撷云香，若轻云出岫，丝缕淡雾在略显空旷的大帐中盘旋，眷恋沉散。

帐外寒光清照，铁马冰川，关山万里，浸着苍远而豪迈的深凉。

这悠长的夜色如同漫漫岁月，流淌于春来秋去。夜天凌已记不清曾有多少个独宿军帐的夜晚，此时帐中安然的暖意仍旧多少让他有些不适应，军营中竟会有家的感觉，这想法让他略觉诧异。

卿尘抬头对他淡淡一笑。他走至案边坐下，见她眼中略有些倦意，低声道："在看什么，不是要你先睡吗？"

他身上仍带着未散的雪意，浸在裘袍中有冰冷的气息，卿尘微笑道："虞呈现在急于求胜，已经耐不住了吧，我在想他会自何处攻城。"

近来燕州形势微妙，频频传出些不利于虞呈的消息。湛王与幽州互通消息，调兵遣将虚晃一枪，适时让虞凤次子虞项小胜了两场，推波助澜。

虞呈这边开始频繁调动兵马，再不复之前一味拖延。幽州大营亦外松内紧，严阵以待，静候君来。

那军机图早已烂熟于胸，夜天凌也不再看，道："刚刚正和十一打了个赌，一赌断山崖北，一赌白马河，你怎么看？"

"斜风渡。"

"哦？为何？"

"因为你们俩都不想此处，"卿尘笑说，"如果我是虞呈，便走常人难料之处，斜风渡虽险滩急流，极难行军，但地形隐蔽，易于偷袭。"

夜天凌点头，表示她的话亦有道理，复又一笑："不管他自何处来，结果都一样。"

卿尘手指抵上嘴唇，示意他小些声音。

夜天凌沿着她的目光看去："这是为何？"屏风隐隐，幕帘如烟，他回头，语中微有不豫。

卿尘轻声道："既知道她在军中，总不能再让她和那些将士混在一起，但也不好张扬着另支行帐，便将就一晚吧，委屈你去十一那儿了。"

灯影疏浅，夜天凌静静凝视她一会儿，倒也没有表示不妥。

"明天真的送她回伊歌？"卿尘轻声问道。

"嗯。"

"只怕她不肯。"

"军中不是相府花园，岂由得她？"夜天凌淡淡道。

卿尘修眉淡挑，目光中略带着点儿别有深意促狭的神情。夜天凌唇间突然勾起一个轻笑的半弧，无奈摇了摇头，抬手轻抚她的肩膀，柔声道："早点儿歇息。"

卿尘安静地点头答应，夜天凌便拿了外袍起身。

两帅营帐相隔不远，十一见夜天凌过来，两人谈起没完没了的军务，一时都无睡意，不觉已夜入中宵。

营外不时传来侍卫走动的声音，轻微地响过，沉寂在深雪之中。

整个军营如同隐于黑暗深处的猛兽，卧守于幽州城一侧，似寐实醒，随时可能给侵犯者致命的一击。

这场精心策划的战事一旦结束，西路大军将彻底掉转守势，同中军齐头并进，攻取叛军中腹，合州、定州、景州、燕州、蓟州，都将近在眼前。

如今天都之中，人人都将目光放在北疆平叛的战况上。上次整顿亏空后，朝中悄无声息重布棋局，而北疆之战，便是这局新棋的关口。

夜天凌眼中颇含兴味地一笑，此次的征战，似是比以往任何一次都有趣得多。

外面忽然传来一阵脚步声，他和十一同时抬头，厚厚的垂帘微动，带出一片月光映着雪色冰寒，却是卿尘掀帐而入。

夜天凌见她紧蹙着眉，起身问道："怎么了？"

卿尘极无奈地叹口气："我刚才去看一个情况突然恶化的伤兵，回来后殷采倩人便不见了。"

第二十二章　断马斜风江湖剑

殷采倩驭马一阵急驰，微微勒缰，半黑将明的夜里，她穿过早已落叶稀疏的山林，打量近在眼前的高崖。方才仔细看了帐中的地图，此去不远当是白马河上游的斜风渡，渡河翻过这山岭，过合州、横岭一直东行，几日可入临安关，便离湛王大军不远。

月光下白雪皑皑，不时有晶亮的冰影闪烁，泛着安谧而神奇的美，偶尔轻风扫过，掠起微薄浮雪的风姿。

这样的雪夜里，马蹄声似乎显得格外突兀，她在原地停留了一会儿，桃色红唇微微下弯，像是要将今天恼人的事情统统丢开。夜天凌骇人的冰冷，十一不耐的神情和卿尘洞察一切的笑，尽皆堵在胸口不离不散，这简直是她自出生以来最为窝火的一天。

她下意识地拧眉，出气似的将身后挂着的飞燕嵌银角弓一摆，挥鞭往白马河而去。

片刻之后，她突然又停了下来。因为夜太安静，所有的声息都变得清晰可闻。除了自己的马蹄声外，她似乎听到轻微的马嘶，蹄声交错，甚至有战甲刀剑摩擦的声音、脚步声，和混在其中的一两声说话声。

斜风渡水流湍急，雪水夹杂着冰凌撞击河石，阵阵掩盖着这些奇怪的声音。幽州大营黑沉沉已不可见，前方却隐约轻闪出稀疏的火光。

她立刻带马隐到一方山石之后，悄悄看去。此处崖悬一线，鸟兽罕至，底下丛生急流乱石，极为险要。借着月色明亮，只见黑暗的山岩间人影晃动，已有几队人马悄然来到这岸。

深夜里刀剑生寒，悄无声息地散发着大战之前浓烈的杀气。

殷采倩震惊万分，这分明是虞呈叛军趁夜偷袭，山间星火蔓延，不知究竟有多少兵力。

心中无数念头飞闪而过，她立刻极小心地掉马回身，远撤几步，急速纵马往幽州大营奔去。

然而身后很快传来示警声：“有探兵！”

急促的马蹄溅起飞雪，殷采倩在敌兵的追击下打马狂奔，心中只有一个念头，一定要在被他们追上前赶回军营。

十一带着几队侍卫同卿尘沿路寻来，雪战纵身跳上岩石，在四周转了一圈，轻巧地往白马河的方向跑去。

“那边。”卿尘看着雪战道。

十一随意一瞥，马鞭前指：“地上有蹄印，想必没错。”

“再走便是斜风渡了。”卿尘沿着雪地蜿蜒的蹄印看去，“她居然挑了这么偏僻的路走。”

两人驭马前行，前方突然传来急遽的马蹄声，原本一望无际的雪地上飞驰而来一骑，身后有数人紧追不舍。

十一目光锐利，立刻认出当前那人正是殷采倩，剑眉一扬，带马迎面驰去。

殷采倩忽见十一，大喜过望，高声喊道：“十一殿下，快！快调兵马！斜风渡有敌军袭营！”

此时身后追兵临近，纷纷引弓放箭，她低身闪躲，不料一支流箭却射中马身。那马吃痛猛失前蹄，一股大力便将她向前甩出。

她失声惊叫，腰间忽而一紧，十一倏至近前，俯身援臂，半空拦腰将她揽住，救至马上。接着反手一抄，马侧长枪落入手中，闪电横扫，一名追近的敌兵迎枪跌飞。

短兵相接，随行侍卫已同叛军杀作一团。

十一手中银枪再闪，逼退两人，回身喝道：“卿尘！回营调兵增援！”

卿尘见敌军势众，情知刻不容缓，当机立断，猛提缰绳。云骋长嘶一声前蹄腾空，原地回身化作一道闪电白光，急奔幽州大营。

十一知道凭云骋的神骏无人能阻住卿尘，当下放心，沉声喝令："拼死阻击，不得放过一人！"

幸而叛军尚未尽数渡河，数十名侍卫浴血骁勇，以一当百，生生以血肉立阵布防，迎面阻住攻势。

十一手中银枪宛如白蛟腾空，枪影映雪，斜挑劈扫，敌军一旦遭逢，每每惨叫跌退，鲜血溅上月光弥漫出狂肆杀气，挡者披靡。

殷采倩在他身前略一喘息，抬眼望去，只见四周密密尽是敌军，己方将士死守一线，即将陷入重围。

眼前银光似练，炫亮夺目，十一一杆银枪如若神迹般纵横敌众之间，锋锐凌厉，手下几无一合之将，便在此时，他英气逼人的俊面上，仍旧带着一抹懒散的笑意。

敌人血溅三尺，他视若无睹，从容消受。

深雪惊碎，血泥飞溅。

殷采倩惊魂稍定，反手拽下背上飞燕角弓，她的箭尽数失在自己马上，摸到十一马侧挂的箭筒，道："借箭一用！"当即开弓搭箭，弦破生风，正中前方敌兵。

十一银枪绞上敌人长剑，势如白虹，贯胸毙敌，长声笑道："箭法不错！"

殷采倩重新引箭："天都女子春秋狩猎，无人是我对手！"

"有所耳闻。"十一说笑间再斩一敌，带马猛冲，敌军阵列混乱骚动。殷采倩箭如流星，命中敌人。

叛军不断增多，己方将士损伤过半，十一审时度势，不得已率众且战且退。

殷采倩毕竟从未到过战场，黑夜中惨烈的血腥如惊人噩梦，不由叫人手足发软。她起初箭劲尚足，慢慢也只能惑敌，此时探手一摸，惊觉箭已告罄，方要说话，猛见一点白光飙射，却是敌军弓箭手认准十一，冷箭袭来。

她骇然大惊，想也未想便扑向十一身侧，一声利啸，那箭自她肩膀穿透，掼得鲜血飞溅。

十一心神巨震，惊怒之下枪势暴涨，劈飞数人，单手护住她，喝道："殷采倩！"

冷箭频频袭来。便在此时，四周骤然响起尖锐的啸声，几道白羽狼牙箭精光暴闪，寒芒破空，横断敌箭，余势凌厉透敌胸腹，顿时杀伤数人。

随着豁然而起的喊杀声，东方一片玄色铁骑如潮水般卷向敌军。

怒马如龙从天而降，十一身边剑光亮起，黑暗中惊电夺目，敌首洒血抛飞。

寒光凛冽耀月华，战袍翻飞处，夜天凌冷眸如冰，映过雪色夺魂。

"四哥！"

"送她先走！"夜天凌沉声喝道，玄甲战士护卫十一，杀开血路。

行至安全处，十一将殷采倩抱下马背，只见一支短箭射中她右肩："你觉得怎样？"

殷采倩神志略有些昏沉，低声道："不疼……"

十一剑眉紧蹙，借着战士燃起的火把细看，心中猛然一沉，伤口血色黑紫，竟是毒箭。

"你何苦受这一箭！"他略有愠怒。

"战中……主帅……不能有失……"殷采倩胸口急遽起伏，不知是否因雪寒天冷，她浑身冰凉，呼吸渐渐急促。十一面色暗沉，一语不发，抬手将她袍甲解开。殷采倩只觉得伤处麻痒，好像有无数浓雾侵入眼前，昏昏欲睡，忽然肩头一凉，她挣扎道："你……你干什么！"

"忍着点儿。"十一将她拂来的手臂制住，未等她缓过神来，手起箭出。

殷采倩痛呼一声，神志一清，怒目瞪去。

伤口处尽是浓稠黑血，十一无视她气恼的目光，俯身吸出她伤口毒液，扭头啐于雪地。

殷采倩既惊且怒，挣脱不得，羞恼中眼前忽然一阵漆黑，随即坠入了无边的昏暗。

十二月癸未夜，月冷霜河。

玄甲铁骑如长刃破雪，迅疾拒敌，直插斜风渡。

虞呈叛军立足未稳忽逢阻击，被当中断为两截散兵，过河兵卒猝不及防，在玄甲军迅猛攻势之下溃不成军，高崖险滩横尸遍布。

澈王点平业将军柴项率精兵三千为先锋，同原驻守白马河、断山崖两部防军反客为主，急行出击，直捣叛军主营。

虞呈大营空虚，仓促点兵迎战，厮杀惨烈。

斜风渡叛军匆忙回防，玄甲军借势衔尾追杀，一路势如破竹，血洗长河。

主营叛军深陷重围，拼死顽抗。

清明破晓，叛军损失惨重，虞呈见大势已去，弃营北退，败走合州。

柴项乘胜追击，截杀穷寇，终于祁门关外鲜城荒郊一举歼敌，斩杀虞呈。

至此西路叛军全军覆没，几无生还。

虞凤痛失长子，勃然大怒。湛王配合西路大军胜势全力猛攻，三日之后再夺辽州。

辽州巡使高通冥顽不灵，破城后拒不悔悟，妖言惑众煽动军心，被湛王当庭处死，头颅悬于辕门示众，妻母子女亲者三十八人推出城外斩首坑埋。

即日起平叛军令昭示北疆：各州守将从叛顺逆者，杀无赦。

凌王平定西路叛军，稍事休整，即刻挥军兵临祁门关。

合州守将李步自叛乱伊始便投靠虞凤，此时严阵以待，凭祁门天险誓欲顽抗。

祁门关乃是天朝北边一道天然屏障，奇峰峻岭，绝壁深沟，七十里南北，四十里东西，关左临河，关右傍山，关隘当险而立，高崖夹道，仅容单马。合州城高耸峭立，顺山势之高下，削为垛口，背连祁山、别云山、雁望山，观山一脉形成固若金汤的防守，易守难攻。

当初此关一破，天朝中原门户大开，袒露于敌军觊觎之下。虞凤叛乱之所以能在起兵之初便长驱直入，便是因祁门关落入其手。

合州守将李步，江北永州人氏，出身寒门，曾任天朝从事中郎、军司马，后因功勋卓著受封骠骑将军。圣武十年随先储君夜衍昭讨伐南番，屡克敌兵，战功赫赫，深受先储君重用。

然南定归朝，尚书省及兵部官员却以"菲薄军令，擅自行兵，居功妄为"为由，申斥南征部将，李步等人首当其冲。后夜衍昭遇事，不久李步便左迁并州，圣武二十二年才调守合州。

便为此前后种种因由，李步心中积怨多年，虞凤深知其人其事，谋划叛乱之时多方拉拢，并故意示以"正君位"之名，终将他笼络，不费一兵一卒而得合州。

雪深风紧，天寒地冻，祁门关外百里成冰，更生险阻，即将使这场战役变得缓慢而艰难。

西路大军兵陈祁门关，碍于伤势，殷采倩回天都之事暂且无人再提。在卿尘亲自悉心照料下，她肩上之伤余毒去尽，只因失血而较为虚弱。

"见过十一殿下。"帐外传来侍卫的声音。

"免了。"剑甲轻响，橐橐靴声入耳，是十一入了外帐。

殷采倩匆忙撑起身子，柳眉一挑："不准进来！"因为起得太急，不小心牵动了伤口，突如其来的疼痛中夹杂着异样的感觉，像是在提醒着某些让她懊恼的事情。银枪的光芒映着潇洒懒散的笑，男子陌生的气息后有唇间温凉的触觉，随即而来便是一阵无处发泄的羞恼。春闺梦中少女的小小心思，本该月影花香，柔情似水，却不料在箭光枪影中演绎出这般情形。

殷采倩这话说得极为唐突，卿尘诧异，抬头却见她俏面飞红，满是薄嗔，隔着屏风怒视外面，低声道："……他……无耻！"

卿尘无奈苦笑，起身转出屏风。十一铠甲未卸，战袍在身，刚从战场回来，剑上仍带着锋锐迫人的杀气，衣摆处暗红隐隐，不知是沾了什么人的血迹。

卿尘细看他脸色，小心问道："怎么了？"

十一微微摇头，下弯的嘴唇自嘲一扬，将手中那张飞燕嵌银角弓递过来："这飞燕弓是日前落在战场上的，我已命人修好了。"他显然不愿多留，言罢转身，径自出帐。

卿尘举步跟上他，叫道："十一！"

十一停步帐前，放眼之处深雪未融，冬阳微薄的光在雪中映出一片冰冷晶莹。或许是由于那征战的戾气，他面色阴郁，冷然沉默。

卿尘笑着绕至十一身前："今天见识着了，原来咱们澈王殿下发起脾气来也这般骇人。"

十一似是被她的笑照得略一瞬目，心中微微轻松。他扶在剑上的手将战袍一拂，扭头往帐前看去，长长舒了口气，突然道："此事我必然有个交代，待回天都以后，我便马上向父皇请旨完婚。"

他不曾压低声音，显然是说给殷采倩听的，卿尘瞪他，低声道："你这是干什么？"

十一却将手一摆，虽说事出意外，但此时他若再行拒婚，对殷采倩甚至整个殷氏门阀都是莫大的侮辱，便是天帝那处也无法交代。他暗恨那一箭不如自己直接受了，省得此时不尴不尬地窝心。

人算不如天算，凭空横生枝节，如今进退都是麻烦。先前殷家借联姻来探夜天凌的心意，夜天凌明白拒回了，摆明各走各路。十一同夜天凌亲近，这是人尽皆知的事，而近年来他于军于政渐受重用，也是人人看在眼中。殷家横插这一步棋，不是没有道理。

人家落了一子，你如何能不应？

突然间大帐掀动，竟是殷采倩走了出来。她静立着，脸色苍白，眼中隐约带着些别于往日的情绪，忽然缓缓敛衽，对十一俯身拜下。

十一愣住，皱眉道："你这是干什么？"

殷采倩垂眸道："采倩年少不懂事，方才言语冲撞了殿下，请殿下见谅。"一句话拉开尊卑之分，她抬头，看向十一，"殿下千金之躯，尊贵非常，采倩生性顽劣粗陋愚钝，实在不配婚嫁，还请殿下收回方才所言，不胜感激。那日之事……事出意外……殿下不必在意。"她轻咬着本无血色的唇，唇间渐渐浮起一层鲜明的红艳，衬得一双眼睛眸色光亮。

十一怔了片刻，道："你何出此言？"

"我也不知这样对不对，但殿下若因无奈而娶，我若因名节而嫁，终此一生，如何相对？殿下也是性情中人，是以我斗胆请殿下三思。否则……否则我不是白白离开天都？我不甘心！"

雪深，掩得天地无声，帐前静静立着三个人。卿尘唇角忽而带出若有若无的笑，不甘心？说了一通听起来像模像样的道理，最后竟是这么三个字。

十一打量殷采倩半晌，忽然朗声而笑："真情真性，今日方识殷采倩。好，方才的话当我没说，这一箭之情，日后必定还你！"

殷采倩扭头道："两清了，是殿下救我在先，何况我去挡那一箭时并没来得及细思。"

"现在细思了，不但心生悔意，是不是还想补给我一箭？"十一问道。

"采倩不敢。"殷采倩微挑柳眉。

"不是不想，是不敢？"十一道。

"那又怎样？"

"哈哈！"十一扬眉大笑，转身道，"这事到此为止，无论如何，我夜天澈欠你一个人情！"

殷采倩虽言语上毫不认输，却茫然看着眼前白雪皑皑，心中是喜是悲已经浑然不清。就在十一转身离开的刹那，她的眼泪无声地落下，悄然融入了雪中。

第二十三章　　烟云翻转几重山

合州，白雪覆盖大地掩不住兵戈杀气，高高的城墙之上火把燃照，在阒黑的深城边缘投下深深的影子，大战在即的紧张亦在火光的明暗下若隐若现。

将军府前刚有部将策马离去，残雪凌乱，泥泞一片，此时深冷的冬夜寂静无声。

凌王大军兵临城下，李步已有数日未曾正经合眼，一灯未灭，他独自坐在席案前皱眉沉思，忽而抬头长叹，含着无尽的寥落。

府中侍卫入内递上一张名帖，李步微有诧异，如此深夜，是何人来访？他将名帖展开一看，竟猛然自案前站了起来："快请！"一边说着，大步迎了出去。

侍卫引着一名灰衣中年人步入将军府，李步人已至中庭，远远便抱拳道："不想竟是左先生！李步失迎。"南陵左原孙，军中智囊，天下闻名的谋士，若能得他相助，合州便是如虎添翼。

左原孙亦笑着还礼："李将军，在下来得唐突！"

李步将客人让进屋中，命侍从奉上香茗，道："多年不见，左先生风采依旧啊！"

左原孙摇头笑道："光阴易逝，两鬓见白，人已老了。李将军倒是勇猛不减当年，合州精兵猛将更胜往昔，在下一路看来，当真感慨万分。"

李步长叹一声："先生说笑了，如今合州的形势想必先生也知道，不知先生有何看法？"

左原孙缓缓啜了口茶，道："凌王其人心志坚冷，用兵如神，玄甲军攻无不克战无不胜，此次定川蜀、斩虞呈，挟幽州胜势兵临祁门关，顺应天时，于合州势在必得。但将军手握祁门天险，深沟绝壑，城坚粮足，占尽地利，两相比较，只剩一个人和。"他抬眼看了看李步："合州将士之中，有不少人当年曾随凌王征战漠北，想必将军也清楚。"

李步眉间皱纹一深，却听左原孙再道："我来此途中，听说自幽州北上一路城郡，百姓祈盼战乱消弭，见凌王大军而夹道迎送，不知是否真有此事？"

"依先生之见，合州此番败多胜少？"李步面无表情，"但能与凌王一战，无论成败，也不枉此生为将！"

左原孙悠然一笑："话虽如此，但我有一处不明，将军究竟为何要与凌王交战？圣武十九年，将军曾配合凌王出击突厥，大获全胜。圣武二十二年，凌王上表保荐，自并州偏远苦寒之地调将军镇守祁门关，委以重任。将军从虞凤叛逆，难道便是为了与凌王一战？"

李步眼中精光骤现，扫视左原孙。左原孙不慌不忙，平静与他对视。

"左先生是为凌王做说客来了？"李步声音微寒，暗中心惊，不知左原孙何时竟投在了凌王帐下。

左原孙神情淡定，适然品尝香茗，道："在下正是受凌王殿下之托，前来与将军一叙。"

李步起身踱步庭前，望向中宵冷月，猛然回身，言语愤懑："难道左先生已忘了瑞王殿下的旧恨？当今天子即位，晋为储君的德王，以及滕王、瑞王先后不明不白地亡故，我李步深受先储君大恩，怎咽得下这口气！"

左原孙抬手，对李步一揖："将军说得好，我左原孙便是为此，才不会任虞凤叛乱得逞。当年陷害瑞王殿下的柯南绪如今效忠虞凤，不取其首级，左原孙无颜以对旧主。不能平这场叛乱，亦对不住凌王殿下的知遇赏识。"他语中微冷，闲定中透着无形的凌厉。

"如此我二人是道不同不相为谋。"李步神情复杂，此时他只要一声令下先将左原孙扣留合州，便是断了凌王一条臂膀。

左原孙似是对他透出的杀机视而不见，起身道："话亦未必，有人想见将军，不知将军是否愿意一见？"

李步疑惑地看向他，心中忽然一动，左原孙做了个请的手势，不疾不徐，举步先行。

别云山北麓，山势略高，巨石平坦，雪压青松。

月悬东山，薄映深雪幽暗。一人负手立在石前，放眼山间月华雪色，神情闲朗，山风微起，吹得他襟袍飘摇，却不能撼动他如山般峻拔的身影。

李步踏上巨石，看到此人时浑身猛然一震。那人听到脚步声回头，左原孙抱拳施礼，退下回避。

一道如若实质的目光扫向李步眼底，那人淡淡道："怎么，不认得本王了？"

李步与之对视，目光垂下，稳住心神，手却不由自主地抚上剑柄，迟疑之中却又终于俯身拜下："李步……见过殿下。"

这一举一动落入夜天凌眼中，他嘴角笑意微勾："本王上次到合州还是二十二年自漠北回师，如今看来合州城变化不小，你这巡使做得不错。"他言语淡然，仿似过境巡查，随口褒赏。

李步此时已恢复了平静，眼中精光一闪："殿下好胆量，难道不怕末将调兵追杀吗？"

夜天凌眸色深沉："你方才不是正有此意，为何又改变主意？"

李步木然立了片刻，身上紧着的一股杀气缓缓散去，出声叹道："殿下多年来对末将提拔回护，末将岂会全然无知？此次与殿下兵锋相对已是无奈，岂能再做那等不义之事？"

夜天凌颇不赞赏地摇头："以你现在的气势，心中毫无战意，城中将士意志松散，明日如何能与我大军一战？"

李步震惊，夜天凌此言岂不是将行军计划相告？他心中电念飞闪，疑惑地看着夜天凌。夜天凌似是能看透他心中所想："本王明天将会自祁山垛口处攻城，你小心了，莫让本王失望。"

不攻而示之以攻，欲攻而示之以不攻，形似必然而不然，形似不然而必然。

兵中之道，向来是虚中实，实中虚，然而夜天凌此时句句予以实话，反让深知兵法的李步无所适从，顿时陷入迷潭。

"殿下冒险入城，难道就是来告诉我这些？"

夜天凌负手随步，走至他身前："本王今夜来此，是有几件事情要问你，明日大战一起，怕你便再没机会回答了。"

李步心中傲气被他激起，冷哼抬头："胜负难料，殿下此话未免过早。"

"好。"夜天凌剑眉一带，"这还像是当年斩了突厥浑日王的铁血将军。"

李步愕愕之时，他言语微冷，道："本王问你，圣武十年，衍昭皇兄是否当真是自尽身亡？你当初身为东宫府前亲将，其中始末原委可曾清楚？"

"殿下何故问到此事？"李步声音微有颤抖，其中隐着莫大的愤恨。

"还有，衍暄皇兄暴病身亡，本王不信你没有派人查过，当年澄明殿侍宴的宫女内侍，曾为衍暄皇兄诊脉的御医如今全无踪迹，此事你又知道多少？"

"殿下！"李步失声叫道。

"如实说来。"

李步抬头迎上的是一双深无情绪的眸子，然而那其中却压来居高临下的威严，在清冷的深处像一刃无声的剑。

"先储君确是自尽身亡。"李步咬牙，挤出一句压抑的话。

"原因？"

"殿下难道不知道？先储君为我们这些将领据理力争，遭了当今天帝斥责，一时想不开，此事天下人尽皆知，天帝还后悔莫及，痛悼不已。"李步冷笑。

"究竟斥责了什么？"夜天凌依旧平声相问。

"朕不如将这皇位早早让给你坐更好。"李步一字一句地道。

夜天凌眼中寒光深闪："衍暄皇兄呢？"

李步默默回忆了片刻，道："那病来得极为蹊跷，拖了数日便不治了，我虽没查出具体原因，但那几个侍从和御医并不是失踪，而是被用不同的法子暗中处死了。"

夜天凌背在身后的手紧握成拳，他仰头静看山间冷月，自齿间迸出一字："好。"

只言片语化作利刃般的冰，一转身，他对李步道："明日本王绝不会手下留情，你当全力应战，若战死祁门关，衍昭皇兄的血债亦不会就此落空，本王自会还他一个公道。"

李步心神剧震，上前一步："殿下究竟为何要追究这些事？还请给李步一个明白。"

夜天凌目光似与黑远的山野融成一片，沉如深渊，他微微侧首，用一种漠然的声音道："只因本王身上流着的是穆帝的血。"

李步如遭雷击，呆立雪中，心底似有千军万马狂奔而过，踩得血脉欲裂，他哑声道："殿下此话……当真？"

夜天凌眸光锐利，扫入他眼底，却一拂袖，不再逗留，举步往山下走去。

李步看着夜天凌坚冷的背影，突然往前疾踏一步，跪入雪中大声叫道："殿下！"

夜天凌足下微缓，停下脚步，唇间慢慢地逸出了一丝淡笑。

第二十四章　山河半壁冷颜色

离开合州，夜天凌回到大营，甫一入帐便错愕止步。帐中灯火通明，十一、唐初、卫长征、冥执等全都在，看到他回来似乎同时松了口气。案前一人背对众人面向军机图，听到他的脚步声回头，凤眸微挑，一丝清凌的锋芒与他的目光相触，凝注半空。

夜天凌夜入合州是瞒着卿尘去的，不料此时在军帐中见到她，抬眸往十一那边看去："出什么事了？"

十一轻咳一声："四哥平安回来便好，我们先回营帐了。"说罢一摆手，诸人告退，他走到夜天凌身边回头看了看，丢给夜天凌一个眼神。

夜天凌眉梢微动，却见卿尘淡眼看着他，突然也径自举步往帐外走去。

"清儿！"夜天凌及时将她拉回，"干什么？"

卿尘微微一挣没挣脱，听他一问，回头气道："你竟然一个护卫都不带，孤身夜入合州城！两军大战在即，合州数万叛军人人欲取你性命，你怎能轻易冒这样的险？"

夜天凌料到卿尘必定对此不满，但终是没瞒过她，蹙眉道："我吩咐过严守此事，谁这么大胆告诉了你？"

白裘柔亮的光泽此时映在卿尘脸上，静静一层光华逼人："怎么，查出是谁让我知道要军法处置吗？"

夜天凌道："不必查，定是十一。"

卿尘眉心微拧："他们都不知你为何定要在此时独自去合州，除了遵命又别无他法，全悬着一颗心，怎么瞒得过我？"

夜天凌不管她正满面薄怒，心中倒泛起些许柔情，硬将她拉近身前环在臂弯里，道："那你可知道我为什么去，又为什么瞒着他们？"

"你去找李步不光是为现在的合州，还有些旧事吧？"卿尘抬了抬眼眸。

夜天凌道："既然清楚，你深夜把我军前大将都调来帐前，做什么呢？"

卿尘黛眉一挑，冷颜淡淡："天亮前你若不回来，挥军踏平合州城！"

夜天凌不由失笑，揽着她不盈一握的腰肢，徐缓道："王妃厉害，幸好本王回来得及时，否则合州今日危矣！"

卿尘抬眸看到夜天凌眉宇间真真实实的笑意，原本恼他瞒着自己孤身犯险，此时见人毫发无损，怒气便也过去了，但忍了半夜的担心害怕却突然涌上心头，眼底微微酸涩，扭头说了句："你以为十一他们不这么想？"

夜天凌道："李步此人我知之甚深，即便给他机会，他也不敢对我动手。何况这两日大军猛攻之下，合州将士军心早已动摇，连李步自己都在忐忑之间，城中看似险地，其实不足为惧，我心里有数。"

卿尘轻声叹道："你冒险总有你的理由，但你早就不是一个人了，拿你的命冒险和拿我的命冒险有什么区别？你不该瞒着我，难道如实告诉我，我还会受不住？"

夜天凌唇角带笑，挽着她的手臂轻轻收紧，却淡淡将话题转开："景州和定州你喜欢哪个？"

卿尘侧头看他，有些不解，随口答道："定州吧。"

夜天凌漫不经心地道："好，那咱们今晚就先袭定州，明天把定州送给你作为补偿，如何？"

卿尘惊讶："定州、景州都在祁门关天险之内，合州未下，"她忽而一顿，"难道李步真的……"

夜天凌道:"我从不白白冒险,李步降了。合州留三万守军,剩余五万随军平叛,突袭景州。"

"李步竟肯回心转意?祁门关一开,取下定州,我们即日便可与中军会合?"

"不错。"夜天凌转身扬声道,"来人,传令主营升帐,三军集合待命!"

帐前侍卫高声领命,卿尘却轻声一笑:"三军营帐早已暗中传下军令,所有将士今夜枕剑被甲,此时即刻便可出战。"

夜天凌笑道:"如此倒节省我不少时间。"

卿尘却沉思一会儿,又问道:"李步虽说终于弃暗投明,但毕竟曾经顺逆,军中有不赦叛将的严令,你打算怎么办?"

夜天凌反身更换战甲,道:"所以才要命他助我们取景州、定州,而后随军亲自讨伐虞夙,将功补过。"

卿尘点了点头,上前替他整束襟袍,但觉得此事终究是个麻烦。

寅时刚过,天色尚在一片深寂的漆黑中。定州城已临边关偏北一线,祁山北脉与雁望山在此交错,形成横岭,地势险要,是北疆抗击突厥重要的关隘。黑夜下,城外关山原莽天寒地冻,城中各处都安静如常。北疆虽在战火之中,但人人都知道只要祁门关不破,定州便高枕无忧,所以并不见调兵遣将的紧张。

南门城头哨岗上,塞外吹来的寒风刮面刺骨,守城的士兵正在最疲累的时分,既困且冷,不时闭目搓手,低声抱怨。

终于熬到一岗换防,替班的士兵登上城头:"兄弟辛苦了!"

"天冷得厉害啊!"先前一队士兵哈气道。

随便言笑几句,新上来的士兵在北风中亦打了个哆嗦,按例沿城头巡防一圈,四处无恙,铁甲发出轻微的摩擦声伴着军靴步伐橐橐,渐行渐远往下走去。走在最后的士兵猛地眼角光闪,瞥到黑暗中一抹冷芒,尚未来得及出声,颈间咻的一声轻响,颓然倒地,即时毙命。

前面几个士兵察觉异样,回身时骇然见方才走过的城头影影绰绰出现敌人,借着深夜的掩护鬼魅一般迅速杀来。

方才换岗的士兵尚未走远,便听到身后同伴的惨叫声夹杂着"有敌人"的示警,原本静然无声的黑夜被突如其来的杀气撕裂,城头火把似经不住风势纷纷熄灭,四周骤然陷入混乱之中。

夜天凌和卿尘驻马在不远处一道丘陵之上,定州城在前方依稀可见,似乎并无任何异样。但不过半盏茶工夫,城中一处突然亮起惊人的火光,紧接着火势迭起,烧红半边天空。定州城如同迎来了诡异的黎明，瞬息之间又被浓烟烈火笼罩。

随着火光出现，城外无边的黑暗里喊杀声层层涌起，悄然而至的玄甲战士不再如先锋营般靠飞索潜入，当前三营架起云梯，强行登城。

定州守军尚未摸清是何人攻城，仓促抵抗，阵脚大乱。

城头之上刀光寒目，贴身肉搏，厮杀惨烈，远远看去不断有人跌坠下来，不是早已丧命便是被城下乱石铁蹄践踏身亡。

随着守城之军防御匆忙展开，利箭丛丛如飞蝗般射下，竭尽全力企图阻止玄甲军攻势。

定州巡使刘光余睡梦中闻报，骇然大惊，根本无法相信是玄甲军杀至。

祁门关固若金汤，白天尚有军报西路大军仍被阻于关外，怎会半夜攻至定州？而此时定州军营已有半数陷入火海，神机营的玄甲火雷每发必燃，四处生乱，竟叫人觉得定州已然合城沦陷。

刘光余惊骇之余战甲都未及披挂，立马点将集兵，增援南门。

营中之兵尚未赶出行辕，便听东面轰然一声巨响，震得城墙乱晃，一响之后不曾间断，连连震撼。东门守军疾驰前来，滚瓜一般掉下马："大人！澈王大军强攻东门，城门已经无法抵挡！"

话音未落，南门来报："大人！南门失守！玄甲军攻进来了！"

刘光余心神剧震，大声疾喝："撤往内城！调弓箭手死守！快！各营士兵不得慌乱，随我拒敌！"

定州城中一道道血光于火影之中交织成遮天蔽日的杀伐，道道鲜血给雪地添加了触目惊心的猩红，瞬间便在冰冷的寒风下凝固成坚硬的一片，却又被随之而来的无情铁蹄驰掠粉碎。

强者的刚冷和弱者的消亡不需太多修饰，冷铁、热血、长风、烈火，在天地间淋漓尽致地划开浓重的一笔。

顺我者昌，逆我者亡。

黎明逐渐迫近，定州守军根本没能抵挡多少时候，四门沦陷，内城随即失守，全军溃败。

玄甲军甫一入城，迅速扑灭各处火焰，掌控要道，安抚平民，收编败军。不过一个多时辰，定州易主，重入天朝统治。

朝阳的升起并不因任何原因而改变，天边徐徐放亮，露出鱼肚样的颜色，一丝丝微光隐约可见，缓慢涂染，黑夜低眉顺目退避开来。

夜天凌同卿尘并骑入城，唐初正指挥士兵清理战场，上前请示道："殿下，定州巡使刘光余负伤被擒，如何处置？"

夜天凌下马审视城中情形："带来见我。"他与卿尘举步登临城头，越走越高，延伸于残雪的血迹、断剑冷矢、硝烟余火都遗留在身后，举目所见层层开阔。

脚下大地莽原无尽，铺展千里，长河一线，遥嵌苍茫，四野城皋依稀可见。祁山与雁望山雄伟的峰脉蜿蜒壮阔，越岭而过便是漠北民族纵横驰骋的草原大漠，天穹高广，远而无所至极。

此时天际遥远的地方，一轮朝阳破云而出，金光万丈耀目，将整个大地笼罩在光明的晨曦之中。

云海翻涌，冷风猎猎，夜天凌傲然站在城头遥视天光，脚下是刚刚臣服的定州城，身前可见大漠万里茫茫无际，身后城池险关错落，江山连绵如画。

刘光余在玄甲侍卫的押送下登上城头，看着眼前沐浴在晨光中坚冷的背影，身心俱震。玄甲军令人闻风丧胆的力量便是来自此人，轻而易举攻取定州，使数万守军瞬间兵败至此的亦是此人。

夜天凌听到脚步声回头："给他松绑。"

侍卫挑断绳索，刘光余活动了一下疼痛的手臂，僵立在几步之外，不知夜天凌将他带来此处是何用意。他衣袍之上虽血迹斑斑，但神情倒还平静。

夜天凌缓步至他身前："定州巡使刘光余。"

刘光余苦笑道："久仰殿下风神，却一直无缘相见，今日得见，不想却是这般情形。"

夜天凌看了他一眼："如今你有何打算？"

刘光余道："请殿下给末将个痛快，末将感激不尽。"

"你的意思是求死？"夜天凌淡淡道。

刘光余道："平叛大军不赦叛将，众所周知，末将早有准备，只求殿下宽待其他将士。"

"哦。"夜天凌喜怒不形于色，刘光余有些摸不清他究竟要怎样，听到旁边一个轻柔的声音道："刘大人，你应该算是'北选'的官员吧。"

刘光余扭头，见卿尘正浅笑问他。他方才便见凌王身边站着一人，城头长风飞扬处从容转身，一股清逸之气叫人恍然错神。如果说凌王是肃然而刚冷的，那么这人浑身散发出的便是一种极柔的气质，仿佛天光下清水淡渺，无处可寻而又无处不在。

所谓"北选"的官员，是因北晏侯属地向来都有自荐官吏的特权，遇到官员出缺、调动、升迁等事，往往由北晏侯府挑选合适之人拟名决定。日久以来，北疆各级官员、将领几乎都由虞凤一手指派，连吏部、兵部也难以插手，这些官员一般便被称为"北选"。

刘光余确实是经虞选凤调之人，虽不知卿尘是谁，但对她的问话还是点头承认。

卿尘淡淡一笑："但如果我没记错，你之前是以文官之职入仕，圣武九年参加殿试，金榜之上是钦点的二甲传胪，御赐进士出身，当年便提为察院监察御史。可是不到半年，你便因一道弹劾当时尚书省左仆射李长右的奏本遭贬，左迁为长乐郡使，四年任满后虽政绩卓著，却并未得到升迁，直到圣武十七年才平调奉州。不过你在奉州却因剿匪之功而声名大震，其后被虞凤选调定州，圣武二十三年居定州巡使之职至今。这样说起来你又不能完全算是北选的官员，你在北选之中是个异数，而且文居武职，这在戍边的将领中似乎也是第一人。"

刘光余诧异卿尘如此了解他的履历，信口说来分毫不错，之前为官的经历并不让他感到愉悦，只道："那又如何？"

卿尘目光落至他的眼前："我记得你的几句话：'兴兵易，平乱难，靖难易，安民难，安民之道在于一视同仁，如此则匪绝，则边患绝。'你现在还是这样认为吗？"

刘光余越发吃惊，问道："你怎会知道此话？"

卿尘道："我在你述职的奏章上见过，记得是你自奉州离任时写的吧。"

能随意浏览官员奏章的女子，天朝唯有修仪一职，刘光余恍然道："原来你是清平郡主。"

卿尘微笑道："凌王妃。"

"哦！"刘光余看了夜天凌一眼，夜天凌目光自定州城中收回来："你兵带得倒还不错，但要以此绝边患，却还差得远。"

刘光余道："绝边患并不一定要靠武力，定州虽不是边防一线兵力最强的，但却向来很少受漠北突厥的侵扰，两地居民互为往来各尊习俗，长久以来相安无事。"

夜天凌唇角微带锋冷："战与和，从来轮不到百姓决定，即便他们能和平相处，突厥王族却不可能放弃入侵中原的野心。多数时候，仁义必要依恃武力才有实施的可能。"

刘光余着眼于一方之民，夜天凌看的是天下之国，两者皆无错误，卿尘淡笑问道："且不说边疆外患，眼前内患荼毒，刘大人又怎么看？虞凤兴兵，殿下平乱，都容易，但最难的还是安民，定州百姓怕是还需要有人来安抚，刘大人难道能置之不理？"

刘光余心中疑窦丛生："殿下军中人才济济，难道还在乎一名叛将？何况军令如山，末将纵然愿降，只怕仍是死路一条。"

夜天凌笑了笑，此时卫长征登上城头，将一封信递上："殿下，有李将军自景州的消息。"

夜天凌接过来，卿尘转头见李步信中写道："禀殿下，昨晚两万士兵诈入景州，各处都顺利。只是巡使钱统顽抗不服，叫嚣生事，被我在府衙里一刀斩了，还有两名副将是虞凤的亲信，不能劝降，也处死了，如今景州已不足为虑……"她莞尔，李步是如假包换的武将，和眼前的刘光余完全不同。

夜天凌看完信，竟抬手交给刘光余："你也看看。"

刘光余愣愕着接过来，一路看下去出了一身冷汗。祁门关中合州、定州、景州三大重镇，一夜之间尽数落入凌王掌握之中，顷刻天翻地覆。他被眼前的事实所震惊，感觉像是踩入了一个无底的深渊，根本不知道接着还会发生何事。

夜天凌将他脸上神色变换尽收眼底，道："李步用兵打仗是少有的将才，但行政安民比你刘光余就差些，若如钱统一般杀了你似乎有些可惜。"

刘光余抬头道："殿下是让末将看清楚钱统抗命不从的下场吗？"

夜天凌皱了皱眉。卿尘摇头道："殿下的意思是，他连李步都能如此重用，何况是你刘光余？钱统为官贪佞残暴，素有恶名，即便此时不杀，之后也容不得他，你要和他比吗？"

刘光余一时沉默，再扭头看定州城中，昨夜一场混战之后，现在各处仍透着些紧张气氛。几处大火虽烧的是军营，但依然波及了附近民居，玄甲军将士除了肃清各处防务，已经开始着手帮受累的百姓修整房屋，或暂且安排他们到别处避寒。阳光之下，有个年轻士兵抱起一个正在无助哭啼的孩子，不知说了什么，竟逗得那孩子破涕为笑。

卿尘正和刘光余一样微笑看着这一幕，而夜天凌的目光却投向内城之中，再一抬，与渐盛的日光融为一体，灼然耀目。卿尘转身道："定州毕竟临近漠北，此时亦要防范着突厥才是。"

刘光余道："漠北冰雪封地，突厥人主要靠骑兵，冰雪之上行军艰难，所以很少在冬天兴起战事，应该不会趁机侵扰。"

卿尘微微点头："非常之时，还是小心为上。昨夜定州战死两名副将，军中殿下会亲自安排，府衙之中官员哪些能留哪些不能留，你要谨慎处置。"

刘光余心中滋味翻腾，这话是示意要他继续镇守定州，并且予了极大的信任，他目光在定州城和眼前两人之间迟疑，胸口起伏不定。卿尘始终目蕴浅笑，淡静自如地看着他。刘光余突然长叹，后退一步拜倒："殿下、王妃，末将败得心服口服，日后愿效命军前，万死不辞！"

夜天凌对他的决定似乎并不意外："你去吧，先去接管昨晚投降的士兵，安置妥当，其他事宜我们稍后再议。"

刘光余再拜了一拜，转身退下，直觉现在烽火四起的北疆早晚会在凌王神出鬼没的用兵之道和深威难测的驭人之术前尽数落入其掌控，他甚至生出了一个更加惊人的念头，或者整个天朝都将不外如是。

第二十五章　山阴夜雪满孤峰

夜天凌在刘光余退下后握了卿尘的手，带她往横岭那边看去："知不知道横岭之中有一处绿谷？"

卿尘摇头道："从未听说过。"

夜天凌薄露笑意："离此处不算太远，明天我带你去。"

"去那里干什么？"

夜天凌道："你不想看看我真正学剑的地方吗？我带你去见一个人。"

"咦？"卿尘惊讶，"是什么人，值得你这时候特地去见？"

"此人与我虽无师徒之名，却有师徒之实。"夜天凌未及说完，见十一大步登上城头，剑眉紧蹙，步履匆匆，"四哥！"他到了近前道，"中军出事了。"

卿尘心下猛地一沉，方才谈笑的兴致瞬间全无。

"右都运使卫骞押送的大军粮草在固原山被劫，随行护送一万八千人全军覆没，无一生还，入北疆的粮道已经被从中切断。虞凤劫了粮草就地全部焚毁，出尽兵力将中军围困在燕州以北的绝地。燕州境内近日大降暴雪，中军在雪中十分吃亏，数次突袭都不能成功，反而在对方的强攻之下，被分作了两处。"

夜天凌神色慢慢凝重，他当初之所以不赞成兴兵北疆，便是因冬季北疆的恶劣气候。虞凤叛军常年驻兵在此，对于风雪严寒早已习惯，而天朝将士却来自各处，除了玄甲军以外，他们对这样的天气很难适应。虞凤趁此时起兵，便是要占这个天时地利，一旦遇上气候骤变，形势就可能发生极大的变化。

之前的胜与败，都将加诸这一时，虞凤深知此点，才要抢在对方两路大军会合之前将中军尽快解决，以便能全力对付夜天凌的西路军。而看来老天此时亦有相助之意，终以暴雪将北疆化作绝地，使得中军陷入了前所未有的困境。

卿尘被夜天凌握着的手渐渐变得冰凉，望向这冰天雪地的北疆，修眉深锁。

"命诸将入定州府议事。"夜天凌对十一说了句，回头深深看了卿尘一眼，"你先回行馆，议完此事我便过去。"

离定州府一箭之地的行馆中，卿尘安静地站在廊前。

晴日无风，冬天难得的好天气，阳光毫无遮拦地穿过落叶殆尽的枝丫，将覆盖在枝头檐上的残雪慢慢融化，淅淅沥沥落上庭前光滑的长石。

此时很难想象燕州境内的狂风暴雪是怎样一番情况，中军被困的大荒谷千山绝壁，鸟兽无踪，一旦断了粮草军需，大军人数越多就越容易被拖垮，统驭失策的话甚至可能出现兵败如山倒的惨重后果。

卿尘无声地叹了口气，定下心来听着檐前时有时无的水滴声。漏刻静流，转眼过了两个多时辰，夜天凌仍没有回来，她几次想转身过府去，却又生生忍住。她知道她和夜天湛之间的是非瓜葛，夜天凌自始至终心里都清楚，但他宽容着她所有的情绪，她亦不愿再在这微妙上多加诸半分。

冥执穿过中庭快步往这边走来，到了卿尘身后单膝行了个礼道："凤主。"

"怎样？"卿尘没有回头，问道。

"大军分三路，一路随唐将军取临沧，一路随澈王殿下夺横梁，剩下的殿下亲自领军，直袭燕州。"冥执声音平平无波，犹如卿尘现在面上的表情，她微微侧首，问道："中军那边呢？"

冥执道："没有安排。"

"什么时候出发？"

"后日。"

卿尘眉心不由自主地一拢，转身道："我知道了，你去吧。"却忽见殷采倩不知何时站在门前，瞪大眼睛看着她。

"四殿下居然见死不救！"殷采倩隐含惊怒，"我去找他问清楚！"

"回来。"卿尘徐徐说了一声，声音不大，但异常清晰。殷采倩脚下一滞，停下步子。

"你能说服他吗？"卿尘扭头掠了她一眼，缓步往室中走去。

殷采倩眼中带着几分焦急，往定州府看了一眼，回身道："我不能，可是你能改变他的决定，现在只有你能帮湛哥哥。"

卿尘微微而笑："你错了，他的决定不会受任何人左右，我也一样。"

殷采倩神情一变："你……你这么狠得下心！"

卿尘迈步入室，白裘轻曳，似将浮雪一痕带过。殷采倩数步赶上她道："你真和他一样铁石心肠，丝毫都不曾想想湛哥哥？湛哥哥对你痴心一片，当初姑母不同意他请旨赐婚，他不惜忤逆母亲也坚持要娶你。你大婚的时候，他违抗圣旨也要回天都，那天我和十二殿下跟着他离开凌王府，他有多伤心你知道吗？他娶王妃的时候，新婚夜里醉酒喊的都是你的名字！你即便对他无情无义，难道连这份援手的心都没有？就看着四殿下借刀杀人吗？"

卿尘双眸幽深，静静听着殷采倩的质问，她无法将记忆中夜天湛在大婚典礼上的俊雅身影同酒后的样子连成一线。那日他笑如春风，他温冷如玉，甚至没有多看她一眼，应付于宾客之间潇洒言笑，从容自如，此时想来，他或许真的喝了不少酒。

那时候她看到他挽着自己的王妃，时光支离破碎迎面斑驳，李唐拥着徐霏霏。

她透过深红焕彩，以一种繁复的心情细细揣摩他的模样，在他春风般的笑意中无声叹息。

　　那叹息中，是难言的酸楚，一点点浸透在心房最脆弱的地方，化作一片苦涩的滋味，溢满了每一个角落。

　　终此一生，不能挣脱的牵绊，他们两人都清楚，却以不同的方式装作糊涂。

　　有些事，本就是难得糊涂。

　　她不想让心中的情绪在任何人面前泄露半分，目视着殷采倩因怒意而越发明亮的眼睛，淡淡道："你若是真的为七殿下着想，刚才说过的每一句话最好都忘个干净，否则才是真正害了他。"

　　"你到底管不管？"殷采倩看着她幽静到冷漠的眸子，恨恨问。

　　"他不会有事。"

　　"呵！"殷采倩冷笑，讥讽道，"中军遇险，四殿下调兵遣将丝毫不见救援的意思。谁都知道这北疆战役非同小可，湛哥哥若是有个意外，军中朝中你们就都称心如意了吧？十一殿下也袖手旁观，这法子真是高明！"

　　卿尘唇角一勾，不愧是门阀之女，殷采倩虽刁蛮任性，有些事情却天生便看得明白，但也有些事她并不明白："我还是那句话，你该多了解一下四殿下。"她往案上一指："你打开看看。"

　　殷采倩不解地将卿尘所指的一幅卷轴打开，正是四境军机图。卿尘却不看，立于窗前随手侍弄白玉瓶里插着的几枝寒梅："临沧乃是虞夙叛军囤粮重地，燕州亦是北疆举足轻重的城池，他兵分两路取这两处，乃是围魏救赵之计，叛军定不会坐视不理。但这两处用兵是虚招，他真正的用意是取横梁。你看到横梁了吗？横梁地处横岭南支和固原山交界处，是中军脱困必取之路。此地一日在虞夙手中，中军便只能坐困愁城，而且，也只有控制了此处关隘，被断的粮道才能得以恢复。三路安排环环相扣，一旦十一与中军会合横梁，两路虚兵变为实攻，到时候燕州叛军将处于腹背受敌的死地，这才是他的目的。借刀杀人虽好，但他未必屑于一用，更不会用在此时。"她不疾不徐，娓娓道来。

　　殷采倩并不像卿尘一般熟悉军机图，凝神看了半晌，方将信将疑："即便如你所说，为何要后天才发兵？拖一天中军便险一分。"

　　一瓣梅花轻轻落于掌心，卿尘无声地叹了口气："七殿下定会平安，你只要知道这一点就可以了。"

　　"你怎敢如此肯定？"殷采倩问。

　　"因为我相信他。"卿尘静静说了句，扭头看着殷采倩，"采倩，你此时可有一点儿能体会到，夹在家族亲人和凌王府之间是种什么样的滋味了吗？我能理解你对他的感觉，他一样让我心甘情愿地爱着。但你若不能了解他、相信他，这种感情迟早会毁了你，也并不能给他带来丝毫的欢喜。抱歉，我不会让这种事情发生，凌王府中只能有一个王妃。

至于七殿下，我的心给了一个人，便再也容不下别人了。今天我把话都说明白，或许你以后也能轻松一些。"

殷采倩眉心越收越紧，突然眼中闪过惊诧。卿尘回头，竟见夜天凌站在门前。

殷采倩的吃惊却并不是因为夜天凌的出现，而是意外地看到他脸上带着一丝若有若无的笑意。她印象中从没见过夜天凌这样的神情，不是清冷不是孤傲亦不是凌厉和威严，而是削薄唇角一抹淡淡的微笑，在看着卿尘的时候他像是变了一个人，虽然只有刹那。

夜天凌带卿尘出了行馆，风驰和云骋早已等候在外。两人出定州城一路北行，夜天凌道："以风驰和云骋的脚程，我们明日日落前便能回来。"

卿尘问道："去绿谷吗？"

夜天凌点头，卿尘略微迟疑后道："一定要现在去？"

夜天凌目光在她脸上扫过，并没有错过她眸底淡淡的隐忧，却挑眉一笑："和我在一起，就别操心别人了。"

卿尘轻轻"嗯"了一声，眸光一抬同他相触。他微笑之后的深眸似古井，探不出风云兵锋的痕迹，如水如墨，清清冽冽，唯一所见便是一抹白衣素颜，荡漾在幽深底处清晰无比。

卿尘话说出口，没有刻意去掩饰，其实也并不求什么，有些事他答应了她，却也只能在那个底线，这点儿她清楚。中军必定有惊无险，但这笔败绩亦就此难免，这场平叛之战只有一个人能胜，这也是她和凤家的赌注。

夜天凌见她沉默不语，道："你也别小看了七弟，当年他率军平定滇地百越人之乱，在泥泽毒沼遍布之处都能和对手从容周旋，区区大雪封地比起深山密林中的毒虫瘴气也算不了什么。他自己一身武功不输于我，手下幕僚之中亦多有能人，困不死的。"

卿尘这才记起曾有几次见过夜天湛的身手，玉笛挥洒，克敌制胜，连凌厉也鲜见，那种温文尔雅总会叫人忽略些什么，她或者还不如夜天凌了解他多些。发丝被风带得飘扬，她微笑道："祁门关内三州都刚刚收复，总要有一天半日的安排才行，也不能即刻便调军离开，倒是你忙中偷闲似乎不合常理。"

夜天凌淡淡道："李步和刘光余都很得用，亦有十一弟在，我们快去快回便是。"

北疆草原茫茫无际，晴冷蔚蓝的长天之下阳光当空，穿透白云片片映出深银的颜色，阵阵风吹云动迅速掠过，好似阳光随风飘动在草原之上，形成奇异的景观。风驰和云骋亦如云之飘逸，一路翻过平原低丘，很快便入了横岭山脉。

雪战在卿尘马上待腻了，跳下去独自乱跑，卿尘也不在意，不多会儿它便会自己跟上来。横岭山脉悠长，一路北行更是冰天雪地，处处覆着皑皑白雪，阳光下反射出晶莹的光泽。夜天凌索性和卿尘共乘一骑，以风氅将她环在身前。卿尘暖暖地靠着他的身子，及目处四野寂静，飞鸟绝，人踪无，峰岭连绵在雪下显得格外开阔，她抬眸对夜天凌道："四哥，这里好安静，你说如果我们这样一直走下去，会走到什么地方？"

夜天凌遥望远山冰封，笑了笑："想知道？那我们走走看如何？"

卿尘抿唇不语，过了会儿方道："只有我们两个人。"

夜天凌点头："好，天大地大，你想去什么地方都行。"

"要走累了呢？"卿尘问。

夜天凌思索一下，道："那随便找个地方，城池坊间或是乡野村落，临水或是依山，你选好了咱们便住下。"

卿尘淡淡一笑，温柔中映着冰雪的颜色："为君洗手做羹汤，到时我可以天天做菜给你吃。"

夜天凌侧头看着她低声笑说："不怕麻烦？"

卿尘细眉一扬："那你做。"

她纤柔的手指被夜天凌拢在掌心，覆盖着淡淡真实的温暖，夜天凌满不在乎地道："只要你敢吃。"

他身上有种干净的男子气息，似雪的冰冷，又似风的清冽，低头时温热的呼吸却呵得卿尘耳朵轻痒。她微微一躲，却发现原来他是故意的，清脆的笑声响起在茫茫雪中。这一刻没有朝堂上的波诡云谲，没有战场上的厮杀谋略，素净的天地间似乎真的只剩了他们两人，相依相靠，双手相携，是风雪飒然，是百花齐放，是骄阳如火，是黄叶翩飞都笑对，春秋过境，漫漫长生，无论选了哪条路，无论将走向何处。

雪路茫茫，山有尽头。过不多会儿，夜天凌手中马鞭前指："前面便到了。"

卿尘沿途打量，发现越往前走，周围的山石由青灰色渐渐转成一种晶莹的深绿，雪地里远看竟如铺玉叠翠，一脉碧色迤逦沿着山谷深邃延伸。近处在白雪的掩映里，山石的色泽浓浅不一，有的如嫩柳初绽，有的似孔雀翠羽，衬在莹白的雪色上十分漂亮，她不由道："怪不得这里叫绿谷，竟然有这般奇景。"

夜天凌道："越往谷中走翠色越多，一直南去到我们第一次遇到的屏叠山渐渐才淡了。"

卿尘随口道："屏叠山离这儿近吗？我倒很想回去看看呢，总觉得那儿很特别，等空闲了我们回去一次好不好？到时候我带着灵石串珠，看看会不会再有神奇的事情发生。"

"不去。"夜天凌道。

"嗯？"卿尘奇怪道，"为什么？"

"都烧光了有什么好看的？"夜天凌淡淡道。

卿尘在马上转身抬头，不解地看他。夜天凌眼眸一低瞥过她的探询，伸手揉上她的头顶让她转回头去。卿尘突然感到他手臂紧了紧，似乎是下意识地，却牢牢环住了她。接着夜天凌将马缰在手腕上随意一缠，双手将她完全地圈在怀里，那是一种宣告占有和保护的姿势，却依稀又有点儿不确定的迟疑。

卿尘凤眸微抬，长长的睫毛下有灵丽的光影闪过："四哥，你该不是怕我回去吧？"她笑问道。

"哼！"夜天凌冷哼不语。

"是不是啊？"卿尘笑得有点儿不怀好意的调皮。

夜天凌像是铁了心不回答，却架不住卿尘耍赖般地追问，终于无奈道："你偶尔可以装装糊涂，也不是什么坏事。"

卿尘闻言大笑，却听夜天凌诧异地"嗯"了一声："人好像不在。"

两人下了马，卿尘见到前面是间依山而建的石屋，门前白雪无声，覆盖着大地，丝毫没有人出入的痕迹，四周不知为何显得异常寂静，在冬日早没的夕阳下显出一种幽宁的苍凉。

"在这儿等我，我先去看看。"夜天凌对卿尘道，快步往石屋走去，伸手推门处，白雪杂灰簌簌窣窣落满身前。

石屋前夜天凌描述过的模样在重雪的掩盖下难寻踪迹，唯有一方试剑的碧石隐约可见。卿尘缓步前行，忽见夜天凌身形一震，她察觉异样，上前问道："四哥，怎么了？"

夜天凌似乎没有听到她的声音，僵立在前面。卿尘越过他的肩头，看到残壁空荡，唯有一副石棺置于当中。

卿尘轻轻握住了夜天凌的手，浮灰之下棺盖上依稀刻着字，夜天凌清开灰尘，露出一些奇怪的文字。卿尘并不认识，却见夜天凌看过后，良久方叹道："怪不得他说不必称他为师父，我真没有想到，他竟是柔然族的长老，亦是母妃的叔叔。"

卿尘对夜天凌能看懂柔然族的文字并不诧异，夜天凌常年征战，对漠北诸族多有研究，何况是自己母亲的部族。她轻声道："怎么会这样？"

夜天凌闭目间平复了一下情绪，转而依旧是往常清冷的平淡："万物有生必有死，八十九岁一生亦不算短了。"他目光再落至石棺之上："万俟朔风，不知这人又是谁。"

"是他做了这个石棺？"卿尘问。

夜天凌点头，手指在棺盖复杂的文字上抚过："柔然一族对尊崇的长者有停棺后葬的习俗，看棺上的日期，过了今天便整整一年，已到了入葬的日子，我至少还能为他老人家做这一件事。"

卿尘自怀中取出丝帕，将蒙尘已久的石棺细心清理，同夜天凌一并动手葬棺入土。

夜天凌神色默然，旧棺新坟，生死两隔。待一切完成之后，夜幕已笼罩大地，月冷星稀，深谷无风，两人以枯落的松枝燃起篝火。卿尘坐在大石之旁，飞焰点点，凌乱地蹿动在无边的夜下。她静静看着夜天凌将一方碧石亲手凿刻，火光映在他的侧脸上，明暗中只见深沉。

夜天凌已有大半日不曾说过一句话，当最后一个字凿好，他轻轻举起手中长剑，火光明亮，压不住剑上寒气，映在他无底的眸心，清冷一片。

这把归离剑象征着天朝四海至尊的皇权，柔然族得到此剑，却不幸换来灭族的结局。当年穆帝攻伐柔然，虽是携美而归，但真正的目的还是这把号令天下的宝剑。即便已是身处权力巅峰的帝王，也一样不惜杀伐，挥军千里，只为索取一个统驭万方的象征。

柔然族还是保全了这柄剑，它致使莲妃归嫁天朝，亦让夜天凌诞生在俯瞰中原的大正宫中，不管他的父亲是谁，他身上有一半流着柔然族的血，柔然族将这归离剑，最终交到了他的手上。

夜天凌缓缓起身，将手中石碑立于新起的坟前，剑锋侧处，一抹炫冷的月光骤盛，风凌起，雪飞溅。

眼前空旷的雪地之上，月华之中，卿尘看着夜天凌身影四周剑气纵横，寒光凛冽，白练如飞。夜风残雪随着他手中剑啸龙吟越转越急，一套"归离十八式"发挥到极致，剑气狂傲，横空出世，凌厉锋芒迫得人几乎不能目视。

随着夜天凌一声清啸，胸中波澜激荡山野，归离剑光芒轻逝，寒意收敛，四周风雪纷纷扬扬飘落，瞬间和银白的大地融为一体。

雪尽处，月影孤冷，夜天凌握剑独立，在无尽的黑暗中抬头望向深不可测的夜空，轻声道："师父，我带着妻子来看你了，得归离者得天下，我绝对不会让你失望。"

第二十六章　横岭云长共北征

横岭深雪绵延千里，北疆大地在这样的林海雪原中气势苍茫，厚厚的冰雪下流淌着自然的血脉，不动声色地延伸于六合八荒。

驰上一道高丘，夜天凌勒马转身，往横岭之外漠北辽阔的土地看去："数十年前，横岭以北曾都是柔然族的领地。"

卿尘缓缓束缰："据《四域志》记载，自天朝立国始至穆帝兵败柔然之前，南以横岭北麓为界，北至叶伽伦湖，东至大檀山脉，西北至撒玛塔尔大沙漠，西南至达粟河，西北这片土地一直都是柔然国所属。"

夜天凌深邃的轮廓下隐藏着一种沉稳的倨傲，遥遥伸手将马鞭前指，似越过横岭画出一道无形而无穷的圆弧："总有一日，这片疆域都将画入天朝的领土，漠南、漠北、西域、吐蕃，甚至更远。"

卿尘随着他所指的方向望去，淡然道："还有更远的地方，四哥，我曾听有人问过这样一个问题，人死之后，不过需要长鞭所画这么大的地方埋葬，却为何要攻占那么多的土地？"

夜天凌薄唇微挑，依然看着天高地广的远方："以死而问生，原本便是荒谬。正是因为人人百年之后都是一抔黄土，几根白骨，方显出生时不同。若因为相同的死而放弃一切作为，那么活着便真正失去了意义。"

卿尘眼中带着悠远的光泽："我也常想，发问的人，或许永远也体会不到对方所经历的生。所谓开疆拓土，不过是生存中的追求和抱负，当一个不能企及的高度被征服时，生命也会因此变得精彩，这不仅仅是征服土地，更是征服自己，人生一世不同的足迹，会使看似相同的死亡各自相异。"

夜天凌带着风驰缓缓和她并骑前行，阳光照于雪岭，万千丛峰化作瑶石玉刃，不时反射出剔透的冰光。"我不管死后如何，现在我心里既装了这万里江山，这便是我要做的，若他日我的眼里只有一叶扁舟，这浩瀚疆土又算得了什么？人生在世如过客，这整个的世间在人生当中又何尝不是过客？生和死，死和生，谁又琢磨得透？"

卿尘道："生死轮回，无始无终，其实人死之后，生命也会以不同的方式在不同的人与事物间延续下来，死亡并非终点，更可能是另外一个开始。"

夜天凌点头道："就像师父他老人家，将一生心血和希望都寄托在我身上，我的生命中便有他的一部分。"

卿尘柔声道："其实这世上并没有完全的死亡，生死无常，亦是平常，我们能做的只是不负此生罢了。"

夜天凌长舒了口气："不错，人生运命各不同，所有一切都是自己的选择。"

卿尘抬眸，微微挑眉："四哥，咱们该回去了。"

"走吧。"夜天凌说着，率先纵马自丘陵上冲下。

待快出了横岭山脉，卿尘下意识地侧身寻找，一直跟在身后的雪战不知跑去了哪里，许久不见踪影。她回头轻哨呼唤，忽见不远处的雪地中，雪战几乎与大地浑然一色的身影急遽前奔，它身后一只金雕神形凶猛，正做飞扑之势直冲而下，欲将其逮杀爪间。半空中另有一只飞雕盘旋，紧随之后。

雪战也非易与之兽，反身一个侧躲令那金雕俯冲之势尽皆落空，一爪撕上雕尾。不待卿尘喝呼，夜天凌手中一支狼牙长箭去如星逝，已直取金雕身躯。

那金雕倒也了得，在掠起之时斜翼拍过，竟惊险地躲开了夜天凌致命一箭，陡然冲上天空。

夜天凌连珠双箭尾随而至，破空追去，啸声凌厉。

那金雕似是知道弓箭厉害，奋力振翅闪躲。夜天凌箭上劲道非比寻常，岂容它再次侥幸，只见冷光闪处，金雕惨叫着坠往雪地。

另外一只金雕见状悲鸣，竟不逃命，振翅俯冲便往敌人头顶扑来。夜天凌面容冷冷，金弓再响，眼见这只金雕亦要丧命箭下，突然前方响起一阵尖厉的啸声，一支长箭闪电射来，正撞上夜天凌的箭，受此阻挡，夜天凌的箭便扫着金雕的翅膀穿上半空。

那金雕死里逃生，受此惊吓高高盘旋在空中，再不敢轻举妄动。

前方雪地之中有人长箭在弦，杀气袭人地对准夜天凌。夜天凌引弓搭箭，亦冷冷与之对峙。

那人身形魁梧高挺，着一身墨黑裘袍，腰佩宽刀。如此寒冷的天气中，他上身一半赤膊在外，露出强健的胸肌，衣袍之上隐有血迹，似乎刚刚经过一场激烈的搏杀，周身戾气未散，散发披肩，冷风中飘扬身后。目深鼻高，相格独特，显然不是中原之人，那双灼灼如鹰隼一般的眼睛，带着令人望而生畏的犀利。

剑拔弩张中，这人浑身散发着一种刚硬而狂野的气质，举手投足的霸气似乎不将任何事情放在眼中，比起夜天凌的峻冷似不遑多让。

再往后看去，他身后马上竟骇然挂着数个狼头，残颈之上鲜血尚未凝固，面目狰狞。从他身上衣物的撕痕和肌肤上几道血迹来看，这些恶狼应是在攻击他时反成了刀下猎物。

雪战此时早已跃至卿尘马上，一阵风刮过，吹得几人衣袍猎猎，那人一声呼哨，金雕从空中冲下落在他的肩头："你们为何要伤我的金雕？"

他说得一口字正腔圆的汉语，夜天凌和卿尘之前未想到这金雕是有人豢养的，都有些意外，卿尘道："我们并不知道这雕是有主人的，一时失手，还请见谅。"

先前那只金雕落在地上，长箭透胸而入，已经奄奄一息，夜天凌缓缓收箭："抱歉。"

那人却冷哼一声："一句抱歉就算了吗？"

夜天凌素来心气高傲，眼中冷芒微现，扫向那人："你想要怎样？"

那人夷然不惧他的目光，抽刀入手，却往一侧悬崖陡壁处指去："我这金雕得之不易，唯有捕捉幼雕驯养方可听命于人，你若能在我刀前将那雕巢中的幼雕取来，此事便作罢！"

他所指之处一刃冰峰高绝陡峭，隐约可见有雕巢半悬山崖之上。夜天凌抬眼一瞥，冷冷一笑："好，一言为定。"

卿尘见那悬崖本就险峻，兼之凝冰覆雪，滑溜异常，想必极难攀登。这人既如此准确地知道雕巢位置，想必本就为此而来。他的武功似乎不在夜天凌之下，攀崖之时如此争斗定当十分凶险，她却对夜天凌淡淡而笑："我在这儿等你。"

那人将宽刀就那么搭在肩头，踩着深雪大步上前："两位若有话说便快些，过会儿未必还有机会。"

卿尘凤眸微扬，浅笑道："不必了，倒是你不妨留下姓名，以防万一。"

那人原本口气极为自负，倒被卿尘柔中带韧的回答弄得一愣，不禁上下打量她。夜天凌唇角微抿，目光淡淡自那人身前掠过，两人眼中忽而皆见精光一闪，身形已动，同时便往悬崖掠去。

卿尘怀抱雪战缓缓往前走了两步，仰头看着两道人影在冰峰之侧如履平地般越攀越高，中途刀剑交锋，使得冰雪簌簌坠落，没等落到山脚便已粉碎。她目不转睛地随着夜天凌，那熟悉的身影一丝不漏地映在眼底，剑光紧密处却是一片淡然。她安静地站在雪中，生死输赢都在度外，只觉得这样喜欢看夜天凌用剑，那游刃有余的潇洒总也看不厌。

山崖的半腰处，寒芒光影挟风雪纵横似练，两人身形如鹤，冲天拔起，不分先后落在离雕巢不过半步之遥的一方岩石上。

夜天凌甫一站稳，归离剑已斜掠而去迎上对方刀势，两人都被彼此兵器上传来的一股柔劲逼得后退半步，心中同时称奇。岩石底下沙土天长日久松动，在他们的劲力压迫下七零八落纷纷坠下。夜天凌抢至山壁里侧，剑势陡然一变，至柔而刚，四周如冰凌暴盛，天罗地网般罩向对手。

那人后背凌空，不敢与他硬拼，顿时落了下风，但厚背宽刀在他凌厉的攻势下周旋，却也丝毫不见窘态。

不过数步见方的岩石之上，交击之声不绝如缕，原本坚硬的冰雪似不能承受这样的劲力，斜飞横溅，激人眼目。厚背刀虎虎生风势如蛟龙，归离剑行云流水光影横空。那人数次想抢占山崖一侧，却都被夜天凌从容逼回，眼见此非取胜之道，他忽然刀势横扫，挑向旁边那个雕巢。

夜天凌岂会容他先行得手，归离剑去如长虹，化作一道白刃后发先至袭向目标。在两股力道的震荡之下，雕巢猛然脱离依附的山崖，直线向下落去。

两人刀剑相交，掠至雕巢之下齐齐接住，空着的手却毫无取巧地硬拼了一招。

乍合即分，夜天凌化去对方掌中内劲，手臂竟隐隐发麻。那人身形微震，错步后移，夜天凌这一掌的劲道亦令他气血翻涌。他脚下岩石因是边缘之处，年深月久，已然风化，此时难以承受突如其来的强劲力道，咔嚓一声轰然塌陷。

那人身子一空，却临危不乱，足尖在碎石之上一点，借势拔起，竟一个鹞子翻身，凌空往夜天凌击下。

夜天凌大喝一声："好！"右肩一沉，左手一掌击出。

那人虽打中他的肩头，却被他这一掌之力震出岩石，再无落脚之处，直往峰下坠去。

夜天凌微微一惊，不想见他就此丧命，伸手相救。

谁知这一坠之势着实不轻，兼之岩石之上积雪成冰不易平衡，夜天凌虽拉住那人的手臂，却在他猛地一带之下连自己也跌落崖边。

但这一拉毕竟使下坠之势略阻，两人于半空中不约而同齐身回转，归离剑和厚背刀生生钉入悬崖之上，人便悬在山峰之侧。

此时那雕巢自上面掉落，电光石火之间两人同时往雕巢抢去。半空中单手过招，夜天凌抢先一步取中雕巢，猿臂轻伸，顺便将一只不幸翻出巢中的幼雕抄在手中。

那人大笑道："好身手！"

夜天凌将雕巢丢给他，淡淡道："恕不奉陪了。"归离剑拔出时人轻飘飘往下落去，在早已看准的岩石上一落，那人亦如他一般，慢慢往崖下滑去。

山岩之上处处冰滑，两人如此踩冰踏雪过了近一个时辰才脚落实地。卿尘走上前来，夜天凌随手一掸衣衫，归离剑反手回鞘，对她一笑。

卿尘亦微笑着看他，眸中虽烟岚淡渺，极深处却流动着一抹牵肠挂肚的滋味。刚才的淡定竟在此时有些后怕，那么高的悬崖，一个不慎便是粉身碎骨了。

那人对他俩抱了抱拳："兄台身手不凡，在下十分佩服，之前多有得罪，亦叫尊夫人受惊了。"

夜天凌对他点点头，目光落在他的厚背刀上，若有所思。卿尘将一瓶伤药取出："这药有些灵效，不知能不能救活你的金雕。"

那人倒没有推辞，抬手接过伤药。这时夜天凌突然道："请问阁下的刀法师从何人？"

那人也正看了一眼他的归离剑，闻言哈哈笑道："我这套刀法是祖上家传。今日得遇贤伉俪，当真不虚此行，但兄弟还有事在身，不能久留，若改日再见，定邀两位共图一醉。"

言罢拱手告别，金雕在半空高鸣一声，紧随那人马后离去。夜天凌上马之后回头看了一眼，卿尘问道："四哥，怎么了？"

夜天凌道："这人的刀法和归离剑相生相克，十分奇怪，若不是前方尚有军情，我定要和他再行切磋。"

卿尘道："今天萍水相逢，说不定哪天便又见着了。"

夜天凌点头，两人便不再耽搁，远远往定州方向奔去。

第二十七章　轻笛折柳知为何

山口灌进来的冷风夹杂着冰雪的碎屑打着旋儿呼啸，夜天湛进帐前手腕一抖，被他随意掠了一把的帐帘高扬起来，啪地甩上去，抽得那道冷风也一散。

军帐中热气扑面而来，夜天湛脸上有些阴郁的意味，身后一人却并没有因他的脸色而噤声："殿下，这是唯一的法子，宜早决断，再迟便麻烦了。"

夜天湛瞥了一眼伺候在帐中的侍卫，不轻不重说了句："出去。"

两个侍卫知道这是他和巩思呈有要事商谈，不敢耽搁，屏气静声退了下去。

夜天湛将马鞭放下，解开披风往旁边一丢，露出里面穿着的一身帅服。金甲铁衣衬着他颀长的身段却优雅非常，一丝一毫都透着种与生俱来闲适的贵气，只是墨色映得那双温朗的眼眸深了几分。他手按在长案上沉吟片刻，再回头时俊面淡淡，刚才的一丝阴霾已不见了踪影。

"巩先生，"他语调中是那好听的温雅，"你要我即刻撤军，前方南宫竞那十万兵马弹尽粮绝再失援军，必定是全部覆没的下场，这个后果，你应该比我早想到的。"

巩思呈并不着甲胄，披风下一身干净的长袍表明他幕僚的身份，而袍子上拢边的一圈柔滑的貂毛以及不易多得的精纺面料却又叫他看起来与别的幕僚不同，他点了下头："确实如此，只是不断此臂，中军危矣，如今只能弃卒保车。此时中军尚能进退自如，但一旦柯南绪将那五行阴阳阵'阳遁三局'布置完成，我们便当真深陷其中，无路可退了。西路大军目前应该还在祁门关外，李步用兵很有一套，凌王再厉害也不可能三五日便破了祁门关。"

听到李步的名字，夜天湛一双湛湛清眸微眯了眯："弃明投暗，其罪难恕。柯南绪那阳遁三局难道巩先生也毫无办法？"

巩思呈叹了口气："柯南绪此人才绝江东，放眼天下，怕只有南陵左原孙能与之一较高下，我并没有十分的把握。而且最要紧的是粮草，这次粮草被劫倒真是没有想到的事。"

夜天湛眉心一蹙："兵部派谁不好，偏派卫骞来，我已吩咐过此人不能用，是谁着他任的三军右都运使？"

巩思呈道："现在汐王领着督运的职责，人员应该都是由他统调的。"

夜天湛随手握了盏茶，道："这是给卫家示好呢。"

巩思呈笑了笑："不如说是做给殿下看的，那位子轮不到汐王，这谁都清楚。这次出征前汐王在朝上站在咱们这边，他手中的京畿卫也颇有些分量。"

夜天湛缓缓啜着那香茗，薄薄的云盏在他指间转动，他似是品完了这茶香，方道："先生也别小看了五皇兄，他一向行事稳重小心，这次在朝上我倒有些意外。"

巩思呈道："汐王身份所限，容不得他有太多的想法，真正该防的是凌王，尤其皇上那里，似乎透着些叫人担忧的兆头。皇上好端端地让凌王插手户部，这就很耐人寻味，要不是我们防得严，户部恐怕早已大乱了。年前溟王的事，细细琢磨下来，分明和凌王府脱不了干系。最耐人寻味的还是清平郡主以暂代修仪的身份嫁入凌王府，皇上分明是将凤家放到了凌王那边，接着又封了莲贵妃……"

夜天湛起先凝神听着，忽而眼中微波一漾，握着茶盏的手指不着痕迹地紧了紧，不知为何竟突然想起延熙宫。

去年暮春初夏的时分卿尘还是延熙宫的女官，有一日他在延熙宫见到她，她正站在前面渐行渐高的台阶之上，一个人仰头望着远处。

时值黄昏，金乌将坠，淡月新升，大殿后面半边天空火烧般漾满云霞，流金赤紫交错铺陈，缓缓流淌在渐浓的天色下，透过碧檐金瓦、琼楼飞阁一直染到白玉般的阶栏，亦在人的衣襟晕了一抹若有若无的流光。

她站在高大的宫殿之前只是一道淡淡的身影，暖风穿过柳梢漾起月白宫装，裙袂飞扬的剪影有些飘逸不定的错觉，身后华丽的殿宇浓重的晚景都压不住她清淡的模样，叫人觉得如果一不留神她便会消失。

她似乎没有注意到有人进了延熙宫，只抬头看着另一半天边奇异的景象。身后浓霞似火，眼前淡月初升，绚烂的云光渐入西山，在天空让出纯净的色泽，一片青墨深邃。半弦弯月遥挂天幕，好似极薄的一片脆玉，微微有些苍白的光。

卿尘望着淡月出神，神情幽远，他便站在墨青色的天空下不远不近凝望着她，原来总有些空洞的心中忽然被填得毫无空隙，就像那渐没的暮云都落在了心里，刹那的温暖和宁静。

他没有去惊动她，直到卿尘不经意地回眸，看到他时有些惊讶，而后淡淡微笑，

那一笑隔着夜幕的烟岚。他在她面前驻足，静静望向她的双眸："偌大的延熙宫好像就只剩了你一个人。"

她柔声浅笑："不是还有你吗？"

延熙宫的灯火次第燃亮，勾勒出火光深处庄穆的宫殿，层层铺展开来。晚风掠得她发丝轻拂，亦吹得他一身水色长衫起起落落，他闲话时并没有忽略她眸中若有若无的惘怅，不管何时相遇，她眼底最先掠过的永远是这样一种情绪，在清水般的眸光后瞬息而没，却一丝丝拨着他心中深浅浮沉的柔情。

他不欲去问，只觉得还有时间转圜这样的若即若离，直到那一天轻红娇粉铺满了天都，就连怀滦郡中都感受到毫不吝啬的喜气，他踏进张灯结彩的凌王府看到她身上的大

红嫁衣。向来看惯了的素白浅月忽然变成那样刺目的红，就像西山处斜阳如血的颜色，而她的笑却不再如半空那弯幽凉的月色，似天光水影绽放于极高的苍穹，铺天盖地地将他淹没。

闲玉湖前细雨中，他一朝错身，失之一生。

"殿下，殿下？"巩思呈的声音只得加大了力度。

夜天湛猛地抬头，手里的云盏一晃，琥珀色的香茗微凉，泼溅了几滴出来："刚才说什么？"

巩思呈暗中叹息，目光中尽了然："南宫竟是凌王府的人，如今正是机会，他便如凌王左膀右臂，留不得。"

夜天湛深吸了口气，放开那盏凉茶。他重新取了个杯盏，仍是自斟自饮，举止一丝不乱，眸色中看不出情绪。他没有顺着巩思呈的话往下说，反而语气略有些加重："谁是对手这倒是其次，我更担心乱从内生。且不说上次歌舞坊的事，你看户部那些账，牵扯的都是些什么？我早提醒过舅舅，让他用人要有所约束。再者，卫家早就有一个太子妃生性懦弱，现在一个卫骞成事不足败事有余，还有个卫嫣自作聪明。"

巩思呈道："联姻卫家的事，我也不十分赞成，但殿下若不是前次那般顶撞娘娘，这次也不至于不好反对。"

夜天湛知道这指的是当初求娶卿尘时他和殷皇后的争执，后来还是巩思呈从中劝解，殷皇后才终于同意，然而事情最终却还是毫无结果。他整了整手腕处的束袖："先生同殷家几十年渊源，说起来母后和舅舅都该称你一声老师才对，母后还是肯听你的，这次我也知道不能再说什么，所以也没有反对。"他话说得轻描淡写，将眸中瞬息万变的神色一抹带过。

巩思呈显然和夜天湛之间并不需要过多的客套，也不谦辞，只道："说句不敬的话，娘娘的性子十分要强，殿下今后若有事，还是婉转些好。"

夜天湛笑了笑："先生的话我会仔细揣摩。方才说起撤军之事，南宫竟此人虽是难得的将才，却绝不可能为我所用，我亦不想留他。但他所率十万将士，皆上有父母，下有妻儿，一旦葬身北疆，我天朝十万家举丧，母痛其子，妻哭其夫，儿失其父，又岂止是十万人家破人亡，哀毁天伦？我若此时釜底抽薪，岂非不仁？再者，南宫竟之所以兵困大荒谷，是为保中军无恙，若非他当机立断自毁退路，整个大军难免要中柯南绪诱敌之计。我若弃之不顾，是为不义。"他话说得不紧不慢，语气却十分坚定，"巩先生，此事非不能为，乃是不可为，我亦不屑用这样的手段。"

巩思呈原以为之前的话夜天湛都未往心里听去，谁知他此时说出来竟是已然深思熟虑过了："殿下，你还是不……"话说一半，他忽而长叹，"殿下今天说出这番话，我亦不知是喜是忧了！"

夜天湛眸色中的温雅微微也带着点儿深邃："我不愿这么做还有一个顾虑，便是夏步锋和史仲侯。他们这些神御军的大将都同南宫竞一样，是随四哥出生入死的人，必不会眼看南宫竞坐困死局。此时若弃前锋军撤退，难保军心动荡。"

巩思呈道："殿下明知他们都是凌王的人，当初用他们，究竟又是为何？"

夜天湛淡淡笑道："军求良将，若连这几个人都容不得，遑论天下？他们至少不误大局，好过用卫骞那种人。传我军令吧，命史仲侯率轻甲战士过岭寻路，我们争取两日内与南宫竞会合，再商讨对付柯南绪的法子。"

巩思呈拱手退出。雪倒是停了，风却未息，吹得人须发飘摇。一阵霰冰夹在风中呼啸而过，深不知路的山岭在重雪之下白得几近单调，看久了竟生出烦躁的感觉。他不能避免地缓缓叹了口气，方才那句没能说完的话不由得又浮上心头，湛王，还是不够狠啊！

第二十八章　婉翼清兮长相顾

天色暗淡，一支玄甲轻骑悄无声息地出现在半山悬崖。横梁渡前正薄暮，肆虐了数日的北风在余晖的光影下渐息渐止，夕阳拖着浅淡的落影逐渐消失在雪原一隅，静缓如轻移莲步的女子，在寒马金戈的空隙间悄然退往寥廓的天幕。

十一居高临下看着已近在眼前的叛军，战车源源，甲胄光寒，形势如前所料，叛军仍在不断往此处结集兵马，唯一的目的便是封死大荒谷出路，彻底孤立天朝中军。

敌兵分布尽收眼底，他掉转马头，对卿尘笑道："真想不通，四哥怎么放心让你跟我来。"

卿尘唇角微微一撇，她问夜天凌这个问题时，夜天凌专注于军机图，只言简意赅地道了句："唔，我放心你。"

现下夜天凌不在面前，十一便低声揶揄她："不管怎么说是七哥在这儿，他难道糊涂了？"

卿尘想着夜天凌在她的探问下抬起头来时不慌不忙的语调，那优游从容的样子还真有点儿恨人："嫁作凌王妃，你就没有曾经沧海难为水的感觉？"这算是什么回答，她颇无奈地道："他现在简直是有恃无恐。"

十一哈哈大笑："谁让你那天在合州那么紧张他？不如我教你个法子，你把那什么九转灵石找齐了，看他不急才怪。"

卿尘抿嘴，笑看他："四哥还不是因为要左先生镇守合州，才让我这半个弟子来助你应对柯南绪，你倒算计起他来，等我回头告诉他这法子是你教的。"

十一拿马鞭直指着她，啼笑皆非，半晌才说了一句："这真是……重色轻友！我以后再也不帮你了！"

卿尘向后指了指道："怎么，有了准王妃就不帮我了吗？到底是谁重色轻友？"

十一想起一同随军而来的殷采情，面上顿现惆怅。卿尘不由抿嘴轻笑，扭头看向叛军："我跟左先生学习奇门阵法，曾听他提到柯南绪，说此人行军布阵天纵奇才，怎么现在看来，这调兵遣将竟也平平？"

十一亦道："我也正奇怪，想必盛名之下其实难副，或许是我们多虑了也说不定。"

两人正说着话，却听见空旷的山野间遥遥传来一阵琴音，其声悠扬，时有时无，飘忽几不可闻，却轻绕于高峰低谷，又清晰如在耳边。那琴声听去随意，轻描淡写间竟带出千军万马行营沙场的气概。卿尘和十一不约而同地回头，依稀见横梁渡前的敌兵缓缓布列成行。卿尘看了一会儿，脸上忽然色变："阳遁三局！"

十一剑眉紧锁："传令下去，三军备战！"

卿尘目不转睛地盯着横梁渡："我们两个不知天高地厚，竟还在此说笑。柯南绪以琴御阵，此阵生门一闭，大荒谷即刻化作绝域，便是左先生亲至也无济于事了。"

十一倒十分冷静："你有几分把握？"

卿尘道："我只能尽力一试，现在看阵势，离位所在是大荒谷入口，你当取艮位，过震宫，但千万莫入中宫，否则触动阵势万难收拾，只不知中军能否见机突围。"

空谷夜暗，月色一层冷冷微光铺泻于薄雪残冰，幽静中诡异缥缈。一缕若有若无的雾气缭绕云峰，轻似淡纱飘忽不定，渐生渐浓，几乎将整个山谷收入迷雾的笼罩之中。

柯南绪的琴声便在这雪雾掩映处鸣响，纵横山水，进退自如。燕州军中，火光深处的高台上其人微闭双目，随手抚琴，大军阵走九宫，缓缓移动，逐渐化作铺天盖地的罗网。

冷月于云后漾出一抹浮光，毫无征兆地，一道铮然的琴音出其不意划破空山，浩浩然旋绕天地，撩纱荡雾，刹那清华。

山风激荡，阵前火光摇晃，纷纷往两旁退开。柯南绪眼帘一动，手下未停，琴声依旧源源不断地抚出。那道清音飘逸入云，回转处忽若长剑凌空激水，一丝不错地击于他曲音的空当，长流遇阻，溅开万千浪，军中阵脚竟因此微生异样。

柯南绪双目唰地抬起，琴弦之上拂起一道长音，陡然生变。

利剑出鞘直击长天，双剑相交迸出剑芒四射，星散云空。对方似是不敌这样的交锋，斜斜一抹低音趋避而走，绕指成柔，作一缕清风穿帘分水，堪堪与之周旋。

而柯南绪分寸不让，琴音愈烈，时作惊涛骇浪，击石拍岸，雨骤风急；时作漠海狂沙，横扫西风，遮天蔽日。

那清音在咄咄逼人的来势之前便似化作谷中幽雾，毫不着力，飘忽不定，仿佛随时便会烟消云散，却偏偏轻而不败，微而不衰，穿雨过浪，追沙逐风，始终柔韧地透入激昂之间，不落不散，锲而不舍。低到谷底，盘旋萦绕，穿入群峰，缥缈连绵，军前奇阵被处处羁绊，便一时难以布成。

巩思呈匆忙掀帐而出，却见夜天湛早已来到帐外，他听琴辨音，急忙道："殿下，有人在阻柯南绪布阵！"

夜天湛却似对他的话闻如未闻，俊面映雪一片煞白。这七道冰弦万缕柔音每一丝都穿入他心房，反反复复来来去去，丝丝缕缕细细密密，抽得骨血生疼。他绝不会忘记这熟悉的琴音，听起来恍然在天边，却每每就在耳畔心头，他不能置信地低声道："是卿尘，她怎么可能在这儿？"

月光斜洒半山，卿尘身后一天一地的雪，瑶林琼枝间她纤纤素手如玉蝶片片，纷飞弦上。柯南绪曲中威势逐增，有如黑龙啸吟，一周周绕峰而上，越升越高，一峰尽处又至一峰，于滚滚的雷声中盘游三山五岳，翻覆江河。

卿尘喉头抑不住涌上阵阵腥甜，却凤眸静合，心如清渊，弦声展如流水，错层铺泻，极柔之处无所不为，极静之处无所不至，丝丝流长。

便在此时，两面此起彼伏的琴音间忽而飘起一道悠扬的笛声。

其声如练，其华灼灼，其情切切，其心悠悠。

笛声闲如缓步，柯南绪琴中气势却仿佛骤然错失了目标，瞬间落空。卿尘衣袂翻飞处，曲音行云流水，声走空灵，抬手间充盈四合，与那玉笛天衣无缝地合为一体。

悠悠比目，缠绵相顾，婉翼清兮，倩若春簇……
闲玉湖上月生姿，清风去处云出岫。
有凤求凰，上下其音，濯我羽兮，得栖良木……
凝翠亭前水扬波，碧纱影里雪做衣。

这玉笛一曲，曾在她最失落彷徨的时候陪伴身旁，曾泪眼看他执笛玉立，前尘如梦，曾醉眼看他俊眸含笑，花灿如星。

一琴，一笛，携着流光飞舞的记忆绽放于烟波湖上，仿佛幻影里莲华重重，一枝一瓣清晰，一叶一蔓缠连，光彩流离，明玉生辉。

峰谷间云雾缭绕，在这相顾相知如泣如诉的琴笛合奏间，柯南绪竟如痴了一般，脸面苍白颜色全失。他抚琴的手不能自抑地颤抖，弦调凌乱，一曲尽散。阵前火光残痕凝固，琴之清和，笛之悱恻，浴火重生般步步翩然，明亮通透，展现于绵绵天地间。

柯南绪神情复杂，忽喜忽悲，片刻后竟难再听下去，猛然站起来抬手用力一掀，那桐琴应声跌落高台，弦崩琴裂，摔个粉身碎骨。

便在此刻，大荒谷与横梁渡间冲起山崩地裂般的喊杀，巩思呈几乎和十一同时挥军发难。柯南绪却独立于高台，毫无反应，烽火光下，长泪满面。

正吟琴上，落红点点，蝶舞残血，如凝聚了毕生的精魂，长长划起一旋翻跹，是临去时绚烂的美。卿尘唇角残留着一丝惊目的血色，手边最后一抹清音消失在弦丝尽处，瞬间便被冲锋陷阵的铁蹄声滚滚淹没。

冷月深处，孤峰影里，笛声依稀仍余。一音寂寥，失落凡间，怅怅然，幽凉。

榻前纱幕外，点点微黄的灯影仍晕在柔软的锦毯之上，晨光已将几分清冽的气息透露进来，如同潺湲的流水，缓缓浸了一地。

卿尘蒙眬中睁开眼睛，隔着帐帘看到有人身着甲胄俯在榻前，玄色披风斜斜垂落，被烛光染上了几分安静与柔和。心口一层层隐痛不止，她昏昏沉沉地叫了一声："四哥。"

那人几乎立刻便抬起头来，上前拂开垂帐："卿尘！"

焦灼而明亮的目光落在卿尘脸上，蓦地让她清醒了几分。夜天湛站在榻前，脸上浮起如释重负的微笑："你醒了。"

他比几个月前看起来略微清减了些，微不可察的一丝疲惫下仍是那高贵而潇洒的神情，或许是因玄甲加身的缘故，清湛的眉宇间多添了锐利和果决，又叫人觉得和往常有所不同。

那一瞬间的对视，卿尘望着他缓缓一笑，晨曦千缕梳过云霭，晓天探破，春风闲来。就近处的眉眼如此清晰，夜天湛看过她眸底秋水般的沉静，那样柔软却一丝不乱的沉静。他低声道："卿尘，真的是你，你不醒来，我还以为是在梦中。"

卿尘静静垂眸他处，勉力撑起身子，他已经伸手扶住，卿尘问道："我是不是睡了很久？柯南绪大军败了吗？"

夜天湛摇了摇头："也就是小半夜，我刚回来不到半个时辰。柯南绪确实厉害，昨晚那种情况，他竟能在我和十一弟两面夹击下从容而退。"

卿尘出神地想了会儿："一曲琴音，高处激烈入云，低时自有多情，心志高绝，挥洒自如，奇人也！"她扭头微笑："你又救了我一次，若不是你的玉笛，我斗不过他。"

夜天湛轻轻一笑："这次好像是你来替我解围，怎么成了我救你？"

卿尘笑道："那这真的是算不清楚了。"

夜天湛道："算不清好。"

卿尘一愣，见他神色专注地看着自己。她眼中笑意沉默，微微避开他，似乎听到他叹了口气，此时却有人进了帐来。

殷采倩端着个玄漆托盘同十一一起进来，先悄眼觑了觑夜天湛的神色，才对卿尘道："你醒了？正好趁热服药，看他们忙了半天我才知道，原来煎一碗药这么费劲。"她私自跑来军中，已被夜天湛斥责过。夜天湛语气中处处透着严厉，她自知理亏，连半句嘴也没敢回。幸而夜天湛军务缠身又惦记着卿尘这里，才没有时间追究她。

十一见夜天湛竟亲自守在卿尘榻前，道："七哥，你昨晚也一夜未睡，先去歇会儿吧。"

夜天湛点了点头，却并未起身，伸手接过殷采倩送来的药，递给卿尘："有点儿烫，你慢些喝。"

卿尘闻到药的苦味，下意识地皱了眉头。夜天湛轻声笑道："别以为皱眉头就能不喝了，良药苦口的道理你以前不是常说？"

殷采倩回头和十一对望了一眼，随即在旁笑说："这药里多加了甘草，应该不是很苦，四殿下亲自嘱咐过，说你喝药怕苦，让人记着多添这味药。对了，你心口还疼吗？这药丸是你平常服用的，也是四殿下叫人多带了一瓶，怕万一急用，昨天还真用上了。你这一病，十一殿下可担足了心，没照顾好你，回去四殿下不找他麻烦才怪。"她脆声俏语连珠落玉般说了这一通，停都不停，气氛甚是轻松，但夜天湛眼中笑意却一分分沉了下去。

卿尘正诧异夜天凌哪有心思去吩咐这些零碎小事，十一却接了话头道："可不是，刚才命卫长征回四哥那里报个消息，他请示我，四哥若问起你来，该怎么回话，我正犯愁呢。四哥若知道你这样，我怎么交代？"

夜天湛听到这里，突然站了起来："军中还有事，我先走了。"他就这样转身出了营帐，十一看了卿尘一眼，快步跟了出去："七哥！"

帐外寒冷的空气叫人心头一清，夜天湛走了几步，脸色才渐渐有所缓和："四哥现在何处？"他问。

"我们兵分三路，此时四哥率玄甲军应该已近燕州城。"十一道。

"四哥已到燕州？"夜天湛披风一扬，转回身来，"机不可失，我们要即刻追击柯南绪。"

十一点头表示同意，前有玄甲军迎头阻拦，后面他们挥军追击，此次可能便让柯南绪无法生返燕州。他马上想到一个问题："看卿尘的身子，怕是要好好休息几天才行，若急速行军，她怎么受得了？"

夜天湛原本凝神在想事情，此时抬眼淡淡一笑，却笑得如同薄暮散雪，不甚明了中隐隐掺杂无奈："此事便拜托十一弟了，我率军和四哥取燕州，南宫竞那十万兵马留给你，加上你原本带来的这两万将士，足以保护卿尘安全，你们随后慢行，晚几天跟我们会合就是。"

夜天湛一走，殷采倩俏生生的笑便断在了半空，无声无息消失在脸上，似是压根儿就没存在过。她盯着重重落下的幕帘，陷入沉默。

卿尘眼看着夜天湛离开，寒风从帐外灌进几片残雪，吹得帘幕轻飘。她低下头，缓缓将那碗药喝尽，苦涩的滋味自唇齿舌尖一路流下，沿着血液散遍全身，一丝丝穿插不休，逼得心口微痛。她无力地靠往榻上，轻微叹息："采倩，多谢你。"

殷采倩转头过来："谢我干什么？没用的，我刚才是昏了头了才那么说，也不知是真在帮湛哥哥，还是根本就是给他添堵。你看他那脸色，你见过他这样失态吗？湛哥哥看似温文，可他的刚硬都浸在骨子里，他一旦认真了，就谁也改变不了。"她伸手接过卿尘握着的白瓷药盏，却又不放下，自己细细端详，"他对女子向来温柔，那是因为皇子天生的高贵和优雅，但刚才让你喝药的时候，他不是因身份而流露出温柔，他是真的心里对你好……"

"采倩！"卿尘淡淡地低喝了一声，纤柔的手指在丝被间握紧。她阻止了殷采倩继续说下去，因为所有的这些她都比任何人更能清楚地感觉到，那温柔的背后是她曾经刻骨铭心的眷恋，她因此牵肠挂肚，却也因此决绝此情，这是她心里解不开的结。

殷采倩幽幽说了句："四殿下也不在这儿，不怕他听到。"

卿尘平复了一下心中情绪，涩然一笑："不管怎样，多谢你刚才帮我想出那些话来。"

殷采倩奇怪地看着她："怎么是我想出来的？那是刚才听黄文尚说的。虽只是四殿下随口的吩咐，可他哪里敢不记着？"

卿尘愣了一愣："他吩咐的？怎么会呢？"

殷采倩眉梢轻挑："其实我也不太信。说实话，仔细想一想，他那样闷的性子，也只有你受得了，换成我一定选湛哥哥。"

卿尘淡淡一笑，抬眸时意味深长："他们两个，我看都不一定吧。"

第二十九章　双峰万仞惊云水

夜天湛趁势追击叛军，卿尘亦不愿耽搁太久，催着十一随后便启程。驻军处离燕州也就是一日的路程，十一却下令慢行，沿途多有歇息，直到第二日下午才近燕州。

面前银炭火炉十分温暖，一丝一袅漾出些木质清香。卿尘身上搭着件紫貂毛披风，半靠在车中闭目养神，耳边传来说话声，她嘴角微微扬起丝笑意。

十一和殷采倩骑马同行，正在车外有一搭没一搭地斗嘴。十一虽不像夜天漓那般吊儿郎当没正经，但也不是好惹的主，今天殷采倩不知为何总落下风，气呼呼地嚷道："有其弟必有其兄，你果然和十二殿下是一母同胞的兄弟！"

十一却慢条斯理地道："错了，十二弟那点儿本事都是我从小教出来的，不过平时懒得像他那般胡闹，你若诚心讨教，回头我告诉你怎么对付他。"

殷采倩方要反驳，前面一匹快马绝尘驰来，十一见了来人，笑道："长征，你这是干吗，风风火火的？"

卫长征兜马转到近前，马背上行了个礼："殿下，王妃可在车上？"

"派你来催，四哥等得挂心了吧？"十一刚笑说了句，却发觉卫长征面带忧色，问道，"有事？"

卫长征俯身低声回禀，十一眉间一皱："怎么闹成这样？"

车窗处一动，素手如玉撩起了垂帘，传来卿尘清淡的声音："长征，出什么事了？"

卫长征见卿尘眉眼倦倦，气色不比前日好多少，衬在裘衣下一色的苍白。他心中犹豫，最终还是上前道："王妃，殿下和湛王因为李将军的事动了气，现下两不相让僵持在那里，我们都说不上话，不知王妃什么时候能到大营。"

话未说完，卿尘已吩咐道："停车！"跟着便起身出了车外。云骓一直跟在近旁，此时见了主人，凑上前来，卿尘翻身上马："十一，我和长征先走一步，你们也快些。"

"你胡闹！"十一抬手便挽住了她的缰绳，卫长征急道："王妃，不急在这一时半刻！"

"不过这么一点路程，你们担心什么？"卿尘心里有些焦急，"这个时候他们若闹开，往后就更不能收拾了。"趁着十一一息动摇的工夫，她扬鞭催马，十一没能拦住，急命冥执带了一队侍卫随后护卫，传令全军加速前行。

路上卫长征将前因后果仔细说给卿尘。昨日经历大战，玄甲军和中军仍旧没有截下柯南绪，被他退回燕州。

然而也正因此战，柯南绪无暇顾及临沧。唐初略施诱敌之计，大张旗鼓正面佯攻，却有李步五万合州军奇兵突起，一举烧了半边临沧城，城中叛军粮草囤积损失过半。

此役大捷，叛军形势急转直下，唐初、李步率军返回，与凌王部下玄甲军、湛王统帅的二十万中军在南良峪会合，休整人马补充所需，准备即刻挥军燕州。

只要拿下燕州，虞凤孤守蓟州，便难再有作为，这场圣武朝最大的叛乱胜负已近分明。

然而三军会合之后，监军营竟以叛将之名将李步羁押，上报至中军帅营。此次李步虽然立了大功，却随虞凤叛国在先，后又在虞呈阵前倒戈，让湛王极为反感，见了请奏便吩咐依例处置。

军法早有先例，叛将罪无可赦，一律斩首示众，通报各州引以为戒。

中军帅令，令出如山。此前自辽州巡使高通之后早有数名叛将被斩，因此震慑幽蓟十六州其他存观望侥幸之心的守将无人再敢异动，北疆原本人心纷乱的局面在短时间内便肃然一清。

但此时要问斩李步，自合州而来的五万精兵岂会束手待毙？一时激愤，竟兵围监军军营，强令他们放人。这一闹不可收拾，终于惊动了两位王爷。

合州军胆敢如此放肆，夜天湛心中已是震怒，就凭纵容部下扰乱军营这一条罪，李步便不能宽赦。

夜天凌却认为目前要平合州军之愤，李步不能草率处死。更何况合州、景州以及临沧之战中李步功不可没，从叛一事也当酌情处置。但他的坚持却让夜天湛察觉到异样。李步因旧事而诽怨天帝，随虞凤起兵之时曾宣称宁附虞凤，不事天朝，其态度之坚决天下皆知。此时他竟肯献祁门关归降夜天凌，不仅是他，还有一个以文成边、在幽蓟十六州极得民心的刘光余。这不由得人不思量其中玄虚。

夜天湛依据军法，执意要将李步问罪，他可以保全南宫竞，但绝没理由放过李步。

如此情势，几句话下来就僵持不下，几乎要演变成玄甲军和中军的对峙。从巩思呈到唐初、史仲侯，随军谋士、帐前大将皆在两位王爷面前无人敢置一词，连挑起事端的合州军亦意识到事态严重，屏声静气，不敢妄动。

大敌当前，军中生变。唐初等人苦无良策，商议之下，只得命卫长征快马加鞭赶去请凌王妃。

冬日天黑得格外早，卿尘和卫长征赶到大营时落日已没，一眼望去，营火初升，军帐间四处燃着火把，照得刀剑光寒人影幢幢。

快马溅雪驰往辕门，守将见来人长驱直入停也不停，喝道："什么人！"

卫长征沉声叱道："放肆！"挥鞭将欲上前阻拦的守将格开。那守将一惊，俯身道："末将没看清是卫统领，还请卫统领恕罪！"

便这一瞬，卿尘已带着冥执等数十名护卫纵马入了大营。她在监军营前悄然下马，只见中间空地上李步被监军士兵押在刀下，双目微闭，脸上既是悲愤又是惨然。

四周将士林立分作三支，合州军与中军两相对峙，玄甲军横断其中。偌大的地方聚集了数千人却不闻一丝话语，只能听见火把在风中噼里啪啦作响，偶尔惊起一两声马嘶，在黢黑的暗处突兀地带出不安。

众人的目光都聚集在军前两位王爷身上。一色玄甲衣袍下略似相同的眉眼，细看处温冷背后的刚硬，峻肃之中的深沉，那其中的目光如两柄离鞘的剑，月下光华清寒，深夜冷锋无声。

虽僵持着，然一个面色如玉，一个神情清峻，连一瞬迸逝的冷光都叫人怀疑是否真实，唯有一股凛凛剑气，无法抑制地散发开来。

身经百战的将士都熟悉这样的气息，那是两军决战前的风云暗流，只需一点微小的火花便是烽火冲天，千万人屏息看着，各怀猜测。

军中悄悄让出一条道路，唐初和史仲侯等见了卿尘，低声道："王妃！"

卿尘微微点头，却徐步行至巩思呈面前："巩先生。"她和巩思呈在湛王府曾多次见过，只是话不投机，巩思呈和她始终颇为疏离。但她知道巩思呈在夜天湛幕僚之中举足轻重，巩思呈也清楚她对夜天湛意味着什么，何况凌王那边唯有她能劝。

"王妃，"巩思呈抬手一揖，直言道，"眼下大战在即，情势堪忧，还请王妃费心。"

卿尘淡声道："关键在李步。"

巩思呈道："李步并不是非杀不可，军情之前，杀也不在这时。"

无论如何，夜天湛只要"军令"两个字便已足够。见巩思呈等都抱着息事宁人的想法，卿尘放心一笑："有先生这句话便好。"她一抬头，忽而眸中闪过细微的惊诧。

巩思呈等顺着她的目光看去，都不约而同地察觉到一丝异样。

夜天凌的面容此时背对着火光，一概神情模糊在深处不见分毫，只能看到夜天湛惯有的微笑淡淡挂在唇角，甚至比平时还深了几分。然那笑之下若有寒霜，他突然自齿间冷冷掷出两个字："放人！"

只言片语如冷风化成的刀刃，原本暗涌的激流戛然中断。夜天凌手中有样东西收了回去，微微一侧身，火把在他棱角分明的脸上映出深邃的轮廓，深眸之中静海无波。

形势如此逆转，众人都有些意外，没有人看清夜天凌手中拿的是什么，卿尘心底却涌起千般无奈。

那是一方玄玉龙符，如夜天湛手中的虎符、李步等戍边大将手中的豹符一样都是天朝节制军队的信物。所不同的是，玄玉龙符之上篆有两行铭文"甲兵之符，如朕亲临"，小小八个金字，象征着天朝至高无上的调军之权，号令千军，莫敢不从。

历代之中，龙符作为天子随身之物很少交予带兵大将使用。然而天帝和夜天凌在北疆战略上不谋而合，临行前将龙符授予夜天凌，虞凤叛乱平定之后，夜天凌便将调集诸州兵马进攻突厥，彻底粉碎漠北虎视眈眈的敌人，接着兵临西域，整饬三十六国以遏制日渐强大的吐蕃。

功在一役，永靖西北，其中的信任和倚重，天知地知，父子心知，除此之外也只有卿尘明了。只是她没有想到夜天凌会在此时为了保全李步用上这道龙符，如此一来，他与夜天湛之间那种微妙的平衡和回避终于出现了第一丝明显的裂缝，沿着这道缝隙，将是各自不能回头的天陷地裂。

漠原之上风声厉厉，远处山影嶙峋起伏，没入已然尽黑的夜色下，将整个军营深深包围。四周看不到尽头的黑，唯有眼前跳动的火把是清晰的。

卿尘站在火光所不能及的暗处看着眼前万众瞩目的两个男人，这莫名其妙的一场人生，她没有太多珍惜的东西，唯独有些人，用他们的心留住了一缕缥缈的灵魂，他们融于她的骨血，一点一滴重塑了一个她，让她忘记了曾经沧海的荒凉，前尘如烟的空茫。

这一世一身，染了他的风华，着了他的心骨，然而浴火重生是痛的，这痛不知在哪里，一分一寸缠了上来。

面前刀光剑影是男人的世界，没有了事态的逼迫，她不想再往前迈一步。

这一刻她发现原来心底深处分外软弱，她不过是义无反顾地去面对早已预知的事实，在这样的直面中固执地坚强。

众将尚在事情的转变中有些疑惑，卿尘转过身去，轻声道："史将军，你和唐将军一起送李步回营，一则宽慰其心，也提醒他管好自己的合州军，再有事如今晚，便是四殿下也不能再饶他。十一殿下和南宫将军随后便到，安排扎营，约束各部属养精蓄锐，不日还有战事，万勿松懈。"

史仲侯此时虽受中军调遣，但向来在凌王麾下习惯了，当即便和唐初领命而去，巩思呈眉头一紧。卿尘说完这几句话，在别人发现她之前便静静退开，不料巩思呈跟了上来："王妃请留步。"

卿尘停下脚步："巩先生还有何事？"

巩思呈目光如电直视卿尘，暗带几分隐忧："王妃，山有二虎，军有两帅，照今晚这等情形，军中各自为政混乱至此，燕州一战何来胜算？"

卿尘背着火光，眼眸底处一片幽静。她极淡地一笑，笑影苍白，却透出从容自若的冷静，这让巩思呈记起早日在湛王府中数次的接触。

那时候她常陪湛王在烟波送爽斋，如花解语，如玉生香，是谈古风，笑当时，是薄汤武，非周孔，嬉笑怒骂各不同，她骨子里却总带着这样一种与生俱来的冷静，似乎飘于春光夏影之外，就那么不声不响地透在人的心腑。

一个女人的冷静，让巩思呈直觉上感到不同寻常，尤其是在她拒绝成为湛王妃之后，巩思呈便直接提醒过湛王，对她要慎重。然而有些事情并不会因为预知或是警醒便会改变既有的路程，比如感情。

此时巩思呈对着卿尘这双眼睛，那眼中一丝疲惫和伤感之后仍旧是不动不变的冷静，巩思呈熟悉。

卿尘淡淡道："先生不妨记下一句话，三十万平叛大军只有一个主帅，那便是湛王殿下。"

巩思呈苍老的眼底精光一闪，接着逼问："王妃此言却不知凌王殿下作何想法？"

卿尘仍旧那么安安静静地看着他："我的话便如凌王亲口所言，巩先生可放心了？"

巩思呈的目光在她脸上停顿了一瞬，似是在考虑此话的分量。

卿尘此时看巩思呈的面容微微模糊，眼前的火光似乎正逐渐和夜色连成一片，变得影影绰绰，深深浅浅。过了片刻，巩思呈慢慢后退了一步，抬手长揖："打扰了王妃，巩某先行谢罪。"

巩思呈说话的声音和四周起落不休的人马声混在一起，听起来有些飘忽，好似远处很吵，眼前却安静得一片空白。卿尘维持着唇角一丝微笑，勉强点了点头。她转身举步，冥执和卫长征护在一旁，见她步履有些不稳，却又不敢贸然上前相扶。此时身后一阵铿锵靴声，有人行至近前，从身后在卿尘腰上一揽，那强而有力的手臂立刻给了她稳定的支持。

"殿下！"

夜天凌一挥手，挽着卿尘低头问道："长征说十一弟和你随后到，你怎么会自己在这儿？"

"我先回来了。"卿尘靠着他，他的手稳持有力，似乎将无尽的力量沿着掌心传递到骨髓血液，一切虚弱和痛楚都让步，如山的坚强，如海的温暖，不动声色地护着她离开人群。

"脸色这么差，出什么事了？"入帐后夜天凌扶了卿尘坐下，俯身审视她脸色，剑眉微蹙。

卫长征回来时，卿尘吩咐他只准报四个字：一切平安。夜天凌回头扫了卫长征一眼，卫长征上前单膝一跪："长征知错！"

夜天凌冷然道："你真是大胆了。"

卿尘握住夜天凌的手："干什么为这点儿小事拿长征出气？话是我让他回的，你尽管找我便是，不过你让我先歇一歇，再和你解释。"说着抬眸示意卫长征先行退下，免遭池鱼之殃。

夜天凌回头瞪她，眼底那锋锐却微微一软，伸手轻抚她的面颊。卿尘贪恋着他掌心的温度，轻轻靠着他，柔声道："四哥，我敌不过柯南绪，要破燕州还得请左先生来。你让李步回合州吧，免得再生是非。"

夜天凌声音冰冷："柯南绪伤了你？"

卿尘笑笑："我没占上风，但他也算不上赢。"

夜天凌道："他昨天能冲破我玄甲军的拦截，的确是个好对手，可惜此人需留给左先生，我已派人去合州了。你先在帐中好好休息，若再让我看到这样的脸色，我就立刻送你回天都。"他的语气斩钉截铁，叫人不敢反驳。卿尘知道外面还有很多事等着他处理，乖乖闭上眼睛，想到件事情复又睁开："对了，我刚才和巩思呈……"

她话未说完，夜天凌手掌盖到了她眼睛上，她被挡住了视线什么也看不见，但感觉到他轻轻一笑："我听到了，'我的话便如凌王亲口所言'，本王岂会拂王妃的面子？放心睡吧。"

卿尘眼前被罩着的黑暗微微一亮，夜天凌起身，挥手熄灭了灯火，帐中复又暗下来。卿尘看到他颀长的身影一闪出了大帐，她静静地望向微有淡光的前方，脸上还覆着他手掌的温度，身旁还都是他的气息，侧耳细听金柝声寒，铁甲冰剑戎马金戈的军营夜里，她在这一刻感觉到细微而分明的幸福。唇间不由自主地竟漾开浅笑，透过静谧的光影细细描摹他微笑的模样，仿佛有流水湛湛，三月芳菲的美，照亮她眉眼，微澜一漾，媚雅似水。

第三十章　　此身应是逍遥客

左原孙于第三日下午到了燕州，巩思呈与他旧有同窗之谊，不料在此相见，既喜且惊。喜在左原孙一到，柯南绪布于燕州城外的奇阵指日可破；惊在究竟凌王用了什么法子，竟能请得左原孙效命军前。

左原孙长袍闲逸，两鬓微白，仍是一副机锋沉稳的气度，与老友见面略叙旧情，只说此次是为柯南绪而来，似对其他事情毫无兴趣，也绝口不谈。

卿尘这几日被夜天凌禁足在帐中，无聊之下每天推算那奇门遁甲十八局。八卦甲子，神机鬼藏，顺逆三奇六仪，纵横九宫阴阳。她虽小有所成，但有些地方总觉得心有余而力不足，是以左原孙刚刚见过夜天凌等人，便被她请来帐中仔细请教。

左原孙倒不急着开解她的疑问，问道："听说王妃和柯南绪较量过一阵，那柯南绪阵破琴毁，险些大败而归？"

卿尘想起那晚在横梁渡，仍旧觉得侥幸，摇头道："只能说我破的是柯南绪的琴，当时还有湛王相助。如今布在燕州城外的阵势仍是那阳遁三局，柯南绪不再以琴御阵，阵势一成，步步机锋，我便无法可施了。"

"柯南绪恃才自傲，从来自诩琴技独步天下，他以琴御阵是因自恃无人能在七弦琴上敌得过他，王妃使他败在此处，比破了他的奇阵更能乱其心志。"左原孙随手抽了柄长剑，在地上画出一道九宫图，挥洒之下已布出柯南绪用来防守燕州的阳遁三局。

卿尘专心看着，随口问道："先生好像对柯南绪十分熟悉？"

左原孙半垂着眼眸，手中长剑刷地划出一道深痕，所取之处正是阵中元帅甲子戊所在的震三宫："此人乃是我左原孙多年前引为知己之人，亦是此生唯一恨之入骨的仇人。"

卿尘一怔，抱歉道："先生似乎不愿提起此人，是我冒昧了。"

左原孙缓缓一笑，抬眸间春秋过境，那抹原本深厉的恨意皆在一瞬的失落中淡去，如历尽千帆的江流，风平浪静："王妃何出此言？我与柯南绪之恩怨牵涉瑞王，平时不愿提起，是怕有人无事生非，并非不可对人言。当年我曾是瑞王府中幕僚，柯南绪少年才高名满江左，时人知有我左原孙必知柯南绪。他来伊歌拜访我，我们秉烛畅谈天下事，言语之中甚为投机，当真相见恨晚。我因欣赏他的才能，将他引荐给瑞王，瑞王十分重用他，他也尽心辅佐，宾主尽欢。谁知其后不久，他便开始怂恿瑞王与天帝抗衡，瑞王也因一些事情对天帝心存怨怼，便真谋划起大事来。我百般劝说无效，反而因此与瑞王生分了。坦白说，当初他替瑞王所做的谋划也可算天衣无缝，只没想到万事俱备，他竟在举事前夜密告瑞王谋反。天帝抢先下手兵围瑞王府，府中家眷四百余人尽皆问罪入狱。事后天帝念在太后求情，将瑞王流放客州。柯南绪却暗中买通押解的官员，半途置瑞王于死地。而后他便事虞凤为主，如今又助虞凤叛乱，王妃都已知道了。我左原孙一生之错便是交了这样一个朋友，实为恨事。"

一段恩怨左原孙说时平淡无奇，听来也多不过三两言唏嘘。然旧主蒙难，挚友反目，身陷囹圄，壮志东流，前事滋味如人饮水，冷暖自知。

卿尘眉心轻锁："听先生所言，此人当是个反复无常、不忠不义之小人，但我听他的琴却别有一番清高心境，气势非凡，这令人百思不得其解。"

左原孙道："我当初亦认为，琴心如此，人心自然，谁知终究是知人知面不知心。可见这世上之事自以为知道的，却往往错得最离谱，人心尤其如此。"

卿尘道："若能生擒柯南绪，届时自当问他何故背友卖主。左先生，这阳遁三局的玄妙我可惦记多日了。"

左原孙点头微笑，说到行兵布阵，他眼中自然而然便是那种游刃有余的自信："柯南绪所学乃是奇门遁甲中的地书奇门，他于九宫八卦之中另辟蹊径，独立见解，往往令人一见之下便心生困顿，不敢妄动，越是刻意去揣摩他阵法的变化，越会深陷其中。实际上他无论怎样布置，千变万化还是不离根本。"他用手中长剑指着面前的九宫图："后风创奇门一千零八十局，实为十八个活盘，也就是阳遁九局、阴遁九局。阳遁九局顺布六仪逆布三奇，阴遁九局逆布六仪顺布三奇，柯南绪再怎样才智高绝，也要应合此数。眼前甲子戊位居震三宫，由此可推断其他八宫分布，便得此阵为阳遁三局。那王妃可知他为何要用此局？"

卿尘抬眸以问："请先生赐教。"

左原孙道："奇门定局是按二十四天时循环，相配八卦、洛书而成。依洛书数，冬至居坎势数一，则冬至上元便为阳遁一局，冬至小寒及大寒，天地人元一二三，此时正是大寒上元。"

"所以柯南绪用的便是阳遁三局，那么接下来上元将尽，中元如何？"

"上元一定，局数推进六宫即得中元，阳遁顺推，阴遁逆推，大寒、春分三九六。"

"则依此而推，大寒中元便为阳遁九局，先生的意思是柯南绪下一步的阵势将是阳遁九局？"

左原孙微微点头："就如花开花落四季交替，桃花不可能开在冬季，寒梅也不可能绽于夏时，柯南绪无法在大寒中元维持这阳遁三局。"

卿尘眸光一亮："如此说来，大寒中元时甲子戊将由震三宫移往离九宫，移宫换位的间隙便是破阵之机。"

左原孙道："正是如此，但柯南绪不会轻易将弱处示人。若我所料不错，他必过中宫而寄坤二宫，用以惑敌。"

卿尘依左原孙方才所说，正将奇门遁甲十八局一一推算，顿觉豁然开朗，有如走入了一个奇妙的天地，闻言抬头道："先生对柯南绪可谓知之甚深。"

左原孙深深一笑，淡然道："越是深交的朋友变成敌人便越可怕，柯南绪对我也一样了如指掌。"

一节三元，每元五天，隔日便是大寒中元。军中暗中布置兵马，左原孙与巩思呈参详商议指挥若定，静候佳机。如此难得的机会卿尘自然不想错过，趁夜天凌不在便溜出了军帐。

冥执当着守卫职责，一见她出来，顿时一脸苦相："凤主，让殿下知道，属下定受责罚。"

卿尘侧首看他，眉眼弯弯地一笑，做个悄声的手势："他一时也回不来，就算回来，我人好好的，他还能军法处置了你？"

冥执苦笑道："神机营和冥衣楼不同，殿下一句军法下来，属下便得挨着。"

卿尘笑道："你这次就还当没看见，他问起来有我。"转身又递了样东西给他："这个阵局我是刚跟左先生学的，你用心仔细琢磨透了，他以后行军打仗还要倚重你，哪里还能罚你？"

冥执继续一脸苦笑，卿尘施施然沿着军营一侧往高处走去，没走多远，便遇上十一在前面凝神看着雪地上什么东西，一柄长剑斜斜指着，兀自出神。

卿尘悄悄上前一看，却是地上画着幅八卦图，她笑问道："想什么呢？你何时也对这五行八卦感兴趣了？"

十一听脚步便知道是她，也不回头，道："我在想这八卦之中，一则至阴，一则至阳，相辅相融浑然天成，无往不利。若一旦各为其政，便孤阳不长，独阴难盛，终究会有所偏失，你说可是这个道理？"

卿尘闻声知意，迟疑道："他们是不是又起了争执？你夹在中间为难了吧？"

十一此时回头一笑："没有，四哥还是四哥，虽山崩而色不变，七哥也还是七哥，温文尔雅胜春风，只是越看着如此，反叫人心里越不安。"

"你从来不说这些的，今天怎么了？"卿尘缓步走到他身边。

"倦了。"十一仍笑着，青影一闪长剑入鞘，拿起金弓，遥遥瞄准百步以外的箭靶，"兄弟虽还是兄弟，却毕竟和从前都不一样了。"

十一微微眯着眼，抬头看向晴冷的天空。天色极好，万里无云的湛蓝连着茫茫千山的雪，映得人眼底心底尽是干净的晴朗。也不过几日的时间，风雪严寒似乎都没有了先前的劲头，从西蜀到北疆，一晃冬季将尽，偶尔从空气中感觉到一丝回暖的微风，山川间扑面而来的已是别样的气息。

奔流而下的三川河穿过南良峪，远远地涌向燕州城。此时冰涛雪浪封盖着宽阔的河面，两岸挂着冰凌的密林层层错错不断伸展，仿佛一幅静止的羊脂白玉画，但却偏叫人感觉到枝头积雪消融，冰层下水流激湍，滔滔不绝，阳光似透过那冰色映入流水，依稀听到融冰破雪的轻响。

卿尘站在河边，天仍是冷的，呼吸间一团白雾顿时笼在眼前，她扭头笑了笑："十一，我问你一句，都是皇上的儿子，他们想的事情，你难道就没想过？"

十一似是一愣，旋即露出个英气逼人的笑，他对卿尘挑了挑眉梢："这种问题也只有你会问，也只有你问我才会答。凡是男人便有雄心壮志，更何况生为皇子，自小听的看的都非比寻常，心中岂会没有那般志向？功名富贵莫过天下，处在大正宫中，面对那个万人仰望的位子，有时候不可能不想那些事情。只是事有所为有所不为。我们这些皇子，都是皇族与士族之间的关键，苏家和凤家、卫家不同，自来立于朝堂的根本是不争。母妃性子柔弱，从来不曾想着宠冠后宫，却二十余年深受父皇宠爱。十二弟飞扬跋扈，在天都不知惹了多少事端，父皇却一再纵容，都是因苏家门庭清高，无党无私。所以在父皇眼中，在朝堂上，苏家的每一句话都有分量，没有人不看重苏家。"

"那你呢？"卿尘问道，"你又整天和四哥在一起，皇上不也一样重用你？"

十一想了想，笑道："你既这么问，我不妨告诉你个秘密，我从小缠着四哥带我玩，其实是父皇命我去的。"

扑面一阵风来，仿佛大正宫中春日料峭。龙柱飞檐下幼小的十一站在父皇面前，父皇看着远处四哥修挺的背影，神情复杂："澈儿，今后不妨和你四哥多亲近些。"

虽是答应下来了，心中却有几分不情愿，四哥那没劲的脾气，话都不多说的。然而从此还是总到延熙宫找四哥，很少有人去的莲池宫也因母妃的经常走动多了几分生气。

真正敬服四哥是那一年的春猎，四哥没带侍卫独自射杀了一头白额猛虎。

猎虎时他偷偷跟着，冷不防猛兽扑了过来，他吓呆了不知道躲，四哥纵身将他护住，自己的手臂却被伤得鲜血淋漓。

四哥对伤不屑一顾，反手连出三箭，猛虎是死是活不知道，他只被四哥的箭术震住了。

事后是被四哥抱回营地的，四哥伤了手臂撕烂了袍子一身狼狈，更遭了父皇责罚，但父皇训斥他们时眼中分明是赞赏和骄傲。

那猛虎被侍卫们抬了上来，庞然大物放在诸多山鸡獐鹿间如此醒目，少年的崇拜自此萌生。而在猛兽扑来之时四哥舍身救护，那一瞬间的感觉似是就此存留在心底最深的地方，四哥的暖只在这时候。

然而四哥终究还是不苟言笑，隔日去延熙宫，四哥站在后殿披着件修长的白袍，左手握着剑，右手还垂在身侧不能动，回头看见他便淡淡道："练不好箭术以后便别跟着我，免得麻烦。"

十一懒洋洋地舒展了一下筋骨，抬手挽弓，一箭中的，连续几射，箭无虚发。他眼中闪过一丝惬意的笑，这么多年了，每当弯弓射箭，总还感觉四哥在旁看着，百步穿杨，连珠射日，这都是四哥手把手教出来的。

卿尘听了十一的话十分惊讶，天帝这分明是将整个苏家暗中变成了一方靠山，给了莲贵妃，亦给了夜天凌。但她心中却又有一丝不安，忍不住问道："你和四哥好，难道只是因为皇上吩咐？"

十一抬手点了点她："你嫁了四哥真是心里眼里只剩他了，什么事都先替他想。"

卿尘挑挑凤眸，轻轻一笑，眼底写的是理所当然。

十一道："起初算是吧，但后来我是打心底亲近四哥。你对四哥有一分好，他表面上不说，却都记在心里，他会还你十分、百分甚至更多。四哥不知教了我多少东西，若说从小有什么人能让我敬服，就只有他一个。"他说到这里，看卿尘一脸开心的样子，不禁失笑，"你没救了！"

卿尘坦然："是啊，你不用救我！难道只准你一个人崇拜四哥？"

十一笑了笑："自然不光我一个，其实即便是七哥，对四哥也是十分敬重的。"他又搭了支箭："你说父皇重用我，那是因为我凡事不误国。更何况有些事情虽然你我心中清楚，但在父皇那里毕竟都是暗的。"

卿尘招招手让他把弓箭拿来。她试着引弓搭箭，这金弓刚硬，她手上没劲，拉得有些吃力："我也告诉你一个秘密好了，四哥心里想什么，他要做的事情，其实父皇都清楚。临走前陪皇上下那几天棋，他将这些都坦诚相告了。"

这次却是十一大吃了一惊："怎么可能？这不是四哥行事的习惯。"

金弓上飞龙的纹路映着阳光微微一闪，卿尘扬眸笑得淡静："是我怂恿他这么做的。你以为所有事情父皇真看不明白？父皇是过来人，昭昭天日之下黑衣夜行，并非明智。士族门阀、百官拥护、边关兵权，都没用，天朝只有一个人能决定事情结果，那便是父皇。祺王以嫡出长子被废，溟王手握重兵却一夜之间身败名裂，便是因为父皇对他们已经大失所望。而湛王，中宫有皇后娘娘，身后有士族门阀，朝野有官民称贤，行事待人完美无缺，但他的势力太大了。父皇老了，他宠爱儿子，可也对你们所有的人都警惕着。四哥此时想整顿吏治，想扼制外戚，想充实国库，想平定边关，想开疆拓土，都说出来给父皇听，父子之间，事无不可坦言。现在父皇眼中看到的四哥，便如年轻时的自己，何况他几乎连母妃都没有，他让父皇放心。"

十一听卿尘清楚道来，一时出神地看着她，叹道："四哥至少有你。"

卿尘摇头，神思淡远："我也是父皇给他的，就像小时候吩咐你一样，因为他什么也没有，因为父皇疼惜这个儿子。不过有些事情他可以和我说，可他是个男人，很多时候需要兄弟在身边，我即便与他心心相印，也取代不了你这弟弟。"

十一道："说得也是，就像今天这些话，我可以和你说，但就不会和四哥说。"他见卿尘仍在试着拉那金弓，笑她道，"你省省力气吧。"

卿尘不服气地道："采倩都能弯弓射箭，为什么我就不能？"

"采倩用的是什么弓，我这是什么弓？"十一继续笑。

卿尘瞅了他一眼："采倩？你老实交代，你现在把殷采倩又当什么人？"

十一悠闲地靠在一旁，笑容晴朗："她啊，她是个孩子，我们这种人中难得一见的任性到底的那种孩子，只是总有一天她也会变的，天家士族，没有孩子容身之地。"

"所以你现在觉得她很新奇？"卿尘搭了支箭，十一道："没错。哎，你这样不行，两手两臂同时向反方向拉弓，要利用惯力和手臂的自然力，箭靠弦要稳。"他给卿尘纠正，却看到夜天凌正往这边走来。

夜天凌一边走一边对十一做了个噤声的手势，放轻脚步走到卿尘身后，抬手握住她的手。卿尘吓了一跳，夜天凌低头对她一笑，轻松地帮她将那金弓拉满，对远处的箭靶抬了抬眸。

卿尘沿着他的视线，在他手臂的带动下一箭射出，遥中目标，笑道："还是四哥厉害！"谁知夜天凌挑眉看着她，神情似笑非笑，她猛地醒悟，急忙道，"四处走动走动能循环血液，有助于健康，我出来冥执不知道的。"

夜天凌面无表情地道："不知道便更该罚，你不用替他开脱，我已经命他不必再在这里当差了。"

卿尘明眸圆瞪："没有这个道理！"

夜天凌见她这模样，忍了忍没忍住，不禁失笑："怎么，难道我不能派他去护卫一下左先生？"

卿尘顿时无语。夜天凌看着她，目蕴淡淡笑意："你觉得身子好些了，出来走走也无妨。不过我听说你要挟冥执，说若是他敢让我知道你每天都溜出来的话，就把他和长征私下比试剑法的事告诉我，真有此事？"

卿尘嘟哝了一句："真没出息，没等人问，就自己把这点儿事都告诉你了。"

十一在旁早已笑不可抑，卿尘修眉一扬瞪他："笑！你好歹帮我说句话啊！"

十一摇手道："得了，帮你挤对四哥，一会儿你想想心疼了再来找我麻烦，我才不自讨苦吃呢。"

卿尘没好气地扭头，却遥见燕州城外敌兵缓缓移动，阵走中宫，她眼中微笑一凛："柯南绪变阵了！"果然话未落音，夜天湛中军已传下军令，应变而动。

第三十一章　　多情自古空余恨

自南良峪半山之上，可以将军前形势尽收眼底。

左原孙将大军尽数调往阵前，夜天湛亲自坐镇中军，营中唯有玄甲军留守。夜天凌似是对左原孙十分有信心，此时只是身着长袍腰悬佩剑，携卿尘居高临下观看两军交锋。

卿尘见了左原孙的布置，喟然惊叹，心忖以夜天凌的魄力恐怕都不会轻易将主营抽空，而左原孙才高胆大胸有成竹，聚雷霆之势誓下燕州，竟然倾注千军尽在一战。夜天湛对此并无异议，并将指挥权全然交付左原孙，也显示出他识人度势的心胸。

燕州军铁甲红袍，剑戟林立，在苍茫无边的雪色中望去恍若烈火燎原，带着触目惊心浓烈的气势，精兵雄盛，不可小觑。

此时四方令旗变幻，阵中中宫似一扇巨大的城门缓缓洞开，东方伤门、西方惊门逐渐横移，柯南绪带兵有方，万人移位进退有序，玄机天成，毫无破绽。

天朝大军皆是玄甲铁骑，除夜天湛所在的中军之外，由大将南宫竞、唐初、史仲侯、夏步锋、柴项、钟定方、冯常钧、邵休兵分八路，便如玄鞭长荡直指八方，阵前肃杀之气卷起雪尘滚滚，遮天蔽日。

惊雷动地来，划破长疆。

夜天凌和卿尘站在高处，眼看两军便如熊熊烈火遇上深海玄潮，在冰雪苍原之上席卷天日猝然交锋，一时间风云交会，纵横捭阖，当真惊心动魄。

天朝七路兵马虚晃一枪，势成合围，唯有南宫竞率领攻往坤二宫的兵马长驱直入，直捣燕州军帅位所在。

剑指眉心，气贯长虹，阳遁九局尚未形成，阵门被制，顿生乱象。

此时日过正午，燕州军阵中兑七宫突然升起无数银色盾牌，密密麻麻聚成一面宽阔的明镜，灼灼日光映于其上，瞬间反射出千百倍的强光，充斥山野。

在此刹那，整个燕州军便似猝然隐入雪色之中，大地之上烈焰尽熄，八支天朝铁骑顿时失去目标。但只交睫一瞬，燕州军身形再现，已化作了一个巨大的阴阳八卦，无锋无棱，无边无际，帅位深藏不露，更将南宫竞所率人马困于其中。

卿尘心中暗暗喝了声彩，但却并不担忧。柯南绪此阵上应天星，正是七衡六间无极图，左原孙当年亲创此阵，破阵自是易如反掌。

果然只见天朝军中令旗一扬，南宫竞手中长鞭数振，身边将士迅速以大将为中心分行九方，远远看去便如一张巨大的玄网覆落阵中。

九方齐动，疏忽聚散，如水漫地，无孔不入。九队奇兵以迅雷不及掩耳之势向西南方迅速突围，所到之处两阵交锋，燕州军顿时被冲得七零八落，人仰马翻。

唐初等此时亦随行变阵，七支铁骑骤然疾散，仿若万川入海一般，分别由东、西、东北、西北、东南覆向敌军。

烈马如风，惊溅深雪。一队队骑兵转折厮杀，看似全无章法，却在那漫山赤色之中流转不休，来去无踪，便似流水泻地无孔不入，顷刻间冲开敌军阻隔。不过片刻，九阵齐发，化作川流不息的铁潮，在密密层层的敌军中飘忽聚散，瞬间将燕州军冲得支离破碎。

小阵汇作大阵，进退无方却又自成法度，九出阵成，势如万川，奇兵驰纵，无人能抗。

卿尘当初在凌王府与左原孙以金箸交阵，事后左原孙也曾详细为她解说阵理。这九出阵脱胎于兵法十阵，变化灵巧，奥义精妙，正是七衡六间无极图的克星。卿尘当初虽曾耳闻，但此时居高临下看左原孙亲自指挥，将此奇阵发挥得淋漓尽致，自是不同昔日纸上谈兵，当真令人大开眼界。

燕州军逐渐不敌，眼见阵脚生乱。忽然，中军处响起一声高亮的号角声，八方令旗变换。

已呈乱象的燕州军闻声一振，原本溃散的阵势就此稳住，形如长轭，变成严密的防守阵势，抵住天朝军队诸面进攻。稍后号角再次长鸣，大军向中缓缓聚拢，好似不敌天军攻势，往朝阳川撤退而去。

左原孙毫不犹豫，抬手一挥，下令全军追击。

朝阳川山谷深远地势险要，极易设兵伏击，冥执在旁提醒道："左先生，敌军多有破绽，会不会是诱敌之计？"

左原孙沉着镇定，一双眼中透着深沉的锐利："利用对手疑心多虑玩弄虚实，柯南绪惯用此技，他正是要我们心生顾虑不敢冒进，全力追击，绝不会错。"

追近朝阳川，南宫竞与史仲侯率军在前，突然下令勒马停步。

宽阔的山谷当中，有一人负手立于军前，燕州军于其身后密密阵列。天高地远间，这人从容面对天朝铁骑，遥遥问道："请问可是左原孙左兄在军中？小弟柯南绪求见！"

瞬息之后，天朝大军往两旁整齐分开，左原孙自战车上缓步而下，行至军前，轻轻一抬手，大军整列后退，于谷口结成九宫阵形。

两军对峙，万剑出鞘，往昔知交，今日仇敌。

南良峪上已看不见谷中情形，突如其来的安静叫人不免心生猜测，卿尘对夜天凌道："四哥，我想去看看。"

夜天凌略一思索，道："也好。"

三川河的激流在朝阳川泻入深谷，宽逾数十丈的瀑布结冰凝雪，冰封在青黛色的山崖一侧，形成层叠错落的冰瀑奇景。日光毫不吝啬地照射在冰流之上，逐渐有融化的水流滴下，发出淅淅沥沥如雨的响声。双方军队军纪严明令人咋舌，列阵处千万人马不闻一丝声响，唯有独属战场的杀气，鲜明而肃穆地弥漫在山间。

望不见边际的兵甲，探不见尽头的静，一滴滴冰水坠入空谷，发出通透的空响，远远传来竟格外清晰。

柯南绪青袍纶巾，面容清癯，当年名震江左的文士风范尽显于一身傲气，与左原孙的平淡冲和形成鲜明对比。他本应比左原孙年轻数岁，但在丰神慑人的背后却有一种历尽经年的苍凉，竟让他看起来和左原孙差不多年纪。他此时拱手深深一揖："果然是左兄，一别多年，不想竟在此相见，请先受小弟一拜。"

左原孙面无表情，侧身一让："我左原孙何敢受你大礼，更不敢当你以兄相称，你我多年的恩怨今日也该做个了断了。"

柯南绪眼中闪过难以明说的复杂："小弟一生自恃不凡，唯一佩服的便是左兄。当年江心听琴，西山论棋，小弟常以左兄为平生知己，左兄于我唯有恩，绝无怨。"

左原孙冷冷一笑："不错，你柯南绪确实不凡。风仪卓然，才识高绝，精诗词，惯箫琴，通奇数，博古今。师从西陵，学游四方，游踪遍布中原；跃马扬剑，长歌啸吟，侠名冠誉江东。昔日登台迎风，酾酒临江，谈锋一起惊四座；挥毫泼墨，赋诗论文，提笔千言入万方；东极于海，南至五岭，纵观天下谁人能及你柯南绪？今日你挥军南下，西连边陲，北尽山河，天下谁人又在你柯南绪眼中？我左原孙不过区区村野之士，见识粗陋，有眼无珠，怎敢与你称兄道弟？"说到此处，他目光一利，言辞忽然犀锐，"更何况，你欺主公，叛君王，背忠义，卖朋友，豺狼以成性，虺蜴以为心，人神之所共愤，天地之所不容，我左原孙一朝错看，与君为友，实乃平生之大耻！"

随着左原孙深恶痛绝的责骂，柯南绪脸上血色尽失，渐渐青白。他突然手抚胸口猛烈咳嗽，身子摇摇欲坠，似是用了全身力气才能站稳，良久，惨然一笑："左兄骂得好，我此生的确做尽恶事，于君主不忠，于苍生不仁，上愧对天地，下惭见祖宗，但这些我从不言悔！唯辜负朋友之义，令我多年来耿耿于怀。当初我故意接近左兄，利用左兄的引荐陷害瑞王，事后更连累左兄蒙受三年牢狱之灾，天下人不能骂我柯南绪，左兄骂得！天下人不能杀我柯南绪，左兄杀得！"

左原孙丝毫不为所动，反手一挥，长剑出鞘，一道寒光划下，半边襟袍扬上半空，剑光刺目利芒闪现，将衣襟从中断裂，两幅残片飘落雪中："我左原孙早在十年之前，便已与你恩断义绝！今日不取汝命，当同此衣！"

柯南绪看着地上两片残衣，忽而仰天长笑，笑后又是一阵剧烈的咳嗽，神情似悲似痛："左兄割袍断义，是不屑与我相交，我也自认不配与左兄为友。"他抬手猛力一扯，撕裂袖袍："我当成全左兄！但左兄要取我性命以慰旧主，却怎又不问我当初为何要构陷瑞王？"

左原孙眼中寒意不曾有片刻消退，此时更添一分讥讽："以你的才智，但凡要做一件事，岂会没有理由？"

柯南绪面上却不期然闪过一抹掺杂着哀伤的柔和："不知左兄可还记得瑞王府中曾有一个名叫品月的侍妾？"

左原孙微微一怔，道："当然记得。"

瑞王府侍妾众多，左原孙对多数女子并无印象，之所以记得这个品月，是因她当初在瑞王府引起了一场不小的风波。

品月是被瑞王强行娶回府的。若说美，她似乎并不是很美，真正出色之处是一手琵琶弹得惊艳，亦填得好词好曲，在瑞王的一干妻妾中左原孙倒对她有几分欣赏。

瑞王对女子向来没有常性，纳了品月回府不过三两个月便不再觉得新鲜，将她冷落府中。有一天宴请至天都面圣的北晏侯世子虞呈，偶尔想起来命她上前弹曲助兴。席间虞呈看中了品月，瑞王自然不在乎这一个侍妾，便将品月大方相送。

不料品月平日看似柔弱，此时竟拒不从虞呈之辱，坚决不事二夫，被逼迫之下摔裂琵琶当庭撞往楹柱求死。旁边侍从救得及时，并未闹出人命，虞呈却大扫兴致。

瑞王有失颜面，自然迁怒于品月，因她以死求节，竟命家奴当众轮番凌辱于她，并以鞭笞加身，将她打得遍体鳞伤。

左原孙当日并不在府中，从外面回来正好遇上这一幕，甚不以为然，在他的规劝之下瑞王才放过此事。

然而第二天品月便投井自尽，瑞王闻报，虽也觉得事情做得有些过分，但并未往心里去，只吩咐葬了便罢。倒是左原孙深怜其遭遇，私下命人厚葬，并将品月曾填过的数十首词曲保存了下来。此后事过，他便也渐渐淡忘了这个人，直到今天柯南绪突然提起。

柯南绪仰望长空，眼中柔和过后尽是森寒的恨意，对左原孙道："左兄并不知道，那品月乃是与我自幼青梅竹马的女子，我二人两心相许，并早有婚约在先。我弱冠之年离家游学，本打算那一年回天都迎娶品月，谁知却只见到一座孤坟，数阕哀词。试问左兄若在当时，心中做何感想？我早存心志，欲游天下而求治国之学，少不更事，自误姻缘，品月既嫁入王府，是我与她有缘无分，我亦不能怨怪他人。可瑞王非但不善待于她，反而将她折辱至死。不杀瑞王，难消我心头之恨，无情薄幸至此，左兄以为瑞王堪为天下之主乎？"

瑞王礼贤下士善用才能是真，但视女子如无物，暴虐冷酷亦是实情。左原孙略一思忖，正色道："主有失德，臣当尽心规劝，岂可因此而叛之？我深受瑞王知遇之恩，当报之以终身，不想竟引狼入室，实在愧对瑞王！"

柯南绪神情中微带冷然："左兄事主之高义，待友之胸怀，为我所不及。但我从未当瑞王为主，叛之无愧！我杀瑞王，了却了一段恨事，却又欺挚友而平添深憾，如今瑞王、虞呈皆已伏诛，我负左兄之情今日便一并偿还。无论恩怨，左兄都是我柯南绪有幸结交，唯一敬佩之人，此命此身，以酬知己！左兄欲取燕州，我绝不会再设阵阻拦，城内存有蓟州布防的详细记录，亦尽数奉上为兄所用。在此之前，小弟唯有一事相求，还请成全。"

左原孙沉默片刻："你说。"

柯南绪道："我想请问那日在横梁渡，是何人与湛王琴笛合奏破我军阵？可否有幸一见？"

左原孙回头，见卿尘与夜天凌不知何时已至军前，卿尘对他一笑示意，他道："王妃便在此处，你有何事？"

卿尘向柯南绪微微颔首，柯南绪笑中深带感慨："无怪乎琴笛如鱼水，心有灵犀，原来竟是王妃。一曲《比目》，湛王之笛情深意浓，风华清雅，王妃之琴玉骨冰髓，柔情坦荡，堪为天作之合！琴心惊醒梦中人，那日闻此一曲，此生浑然困顿之心豁朗开解，柯南绪在此谢过，愿王妃与殿下深情永在，白首此生！"

误会来得突然，卿尘下意识便扭头看去。一旁夜天凌唇锋深抿，冷色淡淡，夜天湛温文如旧，俊面不波，两个人竟都一言不发目视前方，似是根本没有听到任何话语。

解释的机会在一愣中稍纵即逝，柯南绪已洒然对左原孙笑道："当年左兄据古曲而作《高山》，小弟今日亦以一曲别兄！"

左原孙完全恢复了平日淡定，在柯南绪转身的一刻忽然道："你若今日放手与我一战，是生是死，你我不枉知交一场。"

柯南绪身形微微一震，并未回头，襟袍飘然，没入燕州军中。

风扬残雪，飘洒空谷；七弦琴前，清音高旷。

巍巍乎高山，泱泱乎流水。

青山之壮阔，绝峰入云；长流之浩荡，滔滔东去！

弦音所至，燕州军同时发出一声惊天动地的震喝，兵马催动，发起最后的进攻。

柯南绪的琴音似并不曾被铁蹄威猛所掩盖，行云流水陡然高起，回荡峰峦，响彻入云。

面对震动山谷的敌兵，四周战马躁动不安地扬蹄嘶鸣，千军候命，蓄势待发。左原孙唇角微微抽动，片刻之后，目中精光骤现，抬手挥下。

随着身后骤然汹涌的喊杀，两军之间那片平静的雪地迅速缩小，直至完全淹没在红甲玄袍、鲜血冷铁的被盖之下，天地瞬息无声。

山水清琴，萦绕于耳，久久不绝。

千军万马之后，左原孙仰首长空，残风处，头飞雪，泪满面，鬓如霜。

燕州行辕内，夜天凌缓缓收起破城后取获的蓟州布防图，抬眸看了卿尘一眼。

卿尘侧首对左原孙道："先生执意要走，我们也不能阻拦先生闲游山野的意愿，只是此去一别，相忘于江湖，先生让我们如何能舍得？"

燕州城破，柯南绪咯血冰弦，丧命乱军之中。左原孙似乎不见丝毫喜色，眉宇间反而带着几分落寞和失意，此时极淡地一笑，道："殿下如今文有陆迁、杜君述等少年才俊，武有南宫竞、唐初等智勇骁将，外得莫不平相助，内中更有王妃辅佐，我此时即便留在殿下身边，亦不过是锦上添花而已。何况燕州既破，虞凤孤立蓟州，山穷水尽，已非殿下对手，我也确实无事可为殿下做了。"

夜天凌道："当年先生来天机府时我便说过，你我并非主臣，乃是朋友相交，来去皆由先生。只是先生要走也不急在这一时，不妨再小留几日，等攻下蓟州，我还想和先生对饮几杯，请教些事情。"

左原孙道："殿下可是想问有关巩思呈此人？也好，左右我并无急事，便再留些时日也无妨。"

卿尘道："那这几天我可要烦扰先生多教我些奇门遁甲之术，先生不如今日索性收了我这个徒弟吧。"

左原孙笑道："王妃若有问题我们一并参详便是，师徒一说未免严重。"

谁知卿尘起身在他身前拜下："先生胸中所学贯通古今，我是诚意拜先生为师，先生若不是嫌我顽愚不可教，便请成全。"

左原孙起身道："王妃……"

夜天凌淡淡抬手阻止："左先生请坐，便受她一拜又如何？"

左原孙短暂的愕愣之后恢复常态，继而无奈一笑，安然落座："殿下和王妃真是厉害啊！"他不再推辞，卿尘便郑重行了拜师的礼。但左原孙依旧决定先行离开，巩思呈与他彼此深知底细，此时已有了提防之心，他也不宜在军中久待。

左原孙告辞出去，卿尘亲自送至门外，转回身见夜天凌倚在案前，看着前方似是陷入沉思。

卿尘略觉无奈，这人真是什么事都只闷在心底。左原孙突然作别，分明叫人一阵空落，他面上却若无其事，甚至连挽留也只说延缓几天，想到这里她忍不住莞尔，却一抬头，正撞上夜天凌幽深的黑瞳。

"高兴什么？"夜天凌问道，"想让左先生留下的那点儿心思得逞了？"

卿尘坐到他身边："我才没你那么深的城府呢，不过想拜个师父，免得日后给人欺负了，没有靠山。左先生要走，我们难道真拦得住？"

夜天凌轻笑道："奇怪了，谁人敢欺负你？"

卿尘道："难说你就不会？"

夜天凌眼中兴味一闪，似乎有灯火的光泽在他眼中跳动，深深盯着她："欺负倒未必，只是有事想问问。"

"什么事？"卿尘问。

夜天凌沉声道："怎么没人告诉我，你和七弟合奏的那曲子叫什么《比目》？如鱼得水，心有灵犀，天作之合，情深意浓？"

卿尘斜斜地挑眉看他，琉璃灯下抬眸处，星光滢澈，碎波点点，唇间淡笑隐现，就只那么不言不语静静看着他。

夜天凌深邃的瞳仁微微一收，那纯粹的墨色带着蛊惑，叫人看得要陷进去。"嗯？"他探进那原本幽静的星波深处，缓慢地搅动起一点点细微的旋涡，越来越深，越来越急，直要侵吞了她整个的人。

卿尘却突然往后一靠，眸光流转，妩媚里闪动着慧黠。灯色在她的侧脸上淡淡覆了一层诱人的清柔，她慵然靠在长案前以手支颐，一边闲闲地去挑那灯芯，一边慢条斯理地道："都曾经沧海了，什么鱼水进了里面，还不没了影子？"

夜天凌明显愣了一愣，在卿尘促狭地看过来时忽然伸手将她拖到怀中，俯视她乐得没心没肺，却如鲜花般绽放在眼前的笑颜："现在不管教以后就没法收拾了，看你再得意！"

卿尘来不及躲闪，轻轻挣扎："外面有人呢！"

夜天凌直起身子，似笑非笑地在门口和她之间看了看，稍一用力就将她自身前抱了起来，大步迈往内室。

卿尘急道："干什么？"

"不干什么。"夜天凌不急不忙拥了她坐在榻上，"明天一早我和十一弟率玄甲军先攻漠城，恐怕要几日见不到你了。"

漠城和雁凉是现在唯一还与蓟州通连的两郡，玄甲铁骑擅长突袭，将以快袭战术先行孤立蓟州，随后大军围城，一举决战。

卿尘用手撑开他："你要我随中军走？"

隔着淡青色的长袍，夜天凌缓慢而有力的心跳就在她掌心处，他将她在怀中揽紧："别想着逞能，玄甲军可以人马不休地攻城略地，但不适合女人。你跟着中军会轻松很多，不过……"尾音一长，他的气息略带着丝霸道的不满，吹得卿尘耳边碎发轻拂脸颊，"我不想再听到什么《比目》。"

卿尘轻轻笑出声来，却冷不防被他反身压在身下，身旁的帷帐一晃飘落，带得榻前那盏白玉对枝灯绮色纷飞，似洒了一脉柔光旖旎如水。

卿尘静静地看着夜天凌墨色醉人的深眸，主动吻上了他的唇，再多的话都融化在这缠绵的温柔中。

得成比目何辞死，愿作鸳鸯不羡仙。

第三十二章　　黑云压城城欲摧

清晨夜天凌离开的时候，卿尘睡得很沉，竟没听到一点儿声响。醒来后心里一阵空落落的，却在手边触到样温凉的东西，一看之下，是那枚玄玉龙符。

倒不是他忘了带，是特意留给她保管的。龙符是至关重要的东西，此时夜天凌把这个给她留下，就像是丈夫出门前嘱咐一句"家里便交给你照看了"，卿尘手抚那飘飞的纹路微微一笑。

大军简单休整随后出发，再次扎营已入蓟州边界。先前已有军报，玄甲军顺利攻下漠阳，最迟两日便可配合大军形成合围之势。

因为仍是在军中，卿尘平日还是长衫束发的打扮。殷采倩百般央求夜天湛，终于得以留下，却整日连铠甲都不脱，骑马射箭不输男子，有事没事就来卿尘帐中，倒真正和卿尘越发熟稔了。

黄昏时分，帐中早上了灯，殷采倩在卿尘这里待了会儿突然想起什么事，丢下句"我去下湛哥哥那里"便没了人影。

卿尘摇头笑了笑，左右无事，便拿了根竹枝在地上随手演化左原孙教习的阵法。帐外不时有风吹得帘帐晃动，忽然一阵旋风卷着什么东西撞上军帐，案前灯火猛地闪晃。卿尘手中无意用力，竹枝啪地轻响，竟意外折断在眼前。

她心头突地一跳，没来由地有些心绪不宁，微蹙着眉心瞅了会儿地上纵横的阵局，起身走出营帐。

天边长河落日，残阳似血，朔风扑面，漠原如织。大军沿河驻扎，数万军帐连绵起伏，长旗猎猎，尽在暮色下若隐若现。

她驻足帐前放眼眺望，耳边忽然飘来一阵辽远的笛声。

笛声飞扬在北疆寥廓的大地上，却不见醉卧沙场埋骨他乡的悲凉，于朔风长沙的高远处转折，飞起弹指千关，笑破强虏的挥洒，更带着号令三军，飞剑长歌的豪迈。卿尘侧首凝神听着，一时竟忘了天寒风冷，月白色的玉带随风飘扬，不时拂上脸庞，落日最后一丝余晖也缓缓地退入了大地深处。

笛声渐行渐远，慢慢安寂下来，卿尘望向大军帅营，一抹微笑透过轻暗的暮色漾开在唇角。

营帐前有人在说话，卿尘扭头看去，见卫长征同什么人一起走过来。

卫长征到了近前，微微一欠身："王妃，中军那边派了两队侍卫过来加强防卫。"

卿尘已看到营前多了两队披甲佩剑的侍卫，眼前那人手抚剑柄，躬身道："末将吴召见过王妃！"

卿尘认得他是夜天湛身边的侍卫副统领，再看那些侍卫的服色，也都是夜天湛近卫中的人，微笑道："我这里其实也用不着这么多人。"

吴召恭声道："此处离蓟州太近，只怕会万一突发战事，四殿下的侍卫目前只有半数在此，所以末将奉命来保护王妃。外面风大，王妃还是进帐歇息吧。"

卿尘也不再说什么，便道声"有劳"回到帐中。

夜色已浓，一时间四处安静，帐前没有闲杂人等随意走动，几乎可以听见外面营火舔着木柴噼啪作响。卿尘静了静心，随手翻了卷书来看，一边抚摸着趴在身上的雪战。

雪战乖巧地伏在卿尘膝头，本来微微往后抿着耳朵十分惬意，忽然间却撑起身子，竖耳倾听。

卿尘抬起头来，外面传来脚步声，她依稀听到有人呵斥了一句："吴召你好大胆！连我也敢拦！"

声音隔着营帐尚远，听上去像是殷采倩。夜天湛的近卫都认得这位殷家小姐，自然知道她刁蛮的脾气，又哪里敢真的拦她？果然紧接着垂帘一掀，殷采倩进了帐来。

帐中被她带进一阵冷风，卿尘笑道："这时候过来，不是又想赖在我这儿睡吧？"

殷采倩将披风的帽子往下一掀，露出的脸庞因着了几分寒气微带红润，灯下明艳照人的眉眼间却流露出匆忙而惊慌的神色。她几步走到案前："你还有心思和我说笑，四殿下那边出事了！"

卿尘心中一惊，笑容凝固："怎么了？"

殷采倩匆匆道："他们遇到了突厥大军！虞凤知道大势已去，居然勾结了突厥人，暗中放突厥三十万大军入关反攻漠阳，他们只有一万玄甲军……"

殷采倩话未说完，卿尘便猛地站了起来。雪战被吓得从旁边狼狈跳开，灯影一阵乱晃，她的心似狠狠地往下一坠，生出陡然踏落空谷的惊惧，三十万突厥大军！

那慌乱的感觉一瞬在心头袭过："什么时候的事？谁来报的？"卿尘立刻问道。

她眼中骤然锐利的清光吓了殷采倩一跳："应该是入夜前便接到急报了，我从湛哥哥那儿出来，无意听到了他们说话。他们将人关了起来，要瞒下此事，借突厥之手置四殿下于死地！"她的声音微微有些颤抖，不知是惊还是怕。

这一消息比前者更加令人震骇，卿尘紧紧攥着手中的书，只觉得浑身冰冷："难道已经拖了半夜，中军按兵不动？"她将书卷掷于案上，疾步向外走去，却被殷采倩拦住："你去哪儿？这样出不去的！吴召他们奉命借着安全的幌子分别将你和左先生困在营中，若不是他们不敢放肆，我也进不来。你先换我的衣服出去再说，你别怪湛哥哥，不是他派人来的。"

难怪中军突然要增派防守，找了这样冠冕堂皇的理由，叫人不疑有他。卿尘一手接过殷采倩递来的披风，却不穿上，心中电念飞转："湛王究竟知不知道此事？是谁下的命令？"她沉声问道，语气中已是近乎冰冷的镇静。

殷采倩摇头："我不知道湛哥哥是不是接到急报了，好像并没有，他们是……"她犹豫了一下，似乎并不想将那人说出来，卿尘冷声道："巩思呈！"

殷采倩只是沉默，巩思呈毕竟是殷家之人，她也不能不顾忌，卿尘紧接着问道："你为何要来告诉我？"

她沉着而幽深的目光在殷采倩眼中瞬时和一个人的重合，何其相似的眼神，冷光深藏，洞穿肺腑，殷采倩似乎感觉到了一种无声的压力，让人无法抗拒，回答道："我不想四殿下，还有……还有十一殿下出事。你快想办法吧，突厥三十万的兵力，再晚就来不及了。"

卿尘盯了她一瞬，将手中披风重新递给她："你现在去湛王那里，设法让他知道此事。"

殷采倩却犹豫不前，说了一句她原本极不想说的话："若是他根本就知道呢？"

卿尘微微闭目，呼吸了一口冰冷的空气，睁开眼睛："若所有的命令都是他下的，你便尽力将事情闹大，至少闹到惊动史仲侯和夏步锋。"

殷采倩低头想了想，微微一咬嘴唇："好！我听你的，那你怎么办？"

"我们分头行事，外面的人拦不住我。"

卿尘在殷采倩离开后迅速回忆了一下已看了千百遍的军机图，蓟州附近的形势从未像此刻一样清晰明了，城池地形历历在目。

片刻之后她起身出帐叫道："长征！"卫长征不料她这时候竟要出去，诧异道："王妃可是有事吩咐？"

营帐近旁依旧是凌王府的玄甲侍卫，吴召带来的人都在外围，也正因此，他们可以远远将来营帐的人先行拦下，令卫长征等人一时也难以察觉异样。

卿尘往阒黑的夜色深处扫了一眼："带上人跟我走！"

卫长征只听口气便知道出了事，不再多问，即刻率人跟上。

卿尘此时心中如火煎油烹，万分焦虑，战场胜负往往只在瞬间，或许现在根本已经迟了。

谁也没有想到虞凤穷途末路之下竟走此险棋，突厥得此千载难逢的机会，定是想先除夜天凌而后兵犯中原。而对于夜天湛，卿尘不敢赌，也没时间去猜测他究竟是不是已经下了清除对手的决心。

她输不起，他是闲玉湖前翩翩如玉多情人，也是志比天高心机似海的湛王。

她已无暇去琢磨任何人的角色和目的，整个心间只余了一个人的影子，那个人生，她生，那个人死，她死。

千般计策翻滚心头，她紧紧握住手中的那块玄玉龙符，无论夜天湛是何态度，她已决定在最短的时间内不惜一切代价调军驰援，只盼望夜天凌和十一能借助玄甲军的骁勇支撑到那一刻。

果然没走多远吴召便带人迎上前来："这么晚了，王妃要去哪里？"他依旧是那种恭敬的语调，垂眸立着，却将去路挡下，言语中终究还是露出了些许异样。

卿尘冷冷一笑，脸色在营火下明暗不清："我去哪里是不是还要经吴统领准许？"

面对这突如其来的责问，吴召暗中微惊，但依旧挡在前面："末将是觉得外面太过危险，王妃还是请回吧。"

"你是请我，还是命令我呢？"卿尘足下不停地往前走去，"让开！"

吴召再上前一步，拦住去路："王妃万一有什么差池，末将不好交代！"

"用不着你交代，你既然是来保护我的，不放心可以跟着！"卿尘径直前行。吴召立在她身前，盔甲的遮掩下神色惊疑不定，忽然间视野中闯入一双月白靴子。如水似兰的清香拂面而至，骇得他匆忙抬头，却正逢营火一闪，卿尘那双微吊的凤眸在火光盛亮处如一刃浮光划过他的眼底，直逼心头，澈寒如秋水，冷凝如刀锋。

吴召几乎是狼狈地大退了几步，才避免和她撞上。卿尘视他如无物，步步前行。吴召无奈，仓皇再退，四周其他侍卫被卿尘的目光一扫，无一人敢抬头对视，遑论冒犯阻挡，纷纷退到一旁。

卿尘眼中激激寒意逼着吴召："长征，若有人胆敢放肆，无须客气！"

卫长征及所率玄甲侍卫手按剑柄随护身后，吴召不得已终于侧身让开。卿尘袍袖一拂，扬长而去，消失在黑夜中的白衣飞扬夺目，似一道利鞭狠狠地抽在吴召眼前。他背后风过一阵寒凉，竟已是浑身冷汗。

眼见卿尘带人直奔南宫竞营帐，吴召气愤地砸了一下剑柄，喝道："去报巩先生知道！"

营帐中，钟定方、冯常钧、邵休兵这几名亲近殷家的大将此时都坐在案前，反倒一向镇定的巩思呈反剪着双手不住踱步，似是满腹心事。

自从那日因李步引发争执之后，巩思呈心里便一直存着担忧。天帝既能连龙符都交付凌王，此后难说是不是会有更多的东西。他与左原孙同窗多年，深知左原孙此人心性高傲且极重旧情，自瑞王遇事后便心灰意冷退隐江湖，极少与人交往。此番左原孙虽说是为柯南绪而来，却显然同凌王关系非同一般，这两件事令他隐约察觉几分不寻常，北疆一战夺的是军权，现在想起来竟没有丝毫的把握。

"巩先生！"冯常钧出言问道，"你可是在担心什么事？"

冯常钧他们这些大将与南宫竞等人不同，爵位都是一门世袭，身份和皇亲贵胄的御林军倒是有几分相似。此时钟定方把玩着剑上精致的佩饰，抬头道："今晚的事毕竟还瞒着殿下，先生担心，也有道理。"话虽这么说，可他口气中却没有丝毫觉得不妥的意思，反倒带出几分满不在乎。

巩思呈停下脚步："我并非担心殿下知道，此事即便是报至帅营，殿下也自然清楚其中利害，借我们之手反而还让殿下免了为难。"

"那先生究竟顾虑些什么？"

巩思呈静默片刻，长出了口气："凌王的手段非同常人，此次若不能成功，日后恐怕就再没有这样的机会了。"

"哼！"一直没作声的邵休兵冷哼道，"不过是那个狐媚的女人弄出些麻烦，先帝被她祸害得盛年早逝，也不知皇上怎么就也迷上了那女人。凌王再厉害也是一半异族的血统，他有什么资格和殿下争？"

"邵将军慎言！"冯常钧在几人中较为稳重，虽然邵休兵所言也是他的想法，可祸从口出，这样犯忌讳的事还是不说的好。

巩思呈亦对邵休兵递去一个谨慎的眼神，却不由自主又叹了口气——话虽如此，只是皇上却未必这么想啊！

他正蹙眉沉思，忽然吴召掀了帐帘匆匆进来，显然是有急事，连在座几位将军都没顾上招呼："巩先生，那边出事了！"

巩思呈一惊："何事？"

"凌王妃知道了前方的急报，带人离开了营帐！"

"什么？"巩思呈声音忍不住略微一高，"去了哪儿？"

"看方向是南宫竞的大帐。"

巩思呈极懊恼："我早便说过，南宫竞此人当初就不该留！"

钟定方站起来："马上去阻止他们，别将事情闹出去！"

邵休兵将原本握在手中的玉佩一掷："我带人封了出路，不信他们还能硬闯！"

巩思呈抬手阻止："犯不着这么大张旗鼓，就只一个字便可——拖！已经过了半夜，玄甲军纵有通天之能，又能在三十万突厥大军前抵挡多久？"

第三十三章　　但使此心能蔽日

　　卿尘与卫长征不期而至让南宫竟颇为意外，而卿尘在他帐中竟见到史仲侯和夏步锋则一阵惊喜。

　　她也不及细说，只将事情大略言明。夏步锋脾气急躁，几乎是自案前跳起来便吼道："这帮狗娘养的竟敢……"

　　"步锋！"南宫竟及时喝止他信口粗言，"王妃，我们即刻点兵动身，但原先十万先锋军已整归中军指挥，恐怕兵力不足。"

　　夏步锋道："只要一声令下，神御军兄弟们哪个不为殿下效命？怕他什么兵力不足！"

　　卿尘道："龙符现在在我这里，我们可以此调遣神御军。"

　　史仲侯一直未曾表态，此时却道："来不及了，即便有龙符，调遣大军也需时间，更何况能不能过湛王那一关尚未知。眼下我们三人手中能用之兵大概也有三万，事情紧迫，唯有先行增援！"

　　"就先调这三万。"卿尘略一思索，"立刻动身。"

　　南宫竟等人自来在夜天凌的要求之下带兵严格，不过半刻工夫，三万兵马齐集，当即毫不停留直奔辕门。不料辕门处却早已有重兵把守，两列并不明朗的火把下，邵休兵与钟定方缓骑而出，拦住去路。

　　巩思呈身在两人之前，对卿尘拱手行礼，问道："时值深夜，敢问王妃要去何处？"

　　卿尘以前也曾有恨过怨过的人，但此生至今，却从未觉得有人如巩思呈这般可恨可杀。迫于势态无暇与他啰唆，只冷冷道："巩先生还请让开，我要去何处你心知肚明。"

　　巩思呈道："王妃的行动我等也不能干涉，但王妃带兵出营却似乎不妥，今晚并未听说有军令如此布置。"

　　卿尘听他说话不急不慢，又寻事纠缠，立刻明白了他的意图。时间流逝一分，希望便沉没一分，她当即取出龙符，扬声道："龙符在此，如圣上亲临，调兵遣将，三军皆需听令，还不让开！"

　　巩思呈没料到卿尘手中竟有龙符，自是震惊，但心念一转已有了对策："我朝调军龙符向来由圣上交与领兵帅将以节制兵马，从未听说任何一府的王妃可凭此调遣大军。王妃手中的龙符是真是假我们无法分辨，当由监军营校验此符，以确保万一。若龙符真伪无误，自然无人敢再阻拦王妃。"

　　卿尘眼中锐光骤现，面笼寒霜，已是动了真怒。如此拖延下去，便是到时给她这三十万大军又有何用！她修眉微挑，冷声叱道："放肆！巩思呈，你不过是殷相府中一名幕僚，凭什么要求校验龙符？这营中大军是我天朝的，是皇族的，还是你殷家的？便是我朝没有王妃持符调兵的先例，难道南宫将军他们你也有权利过问？再不让开，莫怪我不客气！"

巩思呈不想平日沉静柔和的女子一旦发作，竟处处犀利，一连串质问言辞锋锐，令他一时也无法反驳。却见邵休兵带马上前："巩先生虽无军衔，但我们皆是军中大将，难道也没资格过问此事？"

南宫竞看了他一眼："邵将军，你我同为御封的三品领军将军，我奉龙符调兵如何还要向你交代？"

邵休兵道："南宫将军莫要忘了，此时大军的主帅是湛王殿下。我奉命巡护营中安全，眼前这么多兵马调动岂有不问清楚的道理？既有龙符便拿来验明真伪，否则没有中军军令，谁也不能出大营！"

南宫竞等靠军功提拔起来的将领同邵休兵这些门阀贵胄向来互有成见，嫌隙颇深，此时各为其主，话中都带了十足的火药味。

卿尘同南宫竞对视一眼，心中一横，他们即便校验过龙符也不难寻出其他理由阻挡，时间如何耽搁得起，说不得就只有硬闯了！

夏步锋可没有那般耐性，拔剑喝道："谁再敢拦路啰唆，我先取他性命！"

呛啷数声响动，辕门前诸兵将先后拔剑出鞘，邵休兵等人也铁了心不计后果，一时间剑拔弩张。南宫竞眼中精光闪过，抬手刚要下令，只听有人喝道："住手！"

橐橐靴声震地，全副武装的侍卫迅速插入即将兵刃相见的双方之间，另有两队侍卫雁翅状分立开来，其后源源不断的士兵片刻便将所有人包围一处，剑甲分明，肃然而立。

玄色披风一闪，夜天湛已到近前，火光映在他湛然如水的双眸中似柔和的一抹波光，却叫人丝毫探不见情绪，他眼光一掠扫过身旁，巩思呈等纷纷下马："殿下！"

夜天湛目光未在他们面前停留，却直接落在了卿尘身上。

不知为何，卿尘见到他的那一刹那竟有一股涩楚的泪水直冲眼底。夜天湛见她一动不动地看着自己，却又似穿透了他望向了未知的遥远的地方。她明澈的眸波深处似喜似悲，似忧似急，甚至难以察觉地带了一丝哀求的意味。那是他从未见过的一种眼神，蓦然便在心头掀起天裂地陷的旋涡，几乎要将呼吸都抽空。

夜天湛垂在披风之内的手下意识地握紧，落在众人眼中的却还是潇洒的神情，道："王章。"

随着他润雅平和的声音，中军长史王章却扑跪在面前，声音竟微微有些颤抖："下官……下官在。"

"今晚可有收到前方军报？"夜天湛淡淡问道。

王章身子猛地颤了下，犹豫抬头，夜天湛静视前方根本就不曾望向他，他又转而看了看巩思呈，却听那温和的声音中带了一丝漠然："如实道来。"

"回殿下，有……有……"王章俯身回道。

"为何不报本王？"夜天湛此时才看了他一眼。

"当时……收到军报……已……已报入中军帅营。"

"报知何人？"

"报知……报知……"王章此时不知是因紧张惊骇，还是不欲直言，竟结结巴巴一时说不出个所以然。

"报知何人？"夜天湛再问了一遍，他身后的吴召和另一位副统领上前一步，抚剑跪倒，"回殿下，当时是我二人当值。"

夜天湛目光一动，移至吴召身上。王章只觉得浑身那种压迫感一松，几乎就要瘫软在地上。

夜天湛见吴召如此回话，淡笑着点了点头："你们报知本王了吗？"

吴召叩了个头，道："末将一时疏忽，请殿下责罚。"

夜天湛缓声道："你们跟随我多年，该清楚规矩。"

四周侍卫及诸将心底皆是一惊，立刻跪了一地，却无人敢开口求情，唯有巩思呈硬着头皮道："殿下……"

"嗯？"夜天湛清淡的一声，巩思呈到了嘴边的话再说不出来。

"军法处置。"夜天湛淡淡说了句，立刻有执行官上前，将吴召两人押至空地，手起刀落，不过半息工夫，提了两颗人头回身复命。

王章则被拖下去，将嘴一封，施以杖责，八十军棍打完，怕也是性命难保。

四周将士一片死寂。铁血军营，不是没见过斩首杖责，但见湛王淡噙微笑，温雅如月，举手间便处斩了两名随身多年的侍卫统领，只比雷霆震怒更叫人心悸。

千万人的目光中，夜天湛看了一眼呈至身前的人头："厚待家人。"说罢望向卿尘："你这是干什么？"

卿尘虽见夜天湛一连处置了数人，但仍不敢确定他是否会即刻发兵救援，毕竟他要拖延调军简直易如反掌。方才一番手段，也没有人敢再怀疑他会从中作梗，一切将不会留下丝毫痕迹。

一息息时间过去，就像是把她的生命丝丝在抽空，卿尘道："急报已过了半夜，不能再耽搁，让我们先行增援。"

夜天湛神情淡然："就这么点兵力去对抗突厥三十万大军，岂不是胡闹？先回营帐去，我自有安排。"

卿尘听不出他的心意，换作任何事，她都有放手一试的胆量，但此时她却无论如何也不敢拿夜天凌和十一的性命做赌注，她在夜天湛的注视下坚持道："我要先行增援！"

夜天湛眸底漾出深暗的复杂，卿尘话中的不信任他如何感觉不到，他缓缓问道："若我绝不准你去呢？"

这一句话，可以翻云成雨，换日为月。

卿尘默默地看了他片刻，忽然抬手抽出马上一柄短剑，剑光一闪，对准自己心口，夜天湛骇然惊喝："卿尘！"

卫长征、南宫竞等亦大惊失色："王妃不可！"

卿尘平静地看着夜天湛，一字一句道："去与不去，我生死随他。"

那一柄利剑握在卿尘苍白的指间对准着她的心窝，却恰如悬在夜天湛心头。寒气沿着剑尖寸寸浸入，使他整颗心脏逐渐变得坚硬而冰冷，在随后那短短数字的碰撞之下骤然碎成粉末，每一颗粉末都如尖锐的冰凌毫不留情地散入血液，竟带来锥心刺骨的痛感。

夜天湛站在原地看着卿尘眼中的决绝，脸色一分分变得铁青，终于自齿间掷出数字："让他们走！"

卿尘闻言浑身一松，她赌赢了！然而心中没有丝毫的高兴，她用以一搏的所有筹码都是夜天湛给的，她赌上了他对她的所有，也用自己的全胜赢了他的所有。

"殿下！"巩思呈等尚欲挽回局面，各自想说的话却都被夜天湛一声"放行"压了回去。

南宫竞等人立刻率军驰出辕门，尘雪滚滚的夜色下卿尘手中剑刃的冷光轻微闪动，她怔怔地看着夜天湛，夜天湛亦立在不远处，幽深的眼底全是她握剑在前的影子。

三万兵马渐要没入远处深夜，卿尘颤声对夜天湛道："……多谢。"言罢反手一鞭，云骋快如轻光，向援军方向疾驰追去，遗下身后黑夜茫茫。

烟尘尽落，满眼满心，一人一马即将消失的时候，夜天湛缓缓闭上双眼，那抹白色的身影却越发变得清晰，深深地印入了他眼前的黑暗中。

夜天湛平复了一下情绪，睁开眼睛扫视了一周，片言不发，转身离去。巩思呈和邵休兵等人疾步跟上。

待入了帅帐，夜天湛停步帐中，他背对着众人，披风垂覆身后纹丝不动，冷冷淡淡，极尽疏离。

身后几人对视一眼，心中忐忑。他们深知夜天湛的脾气，平日有何行差言错，最多不过当面几句训责，若真正怒极了反不见动静。他这么久不说话，那是多少年没有的事，一时间无人敢出一言，都垂首立着。

也不知过了多长时间，夜天湛以一种平静到冷然的语调道："你们都听清楚了，凌王可以死在任何人手里，包括本王的剑下，但绝不能死在突厥人手中。"他缓缓转身："你们这是误国！"

如此简单一句话，听在众人耳中已是极重的斥责，自巩思呈而下无不在心头惊起一阵惶恐。夜天湛见他们僵立着，淡淡"哼"了一声："怎么，都站在这儿等什么？难道现在该怎么做还要本王教你们？"

钟定方醒悟得快，立刻暗中一拖邵休兵，跪下领命："末将等这就去安排！"

三人尚未退出帅帐，却听夜天湛突然道："慢着，还有一句话你们记住，本王只说一遍——你们的主子是夜氏皇族。"

此言一出，巩思呈瞳孔微微收紧，话的后半句夜天湛没有说出来，但其中警告已再清楚不过——你们的主子是夜氏皇族，不是殷家。

夜天湛淡声对他道："巩先生，玄甲军派回来的人，你也应该知道怎么处置，速去办吧，免留后患。"

此时巩思呈着实有些摸不透夜天湛心中究竟如何打算，事到如今，不便多言，只得躬了躬身，也退出了帅帐。

众人走后，夜天湛强压着的怒气再难抑制，唇角那抹轻缓的笑容瞬间拉下，手中下意识地握住案前什么东西，只听砰的一声，一只雪色玉盏便在他手底碎成了数片，鲜血立刻随着残片滴落，他却浑然不觉。

"湛哥哥！"

突如其来的叫声让夜天湛一惊，才记起殷采情一直在内帐等他回来。

殷采情急忙上前看他的手，想说什么却又踌躇，半晌，小声问道："湛哥哥，你会杀了巩先生吗？"

夜天湛微怔："我为何要杀巩先生？"

殷采情拿绢帕替他裹着手："你方才进帐时，看巩先生的眼神太可怕了，巩先生今晚做得是不对，但也是为你好。"

"吓着你了？"夜天湛勉强一笑，"巩先生没做错，我何必要他性命？"

殷采情却愣住："巩先生没做错？那……难道是我错了？"

夜天湛温言道："你也没错，我还要谢谢你，否则，她不知会闹出什么事来。"他极轻微地叹了口气，掌心的疼痛此时丝丝传入了心间，逐渐化作浸透心神的疲惫。

殷采情微蹙着眉，神情间有些迷惑："湛哥哥，你在说什么？巩先生没错，我也没错，你说的话我越来越听不懂了。"

夜天湛眸心的光泽微微敛了下去，淡淡道："此事你不要再管。这世上很多事不只有单纯的对错，对的事也有不能做的，错的事有时却必须做，你以后就会明白。"

殷采情想了想，问道："这就奇怪了，那你告诉我什么事对却不能做，错却必须做？"

夜天湛微微摇头："我没法子告诉你。"

殷采倩看着他，低声道："湛哥哥，你怎么和以前不一样了，我……有些怕你。"

夜天湛沉默了一会儿，唇角浮现出往日温润的笑，难得殷采倩还会直言怕他。他溺爱地拍了拍殷采倩的肩头："你从天都到这里来，不也慢慢变得和以前不同了吗？若一直那么调皮任性，我倒是还要怕你呢。"

殷采倩听他语气中略微轻松起来，说话间的疼爱似与儿时一般无二，她不由得抬头对他一笑。夜天湛望着她明妍的笑容，心底却无法避免地掠过阴霾。

方才他断然处死两名侍卫统领，却不仅仅是因延误军情的罪，殷家连跟随他多年的人也能指使，今后还有什么事情不能做？外戚，门阀，他要用，也要防啊！

第三十四章　　百丈原前百丈冰

云骋速度极快，不过片刻，卿尘已赶上前面军队。南宫竞道："王妃，若全速行军，大概天亮前能找到殿下他们。"

卿尘却下令停止前进，略做思索，道："南宫将军，我们在这里分头行事，你带一半人马去雁凉。"

"去雁凉？"

"对，给你一万五千人，两个时辰，不惜一切代价攻下雁凉城。"

南宫竞随即明白，即便加上玄甲军，他们这几万人面对突厥大军也无异是以卵击石。雁凉虽是北疆小城，但可以作为屏障，只要玄甲军尚未全军覆没，两面会合后退守雁凉，无论如何也能多抵挡一阵。

南宫竞翻身下马，抚剑而跪："末将遵命！定在天亮前拿下雁凉！"卿尘心中微微一震，南宫竞对她行的是军礼，这便是立下了军令状。

两路人马分道扬镳，卿尘他们一路疾驰北行。月色渐淡，天空缓缓呈现出一种暗青色，昭示着黎明即将到来。沿途路过一座边城，所过之处断瓦残垣荒芜满目，显然是曾历战火，几乎已经废弃，想必原本居住在此的百姓不是丧命战乱便是背井离乡。

穿过此城，卿尘骤然一愣，眼前是一个三岔路口，分别通往不同的方向。夏步锋在身旁急躁地骂了一声，问道："王妃，走哪边？"

卿尘修眉深锁，这次冥衣楼随行的部属倒都熟悉北疆地形，但冥执带他们尽数跟随夜天凌，此时竟一个也不在身边，而玄甲军派回来的人早已生死不明，他们如何能找到玄甲军所在？她之前曾推断，玄甲军定是在离开漠阳转攻雁凉的途中遭遇突厥大军，那最大的可能便是两郡之间的百丈原，但眼前哪条路能通往那里？她紧抿的嘴唇透露着焦虑，扭头看往卫长征和史仲侯等人："你们有谁清楚去百丈原的路？"

几人都有些犹豫，史仲侯想了想，马鞭前指："若是百丈原，或许该走这边。"

卿尘看着前路，不知为何却有些迟疑："有几分把握？"

史仲侯道："我也只是按方向猜测。"

夏步锋道："总不能待在这里不走！"

卿尘微一咬牙："好，就走这边！"提缰带马方要前行，云骁忽然惊嘶一声扬蹄立起，冷不防有个人影扑在前面。

卿尘吃了一惊，卫长征喝道："什么人！"借着微薄的天光，卿尘看到一个衣衫褴褛的乞丐正拦在她马前，这人刚刚靠在半截倾颓的城墙边上，众人急着赶路，竟都没看到他。

那乞丐像是要拦卿尘的去路，伸手欲拽她马缰，嘴中"呜呜"乱喊，却原来是个哑巴，根本说不出话。

卿尘在他抬头时仔细一看，心下骇然。这人面目极为丑陋，整个头脸几乎全是疤痕，像是曾被一桶滚油自顶浇下，没有一处完好的皮肤，一只眼睛已然失明，另一只半睁着直直看着她，不停地摇头摆手。

卫长征护在卿尘身旁，叱道："大胆！竟敢惊扰王妃！"说着便欲扬鞭清路。

卿尘见那乞丐总是摇手指向路口，心中一动："长征，别伤他！"她问那乞丐："你可是有话要跟我说？"

那乞丐一边点头，一边再指着先前他们要走的路，继而又指另一条路。

卿尘问道："你是这城中百姓吗？是不是认得去百丈原的路？"

那乞丐急忙点头，口中"呜哦"不清，一直指另外的路。

卿尘再问："难道那边才通往百丈原？"

那乞丐拼命点头，夏步锋不耐烦地道："从哪里冒出个乞丐？王妃莫要和他啰唆，赶路要紧！"

史仲侯亦道："此人举止怪异，恐不可信，王妃慎重。"

卿尘心中极难下决断，只觉这乞丐出现得离奇。此时那乞丐突然往前走了几步，面对着卫长征做了个手势，卫长征尚未有反应，卿尘却目露诧异。

这个手势她曾经见夜天凌做过，那是夜天凌少年时在军中用过的一个暗记，早已多年弃之不用，唯有自少跟随他诸如卫长征这样的人才知道，就连夏步锋、史仲侯等亦不曾见过。卿尘闲时总喜欢央夜天凌讲些他在军中的琐事，因觉得好玩，便将这手势学了来。这时她无法确定之前的路是否正确，也无法分辨这乞丐是否可信，唯有一种直觉盘绕在心底——当理智和实际不能给予帮助的时候，所余的唯有直觉，那种天生的独属女人的直觉。

那乞丐望着卿尘的一只独目中似透露出与其身份相异的光芒，卿尘静了静心，沉声问道："你是否能带我们从最近的路去百丈原？"

那乞丐一面点头，对着卿尘单膝跪下，卿尘这时注意到，虽一条腿行动不便，他行的却是一个标准的军礼。

卫长征见了那个手势，心中正惊诧，不由打量那乞丐。夏步锋是个直肠子，一时想不了那么多，两人都等卿尘示下，唯有史仲侯皱眉道："王妃，此时岂可相信这个来历不明的乞丐？万一误了大事如何是好？"

"我相信的是我自己。"曾经多少次，在天机府中与左原孙将那军机图寸寸描绘，北疆大地的山川城池似乎历历在目，卿尘抬头，朦胧的天光之下北方有一颗星极亮地耀于天际，在她沉着的眼底映出夺目的清澈一闪而过，仿佛划破暗夜深寂，乍现明光。"给他一匹马。"她吩咐下去，身后立刻有士兵匀了马出来，那乞丐似是极激动，竟对卿尘深深磕了个头，吃力地翻上马背。

卿尘冷眼看去，他在马上的姿势带着曾经严格训练的痕迹，这些蛛丝马迹都不曾漏过她的眼睛。她无视随行诸人怀疑的神情，下令前行。

那乞丐带他们沿左边那条路往南，再岔入山中，走的尽是平常不易发现的山路。约过了小半个时辰进入一道山谷，刚刚穿过山谷，众人便听到模糊却又嘈杂的人马厮杀、刀枪交击的声音，似乎已距离不远，不由都是一喜。

那乞丐回身示意他们快走，率先奔上一道低丘，山陵起伏的百丈原立刻出现在面前。

将明还暗的天色下，百丈原上尽是突厥骑兵，密密麻麻的大军前赴后继，不断向西北方为数不多的一批玄甲战士发起进攻。

卿尘乍见玄甲军，一时无法看清，急问卫长征："见到殿下了吗？"未等得到回答，她复又惊喜，"他在阵中！"

突厥大军的包围下，玄甲军虽占劣势，却阵形稳固，分占诸方，正是当初左原孙在朝阳川大败柯南绪时所用的九出阵。

数千玄甲战士在突厥大军之中飘忽不定，势如川流，好似锋锐的旋涡将靠近的突厥军队席卷粉碎，时而前突后击，刺透重围，时而舒卷开合，毫无破绽，杀得四周突厥士兵七零八落，人仰马翻，突厥人数虽众，却一时也奈何不得他们。

玄甲军中能将此阵运用得如此出神入化之人，除夜天凌外不作他想。卿尘大喜过望，迅速看清百丈原上形势，回身道："夏将军，你带七千人自正东与突厥交锋，一旦冲乱敌军阵脚即刻往西北方撤退，切记不要恋战，不可硬拼。"她怕夏步锋一个不慎反而自陷重围，特地加以嘱咐。

夏步锋领命："王妃放心，我晓得利害。"言罢率兵而去。

卿尘再对卫长征道："你可记得左先生所说的九出阵？"

卫长征近日跟随卿尘身边，左原孙所传的阵法卿尘常常与他演练，早已烂熟于胸，当即答道："末将记得！"

卿尘道："好，你也率七千人，兵取西方，以此阵之水象青锋阵势突入敌军，与玄甲军会合后一同退往雁凉！"

"末将遵命！"卫长征带马转身，忽然又犹豫，"王妃这儿……"

卿尘修眉一挑："还不快去！南宫竟若攻下雁凉，必然会来接应，告诉殿下我们在雁凉见！"

卫长征不敢抗命，长鞭一振，七千骑兵急速驰向百丈原。

卿尘对史仲侯道："史将军，命剩下的人就地砍伐树枝缚在马尾上，我们沿高丘往西急行。"

史仲侯眼中一亮："王妃是要用惑敌之计？"

卿尘微微笑道："对，突厥人若误以为援军大队已杀至，必心存顾忌，如此我们就有机可乘。"

史仲侯亲自带人去布置，卿尘见那乞丐自到了此处后便呆呆地看着百丈原前的大军，此时一侧头，疤痕狰狞的脸上却显露出不能抑制的激动。她柔声问道："你究竟是什么人，可是以前便认识凌王？我是他的王妃，你今天帮了玄甲军的大忙，我先替他谢谢你。"

那乞丐滚下马背，俯身在地，只是苦不能言，抬起头来，看向卿尘的残目中已隐有浊泪。

玄甲军与突厥大军抗衡至此，虽一路借助各方地势巧妙周旋，未呈败象，但面对突厥漫山遍野的攻势已是人马疲惫，仅凭阵势精妙苦苦支撑，一边拼死血战，一边设法离开百丈原这样开阔的平原，往西北方突围。

突厥大军稍做整顿，又一轮攻势接踵而来。

夜天凌看着一同征战多年的将士逐渐在身边倒下，刀剑飞寒，血染战袍，他此时心中唯有一个念头，定要将这些兄弟活着带出百丈原。

剑气袭人，势如惊电，他手中长剑所到之处幻起层层光影，横空出世，碎金裂石，乱军之中似有急雨寒光纵横飞泻，突厥士兵无一人堪为一合之将，挡者披靡。

一道夺目的冷光之下，身前的突厥士兵喉间溅血，颓然倒地。剑如流星，斜掠偏锋，一阵血雨飞落，再斩一敌。

十一在夜天凌身后，一杆银枪出神入化，如飞龙穿云，长蛟出海，所到之处敌军跌撞抛飞，接连毙命。他挑飞一敌，忽然觉得身前压力一松，东方敌人似乎阵脚大乱，紧接着西方厮杀声起，敌后有军队破阵而入，兵锋迅猛，急速往这边杀来。

长枪劲抖洞穿双人，十一长声笑道："四哥，九百七十三！"

援军杀至！玄甲军士气大振！"杀出敌阵再算不迟！"夜天凌回他一句，反手替他劈飞身旁一个敌人，振剑长啸。玄甲军兵走龙蟠，瞬间变作突击阵形，且战且行，不多会儿便与西方援军会合一处。

双阵合一，威力大增，突厥大军虽悍猛却也一时难敌。

玄甲军如虎添翼，冲杀敌阵锋芒难挡，不过瞬息工夫，便在突厥大军中杀出一条血路，如潜龙出渊，冲天凌云，顿时逸出重围。

突厥大军方欲堵截，西边山坡的密林处扬起滚滚烟尘，蹄声震地，似有千军万马远远驰来，声势惊人。

突厥人骤然摸不清援军情势，不敢冒进，过了一会儿却未见天朝兵马，方才察知有异，立时调集所有兵力，全力追击。

此时夏步锋所率人马也已杀至。夜天凌何等人物，一朝脱困，岂会再容敌军重布罗网？战机千变，唯在一瞬，玄甲军虎归山林，龙入大海，纵千军在前也再难阻挡。

百丈原离雁凉只有二十余里路程，半路南宫竞增援的一万兵马赶至，他们已于半个时辰前攻下雁凉。原本的劣势豁然逆转，三方会合进入雁凉城，城门缓缓闭合，突厥大军随后追到，已被阻在城外。

破局而出，重围脱困，真正是快意人心！

玄甲军战士寒衣浴血，飞马扬尘，齐声挥剑高呼，雁凉城中一片豪气干云！

南宫竞、卫长征、夏步锋翻身下马，跪至夜天凌身前，南宫竞叫了声："殿下！"声音中隐含着一丝激动："末将等来迟！"

夜天凌见雁凉城中早已布防得当，各处严谨有度，点头赞道："做得好！"

十一站在他身边，银枪随意搭于肩头，一身战袍血迹斑斑，也不知是他的血还是敌人的血，脸上却笑得潇洒无比，英气逼人。他朗声对夜天凌道："四哥，我比你先杀过一千突厥人，这次你可输了我一阵！"

夜天凌唇角一挑，剑眉微扬："让你一次又何妨？"他虽和十一说笑，心中却不知为何总有些异样的感觉，似乎有什么地方不妥，却偏偏又说不出来。

他回头审视追随他的诸将士，这次虽是玄甲军从未遭逢的一次重创，损伤近乎过半，但战士们横剑立马，豪情飞扬，此时依旧队列整齐，并不见松弛下来的颓废。他随即吩咐唐初，清点伤亡人数，迅速就地休整。

此时却听夏步锋在旁对南宫竞道："你们都杀得痛快，王妃却单命我不准硬拼，当真是不解气！"

夜天凌心头忽地一动，转身问道："王妃也来了吗？她人在何处？"

夏步锋愣住，看向卫长征，卫长征怔了怔，又看南宫竞，南宫竞见状道："王妃不是和你们在一起吗？"

卫长征愕然："王妃和史将军一路，说是先与你会合再到雁凉，你难道没有遇到他们？"

一种莫名的沉落感袭过夜天凌心底，他蹙眉道："他们多少人？"

卫长征道："只有……不足三千。"

夜天凌本还以为卿尘是和天朝大军在一起，闻言脸色陡然一变："不足三千！"

十一亦吃了一惊："他们现在何处？"

此话却无人作答。众人都从方才的轻松中惊醒过来，冥执更是一把抓住卫长征衣领质问："我带兄弟们跟随殿下，不是说了让你保护好王妃吗？怎么现在不见了人！"

当时情况紧急，卫长征奉命离开卿尘身边是迫不得已，现在心中懊悔至极："殿下……我……"

夜天凌眸底尽是惊怒，不及多言，反身便捞马缰，十一及时阻止他："四哥！你去哪儿？"

夜天凌被他一拦，心中蓦然冷静下来，立在风驰之前片刻，狠狠地将马缰一摔，一时沉默。大军未至，突厥重兵压城，双方兵力悬殊，此时雁凉城单是防守已然吃力，遑论其他。

十一道："四哥先别着急，史仲侯身经百战，不是鲁莽之人，他必不会带三千人去和敌人冲突。卿尘既和他在一起，未必会出什么事。"

夜天凌一时关心则乱，此刻强自压下心中莫名的焦躁，沉声吩咐："长征，你同冥执带身手好的兄弟们设法暗中出城，给你们两个时辰，务必找到王妃他们人在何处！"

突厥大军因尚未摸清雁凉城中情况，只是屯兵围城，暂时未曾发起进攻。

夜天凌与十一登上城头。长天万里，乌云欲坠，破曙的天光压抑在阴云之后，力不从心地透露出些许亮色，放眼望去，平原上尽是密密列阵的突厥铁骑，黑压压旌旗遍野。

虞凤同东突厥始罗可汗、西突厥射护可汗一同亲临阵前，正遥遥指点雁凉，商讨该如何行事。

此时的雁凉城看起来防守松懈，似乎唾手可得，但突厥与虞凤却都对夜天凌顾虑甚深，一时间不敢贪功冒进。

夜天凌冷眼看着突厥大军，长风扬起玄色披风衬得他身形清拔如剑，不动声色的冷然中，隐约散发出一种慑人的倨傲。他与眼前几人并非第一次交锋，深知对方禀性，此时故意示弱，反虚为实，算准了他们不敢轻易发起进攻，从容布置。但虞凤竟能将分裂多年的东、西突厥笼络一处，借得大军，却不知用了什么手段，或是许了突厥什么条件，想至此处，夜天凌深邃的眼中掠过一道无声的锋芒。

十一脸上亦透出几分凝重，却出言宽慰道："四哥且先宽心，卿尘是个聪明人，当知如何自保。"话虽如此说，心里总惴惴不安，倘真有万一，后果不堪设想。

"她是糊涂！"夜天凌声音一时带着丝怒意，"竟敢如此冒险，她若有意外，我……"一句话断在眼前，她若有意外，只要一想，那份沉如渊海的冷静便荡然无存，再说什么也无益。

一个多时辰过去，几个随卫长征出城的侍卫先行回城，几人匆匆赶至夜天凌身后，互相看了看，踌躇不言。

夜天凌回头看去，十一问道："怎样了？可找到他们？"

其中一人颤声道："回殿下，属下等探查清楚，王妃……被掳到突厥军中去了！"

一句话不啻晴天霹雳裂破长空，夜天凌浑身一震，厉声喝问："你说什么！"

身前侍卫惊得跪了一地："王妃……王妃与史将军遇上了东突厥统达王爷，被掳到突厥军中去了。"

第三十五章　　满目山河空念远

二十余年，发怒也是有过，十一却从未见到夜天凌如此声色俱厉的模样。

整个雁凉城似乎在那一刹那陷入了令人战栗的死寂，躁动的战场中心弥漫出绝对的安静。夜天凌紧握成拳的手竟在微微颤抖，有猩红的血浸出铠甲，沿着他手背滴下，是用力过猛迸裂了臂上一道伤口，他却浑然不觉。

"四哥……"十一试探着叫了一声。

夜天凌闻如未闻，过了良久，他将目光转向了城外阵列的敌军，缓缓问道："除此之外，还有何消息？"他声音中的沉冷似带着一种压迫力，逐渐散布开来，眸底幽深，如噬人的黑夜。

侍卫答道："我们一得到消息，便奉卫统领之命护送几个幸存的弟兄回城禀报，并不知道现在的情形。"

"他们人呢？"

"卫统领他们设法潜入了突厥军中。"

夜天凌再不说话，方要挥手遣退侍卫，有个人自两个玄甲战士的搀扶下挣扎滚落在他身前，闷哼了一声后便再也动弹不得，半边身子鲜血淋漓，只是喉间发出嘶哑的声音，艰难喘息。

"什么人？"夜天凌俯身看时，饶是他定力非常，见到那人满脸血污和疤痕的狰狞模样也吃了一惊。

一名战士答道："这乞丐先前带我们抄近路到了百丈原，帮了大忙。但他身受重伤，王妃吩咐我们趁敌军主力被吸引时设法离开，无论如何也要将他送至雁凉城。"

那乞丐躺在夜天凌脚边，一只眼睛死命睁着，叫人感觉有无数话想说却又苦不能言。他仿佛凝聚了全身的力量，弯曲食指吃力地点地，缓缓的三下，似在对夜天凌叩首行礼，夜天凌掠起披风在他身旁蹲下："你是何人？"

那乞丐紧紧盯着夜天凌，他的一个僵硬的手势落在夜天凌眼中，夜天凌蓦地一愣，目光犀锐扫过他眼底，片刻沉思之后，忽而问道："你是……迟戍？"

听到这话，那乞丐原本毫无生气的眼中骤然亮起一层微光，伴着粗重而急促的呼吸，他几乎微不可察地点了下头。

这叫众人都甚为意外，身边正扶他的一个玄甲战士吃惊道："叛投突厥的迟戍？"

"不得胡言！"夜天凌冷声喝止，"无论何人叛我，迟戍绝不会，他不可能投靠突厥！"

听到此话，迟戍身子颤抖，一颗浑浊的眼泪自他残废的眼中滑落，冲开污秽的泥血，洗出一道清白的痕迹。

夜天凌几乎无法相信眼前这奄奄一息之人便是自幼追随他出生入死的大将，痛心问道："究竟发生何事？是谁下此狠手，将你折磨成这样？"

迟戍的呼吸越来越急，却越来越弱，他胸前挨的一刀已然致命，此时便是大罗金仙也回天乏术。他说不出话，只看着夜天凌，手底拼着残存的力量，一点点在地上划出扭曲的字迹："小……心……"

待写到第三个字，只写了一道歪曲的"一"，他忽然浑身一颤，手指无力地松弛下来，就此停在那里，大睁着眼睛，再也不动。

一只残目，饱含不甘与愤恨，定格在夜天凌面前。夜天凌慢慢伸手，将他难以瞑合的眼睛拂上，起身道："将他厚葬。"

阴云压顶，不时丝丝坠下冷雨，眼见天气越发恶劣。

城外飞箭如雨，战车隆隆，突厥大军终于向雁凉城发起进攻。

风中弥漫着杀戮的气息，战场之上从来不见迟疑或悲悯，血的炙热与铁的冰冷，在交错的瞬间翻覆生死，渲染大地。

玄甲战士轮番死守，以一当百，如同一道铜墙铁壁几番重挫敌军。对方损兵折将，却并未因此放弃攻城，一时间战况极为惨烈。

卫长征与冥执冒死潜入突厥军中，终于探明卿尘与史仲侯都被囚禁在统达的大营。因有重兵把守无法靠近，他们只得设法回到雁凉，再议对策。

夜天凌问清详情，立即吩咐："传我军令，神机营所有人即刻撤下各处防守，休整待命。"

十一上前道："四哥，让我去。"

夜天凌看他一眼，并不同意："不行。"

十一道："一旦不见了你人，突厥便会知道我们袭营救人，他们现在多方顾忌都是慑于你在，你若一走，雁凉谁人能够镇守？卿尘要救，雁凉也要守，最好是你能设法吸引大军的注意力，我带神机营救人。"

夜天凌略一沉思，眉心微锁，稍后道："不管谁去，都要等到入夜方能行事。"

卿尘多在敌人手中一刻，便多一分危险。十一心中亦是忧急，但此时唯有耐心等待最有利的时机。城下突厥军队再次受挫，整兵暂时后退，十一道："只怕他们攻城不下，以卿尘性命相要挟，到时候便难办了。"

夜天凌何尝不曾想到此处，眸底深色更浓，凌乱冷雨打上盔甲，透身冰凉。

此番敌军后退，却不像先前几次稍做整顿后轮番攻城，竟然久无动静。过了些时候，突厥军中战鼓再响，遥遥望去，千百军阵数万铁骑，于城外密密布列。

始罗可汗等来到阵前，几名士兵将一个女子押上战车，以绳索缚于长柱之上，十一面色一凛："四哥，是卿尘！"

那女子散乱的发丝如同一幅墨黑色的长缎，被风吹得纷飞飘零，遮住模糊的容颜，纤弱的身影在一袭白衣中更显单薄，似乎摇摇欲坠。灰暗的天穹下这抹苍白的颜色如一道生刺的钢鞭，狠狠抽上夜天凌心头。统达纵马出阵，向雁凉城喊话，其意不言而喻，自是要逼夜天凌开城投降。

统达此次有人质在手，十分嚣张，策马在阵前洋洋得意，却忽然见城头之上夜天凌手中挽起金弓，引弦搭箭，弓如满月，箭光一闪，遥指此处。

统达虽自恃夜天凌有所顾忌不敢轻举妄动，但那弓箭的锋锐似针芒在背如影随形，凛然一股杀气隔着飘飞的雨雾兜头而来，令他不由自主地勒马后退了几步。他对夜天凌的箭术畏惧甚深，慌忙喝令左右护卫。盾牌手上前密密列成一排，夜天凌却并未发箭。

统达避于铁盾之后，心头恼怒，索性拔剑指向战车上的女子："夜天凌，你若再顽抗下去，便等着给你的王妃收尸！"

那女子被统达的剑尖指在喉间，凄然喊道："殿下！救我……"

呼救声恻然，似乎还未及传到城头便在急风中四散消失。夜天凌眼底冷芒骤盛，长箭倏地对准了战车上女子的心口。

十一大惊失色，一把拦住："四哥！你要干什么！"

夜天凌手中弓箭稳定而有力，紧紧锁定那女子，冷声道："她不是卿尘。"

十一回头看了一眼，急道："你怎能如此肯定？"

夜天凌断然道："绝对不是。"

话音甫落，金弓微微一震，避开十一的阻拦。一道利光啸声凌厉，似将天地间的雨雾都吸入四周，带得乌云翻涌，直坠而去。那女子的呼救声未再出口，便血溅三尺，殒命军前。

夜天凌连珠箭发，箭箭不离统达。统达仗着四周铁盾保护，几乎是连滚带爬地退回中军，狼狈至极。突厥怎也未料到如此情形，军前哗然大乱，而雁凉城中的将士们却陷入了一片不能置信的沉默。

急风狂肆，唯有城头战旗猎猎作响。夜天凌凝视前方，神情清冷如霜。

半晌之后，冥执从震惊中回过神来。他是冥衣楼的人，终究与其他将士不同，只道卿尘已丧命在夜天凌箭下，急怒之下，冲上前喊道："即便同他们硬碰硬也未必救不出凤主！你为何要这么做！"

夜天凌单手一挥便将冥执震开数步："我说过她不是卿尘。"

卫长征见状忙将冥执拦着，冥执被卫长征阻挡，吼了一句："她若是呢！"

夜天凌微微仰头，阴暗的苍穹下风雨潇潇，洗出他轮廓坚冷，他淡淡道："若是，她生我生，她死我死。"

夜天凌长箭射出的刹那，一抹清淡的微笑勾起在卿尘唇边。

微雨扑面，长风吹得衣衫飘摇，那道箭光耀目清晰，四周万马千军的声息皆退却，她的笑宁静如玉。

"不想夜天凌连自己的王妃都下得了手，都说他生性凉薄，冷面无情，果然传言非虚。我本以为你与别人不同，现在看来也并无区别。"身后说话的人似是颇含感慨，平原一侧不高的山崖上，十余名士兵散布在不远处。卿尘便立在山崖之前，回身看了说话的人一眼，淡淡道："你小看我们夫妻了。"

她身后之人腰佩宽刀，一身突厥将军服饰，黑发拢于脑后露出宽阔的前额和一双略带野性的眼睛，装扮虽截然不同，却正是那日曾在横岭与夜天凌交手的那个异族人，这时听了卿尘的话问道："哦？此话怎讲？"

卿尘举目遥望雁凉城，那个熟悉的身影在蒙蒙风雨下依稀可见，修挺如山。目所能及的距离却如隔千山重岭，她的心似被一根细丝紧紧地牵着，那一端连着他。

"你们以为让别人换上我的衣服，装作我的模样便是凌王妃了吗？真正的凌王妃纵使利剑加身，也绝不会在两军对垒的阵前求他放弃数万名将士的安危来换取性命。我若如此，便不配是他的妻子；他若屈服于你们，也不配做我的丈夫。"

那人神情微有愣愕，随即再道："若真被押上阵前，那你又如何？"

卿尘唇角漾起一丝微不可察的笑："我不会给你那样的机会，你也不会那么做。"

那人道："你敢如此肯定？"

卿尘静静注视他："我现在身陷敌营，与其说是在百丈原遭遇了统达的军队，不如说是因你用兵出奇，截断了我回雁凉的唯一退路。统达在营中对我心存不轨，你便设法令他打消念头。他们想以我为要挟，你便寻理由令他们用别人代替。你这样做，必然是要从我身上得到更大的益处，在此之前，岂会要我轻易送命？你想要什么，不妨现在说出来也罢。"

那人道："两军对敌，我还能要什么？"

"不，"卿尘摇头道，"你并不想攻克雁凉，亦并非想要他的性命。"

那人眼底精光微微一盛："愿闻其详。"

卿尘垂眸思量，她已经暗中琢磨这人很久，心中早存了不少疑问："你在突厥国中虽身居高位，深受统达的重用，可一旦不必在统达面前做戏，你眼神中根本是另外一个人。你在营中所说的那些对策，包括令人代替我去阵前，看似处处帮着突厥，实际上模棱两可，你不过是在利用统达。"她看向不远处的那些士兵，"而且，你对手下的突厥士兵极为残忍，丝毫不将他们的性命放在眼中，唯有这几个人能得你另眼相看，你究竟是什么人，意欲何为？现在可以不必遮掩了。"

那人哈哈笑道："王妃果然心思细密。你如今命悬我手，若能猜出我的身份，便算有资格和我谈条件。否则，便只能听命于我。"

卿尘沉默不语，那人等了一会儿，见她始终迟疑，道："看来你得遵从我的命令行事了。"

他刚刚迈步准备离去，卿尘唇间轻轻吐出一个名字："万俟朔风。"

那人倏地转过身来，眼中利芒迸现："你怎知道这个名字？"

卿尘一瞬不瞬地盯着他的眼睛，将他震动的神情看得分明，她优美的唇线挑起一道浅浅的月弧："现在有资格了吗？"

万俟朔风回头将她审视，手指叩在刀柄上轻轻作响，忽然朗声笑道："不想夜天凌竟有这么个聪明的王妃，你是如何想到的？"

卿尘微微一笑："我们曾在横岭山脉相遇，若我没有猜错，你是落在了我们后面赶去绿谷埋葬石棺。归离剑法传自柔然一族，你的刀法与之相生相克，显然同出一宗。那日之后我便曾猜测过你的身份，你此时处处掩饰得天衣无缝，但方才望着突厥大军时却流露出极深的恨意。万俟是柔然的王姓，你应该是柔然王族的遗脉，我的说法可有道理？"

万俟朔风锐利的眼睛微眯，点头道："你能想到这些，省了我不少口舌，那你自然也该想到我需要你做什么。"

卿尘眸光落于他的眼底，如清水一痕微浮："我劝你不要拿我做赌注，他不是个喜欢受人胁迫的人。"

万俟朔风道："喜不喜欢未必由得他选择。"

卿尘道："你可以试试看，但定会后悔就此错过与他合作的唯一机会。"

万俟朔风道："我与他尚谈不到合作，此话未免言之过早。"

卿尘道："你想对突厥复仇，复兴柔然，就必然已经想过现在谁最有可能助你做到这些。"万俟朔风神情一动，卿尘看着他，"现在你没有这个力量，而他有。你可以选择与他为敌，或者为友。"

万俟朔风冷声笑道："他是天朝的皇子，连自己的母妃都仇恨的人，凭什么心甘情愿助我柔然复国？"

卿尘轻叹了口气："不会有儿子会真正仇视自己的母亲，他身上毕竟流着一半柔然的血脉，柔然永远是他的母族。"

万俟朔风道："但凭这点儿血脉感情便相助柔然，这话无人会信，你劝我与他联手，又是作何打算？"

卿尘抬眸："至少现在，我不会放过任何自救的机会。而将来，漠北大地归属天朝，必要有人统管，柔然对于我们是最好的选择。"她轻轻一笑，"你要用我来胁迫他，不也正是想借助他的力量吗？"

万俟朔风道："漠北归属天朝，此话未免言之过早。"

卿尘只笑了笑，也不与他分辩："以柔然族所余的力量，根本无力对抗突厥，你竟能隐藏身份，混取突厥右将军的高位，此等手段我十分佩服。你甘冒奇险，蛰伏于突厥军中，看来是想打统达的主意。统达此人子不类父，是个十足的草包，你左右他容易，但若想他登上突厥汗位统一漠北则难。即便你做了，离柔然复国也遥遥无期，这其中即便不出任何意外，亦至少需要三代人的经营。但若我们肯助你，柔然一族重领漠北，不过指日可待，你不妨好好考虑。"

万俟朔风浓眉深蹙，似在思量卿尘的话，稍后道："你说的话，并不代表夜天凌的想法。"

卿尘道：“如此大事，我即便代他给你绝对的承诺，你也不会轻易相信。我能说的唯有这些，他最终的决定取决于你。”

万俟朔风道：“与他合作，我亦要冒同样的风险。”

卿尘道：“险中方可求胜。”

悬崖前一阵急风扫过，扬起秀发拂面，卿尘一双凤眸淡淡地掠向鬓角，丝毫不曾放过万俟朔风脸上细微的表情。万俟朔风心机深沉，自不会即刻做出什么决定，当下不置可否，命人将卿尘押下山崖。

接近突厥驻军的山道中，一队突厥士兵迎面而来，见到万俟朔风后奔上前来：“将军，小王爷正派人寻你！”

万俟朔风面无表情，点头道：“前面带路。”

走不过多远，万俟朔风却越行越慢。卿尘忽然见他对身侧亲卫打了个眼色，那几人几乎同时一步上前，前面的突厥士兵尚未有所反应，便被一人一刀结果了性命。有人未立时气绝，捂着冒血的颈部瞪大眼睛，声音嘶哑地指着万俟朔风：“你……你……”

一刀刀光亮起，说话的人已变作一具尸体，一个年纪略大的柔然人对万俟朔风一躬身：“主上！”

眼前数人毙命，血染冻土，立刻散布出一股浓重的腥气，万俟朔风丝毫不为所动，却对卿尘笑道：“我万俟朔风向来喜欢冒险，今晚入夜，我陪王妃入雁凉城一游。”

第三十六章　人生长恨水长东

冷雨如星，一道漆黑的绳索在薄暮的遮掩下轻轻一晃，悄无声息地搭上雁凉城头。

万俟朔风手上稍微用力，试了试绳索是否牢靠。丝丝点点的细雨将他的眉眼洗得闪亮，黑衣贴身，勾勒出他充满力度的身形，微明的光线下看起来如一头蓄势待发的豹子。

卿尘打量四周，此处正是雁凉城一个死角，大军攻城虽难，但对万俟朔风来说，带一个人入城却并不算什么。

“可以了。”万俟朔风低声道，转头见卿尘凝神看着城头，便露出个似笑非笑的神情，

"这么着急？"

卿尘收回目光，轻声道："他在等我回去。"

万俟朔风方要说话，脸上忽然带出一丝凝重，扭头往雁凉城中看去，继而眼底浮起十分明显的不解。

卿尘捕捉到他神情的变化，问道："怎么了？"

万俟朔风蹙眉道："夜天凌怎么回事？竟主动引诱突厥大军攻城。"

卿尘闻言微微一凛，此时隔着若隐若现的细雨已能听清大战厮杀的声音，她心中竟莫名地涌起一种不祥的感觉。她和万俟朔风突然同时抬头看向对方，各自的眼神表明他们想到了同一件事。

"夜天凌竟为了你铤而走险，稍有不慎，他将毫无优势可言。"万俟朔风单手缠上绳索轻轻一抖，不慌不忙地道。

卿尘心底焦虑烧灼，脸上却平静无波："你反悔的话，现在还来得及。"

万俟朔风哈哈大笑："你不必用激将法，我说过我向来喜欢冒险，我决定了的事，便无反悔之言。"

"我并无意激将于你。"卿尘不似与他玩笑，"你若心志不坚，必然连累于他。如果你对此事有丝毫动摇，便现在回头，否则对双方都无任何好处。"

万俟朔风剑眉高挑，重新将她审视："你倒替他打算得周详，我若回头，带你一起回突厥吗？"

卿尘淡淡道："悉听尊便。"话未落音，万俟朔风有力的手臂已经圈上她的腰间，狂肆的笑容近在咫尺："我将这么个难得的王妃送还，夜天凌怎么也该心存感激吧。"说罢卿尘只觉身子一轻，万俟朔风借了绳索之力，几个起落便登上雁凉城头。

"什么人？"此处虽僻静，但亦有将士巡守，万俟朔风并未刻意隐藏形迹，立刻便被发现。

两道长枪破空袭来，万俟朔风脚踏奇步，身形一动，锵的一声刺耳的摩擦，宽刀并不出鞘，看似平淡无奇地穿入两枪空隙，却借力打力将凌厉夹击化解于无形。两名士兵只觉得有种怪异的真力沿枪而上，长枪几乎拿捏不稳，大退了几步方站定，卿尘疾声喝道："住手！是我！"

带兵的将领借着微弱的雨色看清竟是凌王妃，大喜过望，趋前拜倒："王妃！"

刀枪交锋与战马嘶鸣的声音此时越发清楚，卿尘急急问道："殿下呢？"

"殿下在前城。"

卿尘得知夜天凌尚在城中，心里如重石落地："快带我去！"

半空频频有冷箭飙射，阴雨遮断暮空，不断冲洗着战火与血腥，深夜里浓重的杀伐之气，舐舐着早已裂痕斑驳的城墙。

城头接连不断地坠落死伤的士兵，巨大的青石被层层鲜血染透，又被急落的雨水洗刷。

断剑残矢，横尸遍地。突厥人彪悍凶残，兵力甚众，守城将士已然杀红了眼，有你无我。

绵绵阴沉的雨幕之中，夜天凌唇角一刃锋冷半隐半现，刻出难以动摇的沉着。即便这一日斩杀千军，对战激烈，他身上战甲却似不曾沾染半分血腥，冷冷带着一种天生的清贵之气，恰似他眼眸中一波不起的从容。

脚下城墙每一次震动都代表着一波硬撼交锋，因是主动出击，诱敌却敌都落在他的掌握中，分毫不乱地按着某种既定的轨迹进行。玄甲军平日非人的训练此时发挥出不可思议的韧性，突厥大军攻守之间处处掣肘，似乎极为被动。

入夜之前，十一带神机营五百战士与冥衣楼此次随军而来的兄弟早已分批出城，夜天凌将战况越牵越杂，几乎使大半敌军都卷入混乱中，只要突厥后营有一丝空虚，十一他们便有机可乘。

居高处黢黑的原野尽收眼底，夜天凌目光始终注视着大军之后。不过多时，透过冷雨纷飞，可以看到战场远处突然升腾起一股浓烈的黑烟。他唇角微不可察地一掠，除了神机营的玄甲火雷，还有什么能在阴雨中引火作乱？

腰间佩剑轻轻响动，他无意中扭头，眼角突然捕捉到一个白色的身影，心中似被一根细丝抽过，蓦地转身。相隔不远的夜色下，赫然竟是卿尘向这边跑来。

"四哥！"卿尘远远喊他。夜天凌几疑自己眼花，片刻愕然之后，快步向前赶去，待到身前，他猛地伸手将卿尘带入了怀中。触手可及的温软这般切实，淡淡如水的清香如此熟悉，怀中的人伏在他身前，隔着微凉的战甲他能感觉到她轻微的呼吸，急促地起伏。他微微垂眸看去，卿尘抬头迎上他的目光，这一望似已历了几世生死，隔了数度阴阳。

夜天凌眼中似惊似喜，一丝佯怒瞬间没入卿尘眸心绽开的欣喜中，荡然无存。

卿尘颤声道："四哥，我回来了。"

夜天凌手臂越发收紧，他忽然抬头长笑："太好了，不想十一弟竟能这么快救你出来！"

卿尘闻言诧异，急忙问道："我没有见到十一，他做什么去了？"

夜天凌眉心一锁："十一弟袭营救人，你怎会没见到他？"

卿尘眸底惊起骇意："我根本就没有在突厥营中！"

此言一出，夜天凌面色微变，他回头看往烽烟弥漫的战场中心，已知不妙："不好！十一危险！"他立刻传令调兵，转身握住卿尘肩头，"我需亲自增援。"

卿尘干脆地道："雁凉有我。"

夜天凌深深看她，她一点头，他转身举步。

此时万俟朔风突然在旁道："突厥营中布置我最为熟悉，可陪殿下走一趟。"

夜天凌先前便见到他与卿尘一路而来，只是没有来得及理会，听到此话，目光扫视过去。万俟朔风抱拳道："在下万俟朔风，先父乃是柔然国六王子，茉莲公主的同胞兄弟。殿下，有幸再会。"

卿尘道："四哥，是他帮我摆脱突厥的。"

夜天凌乍听到母妃曾在柔然族的封号，万俟朔风的身份令他心中微微一震。情势急迫，无论万俟朔风是谁，卿尘已肯定了他可信，这便足够。他亦抬手还了一礼："如此有劳。"

城深夜重，冷雨激溅如飞。

刀光剑影、人吼马嘶，传到城头只是些纷乱交杂的声音与光影。卿尘抬手扶上城墙，触手处青石硬冷，冰雨刺骨。她静静站在那里，注视着两军交战，激烈的杀伐在这一隅似乎退回平定，弥漫开清冷的镇静。

南宫竞匆匆步上城头："王妃，城中箭矢已全部备好。"

卿尘点头道："一旦他们率军回城，即刻倾全力以劲矢压制敌军，万勿有失。"

南宫竞躬身道："末将遵命，王妃……"

卿尘见他欲言又止，问道："还有何事？"

南宫竞面带隐忧："将士们多已疲惫不堪，一旦城中箭矢用尽，我们恐怕便支撑不了多久。末将斗胆，请王妃劝两位殿下先行离开。"

卿尘眸色清透："你跟了殿下这么多年，如何说出这样的话？"她声音微带肃穆，令南宫竞一时沉默下来。她回头淡淡一笑，"只要撑得过今晚，援军便也就到了。"

南宫竞道："援军是否能到，尚未可知，湛王那里怎敢说是不是按兵不动？"

卿尘望着面前无垠的黑夜，黛眉微蹙："殿下若在北疆有失，天朝将会是何等情况，你可想得到？"

南宫竞摸不清她为何这样问，只如实答道："我朝自圣武十五年以来，四境边疆的担子几乎都在殿下一人肩上。如今内患当前，外敌压境，殿下若有万一，何人能再担得起疆国安危？此事天朝上下怕是人人都看得到，末将对这点也从不怀疑。"

卿尘依旧目视着遥远而墨黑的天际："那你认为，湛王比殿下如何？"

南宫竞一愣："末将不敢妄加评论。"

卿尘唇角无声轻抿："但说无妨。"

南宫竞抬眼向她看过去，略做思忖，答道："平心而论，湛王之才智手段并不输于殿下，甚至在朝中声望，有过之而无不及。"

"那众人都看得到的事，他又岂会不知？"卿尘极轻地叹了口气，"他纵有千番打算，却绝不是个糊涂误国之人，其实这一点我也早该想到的。"她恍然记起在军营前，她用短剑对准自己胸口时夜天湛眼中的撕痛，山崩地裂般席卷了他春水般的笑。那里面除了突如其来的惊急，还有因她的置疑而激起的怒气。只是那一刻，无论有多么了解夜天湛，她也不敢孤注一掷，她并不是无所畏惧，她只是一个女人。

南宫竞突然想到现在情势有所不同，王妃亦在雁凉，湛王或许当真不会袖手旁观。但这话是不能说的，只在他唇边打了个转，又落回肚中。

"湛王会发兵的，突厥虽未必那么容易让他增援，但也该到了。"卿尘自远处收回目光，雨丝染黑了秀发如缕，一片晶莹。

便在此时，眼前突厥军中忽有一队人马杀出，直奔雁凉，其后黑压压的突厥骑兵衔尾急追。

马上有两人回身出箭，突厥军中顿时便有数人中箭，纷纷落马。

南宫竞见状喝道："是两位殿下！还有史将军！"

卿尘上前数步："弓箭掩护！"

随着夜天凌和十一等人越来越近雁凉城，待到一定射程之内，南宫竞一声令下，城头万箭齐发，劲矢如雨，突厥追兵纵多，亦被这密集的箭势阻得一滞。

此刻早有数条绳索急速坠下城外，夜天凌等趁此空隙弃马登城。但随后数十名战士却不约而同反身杀入敌阵，以血肉之躯拼死阻下追兵。

眼前如此良机，突厥岂会轻易放弃，一面紧追不舍，一面调集弓箭手，一时间流箭纷飞，劲袭城头，直取众人要害。

夜天凌身如飘羽，半空借力，手中长剑化作一个密不透风的光盾，敌军冷箭被剑气纷纷激落，难近其身。

十一与万俟朔风、史仲侯、冥执等人紧随左右，施展身法挡避箭雨，几个起落便已接近城头。

四周利箭疾似飞星，忽听异响大作，一箭飞来，箭上劲道非凡，迥异于寻常箭矢。

夜天凌手中暴起一团光雨，剑锋斜掠，挡飞此箭，手臂竟觉一阵微麻。

一箭过后，劲矢接连而来，箭箭不离夜天凌和十一周身。射箭之人似是认准他两人，必要取其性命。

万俟朔风听得风声便知不妙，认出是始罗可汗帐下第一勇士木颏沙。此人武艺箭术都十分厉害，平时即便是他也轻易不去招惹。

几人之中当属冥执轻功最佳，一道黑影疾如轻烟，率先落上城头，反身便帮身边士兵拽拉绳索，谁知方一入手，原本紧绷的绳索猛地一松，竟被木颏沙当中射断。

冥执不能控制地大退了几步，震惊之下匆忙扑回城头，只见十一身形急坠，城外潮水般的敌兵涌近，已见刀光凛冽。

此时夜天凌几乎与万俟朔风同时一松手，下坠之势直追十一。

夜天凌与十一相隔最近，长剑横空到处，十一凌身一转，点上剑尖，身子陡然拔起。就这稍纵即逝的空隙，半空中乱箭逼身，已近眼前。

万俟朔风单手牵着绳索迅速荡起，刀光急闪，将射向夜天凌的长箭多数挡下，但那最为凌厉的一箭破空而至，带出急风般的尖啸，直奔夜天凌心口，却已避无可避。

众人看得分明，卿尘只觉浑身血液瞬间被抽空，眼前天旋地转："四哥！"

千钧一发之际，十一原本上掠的身形忽然急速翻落，半空顺势而下，便已挡在夜天凌身前。

一箭透胸，鲜血飞溅满襟。

夜天凌厉喝一声："十一弟！"接住十一下坠的身子同时，人已翻上城头。

万俟朔风等陆续落地，卿尘顾不得其他，扑上前来察看十一伤势，一见之下，心神透凉。

夜天凌抱着十一半靠在怀中，急道："怎么样？"

触手处鲜血横流，卿尘手指不能抑制地颤抖，几乎答不出话来。

长箭穿胸而过，正中心口。十一唇角不断呛出血来，呼吸急促，战甲之上已不知是雨还是血，一丝温热也无，冷冷淌了一地。

卿尘反手一把撕裂衣襟，压着十一的伤口抬头四处寻找，什么也没有，她所知的器械、药剂，一无所有！

不是不能救，她知道该怎么救，却偏偏束手无策！只能眼睁睁地看着十一的血漫过手掌，染透衣衫，在城头急雨洗过的青石之上蜿蜒而下，仿佛带走了鲜活的生命，消失在黑冷的夜中。

那箭横在眼前，只要一动便致命。卿尘跪在夜天凌身旁，不停地将手边唯一能找到的伤药敷在伤口四周。十一一阵猛烈地咳嗽，勉力抬手制止了她，艰难道："别……别费劲了……"

卿尘死咬着嘴唇摇头，泪水瞬间急如雨下，噼里啪啦落在十一手上。

十一看着她泪流满面的样子竟轻轻一笑："我答应……你的……都做到了……你记得也答应过我……"

卿尘心中痛如刀绞："我知道，我都记得！十一，你撑住，我想办法……"

夜天凌手掌贴在十一背心，将真气源源不断地输入，护住他的心脉。十一似是振作了一下，他脸上始终带着英气俊朗的淡笑，抬头看向夜天凌："四哥……你……欠我一醉……"

夜天凌双目赤红，点头表示他知道，却只觉输入的真气如泥牛入海，而十一的呼吸越来越弱。他哑声道："别说话……"

十一果然不再说话，笑着闭上眼睛，身侧的手却缓缓垂下。

卿尘从他的身上再也感觉不到一丝生机，失声哭道："十一！我会有办法的……你别睡过去！"

然而十一再也没有回答她。

夜天凌紧紧将十一护在臂弯，许久一言不发，忽然间仰天长声悲啸，震彻云霄。

黑如深渊的原野上此时响起惊天动地的喊杀声，漫山遍野风雨，天边似有一道滚滚的乌云掩向突厥大军，战火猎猎，席卷大地，冷雨潇潇。

山野叠翠，绿林枝头阳光透亮如水，湛蓝的天空划过云影淡淡，潇洒如男儿清澈的笑。

清风已无痕。

第三十七章　重来回首已三秋

雁凉城白幡如海，一夜冷雨成冰，早已回暖的日子居然又纷纷扬扬落雪满天。

飞雪静谧，飘落人间，原野上连绵数十里的硝烟战火，血流成河，都被这悄然降临的白雪无声覆盖。广袤大地白茫茫一片，静悄悄，连风声也无，只是无穷无尽的白，宁静而祥和。

默默无声的雪帘，长垂于天地。卿尘轻轻迈入雪中，漠然望着遍布城中的白幡，苍白的容颜似比这雪色更淡。

一战全胜，天朝援军杀至，叛首虞凤战死乱军之中，突厥兵退四十余里……这一切似乎都是匆匆一梦，空惹啼笑。

眼前挥之不去浓稠如血的感觉，纠缠凝滞在胸间，她缓缓抬手压上心口，仰头任冷雪落了满身。

弹指间，今非昨，人空去，血如花。

眼前再也不会有人回头一笑，连万里阳光都压下，空茫处，只见雪影连天。

痛如毒蛇，噬人骨髓，几乎要用尽全身的力量去抵挡。当厚重的棺木要把十一的笑容永远遮挡在黑暗中时，她冲上去用了全身的力量想要阻挡，内心深处觉得只要那棺盖不落，十一便不会离开，一切就都是假的。

只是噩梦，梦总会醒，只要棺盖不落，十一就还在。

不知是谁将她带离了灵堂，无尽的昏暗淹来，那一瞬间，是深无边际的哀伤。

醒来这一望无际的白，琼枝瑶林，美奂绝伦，然而有什么东西永远失去了，再也寻不回来。

轻雪散落肩头，卿尘站了许久，慢慢向前走去，到了离灵堂不远的地方，却终究还是停下脚步。眼前的景象似已模糊一片，她黯然垂眸，驻足不前，却在此时听到夜天凌的声音从里面传来："你终于心满意足了。"

她微微一愣，一段凝重的沉默后，有人道："四哥定要怪我，我也无话可说。"这熟悉的声音温雅，淡若微风，此时却似风中雪冷，萧瑟万分。

短短的两句话后，再无声息，四周一阵逼人的死寂。

打破死寂的是一声锐利的清鸣，突然间冷风卷雪，安静的空间内杀气陡盛，金玉相交之声连串迸射。卿尘猛然惊醒，快步上前。

激雪横飞，乱影丛生，面前雪地之上白衣青衫交错，剑光笛影纵横凌乱，原本安静的雪幕化作旋风肆虐，眼见竟都是毫不留情的打法。

卿尘一时呆在当场。剑气之间，夜天凌眼中的杀机清晰如冰刃，淡淡冷意，逼人夺命。

夜天湛一身白衣飘忽进退，看似洒脱，手中玉笛穿风过雪，攻守从容，面上却如笼严霜。不知为何，数招之后他忽然频频后退，渐落下风。

夜天凌手中剑光暴涨，四周冰雪似都化作灼目寒芒，遽然罩向身前。夜天湛面色微变，剑笛碰撞，一声喑哑金鸣，玉笛竟脱手而出。

夜天凌攻势不减，长剑啸吟，如流星飞坠，直袭对手。

卿尘心下震骇，急喊一声："四哥不可！"不及细想，人已扑往两人之间。

夜天凌剑势何等厉害，风雨雷霆，一发难收。忽然见卿尘只身扑来，场中两人同时大惊失色！

夜天凌剑势急收，夜天湛飞身错步，单掌掠出，不偏不斜正击在他剑锋之上，一道鲜血飞出，长剑自卿尘眼前错身而过。饶是如此，剑气凌厉，仍哧的一声利响，将她半幅衣襟裂开长长的口子。

回剑之势如巨浪反扑，夜天凌踉跄数步方稳住身形，胸中气血翻涌，几难自持。夜天湛手上鲜血长流，滴滴溅落雪中，瞬间便将白雪染红一片："卿尘！你没事吧？"他一把抓住卿尘问道。

惊险过后，卿尘方知竟在生死之间走了一遭，她愣在原处，稍后才微微扭头："四哥……"

夜天凌手中长剑凝结在半空，斜指身前，惊怒万分。那神情便如这千里冰雪都落于眼中，无底的冷厉，铺天盖地的雪在他身后落下，衬着他青衫孤寂，一时天地无声。

许久的沉默，一阵微风起，枝头积雪啪地坠落。夜天凌剑身一震，冷冷道："让开。"

语中深寒，透骨生冷，卿尘知他确实动了真怒，一旦无法阻拦，后果不堪设想，她摇头道："四哥，你不能……"

"让开。"短短两字自齿缝迸出，夜天凌越过她，冷然看着夜天湛。

卿尘上前一步："你要杀他，便先杀我！"

夜天凌目光猛地扫视过来，直刺眼底。卿尘手掌微微颤抖，却没有退让："你不能杀他。"

夜天湛将卿尘拦住，声音同样冰冷："卿尘，你让开。"

卿尘迅速扭头，她一句话不说，只用一种难以名状的目光盯着夜天湛。

夜天湛眼梢傲然一挑，方要说话，忽然见她清澈的眼底浮起一层若隐若现的雾气，那深处浓重的哀伤几近凄烈，揪得人心头剧痛。他剑眉紧蹙："卿尘……"

夜天凌冷冷注视着这一切，面若寒霜："你是铁了心要护着他？"他面对卿尘，深黑的眸底是怒，更是滔天的伤痛。

卿尘道："四哥，你冷静点儿……"

不等她说完，夜天凌慢慢点头："好，好，好！"他连说了三个"好"字，反手狠狠一掷，三尺长剑没柄而入，深深掼入雪地。他再看了卿尘一眼，决然拂袖而去，顷刻之间，身影便消失在茫茫雪中。

卿尘痴立在原地，冰冷的雪坠落满襟，她似浑然不觉。一段时间的沉默后，夜天湛缓缓开口道："你不必这样做。"

卿尘看向他："兄弟三人领兵出征，若只有一人活着回去，无论那个人是你还是他，都无法跟皇上交代。"

夜天湛目光落在她脸上，忽而一笑，像是明白了些什么，那笑如飞雪，极轻又极暗。他突然以手抚胸，压抑地呛咳出声，伤口鲜血淋漓染透衣襟，在雪白的长衫上触目惊心蜿蜒而下。

卿尘见他面色分外苍白，蹙眉问道："你怎么了？"

夜天湛微微摇了摇头，暗中调理呼吸，稍后哑声道："你恨我吗？"

卿尘眸色渐渐暗下，一抹幽凉如残秋月影，悄然浮上："这条路是我们自己选的，你、我、四哥、十一，谁也没有资格恨谁。"她凄然抬头，仰望飘雪纷飞，眸中是难言的寂寞，"无论是恨，还是怨，十一再也回不来了。"

如此平缓的语气，如此清冷的神情，夜天湛却如遭雷殛，身形微晃，几乎站立不稳。他似用了极大的力气才支撑着自己，许久，方道："不错，再也回不来了，一旦走上这条路，我们谁又能再回头？"字字如针，冷风刺骨，凉透身心。

卿尘幽幽地看着他："所以我谁也不怨。"

夜天湛道："我已尽力了。"

卿尘点了点头："我知道。"

夜天湛望向她的目光渐渐泛起柔和的暖意，他唇角淡淡勾起，无声地一笑，再也未说一句话，转身离开。

薄薄急风掠过眼前平旷的空地，雪光刺目，逼得眼中酸楚夺眶而出。

一行清泪，零落辛酸，卿尘孑然独立于连绵不绝的雪幕之中，乱风吹得发巾轻舞，白衣寂寥。

两只青鸟自枝头振翅飞起，惊落碎雪片片，遥遥而去，相携投入茫茫雪林中。不期然身后有人轻咳一声，卿尘抬手拭过微湿的脸庞，转身看去。

出乎她的意料，身后之人竟是万俟朔风，一身墨黑劲袍负手身后，他眼中是颇含兴味的打量。

卿尘没有说话，万俟朔风悠然踱步上前，挑眉一笑："你方才其实没必要去挡那一剑。"

他话中别有意味，卿尘静静抬眸望去："何以见得？"

万俟朔风目光移向不远处的雪地，白底之上新鲜的血迹似红梅轻绽，薄薄已添一层新雪，他道："再有一招，夜天凌便会发现对手身上有伤，我想以他的性子，恐怕不会在此时下杀手。"

卿尘眼前闪过夜天湛极为苍白的脸色，细思之下确实不同平常，只是刚才无心顾及，竟完全没有察觉，她眉心轻轻紧起："怪不得，原来他受了伤。"

万俟朔风道："说起来，我倒是很佩服你们这位湛王殿下，他竟这时候便赶到了雁凉。我原先以为以射护可汗的十万大军，怎么也能拦他两日。"

卿尘道："射护可汗人在雁凉，重兵围城，哪里又来十万大军？"

万俟朔风道："射护可汗是在雁凉不错，但西突厥右贤王赫尔萨暗中率精兵十万阻击天朝援军，其中不乏数一数二的高手，又岂是那么容易应付？即便没有这十万大军，自蓟州至雁凉也颇费时间。不过比起这个，其实我倒更有兴趣知道，你当时为何能这么快便带兵赶到百丈原？"

若非当日路遇迟戍，赶抄捷径，卿尘与南宫竞等亦无法及时增援。迟戍一事乃是军中禁忌，卿尘只道："自蓟州到百丈原，不是只有一条路。"

万俟朔风并未追问，看似漫不经心地道："湛王非同一般对手，他们两人早晚还会有冲突，你拦得了一时，难道还能拦这一世？"

卿尘道："若论漠北的形势，我自问不如你熟知，但天帝的心思，你却不会比我更清楚。这件事，我不能不管。"

万俟朔风道："愿闻其详。"

卿尘轻轻伸手，一片飞雪飘落指尖，转而化作一滴晶莹的水珠。她薄薄一笑，道："大帝心中最忌讳的便是手足相残、兄弟阋墙，他可以容忍任何事情，却绝不会允许此事发生。他们兄弟若有任何一人死在对方的手中，另外一个也必将难容于天帝，所以他那一剑，我是一定要拦的。"

万俟朔风神情似笑非笑，语出微冷："有些事不必亲自动手一样能够达到目的，我想夜天凌应该比你更明白这个道理。"

卿尘心中一惊，凤眸轻掠，白玉般的容颜却静然，不见异样："你能这么说，看来我丝毫不必怀疑你的诚意了。"

万俟朔风点头："不错，我踏入雁凉城后，越发觉得此次冒险值得。"

卿尘抬眸以问，万俟朔风继续道："夜天凌能用那样的眼神看他心爱的女人，能为兄弟浴血拔剑，我相信你说的话，柔然永远是他的母族，而对我来说，他应该也是……兄弟。"他话语间略有一丝苍凉的意味，似残冬平原落日，茫茫无际。柔然仅存的一脉孤血，举目世间，唯有血仇满身，恨满心，"兄弟"两字说出来，陌生中带着异样的感觉。

卿尘似被他不期流露的情绪感染，微微轻叹，稍后道："我只劝你一句，不要算计他，不要和他以硬碰硬，你待他如兄弟，他自会视你如兄弟。"

万俟朔风笑道："多谢提点。"话音方落，他眼角瞥见一个白点自城中飞起，极小的一点白色，落雪之下略一疏忽便会错过，但却没有逃过他锐利的目光。他眉心骤紧，口中一声呼哨过后，随身那只金雕不知自何处冲天而起，破开雪影，直追而去。

不过须臾，那金雕在高空一个盘旋，俯冲回来，爪下牢牢擒着一只白色鸽子，正拼命挣扎。

万俟朔风将鸽子取在手中，金雕振翅落上他肩头。他随手将鸽子双翅别开，便自它腿上取下一个小卷，里面一张极小的薄纸，打开一看，他和卿尘同时一惊，这竟是一张雁凉城布防图。

卿尘沉声道："有人和突厥通风报信。"

万俟朔风若无其事地将手中的鸽子反复看了看，道："这正是我想告诉你们的，天朝军中一直有人和东突厥暗中联系。当初玄甲军攻漠城，转雁凉，之前便有人将行军路线透露出去，所以突厥大军才能这么顺利地阻击玄甲军。那日在百丈原，我能分毫不差堵截你和史仲侯的军队，也是相同的原因。"

卿尘眸底渐生清寒，冷声道："是什么人？"

万俟朔风却摇头："究竟是什么人连统达都不清楚，唯有始罗可汗一人知道。我也设法查过，但此人十分谨慎，我只知道他用鸽子传信，所以刚才看到有信鸽从城中飞出，便知有异。"

卿尘手中缓缓握起一把冰雪，难怪玄甲军如此轻易便被截击，难怪她百般周旋仍迎头遇上突厥大军，风雪冷意压不下心中一点怒火，幽幽燃起。她深吸了口气，对万俟朔风道："要查明此人唯有从雁凉城中入手，烦你将鸽子和信带给四殿下。"

万俟朔风抬眼看了看她："你为何不自己去？"

卿尘拧眉与他对视，片刻之后道："这是你取得他信任的最好机会。"

万俟朔风果然愣了愣，继而笑出声来："若说你痴，你处处冰雪剔透；若说你聪明，你又真是不可救药，不知你到底是聪明还是痴！"

卿尘微微转身，清浅眉目，浮光淡远，望着细细密密的飞雪，默然不语。

第三十八章　边城纵马单衣薄

雁凉行营，万俟朔风入内见到夜天凌，顿时有些后悔挑了这个时候。

漠北三千里冰雪，压不过周围逼人的静。夜天凌负手独立窗前，一袭清冷笼于周身，寒意深深，望过来的目光隐带犀利，饶是万俟朔风这般狠戾的人物，与他双眸一触，亦从心底泛起十足冷意。

万俟朔风与夜天凌对视了片刻，索性将手中的鸽子往前一掷："殿下请看！"

那鸽子在夜天凌面前一个扑棱，展翅便飞，却哪里逃得出去，青衫微晃，白鸽入手。万俟朔风抬手一指："腿上。"说罢径自跪坐于案前，看着夜天凌的反应。

出乎他的意料，夜天凌将鸽子身上的密函取出，就那么淡淡瞄了一眼，脸上风平浪静，然后将密函恢复原样，重新系回鸽子腿上，推窗将手一松。鸽子挣扎一下，向前飞起，很快便消失在雁凉城外。

夜天凌目送鸽子远去，微雪穿窗飘过身畔，零星几点寒气。他回身看了万俟朔风一眼，万俟朔风不由拧眉，不得其解，一时未言。

片刻地停顿，夜天凌吩咐道："来人，传南宫竞。"

外面侍卫应了一声，不过须臾，南宫竞入内求见。紧接着半炷香的工夫，夏步锋、唐初、史仲侯，包括冥执在内，玄甲军大将先后闻召，夜天凌分别做出不同的吩咐。

诸将对突然换防都有些意外，但无人表示异议，接连领命退下。

万俟朔风在旁听着，暗生钦佩。寥寥数语，军中布置乾坤颠倒，调整得天衣无缝。难得的是表面看来，各将领受命之处都可能成为防守的唯一弱点，他们要找的人若在其中，就必然会再次冒险通知突厥，以免放过如此良机。

夜天凌不动声色地看着最后一人离开，眼底冷然寂静，眸心一缕利芒稍纵即逝，如烈阳光灼，洞穿一切。指掌间，一张无形的网，已悄然笼向雁凉城。

万俟朔风扭头道："大军几十万人，殿下如何这么肯定叛徒就在玄甲军中？"

夜天凌淡然抬眸："领兵对敌，若连自己所用之人都不清楚，仗便不必打了，能做到此事的，也不过便是数人而已。"

万俟朔风道："殿下对我倒似信得过，竟不怕这人原本便是我？"夜天凌尚未说话，却听他又道，"难道就是因为王妃信我，殿下便对我毫无怀疑之心？"

话方出口，便见夜天凌脸色一沉，冷冷说了句："是又如何？"

万俟朔风却似不怕死的样子，道："方才与王妃发现此事，王妃有句话，不是卫长征，看来殿下也这样认为。"

夜天凌虽面色不善，还是道："有些人至死也不会背叛我，卫长征便是其中一个。"

万俟朔风眉梢挑了挑："殿下与王妃当真心有灵犀。"在夜天凌压抑的不满即将发作时，他忽然正色道，"突厥退兵不过是暂时的，当务之急，应该尽快攻克蓟州，万不能让蓟州落入突厥手中。"

夜天凌深吸一口气，压下心头怒意，淡淡道："蓟州之后，过离侯山，先灭东突厥。"

"好！"万俟朔风拍案道，"不妨先取左玉，继而苏图海、四合城。"

夜天凌情绪冷淡的眼中出现了一丝激赏，道："所见略同。"

万俟朔风目光炯炯慑人："虞凤前夜命丧湛王手中，东西突厥难再联手，如今三城之中，苏图海是漠北重镇，最难攻克。"

夜天凌自案前站起来，徐徐踱了数步："你有何想法？"

万俟朔风面上含笑，眼中却有一抹嗜血的杀气逐渐升腾："给我三万骑兵，一日时间，我可兵破苏图海。"

"哦？"夜天凌轩眉略扬，"三万骑兵，一日时间？"

万俟朔风道："我曾以突厥右将军的身份驻守苏图海，柔然有人在城中。"

夜天凌点了点头："我怎也未想到，柔然王族居然一脉尚存，而且是在突厥军中。"

万俟朔风神色漠然："我能活下来，不过是因为突厥在血屠日郭城的时候忽略了一个被藏在枯井中的孩子，他们就在那井外奸杀了我的母亲。"随着这话，他深眸微细，便泛出阴寒与森冷，"而我至今都没有找到父亲的头颅。"

"日郭城。"夜天凌道，"离此也不远了。"

"不错！"万俟朔风长身而起，道，"殿下，我有个不情之请。"

"说。"

"破城之后，请殿下将城中所有的突厥人交给我处置。"万俟朔风语中的狠辣，令这原本平静的室内蓦然一冷。

"唔。"夜天凌毫不在意地应了声，看着窗外连绵不断扑进室内的雪，"你可以一个不留，我只要木颜沙一人。"

"一言为定！"

夜天凌不急不缓转身："你还想要什么？"

雪落无声，夜天凌的目光亦平定，他仿佛只看着对方眼睛，却叫人觉得浑身上下无一不在他眼中，清冷后是无从捉摸的深邃。相互间的试探，如一道无形之刃，锋芒于暗处，微亮。

终于还是万俟朔风开了口："漠南、漠北本是柔然国的领土。"

夜天凌点头，目光仍旧锁定万俟朔风："柔然不过是天朝境内一族。"

万俟朔风霍地抬眼，似有话到了唇边，又硬生生压回。夜天凌看在眼中，声色不动。

卿尘的忠告在此时翻上万俟朔风心头，他略一思量，道："殿下身上本就流着天朝与柔然两国王族的血脉，这样说，我并无异议。但若要让柔然臣服天朝，我要一个保证。"

夜天凌道："你凭什么和我谈条件？"

万俟朔风道："凭此时我能令殿下攻城略地事半功倍，亦凭此后横岭以北长治久安。"

夜天凌扫过他眼底，一停："你的条件？"

万俟朔风道："柔然绝不会臣服外族，但却可以臣服殿下。我的条件很简单，只要殿下能入主大正宫，柔然一族便是天朝的臣民。"

夜天凌语中带出了一丝冷傲："此事不必你操心。"

话虽冷然，但万俟朔风已会意，躬身一退，微微拜下，再抬头时从怀中取出一件东西，叫了声："四弟，请你将这个带给茉莲姑母。"

这一声"四弟"显然令夜天凌颇为意外，他愣了片刻，将东西接过来，原来是个雪玉雕成的莲花坠。

万俟朔风暗中看着他的反应，继续道："茉莲姑母与我父亲自幼感情深厚，她远嫁中原前将这朵玉莲花送给了父亲，我当日便是凭此物确认父亲尸首的，如今留在我这里，不如物归原主，请替柔然族人问候姑母。"

雪玉晶莹，每一瓣莲花都如月光般莹润，似凝结了昆仑山畔寒冰剔透，微微一点渺远的凉意。夜天凌手掌握起，道："我会的。"

万俟朔风感觉到他身上那种迫人的气势和若隐若现的疏离似乎悄然淡去，不由承认卿尘的提醒极为正确——你待他如兄弟，他自会视你如兄弟。

冷月半洒，入夜的雁凉城静然，人马安寂。

风过中庭，茫茫白净的雪地中，殷采倩低头缓步而行，一行足印蜿蜒残留，身影暗长。

推门而入，她将风帽抬手拨下。夜天湛靠在软榻上闭目养神，几簇灯焰之下他看上去脸色极苍白，却衬得那丹凤眼线墨玉般斜挑入鬓，灯影深浅，将他俊雅的面容勾勒得分明。

听到有人进来，他未有丝毫动作，似乎连看也不想去看，始终半合双目。殷采倩走上前去，将两个小瓷瓶放在案前："湛哥哥，大瓶外敷，小瓶内服，忌怒、忌寒，尤忌劳心。"

瓷瓶无意碰撞，一丝极轻的响声，落于耳中。夜天湛仍未睁开眼睛，眉间淡淡掠过一丝轻痕。不必看，冰瓷玉声，萧山越窑有名的制作，仅供宫里及各王府使用，当初延熙宫尤常用。月弧般的瓶身，偶也有八棱形的，她喜欢用雪色的绫绢垫了灵芝木封口，薄绢有时沿瓶身洒下，便半遮着瓶上手绘的兰花。

"为何只画兰花？"

"……因为我只会画兰花。"答话时她微扬着眉，神情略有些无奈，又带着诱人的俏皮，轻抿着唇，耳畔秀发微拂。

"你若喜欢别的，改日我帮你画。"

"出水清莲，你画得极好。或者，梨花怎样？"她侧目看来，眸光似水，清清荡漾。

"白瓷梨花，太素净了。"

她失笑，眉眼轻弯，羽睫细密："巴掌都不够的小瓶，你总不能画国色天香牡丹图吧？"

他轻抱了双臂，微微摇头："牡丹虽美，我却不觉得国色天香。"

她眸中带了好奇，廊前风过，衣袂轻飘，太液池微波轻泛，带来她身上淡淡药草的芬芳，午后暖阳融融，安神静气。

他温柔笑说："国色天香，仍是兰花。"

人如画，岸芷汀兰，临水娉婷。

她明眸剔透，却只转出一笑，举步向前走去，稍后回头："画梅花，照水或紫蒂，花色都极好，衬这冰瓷，一枝梅先天下春。"

他闲步随后，含笑道："寒梅衬这冰瓷，是妙手回春。"

张开眼睛，雪色的底子上仍是一株素兰，柔静而清秀，三两点纤蕊，修叶隽然。灯下看去，三分风骨似携了冰魂雪魄，幽幽一抹兰芝清香浮动，穿插如幻。

"她知道了？"夜天湛徐徐开口，眉宇间带着难掩的倦色。

殷采倩点了点头，应了声。

夜天湛眉心愈紧："我不是吩咐过不准说吗？"

殷采倩道："你伤得不轻，难道瞒得了她？昨天便将药给了黄文尚，谁知你根本不召医正。你何苦这么逞强，便是那天和四殿下，难道不能好好解释，非要兵刃相见吗？"

夜天湛温朗的眸子微微一抬，眸光却十分冷淡："解释什么？"

殷采倩道："你亲自领兵，突围增援，有些事即便要怪，也不能全怪在你头上。"

夜天湛唇角极轻地带出一笑，却不同往日潇洒，七分傲气，三分漠然："你让我和他解释这些？告诉他我尽力了，请他息怒？还是告诉他我恨自己没早赶到一刻，铸成大错？"

　　殷采倩道："难道不是吗？你也是潋王殿下的哥哥，心里不也一样难过？"

　　"既然早晚要发生的事，何必用解释去拖延。"夜天湛重新合上眼睛，似是不愿再多说。

　　只差了一刻，弹指刹那，九天黄泉。怒气总要有人来承担，那一刻雪飞影溅、金玉交震，是各自无法再用理智掌控的情绪，相同的哀痛，相同的恨怒，相同的苛责。

　　他扶在案上的手不自觉地轻叩，极缓极细的声音，却异常沉重。自作主张，欺上瞒下，此时此刻，那些人叫他如何再容得？

　　殷采倩只觉得心中压了千言万语，却无从说，无人说。怔怔站了片刻，她听到夜天湛长叹一声："采倩，什么都不要管，你谁也管不了，过几日，我派人送你回天都。"

　　殷采倩看着灯影幢幢，低声道："湛哥哥，走过这趟漠北，即便回去，天都也不是那个花团锦簇、琴瑟风流的天都了。"说完这话，她默然转身离开。风晴雪霁的夜色下只见自己来时的足迹，她走出去，漫无目的地踩着松软的雪，月半弯，雪色清冷。

　　突然间她停住了脚步，数步之遥，是今日落葬的新坟，因日后要迁回天都，且依军制暂留雁凉，入土为安。如今四周落了一层轻雪，月夜下，孑然空旷。

　　冰雪地里，有道颀长的人影独立着，青衫一角冷风微过，飘飘摇摇。

　　他似乎已经站了很久，枯枝萧瑟，风卷薄雪，坟前祭着烈酒一壶。

　　他手中亦拎着酒，此时仰首饮下，饮尽松手，酒壶噗地落入深雪："十一弟，待替你报了仇，四哥回来陪你一醉！"

　　言罢，他霍然转身举步，不料竟见到殷采倩立于身后，月光清影下，她已泪流满面。

　　他停步："是你。"

　　殷采倩面上泪痕未干，目光越过他的肩头，看向前面，幽幽道："再也见不到这个人了，却发现你竟然会为他流泪；原以为喜欢的那个人，你竟然开始恨他。"她自夜天凌身边轻轻走过，来到十一坟前，静立在那里，"就像饮过烈酒之后，所有的一切，都变得荒谬无比。醉了能醒，却只怕醒来，物是人非。"

　　夜天凌未曾答话，殷采倩转身道："殿下，原来我真的无法像她一样懂你。我不知道你是不是个好王爷、好将军，我只知道你不是一个好哥哥。两个弟弟，一死一伤，你有什么资格责备别人？"

　　夜天凌猛然扭头，眸中映雪一抹寒光骤现，殷采倩却扬眸与他对视，隔着夜色，泪眼蒙眬。

　　夜天凌似是被她激怒，却在回首那一瞬间目光落于她身后，神情微凉。片刻的沉默，他抬头望向月色难及的一方虚空，墨玉似的天幕深处孤星遥挂，冷芒锋亮，逼得月痕无光，他哑声道："你说得对，我的确不是个好哥哥。"说罢，他头也不回地大步离开。

殷采倩看着夜天凌的背影消失在夜色深处，将地上的酒拿在手中，也不管雪中石冷，就那么坐在十一坟前。

她喝了一口酒，举壶向前空敬，将酒倾洒在地上："我借四殿下的酒陪你喝一壶，可能你并不在乎我来陪你，但有人一起喝酒总不是坏事对吧？我其实一直有件事想告诉你，你前些日子笑我箭射得花哨，现在想想，你的箭法确实比我好，我服了。但是有件事我想问问你，你欠我的人情，现在怎么还？"她仰头又灌了两口酒，"对了，你总说我是个孩子，我是比你小些不错，可你怎么就不给人一个长大的机会？我说四殿下心冷，其实你也不差，你不过是笑起来比他好点儿罢了，嗯，你笑起来有时候还真叫人生气……"

不远处略高的地方，月光透过积雪的枝叶洒下斑驳光影，一袭石青色的斗篷笼着纤瘦的身子，卿尘悄然立在月痕影下，安静看着前方的新坟，看着夜天凌祭坟，看着殷采倩灌酒。

她比夜天凌来得还早，夜天凌离开时，冥执在她身后小心翼翼地提醒："凤主……"

"嗯。"卿尘应了一声，回身，"走吧。"

冥执随她举步，发现她并没有去夜天凌那边的意思，忍不住再道："凤主，殿下像是去行营了。"

卿尘停了下脚步，冥执的意思她岂会不明白，然而她只问了一句："我吩咐你的事办了吗？"

冥执答道："钟定方、冯常钧、邵休兵他们的人脉过往，大小事宜都已有人着手翻查，一个月内便会有消息送来。"

卿尘微微点头，淡静的眸中泛起一层雪玉样的冷色。在朝为官，没有人是干干净净的，十一的血不会白流，她一点一滴都记在心里，巩思呈、钟定方、冯常钧、邵休兵，他们每一个人都要为此付出代价。她清楚地知道，夜天凌也绝不会放过出卖玄甲军的人，更不会放过，突厥。

她轻轻拢了拢身上的斗篷，抬头望着遥远而清晰无比的那颗天星，那灼目的锋芒在她深潭般的眼底化作秋水一痕，静冷微澜，绽开星光。

第三十九章　青山何处埋忠骨

一连三日，夜天凌召随军医正黄文尚问话。

第一日，黄文尚答："王妃说不必下官诊脉，湛王殿下不曾召下官诊脉。"

第二日，黄文尚答："下官请脉，王妃说安好，不必。湛王殿下说，不需要。"

夜天凌不言语，冷眼扫过去，黄文尚汗透衣背。

第三日，黄文尚走到行营外便踌躇，料峭春寒，额前微汗。

卫长征看在眼里，颇替他为难，上前提点几句，黄文尚有些醒悟，入内求见。

夜天凌坐在案前未抬头，掷下一字："说。"

黄文尚答："王妃身子略有些倦，但精神不错，常用的药换了方子。这几日饭用得清淡，夜里睡得迟，早晨醒得亦迟些。湛王殿下气色尚好，想来无大恙。"

说完了站在案前，心里忐忑，夜天凌终于抬了抬头："为何换方子？"

黄文尚张了张嘴，再踌躇，稍后回道："王妃医术远在下官之上，下官着实不敢妄言，但看药效，应该是无碍的。"

夜天凌蹙了眉，一挥手，黄文尚如蒙大赦，走出行营擦了把汗，对卫长征道："多谢卫统领！"

卫长征笑道："何必客气，黄医正辛苦了。"

冥执在旁看着黄文尚，叹了口气，于他的处境心有戚戚焉，这几天他也很是头疼。

前日在王妃面前回："殿下在行营一夜，灯燃至天亮，酒饮了数瓶。"王妃点头，轻紧了紧眉。

昨日在王妃面前回："殿下在行营处理军务，召见了几人，未睡。"王妃倦靠在软椅上，半阖眼眸，眉心淡痕愈深。

方才在王妃面前回："昨夜万俟朔风又带了只鸽子见殿下，两个人行营议事，到天亮。"

王妃清淡淡的眸子微抬，问了一句："卫长征怎么回事儿，不知道劝吗？"

冥执极无奈，卫长征苦笑。

两人在行营前发愁，卫长征看着将化未化的雪，不由感慨："若是十一殿下在，便没事了。"

清晨时分，突厥整军攻城，乘势而来，铩羽而归，损兵折将数千。

一日将尽，夜天凌安坐行营，玄甲军一兵不发，尽数待命，城外战事便似阳光下的轻雪，无关痛痒。

此时阵前一个校尉赶来对卫长征传了句口信，卫长征即刻入内在夜天凌身旁低声禀报。夜天凌听完，起身道："传我军令，玄甲军所有将士都到穆岭集合待命。"

卫长征一怔，随口问了句："穆岭？"

百丈原一役，单玄甲军一万人中便折损了四千八百七十三人。因当时战况惨烈，其后接连数日激战再逢大雪，雁凉城外尸骨如山，残肢断骸遍布荒野，早已分不清敌我。

无奈之下，夜天凌只得吩咐尽力收拾将士们的骸骨，所获遗骨在雁凉城郊的穆岭山坡合葬一处，立坟刻碑。

夜天凌听到卫长征这一问，肃容道："不错，今日我要亲自祭奠阵亡将士的英魂。"

穆岭黄昏，西风烈，苍山如海，残阳似血。

荒原漠漠，一马平川。坦荡天际，风沙残雪呼啸而过，玄色蟠龙大旗在风中猎猎飘扬，数千玄甲军战士肃立于山坡，面对着眼前忠骨英魂，人人脸上都挂着肃穆与沉痛，平野空旷，只闻风声。

南宫竞等大将清一色面无表情，虽不明白夜天凌为何一反常态亲行祭奠，却人人都察觉今日将有不寻常的事情发生。

夜天凌玄甲墨袍登上祭台，以酒祭天，倾洒入地。

千万男儿，天地为墓，硝烟漫天，血如涛，都作酒一杯。

祭台之下，众将士依次举酒，半洒半饮。酒劲剧烈，激起豪情悲怆，热血沸腾。西山下，飞沙蔽日，叱咤风云的铮铮男儿，眼前一片烟岚模糊。

夜天凌转身看着这些跟随他南征北战的玄甲战士，徐徐道："圣武十四年，本王自军中挑选将士组建玄甲军，次年以一万精兵大败西突厥，一战成名，迄今已整整十三年。这十三年里，平南疆，定西陲，战漠北，玄甲军生死胜败，皆是一万兄弟，万人一心。"他顿了顿，深夜般的眸子缓缓扫视。虽隔着不近的距离，众人却不约而同地感觉被他的目光洞穿心腑，那幽邃精光，如冷雪，似寒星，透过漠原苍茫，直逼眼前。

只听夜天凌继续道："一战功成万骨枯，男儿从军，人人都是刀剑浴血，九死一生。我玄甲军战死沙场的儿郎无数，为国捐躯，死得其所，但是，却绝容不得有冤死的将士，更容不得有出卖兄弟的人。可是眼前，却有人偏偏要犯这个大忌。"

此话一出，如重石落湖，激起巨浪，眼前哗然一片惊诧，但碍于军纪约束，片刻又恢复绝对的安静。

夜天凌深眸一抬，落至几员大将身前。随着他的视线，数千人目光皆聚焦在南宫竞等人身上。

死一般的静，山岭间只闻猎猎风声。夜天凌负手身后，天边落日残血遍涂苍穹，他的声音似随这斜阳千里，遥遥沉入西山，然而却清晰地传遍场中："是谁，本王给你一个机会自行认罪，如若不然，便莫怪本王不念旧情。"

长风掀起玄氅翻飞，他周身似散发出迫人的威严，场中静可闻针，人人都在这气势下屏声静气，暗中猜度。

诸将中似乎掠过极轻的一丝波动，但人人目视前方，无人作声。

稍后，夜天凌冷声道："好，你既不肯承认，本王便请人帮你说。万俟朔风，当日在百丈原，突厥是如何得知玄甲军行踪的？"

万俟朔风便在近旁，见他问来，拱手道："当日突厥能够准确截击玄甲军，是因有人透露了玄甲军的行军路线，此人与突厥联系，用的是飞鸽传书。"

夜天凌微微点头，再叫一人，那人是冥衣楼现在玄甲军神机营的属下，近前，捧上一个笼子，掀开黑布，里面是两只体形小巧的信鸽。

夜天凌道："告诉大家，这鸽子来自何处？"

那人躬身答道："属下奉命暗中搜查，在史将军住处发现了这两只鸽子。"

四周空气赫然一滞，紧接着夏步锋猛地揪住史仲侯大声吼道："史仲侯！你竟然出卖兄弟！"

夏步锋本来嗓门就大，这一吼当真震耳欲聋，眼前山风似都被激荡，一阵旋风乱舞。

事关重大，身后士卒列阵肃立，反而无一人喧哗。夏步锋一声大吼之后，场面竟安静得近乎诡异，一种悲愤的情绪却不能压抑地漫布全场。

南宫竞将夏步锋拦住："殿下面前，莫要胡来！"

史仲侯抬手一让，避开了夏步锋的喝问，他深思般地看向万俟朔风，上前对夜天凌躬身："末将追随殿下征战多年，从来忠心耿耿，亦与众兄弟情同手足。单凭此人数句言语，两只鸽子，岂能说末将出卖玄甲军？何况此人原本效命突厥，百丈原上便是他亲自率突厥军队劫持王妃，现在莫名其妙投靠我军，十分可疑，他的话是否可信，望殿下明察！"

他一番言语并非没有道理，南宫竞和唐初不像夏步锋那般鲁莽，道："殿下，玄甲军自建军始从未出过背叛之事，唯有迟戍也是遭人陷害，此事还请殿下慎重！"

万俟朔风将他们的话听在耳中，并无争辩的意思，只在旁冷笑看着，眼底深处隐隐泛起一丝不耐与凶狠。

夜天凌没有立刻说话，薄暮下众人看不清他的神色，唯见他唇角轻轻下弯，形成一个峻冷的弧度。他似是在考虑史仲侯的话，稍后只听他缓缓道："圣武十七年，西域诸国以于阗为首不服我天朝统治，意欲自立，本王率军平乱，那时候你是镇守西宁的统护偏将，本王可有记错？"他说着看向史仲侯。史仲侯突然听他提起多年前的旧事，微微一怔，与他目光一触，竟似不敢对视，垂首低声道："回殿下，是。"

夜天凌点了点头，再道："西域平叛，你领兵横穿沙漠，逐敌千里，大破鄯善、高昌、精绝、小宛、且末五国联军，而后率一百死士夜袭鄯善王城，不但取了鄯善王性命，还生擒其大王子回营。剩余几国溃成散沙，无力再战，纷纷献表臣服，西陲平定，你居功至伟。"

西域一战，史仲侯得夜天凌赏识，从一个边陲偏将连晋数级，之后在玄甲军中屡建奇功，名扬天下。这时想来心底不免百味驳杂，他默然片刻，低头道："末将不敢居功。"

夜天凌纤徐的语气中似带上了一丝沉重："你很好，论勇论谋，都是难得之才。千军易得，一将难求，本王将你调入玄甲军，算来也有十年了。你跟本王征战十年，想必十分清楚，本王从不打无把握之仗，也绝不会让身边任何一人蒙冤受屈。"

他肃静的目光停在史仲侯身前，似利剑空悬，冷冷迫人。史仲侯虽不抬头，却仍感觉到那种压迫，如同瀚海漩涡的中心，有种无法抗拒的力量逐渐要将人拖入死地，纵然拼命挣扎，亦是无力。他抚在剑柄上的手越攥越紧，终于扛不住，单膝一跪，"殿下……"

夜天凌神情冷然："本王必定让你心服口服。长征，带人来！"

卫长征应命，不过片刻，带上两名士兵，一名医正。

那两名士兵来自神御军营，正是当日跟随卿尘与史仲侯那三千士兵中的幸存者。两人都有伤在身，夜天凌命他们免行军礼，道："你们将昨日对本王说的话，再对史将军说一遍。"

其中一名士兵拄着拐杖往前走了一步，他看了看史仲侯，大声道："史将军，那天在百丈原，迟将军原本引我们走的是山路，万万遇不到突厥军队，但你后来坚持南入分水岭，却与突厥大军迎头遇上。三千弟兄，唯有我们七个人侥幸没有战死，亦连累王妃落到敌军手中，此事不知你怎么解释？"

另外一名士兵伤得重些，若不是两名玄甲侍卫搀扶着，几乎不能站立，神情却极为愤慨："史将军，你没想到我还活着，更没想到当时虽然混乱，我却看到是你下的手吧？"他将身上衣衫一撕，露出胸前层层包扎的伤口，"我身上这一剑拜你所赐，险些便命丧当场！迟将军又与你有何怨仇，你竟对他暗下杀手？你以为别人都认不出你的手法吗？将军的剑法在军中威名赫赫，谁人不知？却不想杀的竟是自己兄弟！"

那医正此时上前，虽不像两人那般激动，却亦愤愤然："下官奉命查验迟将军的尸首，那致命的一剑是反手剑，剑势刀痕，不仔细看便真如刀伤一般，实际上却是宽刃剑所致。"

玄甲军中史仲侯的反手剑素有威名，回剑穿心，如过长刀，这是众所周知的。除了夜天凌与万俟朔风，南宫竞、唐初等都被几人的话震惊，不能置信地看着史仲侯。而史仲侯单膝跪在夜天凌身前，漠然面向前方，嘴唇却一分分变得煞白。

夜天凌垂眸看着他："这一笔，是神御军三千弟兄的账。冥执！"

得他传唤，冥执会意，从旁出列："属下那天与澈王殿下率五百弟兄潜入突厥军中救人，在找到王妃之前先行遇到史将军，他告诉我们，说王妃被囚在统达营中。我们深入敌营，却遭伏击，而实际上王妃早已被带走，史将军根本不可能知道她身在何处！我们后来虽得殿下增援突围，但神机营五百兄弟，甚至澈王殿下，却没有一个能活着回来！"
他恨极盯着史仲侯，若不是因夜天凌在场，怕是立刻便要拔剑拼命。

夜天凌待他们都说完，淡淡道："你还有什么话说？"

史仲侯脸色惨白，沉默了短暂的时间，将红缨头盔缓缓取下，放至身前，俯首道："末
将，无话可说。"

夜天凌深潭般的眸中渐渐涌起噬人的寒意："十三年来，除了当年可达纳城一战损
兵三千，我玄甲军从未伤亡过百，此次折损近半，却因遭人出卖，而这个人，竟是你史仲侯。
即便本王能饶你，你有何颜面面对战死的数千弟兄，又有何颜面面对身后曾同生共死的
将士们？"

玄甲军将士们虽不喧哗，却人人眦目瞪视史仲侯，不少人拳头攥得咯咯作响，更有
人手已握上腰间刀剑，恨不得立时便上前将史仲侯碎尸万段。

史仲侯面色却还算平静，他微微抬头，但仍垂目不敢看夜天凌的眼睛，道："我做
下此等事情，便早知有一天是这般下场，殿下多年来赏识提拔的恩情，我无以为报了，
眼前唯有一死，以谢殿下！"

说话之间，他反手拔剑，便往颈中抹去。

谁知有道剑光比他还快，眼前寒芒暴起，当的清鸣声后，史仲侯的剑被击落在地。

飞沙漫漫，夜天凌玄袍飘扬，剑回腰间。

史仲侯脸上颜色落尽，惨然惊道："殿下！"十多年间，他深知夜天凌的手段，待
敌人尚且无情，何况是出卖玄甲军之人，若连自尽也不能，便是生不如死了。

夜天凌冷玉般的眸中无情无绪："你没那个胆量自己背叛本王，不说出何人指使，
便想轻轻松松一死了之吗？"

史仲侯闻言，嘴唇微微颤抖，心里似是极度挣扎，突然他往前重重地一叩首："殿下！
此人的母亲当年对我一家有救命之恩，我母亲的性命现在亦在他手中，我已然不忠不义，
岂能再不孝连累老母？还请殿下容我一死！"说罢以头触地，额前顿见鲜血。

唐初与史仲侯平素交好，深知他对母亲极为孝顺，但又恨他如此糊涂，唉的一声，
顿足长叹，扭过头去，不忍再看。

夜天凌亦知道史仲侯是个孝子，他负手身后，静静看了史仲侯片刻，问道："那么
你是宁死也不肯说了？"

史仲侯不说话，只接连叩首，七尺男儿死前无惧，此时却虎目含泪。

夜天凌道："好，本王只问你一句话，你如实作答。那人的母亲，是否曾是含光宫
的人？"

含光宫乃是皇后的寝宫，史仲侯浑身一震，抬起头来。夜天凌只看他神情便知所料
不差，淡声道："此事到此，生死两清。你死之后，我会设法保全你母亲性命，你去吧。"

史仲侯不想竟得到他如此承诺，心里悔恨交加，已非言语所能形容。他呆了一会儿，神色逐渐趋于坦然，站起身来斟了两盏酒，将其中一盏恭恭敬敬地放在夜天凌身前，端着另外一盏重新跪下，深深一拜："史仲侯已无颜再求殿下饮我敬的酒，若来生有幸，愿为牛马，以报殿下大恩！"

他将手中酒一饮而尽，叩头。夜天凌目光在他身上略停片刻，对卫长征抬眼示意，卫长征将酒端起奉上。夜天凌仰头一倾，反手将酒盏倒扣下来，酒尽，十年主从之情，亦就此灰飞烟灭。

玄甲军几员大将相互对视，唐初命人倒了两盏酒，上前对史仲侯道："你我从军以来并肩杀敌，历经生死无数，我一直敬你是条好汉。想当年纵马西陲，笑取敌首今犹在目，但这一碗酒下去，你我兄弟之情一刀两断！"

史仲侯惨然一笑，接过酒来与他对举一碰，仰首饮尽。

随后南宫竞端酒道："史兄，当年在南疆，我南宫竞这条命是你从死人堆里背回来的，大恩无以为报，这碗酒我敬你。今日在这漠北，诸多兄弟也因你丧命，酒过之后，我们恩断义绝。"

史仲侯默然不语，接酒喝尽，南宫竞叹了口气，转身离开。

夏步锋性情粗豪，端着碗酒上前，恨恨道："史仲侯，你的一身武艺我佩服得紧，但你做出这等卑鄙无耻的事，我就看不起你！从今往后，我没你这样的兄弟！"说罢将酒一饮，将碗一掷，呸地吐了口唾沫，扭头便走。

三人之后，玄甲军中史仲侯的旧部一一上前，多数人一言不发，与他饮酒一碗，就此作别。亦有心中愤恨难泄的将士，如夏步锋般出言羞辱，史仲侯木然承受。

不多会儿几坛酒尽，史仲侯独立在空茫的场中，仰首遥望。

苍天茫茫，四野苍苍，最后一丝光线亦没落在西山背后。风过如刀，刮得脸庞生疼，玄甲军猎猎大旗招展眼前，怒龙翻腾，仿佛可见当年逐敌沙场的豪迈，傲啸千军的激昂。

暮色逐渐将视线寸寸覆没，他伫立了片刻，弯腰将方才被夜天凌激飞的剑拾起，郑重拜倒在地："史仲侯就此拜别殿下，请殿下日后多加小心！"

言罢，反手一掼，剑入心口，透背而出，一道血箭喷射三尺，染尽身后残雪，他身子一晃，仆倒在地。

夜天凌凝视了史仲侯的尸体许久，缓缓道："以阵亡的名义入葬，人去事过，到此为止，若有敢肆意妄论者，军法处置。"

军中领命，数千将士举酒列阵，面对穆岭肃然祭拜。

酒洒长天，夜天凌负手回身，青山遥去，英魂何在，暮霭万里，风飞扬。

第四十章　一片幽情冷处浓

圣武二十七年春，玄甲军克蓟州，歼北晏侯残部，靖幽蓟十六州叛乱，撤北藩，立北庭、武威都护府。

同月，天帝降旨撤东侯国，设东海都护府。至此，把持天朝四境近百年的诸侯国尽遭裁撤，军政重权逐步分入州府，四海之内唯皇权独尊。

夜天凌安定十六州后，即刻以龙符调动诸路兵马、粮草军需，集四十万铁骑于蓟州，挥军北上。

大军以唐初、南宫竞为左右统军，兵分两路，配合万俟朔风十万先锋军在前，连克左玉、苏图海、四合、下沙、日郭、玉斗、青木川、甘谷、弋马九座城池，兵逼可达纳。

万俟朔风率军每过一城，不纳降俘，坑于路者堆骨如山，横穿漠北大地的玉奴河血染江流，浪涛滚滚，残骸沉浮，以致数月不清。

大战过后，九城之内绝突厥人，离侯山以北、瀚海以东多数土地，尽数归于天朝版图。

可达纳城自圣武十九年遭玄甲军破城后，始罗可汗一边与天朝虚与委蛇，一边苦心经营，在王都四周扩建外城，城墙之间每隔十数步开出洞口，修筑了厚逾数寸、半尺见方的金铜炮管，其后设有火油机关，运转如轮。一旦遇到敌军攻城，各处机关同时发动，管中便有火油喷出，瞬间即燃，直倾城下，仿若火瀑喷溅不休，伤人无数，名为"劫天龙"。有此机关防守，几乎没有军队能够攀墙攻城，数十丈内云梯战车一旦靠近便被摧毁，更勿论将士骨肉之躯，可达纳从而成为北疆最难攻破的城池之一。

如今天朝兵临城下，东突厥大将木颏沙率军坚守此城。劫天龙的杀伤力极大，甫一交锋，天朝军队不曾防备，首战吃了暗亏。

唐初等人数次率兵强攻，都无法靠近城池。火油喷射范围之内，入者非死即伤，若被正面击中，纵使钢筋铁骨也立时化作灰烬，以万俟朔风的身手也险些不能幸免，众将一时苦无良策。

夜天凌传令暂时退兵弋马城，一面补充粮草，一面召诸将商议对策。

这日众人都已到齐，却迟迟不见冥执身影。直到时近晌午，冥执方匆匆入内求见。夜天凌从依照可达纳城四周地势仿制而成的沙盘前抬起头来，南宫竞等人都替冥执捏了一把冷汗。

冥执心中虽有计较，但被夜天凌目光一扫，仍觉十分忐忑，急忙赶在夜天凌发作前递上一样东西："殿下，属下有破城之计，请殿下过目！"

夜天凌淡淡瞥了他一眼，方往他递来的牛皮卷上看去。唐初站在近旁，随口道："这不是可达纳城的地图吗？"

冥执点头道："是可达纳的城池图没错。"

唐初道："敌城的布置咱们不是不知，只是如今在那劫天龙的压制下，我们根本无法靠近城池，地形再熟又有何用？如今唯一的办法恐怕便是等雨雪天气再行攻城了。"

冥执急道："万万不可，那劫天龙喷出来的乃是产自西北地下的黑油，提炼后加以硫硝等物，经机关喷射化作烈焰，遇水不灭，反而会燃烧更甚，倘若雨天强行攻城，恐怕我军的损失会更加惨重。"

南宫竞奇道："竟有这等事情？还从未听说有遇水不息的火焰。"

冥执道："我们不曾听过，却不是没有。这配置火油的法子是从域外传来的，是以中原少有听闻，尤其水上作战用以摧毁船只最是厉害，万万不可与之硬抗。"

夏步锋最是性急，顿时叫道："照你这么说，岂不还是无法可施？"

冥执笑道："我既说了有法子，自不叫你失望。"说着将图纸放下，指着上面几处红点道，"殿下请看。这几处标记乃是敌城中储存火油的地方，可达纳城中防库共有十座，掘地为大池，纵横丈余，当中全是劫天龙所用的火油。这些火油每隔月余便要另外筑池存放，否则便会遇物成火，自焚屋舍，本身便是十分危险之物。这情报是咱们神机营的兄弟费了不少功夫暗中探出的，所有位置都十分精准，若于此处着手破坏机关，叫他们城中自焚，不战而乱。"

诸位将领扭头互视，都还有些不得要领。夜天凌转回座上道："继续说。"

冥执道："殿下可还记得蜀中那个制作烟花的老工匠？"

夜天凌目光微微一动，似是记起了什么事情："自然。"

冥执将牛皮卷拂开呈上，道："先前神机营在蜀中向那老工匠请教，曾经私下里研究出一样物件，原本不甚完善，这几日连夜改制，弄出些名堂，或许能派上用场，请殿下过目。"

众人聚上前来，只见其上绘着个形如飞鸟的图样，看去似是以细竹或芦苇编织而成，鸟翼两侧复有两支圆筒装置，鸟腹亦藏一筒，尾部修长设有引信，看去甚是奇特。夏步锋围着图纸看了两圈，道："这是个什么鸟？不能叫不能吃，画来做甚？"

冥执道："你懂什么？此物名为'神火飞凰'，乃是我神机营特制的飞火机关。"

唐初等不似夏步锋鲁莽，纷纷道："别打岔，听他说。"

冥执便指点道："这飞凰双翼之上装有两支起火，内中火药经引信点燃，可将飞凰射至空中，此时腹下火药点燃，再次发力，最远可达百丈有余。飞凰腹中装的是我们的玄甲火雷，并经特殊配置，加以草乌头、狼毒、巴豆、砒霜等药物，入城燃爆，光是毒烟便足够突厥人消受。何况鸟身一旦爆开，火雷贴地流窜，如此满城火发，必中敌军藏油池，毁其油料，则劫天龙机关形如废物，便再无用处，此城可下矣！"

万俟朔风在旁听着，点头道："如此甚好，只是我们受劫天龙压制，近不得城池，这机关竟能两次催发，直至百丈开外？"

冥执笑道："这有何难？你没见过蜀中工匠所制的烟花，一次点燃节节升空，层层爆开直入云霄，那才叫精彩。"

南宫竞拍案道："不错，此法可行！不知这机关制作起来是否麻烦？若要全面攻城，保证燃中对方的藏油池，怕不得有个上百只才行。"

冥执道："放心，神机营这两天都在赶制了，三五日内想必可得百只。"

眼见困扰大军的问题立等可解，诸将都是一阵兴奋。万俟朔风抬头，却见夜天凌起身步到案前，负手垂眸看着案头皮卷，似在欣赏上面的图画一般，神情淡淡，唇角竟带着丝若有若无的笑。

他几疑自己看花了眼，顺着夜天凌的目光看去，只见那飞凰机关旁边一行清雅的小字，飘逸如风，秀稳如兰，沿着粗糙的皮卷一路书下，却丝毫无损笔触之清美，望去赏心悦目。

片刻过后，夜天凌一手自图卷上轻轻掠过，抬头往冥执看去："好法子。"

冥执一直留意夜天凌的神色，顿时松了口气，道："殿下若觉得此法可行，请移步城郊一看，神机营的兄弟们正在试验飞凰机关，想必又有些新眉目。"

夜天凌微微颔首，却道："欲以火攻，必得将天气、风向通盘考虑，更兼机关之中设有毒烟，一个不慎恐将误伤己营，你们可有想过此点？"

冥执随口便道："王妃说一定要选北风……呃……"话一出口，顿觉不对，不由得停下来看夜天凌。不料夜天凌唇角微微一扬，只示意他说下去。冥执便继续道，"这神火飞凰不能逆风发射，唯有顺风才能远达百丈。至于毒烟，王妃自然配得解药，事先分发至各营，可保万无一失。"

南宫竞等近来都察觉凌王和王妃不知为了何事十分疏离，却摸不着半点儿头绪，在夜天凌面前更是连提也不敢提，因此连日行军议事都打起十二万分小心，免遭池鱼之殃。今日冥执一不小心说漏了嘴，众人不约而同地去看夜天凌的反应，没人说话，唯有夏步锋向来直来直去，脱口便道："原来是王妃的主意，我就说冥执你怎么又连什么风向、草叶都懂了……"

话说一半，南宫竞扭头瞪他，夏步锋愣道："怎么，难道我说错了？"

南宫竞极无奈，却也只好道："话是没错。"

夏步锋道："没错为何不让我说？"

唐初在旁有些撑不住，轻咳一声，忍着笑道："多思少言，殿下平日嘱咐你最多，偏你忘得最快。"

夏步锋挠头往夜天凌看去，仍是一脸迷茫。夜天凌起身对冥执道："去看看吧，若此法可行，功过相抵，免了你今日迟到之罪，否则严惩不贷。"

语中平静，雷声大雨点小，冥执躬身应声，脸上忍不住牵起丝微笑容。"功过相抵，他不会治你迟到之罪。"王妃还真是料事如神，对凌王的脾气摸得一清二楚，竟连说辞都一样。

众人走了几步，夏步锋忽然悄声问南宫竞："殿下和王妃闹别扭了？"

南宫竞啼笑皆非："我就想不通，嫂子当初怎么会看上你这个一窍不通的老粗？"

不料夏步锋居然正色道："老粗咋了，老粗自有老粗的好处。"

这两句话说得声大，大家都听得清楚，纷纷笑起来。夜天凌负手走在前面，薄唇微挑，阳光下冷冽的眼底亦笑意浓浓。

城郊五里外的山坡上，神机营的将士们人来人往，正一番有条不紊地忙碌。

夜天凌等人走至近前，见那制成的神火飞凰约有一尺来长，周身以竹篾编织，糊以油纸，前后共装有四支火箭，腹藏火雷，果然如图所绘。

众人正端详这完成的机关，却听远处轰然数声巨响，对面山上炸开团团惊人的火光，随着山石崩裂，浓烟滚滚而起，原来是其他战士正在试验飞凰机关的威力，只是为安全起见，不曾加入有毒的火药。

万俟朔风看得双眸一亮，泛起冷光："可达纳指日可破了！"

夜天凌微微点头，有了劫天龙存放火油的精准位置，再加上致命的毒烟，烈火一起，如焚巨雷，再坚固的城池也抵挡不了几时。不知是否因了了一桩麻烦事，他看来心情不错，与诸将仔细看过飞凰机关，商定下攻城的方略后，一路说笑回城。

行至城门，前面大路上两人双骑迎面驰来，却是卫长征带着一名侍卫，风尘仆仆的样子，像是刚赶了远路回来。

卫长征见了夜天凌，下马行礼。夜天凌问道："办妥了？"

卫长征道："附近城中居然都没有，属下去了一趟青木川，总算买到了。"

夜天凌微带马缰，交代了一句："给冥执吧。"便继续往前走去。

卫长征便从马上取下两小包东西，交给冥执："倒没想到正好你在。"

冥执问道："什么东西？"

卫长征一笑："看看便知。"接着便策马随夜天凌去了。

冥执落在后面，不由得满心疑问。大战在即，这时候有什么重要的东西还要卫长征亲自跑一趟青木川？他低头打开包裹，万俟朔风在他近旁，扭头看见，十分奇怪："麝香？"

冥执低声笑道："麝香和白檀香，王妃配药用的，漠北这边不太好买，但却少不得。"

万俟朔风会意地挑了挑眉。前面卫长征回头笑看过来，冥执遥遥抱拳，无声地做了个口型："辛苦！"

卫长征耸耸肩，一回头见夜天凌已扬鞭催马，忙跟了上去。

入城之后，众人各去操练布置，准备攻城事宜。卫长征随夜天凌回到行营，未进辕门，忽然夜天凌勒马止步，扭头看向一旁。

卫长征顺着他的目光看去，发现有团白乎乎的东西窝在几块山石旁，蜷成一团，被冷风吹得正瑟瑟发抖。他下马走到近前去看，原来竟是只小兽。

那小兽听到有人过来，耳朵一竖，警觉抬头，一双蓝色的眼睛如同白雪中两颗冰水晶石，妖娆中充满敌意地看着卫长征，喉间呜呜低叫，将身子挣扎着往后蹭了蹭。

卫长征心下称奇，除了眼睛色泽相异，这小兽简直与雪战生得一模一样，似狐非狐，似貂非貂，说不上是什么动物。

他正想蹲下去仔细研究，有人从旁伸手，二话不说便将那小兽拎了起来。

那小兽呜的一声，在夜天凌手中挣扎，欲拿前爪挠人。夜天凌皱了皱眉，毫不费力便制住那两只不老实的爪子，小兽随即可怜兮兮地吊在半空，大大的尾巴收作一团，身子微微颤抖。卫长征此时才发现原来它后腿受了伤，雪白的皮毛上血迹斑斑，看来伤势还不轻。

夜天凌拎着小兽看了会儿，抬手丢到卫长征怀里："给冥执。"

卫长征手忙脚乱地接过来，当场便被小兽挠了一爪子，颇有些哭笑不得，伸手将意图挣脱的小东西按住，匆匆寻冥执去了。

三日后，北风大作，天朝大军万事俱备，挥军攻城。

夜天凌自用万俟朔风后，已极少亲自领兵上阵，只放手让他大展身手。万俟朔风生性好战，兼之对漠北与突厥了如指掌，攻城略地无往不利。唐初、南宫竞等人先时对他尚存疑心，几战之后，不由已成莫逆之交，称兄道弟，极为相熟。夜天凌亦常与他把酒长谈，谈文论武薄古非今，彼此心中都有相见恨晚之叹。

万俟朔风嘴上虽不说，心中对夜天凌却佩服至极。不说别的，单凭夜天凌连可达纳城这样的大战都放心交给他，他纵然恃才傲物，却也自问无此气度胆略。

运筹帷幄，成竹在胸，城外剑戟林立，兵马如山，夜天凌却连铠甲都不着，长袍清淡，闲坐行营。

闭目养了会儿神，近处突然传来极轻的一声响动。他睁眼看去，雪战蹲在窗格处微侧着头，金瞳熠熠，正瞅着他。

他与那小兽对视了片刻，起身往外走去。走至廊前，忽然一愣。清风微凉，琼光淡淡，有个熟悉的身影正仰头看着树上，一脸的无奈。

月色轻裘，衣袂微飘，澄澈的光线穿透漠北细芽初绽的枝叶半洒上她的侧颜，一支羊脂白玉簪轻绾秀发，因着了阳光的色泽通透而明净。发如云，人如玉。他站在这里可以看到她柔和而优美的下巴微微抬起，露出修长的脖颈，几缕碎发自发簪间悄然滑下，软软地垂于她耳侧，偶尔春风轻过，漾起几丝微澜。

她半侧着头，黛眉轻蹙，柔软的红唇微微抿着，带了一丝俏皮的模样。这一颦一笑看过千百次也不厌，若即若离的距离，他安静地站在那里看着眼前的人，俊眸含笑。

"雪影，伤还没好就乱跑，居然还敢爬树，快下来。"

树枝上，一只雪白的小兽蹲在那儿，侧眼看向树下有些无奈的卿尘，蓝瞳晶亮，倒映着淡雅的身影。

突然间，雪影扭头看向旁边，一道白影轻俏闪过，它已从树上跳了下去。

卿尘回身，正见夜天凌负手站在廊前，静静看着她。淡金色的阳光自万里无云的长空投下，落满他衣襟，修袍利落长身玉立，带着三分峻冷风色，然那深邃的眸底却浸着无垠的柔和。

卿尘愣住，不曾料到这时候夜天凌竟在行营，凝眸望他，却见他忽然暖暖一笑，山清水澈，云淡风轻。

几度红尘，几度回眸，每一次寻找他的身影，他总在离她最近的地方。无声无言，但他在，漫漫此生，携了她的手，终此生生世世，不离亦不弃。

卿尘轻轻扬起唇角，却不说话，夜天凌笑容愈深，淡淡道："怎么，不认识了？"

卿尘修眉轻挑，笑道："似曾相识。"

夜天凌眼底深色微微波动，忽然察觉身边白影微闪，还没来得及躲开，雪影已经蹿上了他肩头。他剑眉一蹙，伸手便将那小兽拎了起来，谁知雪影一急，前爪勾住他的衣服，竟说什么也不松开。

卿尘看着一人一兽僵持不下，不由哑然失笑。人人敬畏的凌王殿下岂容一只小兽蹲在肩头睥睨四方，平日里雪战为此没少吃亏。再看夜天凌已有些忍无可忍，她忙上前拎起雪影的小爪子将它从夜天凌手中救出来，一边笑一边道："它调皮得很，比雪战还叫人头疼，也不知长征怎么打仗时还有这番闲情，居然捡了这么个小东西回来。"说话间清灵灵的凤眸微抬，笑靥如花。

雪影此时倒老实了，委屈地趴在卿尘怀里，自她手臂处楚楚可怜地望向夜天凌，目光哀怨，似在控诉夜天凌方才极不温柔的行径。

"嗯……哼！"夜天凌盯了它一眼，愣了愣，冷哼出声。

卿尘将雪影放下地去，见他面色不善，笑盈盈问道："你不会是在和这小家伙计较吧？"

她清泉般的笑容在夜天凌面前妩媚绽放，几日不曾细看，那如画的眉目间竟奇异地多添了几分温婉与成熟的风韵。他几乎已记不清发生过何事，似乎每一次相见都是一个开始，每一次相对都是刻骨铭心，柔情似水。

他的妻子，他寻找了半生的那个人，此时婷婷站在面前，看着他，浅笑宁静。

他微微叹了口气，叹息中却是愉悦的神情："世上唯女人与小兽难养，奈何我身边怎么越来越多。"

卿尘眨了眨眼睛："哦？这么说来，难道殿下这几天又纳了新人？"

夜天凌没料到卿尘问出这么一句，细细将她打量，皱眉道："本王即便再纳新人，你也不必这么高兴吧？"

卿尘瞅着他的脸色，施施然欲转身："那我便逍遥了嘛。"

未等举步，夜天凌伸手将她挽住，细眸微眯："逍遥什么？是谁当初那么霸道，偏说我是她一个人的？"

卿尘轻笑，理直气壮："我！"

"那你去哪儿逍遥？"

"凌王府啊！"卿尘笑说，"你是我的，凌王府是你的，自然也是我的，你有什么新人，还是我的。我府中地方大，看门洒扫有时人不够用，添几个也是应该的。"

她侧着头一本正经地打算着，夜天凌闻言失笑。便在此时，远处猛然传来一声巨响，跟着接二连三，似山崩海啸，声势惊人。

卿尘不曾防备，吃了一惊，未及转身已被夜天凌轻伸手臂，护在了怀中。

城北方向烧起冲天大火，浓烟四起，很快将天空层层遮蔽。硝烟之中战火隐隐，泛出血染的颜色，整个漠北大地似乎被扯开一个巨大的口子，让人感觉山峰城池缓缓下陷，天地颠覆。

卿尘下意识地皱了眉头，夜天凌一手替她掩住耳朵，轻轻将人揽在身前。

久违了如此清净的气息，宽阔的怀抱，稳持的臂膀，卿尘静静靠在夜天凌怀中，贴着他的胸膛，耳边一声一声是他的心跳，清晰地盖过一切。突然间动乱的四周缓缓陷入平静，她像是浮在澄透的湖水中，轻轻漂荡，波光粼粼，静谧的夜色下星子满天，那温暖叫人惝然欲睡。

金戈铁马都遥远，唯有他的拥抱如此真实。

过了许久，爆炸的声音渐渐低去，夜天凌淡淡道："可达纳城破了。"

卿尘自他怀中轻轻仰首，幽静的眸光投往远处，仿佛透过烽烟漫漫的苍穹看到了青山云外透彻如水的晴空，她似自言自语，又似在对着缥缈天光轻声道："可达纳城破了，东突厥亡了。"

城破国亡，又如何呢？

第四十一章　英雄肝胆笑昆仑

碎石、残垣、断剑、败甲，昔日漠北第一繁华的王都可达纳如今一片战火狼藉，再不复往昔车马如云、商贾往来的盛况，俨然已成一座废城。

漠云长空，残烟袅袅，日月无光。

城郊古道放眼望去，四处横尸杂陈，断石枯木，悲风四起。吹面不寒的杨柳风，夹杂着来自大漠的沙尘，模糊了苍穹的轮廓，带来几分深深的苍凉。

轻衣纵马，剑甲鲜明，夜天凌与万俟朔风并骑入城，一个清峻从容，一个谈笑自如，四周战况惨烈都不入眼中，惯经杀伐的漠然已入骨髓，再多的生死也不过只是弹指花开，刹那凋零。

卿尘静静随行于夜天凌身侧，一路沉默。

整个可达纳城在漫天的风沙下分外荒凉，血腥的气息寸寸弥漫，如同死寂的深海卷起暗流，悄然将人笼罩。半明半暗的烟雾下，墙脚路旁的突厥人像熟睡一样躺在冰冷的大地上，几乎可以看到曾经嬉笑怒骂的眉目，然而再也无声，再也无息。

天高地远，生如死域，非是天灾，乃是人祸。

到了行营前，卿尘下马驻足回身，风色在她眉间悄悄笼上了极淡的忧郁，明净的翦水双瞳中浮起的那丝哀伤却越来越浓。

夜天凌本来已走出几步，发觉卿尘没有跟上来，转身寻她。只见她扶着云骋站在原地，纤弱的身影风中看去，竟有几分悲凉与疲惫，他伸手挽住她："怎么了？"

卿尘静默了片刻，抬头看他，缓声道："四哥，我不想看到万俟朔风再屠城。"

夜天凌目如寒星，清光一动探入她潜静的眸心，稍后，他抬手拂过她被微风扬起的发丝，道："好，我知道了。"

卿尘微微一笑，略带着些倦意。她越过夜天凌肩头，看向广袤而寂静的漠原，轻轻道："空造杀孽，必折福寿，这一城生灵其实是丧命在我手中。"

夜天凌眉心微蹙："别胡思乱想，我先送你去休息。"

他将卿尘送入行营，独自往帅帐走去，想起卿尘方才的话，心头竟莫名地有些滞闷。

"殿下！"冥执迎面寻来，躬身施礼，自怀中取出一封密函递上，"前些日子王妃命我们在天都暗中追查邵休兵等人，现在有些眉目了。"

夜天凌拆开密函抬眼扫过，眼底一刃精光暗掠，冷笑濬濬："勾结盐商，借军需之由贩运私盐，胆子不小。"他将密函递回给冥执，负手前行，"传信回去，命褚元敬等人即刻联名弹劾。"说话间又一顿，心思微转，褚元敬这些御史还不够分量，事情揭发出来容易，要扳倒这些门阀贵胄还需费些力气。他略一沉思，再对冥执道，"还有，转告莫先生，让他去拜访长定侯，告知此事，然后设法让秦国公得到你们手中的证据。"

老而弥辣的长定侯，生性耿直，疾恶如仇，一旦得知此事，绝不会坐视不理。而秦国公，早年因旧事与邵休兵不和，结怨甚深，若让他得到这样的机会，岂会不闻不问？

冥执一一记下，道："只是现在巩思呈那里却半点儿把柄都抓不到。"

夜天凌冷冷一笑："巩思呈？他自身行事谨慎，滴水不漏，可惜儿子都不争气，这几年不过是殷家回护得周全罢了，此事不足为道。"

冥执便知他已有打算，不再多言，只笑道："如此王妃便少费神了。"

"嗯，"夜天凌淡淡应了声，"以后这种事情你直接回我，不必惊动她。"

冥执俯身应下，暗地里不由微笑，突然又想起什么事："殿下，我刚才遇到黄文尚，他说以后不用那么多麝香和白檀香，王妃嘱咐药中不要再用。"

夜天凌停步回头，问道："为何？"

冥执道："属下也不是很清楚。"

"唔。"夜天凌剑眉微锁，目光遥遥看出去，若有所思。

两人正说着话，万俟朔风大步过来，浑身杀气腾腾，见了夜天凌便道："活捉了木颏沙！哼！不是你要活口，我定取他性命！"

夜天凌转身自他身上扫过，淡淡笑道："怎么，吃了亏吗？"

万俟朔风皱眉冷哼："不愧为突厥第一勇士，手底果然够硬，若不是中了毒烟，未必能将他生擒。现在死不低头，正在前面破口大骂，你看着办吧！"

"看看去。"夜天凌举步前行，突然又回头对冥执道，"过会儿让黄文尚来帐中见我。"

偌大的校场中央，木颏沙被反绑在一根粗木柱上。

此人身形威猛，面色黝黑，身上战袍虽占满血污，却无损他浑身彪悍的气势，此时因愤怒而须发皆张，更显得人如鬼神，暴烈似火。

他双手双脚都被缚住，高声叫骂，以示怒意。四周将士因不通突厥语，即便知道他是在骂人，也不十分清楚骂的什么。万俟朔风却脸色铁青，手不由自主地按上刀柄，已是忍无可忍，深眸之中杀意冷冷，眼见便要发作。

夜天凌听到木颏沙言语中尽在怒斥万俟朔风背叛突厥、忘恩负义，难怪万俟朔风如此恼怒，扭头道："南宫竞他们想必已在帅帐等候，你先去吧。"

万俟朔风知道他一番好意，强忍下心中那股怒火，抬手躬身，话也不说，拂袖而去。

夜天凌缓步走进校场，木颏沙本来正骂得起劲，忽然见有人迎面走来，衣袍似雪，神情如冰，那双看似清淡的眼睛冷然将他锁定，竟让人有种被利箭穿心的感觉，他猛地一愣，到了嘴边的话就那样收住。

夜天凌在他面前站定，淡声道："你就是木颏沙？"

木颏沙虽从未见过夜天凌，但看这份慑人的气度亦能猜出他的身份，见他会说突厥语，大声道："我就是木颏沙！你用阴险手段将我擒来，不是英雄好汉！我们突厥最看不起这种人！"

他原本料想夜天凌必然大怒，谁知夜天凌冰冷的唇角反而掠起一丝笑意："不错，你说得有道理，我即便这样杀了你，你也不会服气。"

木颏沙双目圆睁，瞪着夜天凌："我自然不服！"

"好，"夜天凌将手一挥，"给他松绑，将兵器还给他。"

场外玄甲侍卫应命上前，拔剑一挑，斩断木颏沙身后的绳索，其后便有人将木颏沙的弯刀取来。

木颏沙接过兵器，尚对夜天凌此举摸不着头脑。

夜天凌遥望天际漠漠云沙，片刻之后，转身再对侍卫吩咐："取银枪来。"

玄甲侍卫会意，快步离去，不多时，取来一杆雪缨银枪，恭敬奉上。夜天凌抬手接过来，触手温凉的枪杆，光滑如玉，依稀映出熟悉的笑。微锐的锋芒，似穿透云雾的光，豪情飞扬，意气逼人。

挺拔如松，劲气如霜。

他的手沿着银枪缓缓抚下，力透之处，银枪一寸寸没入脚边的土地。他松开手，面对木颏沙卓然而立，冷冷道："你若赢得了这杆银枪，来去任你自由，但若丧命枪下，便只能怪自己无能。本王定会让你死得心服口服。"

木颏沙久经沙场，在突厥国中更是从无敌手，对兵刃较量毫不放在心上，弯刀半横，喝道："你来吧！"

夜天凌傲然道："你元气未复，本王让你三招，三招过后，你自求多福。"说罢负手从容静立，微风飒飒，吹得他衣角飘摇，一股凌云霸气已缓缓散布开来。

木颏沙得获求生之机，岂会轻易放过，当下大喝一声，刀光如电，挟着雷霆万钧之势迎面劈向夜天凌。

劲气扑面，夜天凌负手身后，足下踏出奇步，一瞬间白影晃目，木颏沙声势惊人的一刀全然落空。

木颏沙不愧为武学高手，竟身不回，头不转，刀势反手而去，第二招又至。

但见电光石火间夜天凌仰身侧过，刀光中倏忽飘退，飘然如在闲庭。

木颏沙已然被夜天凌激起凶性，双手握刀，刀下隐有风雷滚滚之声，如万马奔腾，电闪交集，化作长弧一道，横劈疾袭。

刀风凛冽，夜天凌遵循三招之约，只守不攻。场中两人错身而过，木颏沙刀锋迅猛，只听哧的一声轻响，竟将夜天凌衣襟划开长痕！

夜天凌眼中异芒精闪，沉声喝道："好！"

三招已过！夜天凌忽然单手拍出，化掌为刃，骤然袭向木颏沙胸口。

木颏沙猝不及防，被逼退半步。但随即猛喝一声，展开刀势，劲风猎猎，大开大合，威猛不可抵挡。

四周玄甲侍卫忍不住纷纷喝彩，如此刀法，刚猛无俦，难得一见。

夜天凌空手对敌，意态逍遥，在对手摧肝裂胆的刀风下不急不迫，进退自如。

木颏沙刀下罡风厉啸，卷得四周飞沙走石击人眼目。夜天凌身形却如一叶扁舟逐浪，顺势飘摇，始终于风口浪尖傲然自若。

其身若水，水利万物而不争，无形而无处不在，无意而无坚不摧。

木颏沙如此迅猛的刀法原本便极耗内力，与对手缠斗乃是大忌，他数次抢攻都摸不着夜天凌身法，时间一长，不免心浮气躁。

便在此时，夜天凌周身忽然像是卷起一个巨大的旋涡，如他寒意幽深的冷眸，一切靠近身边的东西尽皆被吞噬。

木颏沙心叫不妙，却为时已晚，夜天凌原本无踪无迹的劲气化柔为刚，浩浩然铺天盖地，灭顶袭来。

木颏沙的刀便如撞上一堵坚硬的城墙，双方劲气相交，木颏沙大退一步。

蛟龙腾空，银枪入手，随着夜天凌一声清啸，一道白虹直贯天日，黄沙漫天，破云开雾。

盛亮的阳光自天穹洒照而下，染满了白衣如风，夜天凌轻轻抬头，金光刺目，是酸楚的灼痛。

木颏沙弯刀坠地，捂着腹部步步倒退，突然反手将透腹而入的银枪一把拔出，长声笑道："痛快！痛快！"

血箭喷射，横流身前，四周观战的将士们都悚然动容。

夜天凌眸心微波轻翻，缓缓道："好刀法，好气魄！"他回头，木颏沙身子摇摇欲坠，支撑着一晃，扑倒在地，眼见便不能活了。

夜天凌神情漠然，眼底深处却流露出不易察觉的惋惜，淡声吩咐道："传黄文尚来看看，是否还有救。"

不过片刻，黄文尚匆匆赶来，俯身查看一番，摇头道："殿下，伤得太重，已很难救治了。"

夜天凌轻轻挥手，示意玄甲侍卫将木颏沙抬下，却听有个轻柔的声音道："慢着，还有救。"

他转身看去，见卿尘自众人身后缓步走出，她低头静静看着木颏沙身前血流满地，复又抬头看向夜天凌："你要救他？"

夜天凌从她眼中看到了一丝冷漠与悲悯错杂的情绪，似恨非恨，似愁非愁，清利背后偏又带着柔软，似一片枯叶，轻轻压上心头。方才刀光血影下的那抹凛冽杀气悄然淡去，夜天凌道："不必了。"

卿尘凝视他片刻，突然轻叹一声，侧首道："黄文尚，你来帮我。"

黄文尚应了一声，走上前去。

木颏沙在半昏半醒间似乎看到一双清隽的眼睛正默默注视着自己，那不染铅华的明净，如同漠北草原湛蓝的天，美玉样的湖水，风吹草低，牛羊如白云朵朵，一望无际的原野上有野花的清香，静静地流淌在最遥远的梦中。

那双眼睛离开了他，他眼前的景象渐渐模糊，剧痛从四面八方传来，黑暗无边。

血迹在白玉般的手指间绽放成妖冶的花，静冷的眉眼淡淡，漠然的唇微抿着，三军将士远远围在校场四周，连一丝声息也无。

如此重的伤势，昔日她不能救，今日，她在想了千遍，试了千遍之后，在费尽思虑耗空心血之后，在多少个夜里辗转难眠之后，这用她珍视之人的生命换来的医术，阴错阳差，用在了她恨之入骨的人身上。

这个人的箭，夺去了那个与她笑饮高歌的男子。碧落黄泉，一别参商，酒空敬，弦空响，高山毁，流水殇。

知己红颜，纵双影相伴，笑傲苍天，天若有情，从此寂寥。

然而她是医者，在一个真正的医者眼前，永远也没有见死不救。

各为其主，生死是非尽不同。

不知过了多久，卿尘轻轻舒了口气，站起身来对黄文尚道："小心上药，送到你那里去照看，若明天能醒来，性命可保。"

黄文尚忙接过卿尘手中的药，旁边早有侍卫端水奉上。卿尘转身净手，方才一心在伤者身上倒不怎样，此时放松下来，只觉得眼前血腥的气息格外刺鼻，胸臆间一阵不适，抬手用清水扑了把脸，微微闭目，修眉紧蹙。

夜天凌原本在看黄文尚用药，此时无意扭头，突然发现卿尘面色极苍白，他微觉诧异，低声问道："清儿？"

谁知卿尘似没听到他的声音，匆匆转身，快步便往校场外走去。

夜天凌心觉不对，随后跟上，却见卿尘几乎是急跑了数步，方出校场，便扶住路旁树木呕吐起来。

夜天凌急忙上前将她扶住："清儿，怎么了？"

卿尘一时吐出来，略觉轻松，但胃里翻江倒海的还是难受，轻声道："不碍事……是那血腥味太重了。"

夜天凌剑眉紧锁，待她好些后，小心地将她横抱起来，命人急召黄文尚来行营。

卿尘怕这样子在行营里被人撞见，道："我自己走，你不用叫黄文尚，我没事。"却被夜天凌一眼瞪回去："还说没事？"

卿尘身上无力，挣脱不得，只得认命地靠在他怀里，低低道了句："有事没事，我比黄文尚清楚。"

夜天凌不理她，只丢了句"不准说话"出来，径自抱她入了行营。黄文尚已赶在后面跟来，上前请脉。

夜天凌在旁看着，见他诊了右手，又请左手，眉际隐添不安，正欲开口询问，黄文尚躬身笑道："恭喜殿下，王妃这是喜脉。"

话出口，夜天凌先是一愣，黄文尚本以为他是惊喜，谁知他脸色猛地沉下，回身往卿尘看去。

卿尘半合着双目靠在榻上，虚弱地对他一笑。

夜天凌盯了她片刻，问黄文尚："情况如何？"

黄文尚觑见他面色有异，小心答道："王妃已有两个多月的身孕，依下官之见，王妃身子弱，向来便怕劳累伤神，此时更需好好调养才是。"

夜天凌听完后道："你下去吧。"

黄文尚退了出去，卿尘见夜天凌反身坐在一旁也不说话，颇觉奇怪，轻声道："四哥？"

夜天凌闻言转头，唇角像往常不悦那般冷冷抿着，目光扫来竟带怒意。卿尘意外："你怎么了？真的没事。"

这话不说还好，夜天凌听了拂襟而起，不由怒道："这么大的事你竟瞒着我？两个多月的身子，你跟着大军转战千里，没事，若有事呢？你不顾孩子，也不顾自己？"

他突然发怒，实在叫人始料不及，卿尘身子不舒服，心中不免有些烦躁，柳眉一挑，欲要驳他，却只说了句："你……"胸中气息紊乱，忍不住呛咳起来，"你出去。"她亦恼了。

夜天凌愣住，入登朝堂，出战沙场，所遇者恭敬畏惧尚不及，有几个人敢用这种语气命令他？原本是火上浇油，他不等发作，却见卿尘掩唇靠在榻前，脸上苍白的底色因频频咳嗽泛起嫣红，黛眉紧锁，眸中一层波光清浅，柔软空蒙，楚楚怜人。

他下意识地便上前扶住她，卿尘因咳嗽得狠了，刚刚平息下去那反胃的感觉又涌了上来，难过得不想说话。夜天凌处理朝事手到擒来，带兵打仗无所畏惧，此时却真有些手忙脚乱，心里明明惊怒未平，却又心疼妻子，一时深悔刚才话说得重了，平日里那些从容沉稳荡然无存，只轻轻替卿尘抚着后背，盼她能舒服些。

好一会儿，卿尘似是缓过劲儿来。夜天凌身上清俊而冷淡的气息尚带着微风里丝丝缕缕的春寒，如同冰水初融，山林清新的味道，让她觉得那股不适渐渐淡去。他稳持的手臂挽在她背后，似乎借此将温暖的力量带给她，让她放心地靠着。

她闭目窝在他臂弯里，他抬手取过茶盏：“好些了？”

卿尘密密的睫毛抬了抬，赌气般侧身。夜天凌无奈，却仍旧冷着脸，问她道：“我说错了吗？”

卿尘不答话，夜天凌从来没见她这般发脾气，奇怪道：“瞒了我这么久，你倒理直气壮的。”

卿尘转身扬眸，回了一句：“你也没问过，怎么说我瞒你？”

夜天凌道：“多少日见不到你，我问谁？”

卿尘道：“你自己不想见，如何又怪我？”

夜天凌沉默了片刻，缓声道：“我不见你，是气你不知认错。”

卿尘淡扬着眉，略有些咄咄逼人：“我又哪里错了，你这般恼我？”

夜天凌眼底隐有愠怒，冷下眉目：“现在还说没错，你让我怎么不生气？你可想过，若那一剑收不住会怎样？你用自己的身子去挡我的剑，将心比心，换作剑从你手中刺往我身上，你心里又作何滋味？”

他手底一紧，卿尘被往怀里拉过几分，她不料听到的竟是这番言语，悄眼抬眸，只见他峻肃的神情冷冽，看去平静却难掩微寒，是真恼了。她轻咬薄唇，这下麻烦，但心头竟莫名地绕起一丝柔软，暖暖的，带着清甜。

夜天凌见她半晌不吱声，低头。卿尘倏地垂下眼眸，忍不住，又悄悄自睫毛底下觑他。夜天凌就这样看着她不说话，稳如泰山般，目光却不叫人轻松，她无奈，轻声道：“那一剑我若是不挡，你就没想过后果吗？你真刺了下去，怎么办？”

那一剑她若是不挡呢？

夜天凌微微抬头，目光落在身前空旷处。静谧的室中清灵灵传来几声鸟鸣，春光透过微绿的枝头半洒上竹帘，逐渐明媚着，如同阳春三月的大正宫。

那是曾经一起读书习武的兄弟，曾研棋对弈，吟诗泼墨，一朝风流冠京华；曾轻裘游猎，逐鹿啸剑，纵马引弓意气高。

也争，也赌，也不服，然而年年闲玉湖上碧连天，凝翠影，醉桃天，斗酒十千恣欢谑，击筑长歌，月影流光。

多少年不见闲玉湖的荷花，如今曲水流觞逐东风，旧地故人，唯余空盏断弦。

若那一剑她不挡呢？他真的刺得下去吗？夜天凌低头看向自己的手，哑然失笑。他眼中的清寂极淡极轻，默默无语，流落在那丝笑中，如轻羽点水，飘零无痕。那时的心情，只有旗鼓相当的对手才当得起，他也只想到七弟一个人。

一缕青丝自卿尘发间流泻，纠缠在他指尖，他轻轻将她的发丝绾起：“清儿，不必为我做什么，甚至不必去想那些事，你只要在我身边就好。”

卿尘温柔看着他：“同甘不共苦，那怎么叫夫妻呢？”

夜天凌微微一笑，摇头道："陪着我，相信我，便足够了。"

他的眼中倒映着她的容颜，她望着他，侧头靠在他胸前，笑说："你把事情都做了，那我做什么啊？"

夜天凌轻笑一声："你啊，照顾好本王的儿子。"

卿尘凤眸轻转："谁说是儿子，难道女儿不行？"

夜天凌冰冽的眼底有宠溺的柔和，道："好，女儿，你说是女儿便是女儿。"

卿尘失笑，突然抚着胃部皱眉。夜天凌紧张地看着他，眼中满是询问。卿尘苦着脸："我觉得……饿了！"

夜天凌怔了怔，随即笑着将她从榻上抱了起来，大步往外走去："千月坊的点心是没有了，去看看有什么合你胃口。"

卿尘惊道："这样怎么行！"

夜天凌大笑，不理她抗议。廊前一阵浅笑嬉闹，遥遥送入阳光媚丽，暖风微醺，已是春来。

第四十二章　树欲静而风不止

春风暗度玉门关，关外飞沙，关内轻柳，野花遍地闲。

如云的柳絮，纷纷扬扬，似天际的飞雪蒙蒙，又多了暖风缱绻，扑面而来，绕肩而去，微醺醉人。

此时的天都应是浅草没马蹄，飞花逐水流的春景了呢。卿尘闲坐中庭，半倚廊前，抬手间一抹飞絮飘落，轻轻一转，自在逐风。

身前的乌木矮案上散放着素笺竹笔，通透温润的玉纸镇轻压着笺纸一方，微风流畅，如女子纤纤玉手掀起纸页轻翻，偷窥一眼，掩笑而去。

雪战凌在卿尘身边窝成一团，无聊地扫着尾巴。雪影不知跑到哪里去嬉戏，转瞬溜回来，一跳，不料踩到那翠鸟鸣春的端砚中，小爪子顿成墨色。往前走去，雪笺上落了几点梅花小印。卿尘扬手点它脑袋，它抬爪在卿尘手上按了朵梅花，一转身便溜了个不见踪影。

卿尘哭笑不得，便将那笺纸收起来。雪战本来安稳假寐，无奈雪影总在旁打转，闹得它也不安生，爬起来伸了个懒腰，突然间支棱起耳朵。

卿尘仍合着眼，入耳若隐若现的有马蹄声，马儿轻微地打着响鼻，夹杂寥寥数语的交谈，剑甲铮铮，在靴声间磨蹭碰撞，惊得飞鸟唧喳。她可以想象有人大步流星穿过庭院，飞扬的剑眉，墨黑的眸子，削薄的唇带着一丝坚毅，正配那轮廓分明的脸庞。

唇边一缕笑意还不及漾起，他清冷而熟悉的气息便占满了四周。卿尘微微睁眼，夜天凌低头看着她，星眸深亮，薄唇含笑。

她懒懒地起身，夜天凌握了她的手："外面还凉，不要坐得太久。"他将自己的披风解下，往她身上一罩，挽着她入内去，"今天好吗？"

卿尘微笑道："好，没想到你这么快回来了。"

可达纳城破之后，天朝驻军此处，以为大营，同时出骑兵穿瀚海，趁势发兵西突厥。

夜天凌此次亲自领兵，在尧云山大败西突厥的军队，斩敌两万有余，俘虏三万人，其中包括西突厥右贤王赫尔萨和射护可汗的大王子利勒。西突厥经前年一役败北之后，国疲兵弱，大片土地被东突厥借机占领，此时面对玄甲铁骑无异于以卵击石。

可达纳城破当日，因有木额沙拼死断后，始罗可汗侥幸得以逃脱，流亡西突厥。

当初虞凤为抵抗天朝大军，暗中拉拢东西突厥暂修友好，歃血为誓，订下三分天下的盟约。此时虞凤兵败身亡，盟约便成了一纸空文，射护可汗记起多年宿怨，耿耿于怀，当即发兵追捕始罗，将其生擒活捉。

如今天朝挥军临境，玄甲军余威未消，再添连胜，西突厥一国上下人心惶惶，朝中众臣皆以为战之必败，不如求和。

射护可汗亦觉走投无路，只得遣使者押送始罗面见凌王，请求息战。

使者入营递上降表，夜天凌峻冷睥睨，不屑一顾，若非两国交战不斩来使，早已翻脸无情。但始罗可汗却没那么幸运，当庭便被斩首祭旗，称霸漠北数十年的一代雄主，含恨殒命。

西突厥使者吓得瘫软在地，夜天凌掷下话来："给你们五日时间调军备战，最好准备充足，别让本王失望！"

使者捡得性命，屁滚尿流仓皇回国。射护可汗得知回复，仰天悲叹——天亡突厥！

卿尘随夜天凌入了室内，却仍是觉得身上懒懒无力，便随意靠坐在榻前。夜天凌自己动手脱去甲胄，仰面躺在她身旁，闲散地半闭双目，浑身放松。

卿尘以手支颐，凝眸看着他，只觉他今日心情似是格外好，都不像是带了兵刚回来的人，清俊而愉悦的眉目，看得人暖融融，笑盈盈。秀发散落身前，她玩心忽起，牵了根发丝欲痒他。他看似毫不察觉，却在她凑上前的一刹那大力将她揽至怀中。

226

　　"哎呀！"卿尘惊声失笑，挥拳捶他，夜天凌笑道："转什么坏心思？"

　　卿尘撇嘴，枕着他的手臂寻了个舒服的姿势，夜天凌胳膊收紧，拉她靠近自己。卿尘奇道："今天遇着什么事了，这么好心情？"

　　夜天凌惬意地扬起唇角："也没什么，回来时和万俟朔风深入尧云山，沿途逐草驰骋，十分快意。尧云山往西相连昆仑，山湖连绵，云雾缭绕，景色奇特。听说一直西行，冰封千里处有湖水经年不冻，缥缈似仙境一般，被柔然族称为圣湖。原来母妃未嫁之时常在山中游玩，我带了尧云山的山石回来，回天都送给母妃，她说不定会喜欢。"

　　卿尘道："你该再去圣湖盛一罐水，有山有水，便都全了。"

　　夜天凌摇头："我没往圣湖那边去，等你身子方便了我们再去。清儿，天高地广，任我笑傲，那时我要你和我一起。"

　　卿尘柔声道："好，上穷碧落下黄泉，都随你就是了。"

　　夜天凌笑说："人间美景无尽，足够你我纵马放舟，黄泉就不必了。"

　　卿尘仰面看着帐顶，一边笑着，一边哼唱："你我相约定百年，谁若九十七岁死，奈何桥上等三年……"低柔的嗓音，婉约的调子，如芳草清新的江南，一枝梨花春带雨，小桥流水，莺燕芳菲。

　　夜天凌听着，扭头盯着她笑问："不是说了上穷碧落下黄泉都随我，怎么还让我等？"

　　卿尘道："怎知道是你等我，若我等你呢？"

　　夜天凌微皱了眉，道："这话我不爱听。"

　　卿尘道："那你说的我也不依。"

　　夜天凌故作肃冷，将脸一沉："冥顽不灵，不可教也！"

　　卿尘做了个鬼脸："谈崩了！"

　　两个人四目相投，对视不让，突然同时大笑起来。卿尘俯在夜天凌身上闹够了，两人止了笑，四周仿佛渐渐变得极为安静。

　　罗帐如烟，笼着绮色旖旎，卿尘只觉得夜天凌看过来的目光那样清亮，似满天星辉映着湖波清冽，他淡淡一笑，那笑中有种波澜涌动，任是无情也动人。

　　意外地感觉到他的心跳如此之快，她微微一动，忽然脸上浮起一抹桃色媚雅。

　　夜天凌哑声低语："不是说过了三个月便不碍事了吗？"

　　卿尘轻轻点头："你轻点儿，别伤着孩子。"

　　夜天凌小心翼翼地抚上她的小腹，俯身看着她，那专注和深沉几欲将人化在里面，切实的热度在人心底搅起激激潋潋的暖流，叫人无处可逃。

　　一缕乌发萦绕卿尘耳畔，雪肤花貌，明媚动人。夜天凌目光在她脸上流连片刻，俯身吻上她柔软的唇，却听外面卫长征的声音传来："殿下！"

　　夜天凌一怔，无奈地撑起身子，卿尘挑眉看他，不由掩唇而笑。

夜天凌瞪她一眼，清了清声音："什么事？"

卫长征回道："白夫人她们已到行营。"

"哦，"夜天凌道，"知道了，让她们过来见王妃。"

卫长征应声而去，卿尘诧异道："白夫人？"

夜天凌笑道："走，看看去。"

　　两人步出内室，白夫人、碧瑶带着几个年轻些的侍女早已等候在外，纷纷上前问安。

　　碧瑶见了卿尘，快步上前叫声"郡主"，满面喜色，白夫人等亦笑得合不拢嘴。卿尘对夜天凌道："你把白夫人她们都接来，竟也不事先告诉我一声。"

　　夜天凌笑了笑，道："是皇祖母得了喜信着急，本打算着先送你回天都，但沿途又不放心。白夫人是宫里的老人了，照顾起来稳妥，碧瑶又是跟你惯了的人，有她们在身边，凡事都方便些。"

　　白夫人打量卿尘着一件月白云锦罗衣，外罩一袭水蓝色透青云裳，眉目从容，潜静含笑，虽三个多月的身子还不太显，但细看下人已比先前在天都时丰腴了些许，眼底不期流转的那丝娇媚神韵更似杏花烟润，粉荷垂露，分外动人，笑问道："王妃身子可好？太后娘娘百般不放心，特地让宫里两个有经验的女官一并前来，过会儿便来见王妃。"

　　卿尘微笑道："这可真是劳师动众了。"

　　碧瑶正命侍女们将带来的东西送进来，回头道："太后和皇上、皇后娘娘宫里都有恩赏出来。啊，对了，"她自怀中取出一样东西交给卿尘，"这是贵妃娘娘让冥魇送来的。"

　　卿尘伸手接过，有些好奇。打开牡丹色的轻绢，手心中是一个平安符，看去颜色已有些古旧，普普通通的缎面，平织云纹，打着如意结的绦子，寻常佛寺中都能见到。

　　白夫人在旁看着，突然道："这……是不是殿下儿时戴过的那个？"

　　夜天凌皱了眉，略有些迷茫："什么？"

　　白夫人笑道："看着像是，不过殿下当初好像是弄丢了，我也说不确切。"

　　卿尘凤眸淡扬，揶揄他道："这么丢三落四？"

　　夜天凌轻轻一笑，笑中有些黯然。若不是白夫人提起，他还真不愿记起这个平安符。

　　是十岁那年的生辰，依天家惯例，皇子们生辰向来要在母妃宫中赐宴。然而莲池宫终年的冷清并未因四皇子的成长而有丝毫改变，作为母亲的莲妃，如瑶池秋水寂冷的冰色，日复一日，年复一年，拒人于千里之外。

　　于是像往年一样，赐宴设在延熙宫，因着太后的宠爱，席间热热闹闹，夜天凌亦颇为开心，直到莲池宫来人，送上了这道平安符。

　　朱漆描金的圆盘，暗黑的底子托着这么一道吉符。内侍上前接过来送到面前，近旁也不知是谁悄悄说了句："寻常佛寺到处都有，宫外有点儿头脸的人家都不去求这样的吉符，莲妃娘娘够不经心了。"

却更有人接茬："往年连这也没有，今年倒奇怪。"

极轻的数句闲话，偏听在了夜天凌耳中，年少气盛的他按捺不下心中那股傲气，宴席刚刚结束便独自闯去了莲池宫。

说"闯"，是因为莲妃的侍女传了"不见"的话出来，他听了更添气恼，径自大步入内。轻烟薄雾般的垂纱后，他艳绝六宫的母妃半侧着身，他看不清她脸上的神情，那令日月无光的容颜遥远而陌生，仿若隔着万水千山。

青莲缠枝的香鼎，迷蒙的淡烟，袅袅缠绕。

不知为何，那一刻，冲动的怒气忽而不再，取而代之满心的苍凉，他在空旷的大殿中站了片刻，将那平安符放下，头也不回地离开。

转身的刹那，莲妃在幕纱内凝眸相望，那静漠眼中的情绪他当时未懂，多年来都是心中徘徊的困惑。

那是记忆中唯一一次踏入莲池宫，当年秋天他随衍昭皇兄初经疆场，自那以后开始屡屡征战，便是天都亦去多留少了。

卿尘拿起这个平安符，只觉得入手沉甸甸的，似有些不同。她仔细打量，发现这吉符竟是个小袋子，倒置过来轻轻一顿，竟从里面掉出了另外一个吉符。

银线织底，精工细作，不同于一般的工艺，两个小小的和田玉坠，雕成精致的双锁系在柔顺的丝绦上，似曾经无数次的抚摸而呈现出润雅的光泽。半寸见方的吉符，正反面都用纯金丝线绣了几个小字，不是汉字，她不懂，抬头去看夜天凌。

夜天凌伸手接过来，一见之下，心中震动。那是柔然的文字，正面绣了"喜乐安康"，反面正是他的生辰。一针一线，丝丝入扣，带了岁月的痕迹，深刻而繁复。他一时间心潮翻涌，几难自制，将平安符握在掌心，微微抬头躲避了一下卿尘探询的目光。

昔日孤傲的少年，怎会猜透母亲的心？他甚至都没有耐心去发现那份深藏的祝福。而如今，他愿用漠北广袤的土地和天朝的盛世江山博母亲一笑，但愿从此慈颜舒展，得享欢欣。

过了许久，夜天凌心中情绪稍稍平复，他垂眸，伸手掠起卿尘散在肩头的长发，将平安符替她戴在颈中。

卿尘道："是给孩子的吗？"

夜天凌点头："嗯。"

"那你怎么戴在我身上？"

夜天凌缓缓一笑："是母亲给孩子的。"

卿尘听得糊涂，待要再问，见卫长征自外面进来，像是有事，便暂且放下了话题。

　　白夫人和碧瑶知道定是有事要谈了，一并告退。卫长征上前回道："殿下，前几日长定侯上书弹劾邵休兵，而后秦国公抖出军中大将涉足私盐买卖的诸多证据，朝中有旨，命革除钟定方、邵休兵、冯常钧三人军衔，即刻押送回京受审。"

　　"哦？这么快？"夜天凌眉梢微挑，"那边怎么说？"

　　卫长征道："湛王殿下没有任何吩咐，只调派了其他人督运粮草。不过听回来的人说，巩思呈之前曾恳求湛王设法保全三人，想是未得应允。"

　　卿尘反身坐在一旁，唇角淡笑冷冷。巩思呈聪明一世，糊涂一时，他千错万错，就错在不该擅作主张。夜天湛温文风雅，但绝不表示他可以任人摆布，在某些需要的时候，他的绝情狠辣未必逊于夜天凌。邵休兵等三人是决计保不住了，巩思呈也算略有眼光，想必也已看到了今后的路。

　　夜天凌点了点头，问卫长征道："粮草到了多少？"

　　卫长征道："第一批已过蓟州，大概最迟后日便可抵达。湛王殿下接连召见了诸州巡使，亲自督办，想必不会耽误五日后发兵突厥。"

　　夜天凌淡淡道："很好。"

　　此时外面远远传来些喧哗声，夜天凌一抬眸，眉梢微紧。卫长征转身出去，叫过当值侍卫一问，回来道："殿下，是侍卫们在和木颏沙较量武艺。说起来木颏沙伤势已痊愈，该如何处置，还请殿下示下。"

　　夜天凌沉思了片刻："带他来这里见我。"说罢一停，看了看卿尘，再道："去行营吧。"

　　卿尘微微一笑："人都救了，你还怕我不高兴吗？带他过来吧。"

　　夜天凌一扬唇角，对卫长征示意，不过片刻，卫长征带了木颏沙进来。

　　木颏沙入内后也不跪拜，也不行礼，昂首站着，与夜天凌对视。夜天凌只不动声色地抬了抬眸，过了会儿，木颏沙有点儿耐不住，皱眉一扭头，冷不防看到卿尘正坐在近旁不远处。

　　一双清灵的眼睛，静静地看着他。他猛地一呆，张了张嘴，突然用生硬的汉语道："多谢王妃那天救我性命！"

　　卿尘黛眉轻掠，淡然看过去，仅仅笑了一下，未言。

　　木颏沙恭恭敬敬地行了个礼，便对夜天凌大声道："你的武功我服了，你的王妃也救过我的命，但是你想要我归顺天朝，我却不肯，要杀要剐，你痛快些吧！"

　　夜天凌俊眉轻扬，似笑非笑："你这一身功夫，倘若杀了，还真有些可惜。"

　　木颏沙道："你想怎样？"

　　夜天凌道："我倒很想知道，你为何不肯归降天朝？"

　　木颏沙冷脸道："你要我替你打仗，去杀突厥人，我自然不肯。"

　　夜天凌道："我什么时候说过要你上阵打仗，这仗你打不打，突厥的结果都是一样。"

木颏沙道："不打仗，干什么？"

夜天凌道："我随身近卫中一直少名副统领，你可有兴趣试试？"

木颏沙不由得瞪大了眼睛，愣了半天方问道："你……你敢用我做近卫副统领？"

夜天凌淡淡道："为何不敢？"

木颏沙道："难道你不怕我刺杀你？"

夜天凌道："我既用你，便不做此想。"

木颏沙尚未答话，卫长征上前一步，匆忙劝道："殿下……"

夜天凌抬眼扫去，他话便没说下去。王府近卫向来负责凌王与王妃的安全，责任重大，非极为可信之人不便任用。木颏沙身为敌将，一旦真有行刺之心，后果不堪设想。卫长征焦急地看向卿尘，想请她劝阻夜天凌，卿尘笑了笑，微微摇头，示意他少安毋躁。

木颏沙此人是名良将，要用，也只有如此招募。他既惜此人才，她岂会从中阻挠？他要救，她便救；他要冒险，她便陪他冒险也就是了。

终于，木颏沙沉默了许久后，道："我现在知道可汗为什么败在你手中了。"

夜天凌傲然一笑，那目光早已将他看得通透："我给你三天时间考虑，三天之后，你去留自愿。"

木颏沙问道："你不杀我？"

夜天凌道："我没有滥杀的习惯。"

木颏沙沉思过后，抬头道："我与可汗喝过血酒，生死只忠于可汗一人。我虽然佩服你，但你是可汗的仇人，也是突厥的仇人，你今天不杀我，将来我也不能再找你报仇，但也绝不会投降于你！你现在便是反悔要杀我，我也还是这句话！"

夜天凌朗声笑道："好汉子！我夜天凌又岂是言而无信之人？长征，给他马匹，送他出大营，任何人不得为难。"

卫长征大松了口气，高声应命。木颏沙退出时走了几步，突然回身以手抚胸，对夜天凌行了个突厥人极尊贵的重礼，方才离去。

卫长征走到中庭，迎面有侍卫带着个人匆忙上前："卫统领，天都八百里急报！"

卫长征见是急报，不敢怠慢，再看信使的服饰竟是来自宫中，彼此招呼一声，即刻代为通报。

信使入内奉上急报，卿尘见八百里加急用的白书传报，心中隐隐不安，却见夜天凌拆开一看，神情遽变，竟猛地站了起来。

很少见他如此失态，卿尘着实吃了一惊，忙问道："四哥？"

如雪的薄纸自夜天凌手中滑落，她低头只看到四个字——莲贵妃薨。

第四十三章　子欲养而亲不待

细雨霏霏铺天盖地，风一过，斜引廊前，纷纷扬扬沾了满襟。

远望出去，平衢隐隐，杳无人踪，千里烟波沉沉，轻舟横绝。夜天灏立在行驿之前，看向风平水静的渡口，绵绵密密的小雨已飘了几日，几株粉玉轻盈的白杏经了雨，点点零落，逐水东流。江边经历了多年风雨的木栈之上亦缀了片片落樱，素白的一片，恰如天都合城举哀的清冷。

夜天灏微微叹了口气，自古红颜多薄命，想那莲贵妃艳冠天下，风姿绝世，却如今，花落人亡，红消香断。

凌王他们说是今日到天都，却已过晌午仍不见船驾，想是因为风雨天气，卿尘又不能劳累，所以便慢了些。

夜天灏儒雅温文的眉宇间覆上一层阴霾，使他整个人看起来比往昔多了几分沧桑与稳重，那深深的担忧在远望的目光中却显得平淡。

是自尽啊！莲池宫传出这消息的时候，正逢早朝议政。他沉稳如山的父皇，高高在上威严从容的父皇，几乎是踉跄着退朝回宫。

大正宫内掀起轩然大波。众所周知，前一日在御苑的春宴上，莲贵妃因态度过于冷漠，惹得殷皇后十分不满，不但当众没给好脸色看，更是冷言斥责了几句。

莲贵妃当时漠然如常，谁料隔日清早却被宫人发现投缳自尽，贴身侍女迎儿亦殉主而去。冷雨潇潇弥漫在整个莲池宫，深宫幽殿，寒意逼人。莲雕精致，美奂绝伦，幕帘深深，人去楼空，几丝冰弦覆了轻尘，静静，幽冷。

天帝勃然怒极，痛斥殷皇后失德，几欲行废后之举。殷皇后又怨又恨，气恼非常，三十年夫妻，三十年恩宠，虽说是母仪天下享尊荣，到头来锦绣风光尽是空。

镜中花，水中影，莲池宫中那个女人才是真正集万千宠爱于一身，夺了日月的颜色，直叫后宫粉黛虚设。废后，非同小可的事，举朝哗然。

殷皇后自天帝龙潜之时便随侍在侧，素来品行无差，岂能因一个本就不该出现在大正宫的女人轻言废黜？

殷家一派接连上奏规劝，以期平息天帝之怒，而朝中自然不乏别有用心者，意图扳倒皇后这个殷家最硬的靠山，一时间纷争激烈。

出乎所有人的意料，此时最应该落井下石的中书令凤衍却上了一道保奏皇后的表章。

当年孝贞皇后在世时，尚为贵妃的殷皇后与之明争暗斗，凤家与殷家各为其主，难免互不相让。本来凤家因孝贞皇后位居中宫，颇占上风，但自孝贞皇后去世后，殷皇后执掌六宫，一时无人盖其锋芒，殷家水涨船高，时常压制着凤家。现在有如此良机可以扳倒殷皇后，殷家本最担心的便是凤衍借题发挥，谁知他竟上了这么一道表章。

言辞恳切，情理并茂，如同一个平坦的台阶送到了天帝面前。辅国重臣的话，分量还是非同一般的，群臣众议，顺势而止。

卫宗平事后回思，不由冷汗涔涔，凤衍啊，他是早看出天帝不过一时迁怒，并非决意废后，将圣意揣摩在心，通透到了极致，如此千载难逢的机会亦能放手，必是有了更好的决断。斗了这么多年，他此时竟忽有力不从心的感觉了！

群臣却更看了个清楚，就如当初一意孤行、娶嫂为妃一样，从登基至今，莲贵妃在天帝心里的分量始终没变，因此便有不少人想到了凌王与储位。

但莲贵妃毕竟不在了，皇后虽然受了委屈，却想来也合算。母妃薨逝，做皇子的无论身在何处必要回京服丧，漠北战事已箭在弦上，如此一来，几十万兵马的指挥权便尽数落在了湛王手中。比起那反复无常的恩宠，这是实实在在的兵权。

斜雨扑面而来，一阵微凉。侍卫轻声提醒："殿下，不如到驿馆里面等吧，凌王殿下他们想必还要过些时候才能到。"

夜天灏点了点头，却只随意踱了数步，突然记起身后尚有礼部、皇宗司等一同前来的几名官员陪着，便对侍卫道："请几位大人入内吧，不必都候在这里。"

然而他不走，自然无人移步，他微微一笑，便负手往里面先行去了。

驿馆内早已备了热茶细点伺候，夜天灏只端了茶盏沾沾唇便放下了。或许因为毕竟带着丧事，众人显得有些沉闷，但多数心里都在掂量着即将回京的凌王，偶尔有人低声交谈几句。

朝野上下对皇族妄加猜测的事夜天灏早已见怪不怪，他只安静地坐在那里握着茶盏，平和的眼睛始终望向窗外。

细雨轻扬，眼见是要停了。他无声地叹了口气，不知四弟回来会做如何打算。天家这无底的深潭，处处透着噬人的旋涡，他自里面挣扎出来，是经了彻骨的痛，舍了多少人梦寐以求的东西，便如此也还是常常不得安宁。这条路是难见尽头的，若没有冷硬如铁的心志，那便是一片令人绝望与疯狂的死域。

"殿下。"侍卫的声音打断了夜天灏的沉思，"凌王殿下的船驾已经到了。"

终于到了，夜天灏起身，快步向外走去。雨势已收，天空中阴云蒙蒙，缓缓随风而动，江水滔滔，不时拍岸。两层高的座舟在其他小船中显得格外醒目，夜天凌正回身亲自扶了卿尘下船，轻风飒飒中，一身白衫修挺俊冷。

"四弟！"

夜天凌转身，携了妻子上前见过皇兄。夜天灏抬手虚扶了一下："原以为你们上午便该到了，路上可好？"

夜天凌道："有劳皇兄惦念，一路顺利。"卿尘安静地立在夜天凌身边，身上搭着件云色披风，容颜清瘦，乌鬟斜绾，唯一一件水色玉笄衬在发间，周身素淡。皇宗司来人已将孝衣备好奉上，白麻斩榱，按例制母丧子归，尊礼成服，是要先戴了孝仪才能入天都。

捧着孝仪的内侍趋前跪下，恭请凌王与王妃入孝。夜天凌垂眸看了看："不必了。"声音漠然。皇宗司与礼部的官员在旁听着，同时一愣，虽说凌王与王妃都是一身白衣，但毕竟不是孝服，于情不符，于礼亦不合。

"殿下……这恐怕……"礼部郎中匡为谨慎地提醒了一声，被夜天凌抬眼看来，心底微凛，顿住，后半句咽回腹中，便拿眼去看夜天灏。

夜天灏虽心知四弟与莲贵妃素来隔阂，却对他这番绝情也着实无言，沉吟一下，对匡为轻轻挥手，命他退下，问夜天凌道："贵妃娘娘已移灵宣圣宫，四弟是先回府，还是先去宣圣宫？"

夜天凌扭头看向卿尘，卿尘正自轻浪翻涌的江面上收回目光，与他略带关切的眼神微微一触，道："去宣圣宫。"

夜天凌略做思忖，点头道："如此便请皇兄与他们先回吧。"

苍穹低沉，乌云细密，金瓦连绵的宣圣宫似是隐在轻雾蒙蒙的阴霾中，寂静而肃穆。殿前殿后，原本雪压春庭的梨花早已过了花期，随着几日淅淅沥沥的雨，满园凋谢，零落成泥。

所有的内侍宫娥都被遣退，越发显得这宫殿庭院寂静无声。朱栏撑着飞檐，孤单地伸向灰蒙蒙的天空，清冷的白玉石阶被雨水冲洗得分外白亮，看过去，略微有些刺目。

卿尘与夜天凌一同行至殿前，举步迈上玉阶。夜天凌走得极慢，沉默地看着前方，这神情看在刚刚退出去的内侍眼中只是平静异常，身不披孝，面无哀色，唯有无尽冷然。

迈上最后一层台阶，夜天凌突然停步不前，卿尘多走了一步，回身看他。只见他抬手扶着白玉栏杆，站在了大殿门外，猝然闭目。他的手握成拳，狠狠砸在冰冷的玉栏之上，一缕鲜红的血液很快自他的指间蜿蜒而下，在飞云缭绕的雕栏上勾勒出一道血痕。

"四哥！"卿尘轻呼一声，握了他的手迫他松开，他掌心是一朵晶莹的莲花玉坠，净白的莲瓣沾染了血色，刺目妖娆。

卿尘忙自怀中取出绢帕替他包裹伤口，心疼至极，却又不忍出言责备他。夜天凌一动不动地看着她纤细的手指交错在绢帕之间，一点刺痛的感觉此时像涌泉喷薄，极快，而又极狠地覆没了他所有的意识，就连呼吸都觉得困难。

他下意识地握拳，卿尘手指轻轻放入他的掌心，阻止了他的动作。她柔声道："四哥，你握着我的手。"

隔着绢帕依然能感到卿尘手心柔和的温度，夜天凌平复了一下情绪，终于看向她，哑声道："清儿，我不进去了，你帮我……把这个莲花玉坠给母妃。"

卿尘并不反对，徒增伤悲，何苦相见，她将玉莲花上的血迹仔细擦拭干净："母妃看了会心疼。"夜天凌紧抿着唇，缓缓转身，卿尘便独自往大殿走去。

莲贵妃的棺枢用的是寒冰玉棺，整块的寒冰玉石稀世难得，皇族没有这样的先例，连当年孝贞皇后大丧也无此殊荣。但是天帝降旨之后，举朝上下却竟无人反对。

或许真正在每个人的心中，也唯有莲池宫中无双的容颜配得上这玉洁冰清，或许人人也都想将这绝代的风姿留存，任岁月无情，沧桑变幻，这一份沉睡的美丽，永远都不会老去，永远都不会凋零。

清透的寒冰之后莲贵妃静静地躺着，明紫色的宫装朝服衬得她肌肤胜雪，眉目如画。卿尘放轻了脚步，似乎生怕将她从那片没有纷争和痛苦的梦中惊醒，她轻合的双目是墨色分明的浅弧，红唇淡淡依稀带着微笑，这安然的睡颜美好如斯，安宁如斯。时间在冰封般的玉石背后停止了步伐，悄悄地将那风华绝代留驻永存。

白幡轻舞，深深几许。卿尘俯身郑重地在灵前行了孝礼，轻声道："母妃，我和四哥回来了，您别怪四哥不进来看您，他心里难过的时候是要自己静一静才过得去。有件事情您听了一定会高兴，四哥将日郭城从突厥手中夺回来了，他还去了尧云山，带了礼物给您。我们在漠北遇到了一个人，他叫万俟朔风，是柔然族六王子的亲生骨肉，也是柔然现在的首领。柔然没有亡，漠北的大地早晚有一天会在四哥和万俟朔风的手中变得繁荣富饶，母妃，您放心吧。"她站起来，取出那朵莲花玉坠，细长的银链碰撞着冰玉，轻微作响，"这是万俟朔风托我们带给您的，柔然没有恨您，万俟朔风说过，您永远是柔然最美的女子，是他们的茉莲公主。"

卿尘走到寒冰玉棺前，静立了片刻，抬手抚上了那层冰冷的棺盖，稍一用力，棺盖便缓缓地滑动打开。轻渺的雾气缭绕逸出，刺骨的寒意顿时扑面而来，她微微打了个寒战，将莲花玉坠轻轻放在莲贵妃胸前，接着又小心地握着银链替她戴好。谁知莲贵妃原本交叠的衣领被牵动，露出了修长的脖颈，于是一道缢痕便显了出来。

极淡的缢痕，却在这雪肤花貌的安宁中格外触目惊心，卿尘心中一阵酸楚，不忍再看，忙抬手去整理，却突然手下一顿，停在了那里。

那缢痕是白练所致，并不十分明显，她犹豫了片刻，皱眉沉思，稍后像是已做出了什么决定，重新将莲贵妃的衣领解开，仔细地看了下去。

缢痕延伸，交于颈后！而在这道略呈郁椒色的缢痕旁边，尚有一道青白色几乎不见血印的痕迹。卿尘猛然震动，这绝不可能是悬梁自尽留下的，分明是有人从后面勒紧了白练，然后为造成自缢的假象，又设法将人空悬，才会有这样两道不同的缢痕。

她几乎无法相信眼前这个推测，一时间呆立在当场，直到玉棺越发冰冷的寒气使她觉得有些受不住，她才微微颤着手将莲贵妃的衣衫整理好。她扶着玉棺强压下心中震骇，眸中逐渐浮起冷冷寒意。是他杀，这些日子她一直想不通莲贵妃怎会因殷皇后几句斥责而寻短见，这一切竟都是有人在谋划。

是殷家吗？她心中立刻掠过了这样的想法，随即便自己予以了否定。她所认识的夜天湛虽有他的谋略与果决，却绝不会用这样的法子夺取军权。虽然殷家有可能从中作梗，但自从出了雁凉的事情，夜天湛真正发了狠意。冥衣楼暗中得到的消息，夜天湛不知用了什么法子整饬了殷家。面对他的决然，就连殷皇后都未敢干涉，这次邵休兵等几员大将被顺利惩处便是一个很好的例子。

誉满京华的湛王仍旧翩翩文雅，但他温和背后那把锐利的剑已然出鞘，他首先面对的不是咄咄逼人的对手，而是已不堪重用的腐朽士族、高楣门阀。就连夜天凌亦对此暗中赞佩，毕竟，这一棵盘根错节的大树，不是所有人都有胆魄和能力如此处理，更何况稍不留神便会反累自身。夜天湛几乎以完美的手段做到了这一点，目前的殷家、靳家以及卫家正一步步握在他收紧的掌心，逐渐容不得他们有半分挣扎。

如果不是湛王这边的人，那么又会是谁？是什么人竟会用如此狠绝的手段，他们又为什么会选择对莲贵妃下手？

卿尘秀眉微攒，原本奉命留在莲池宫的冥魔自出事之日就失去了踪迹，冥衣楼多方寻找，却至今不见消息。冥衣楼要找的人居然石沉大海，这本就是极不寻常的事，何况这个人是冥魔。

莲贵妃薨，生生阻拦了夜天凌平靖西北的步伐，更让夜天凌与殷家甚至湛王之间再添新恨。这是坐山观虎斗的布局，卿尘暗自想着，却又隐约觉得有什么地方不对。只是除此之外，她找不出有人要杀莲贵妃的动机。最重要的是，是什么人会这样清楚莲贵妃对夜天凌意味着什么？

四周寒意越来越重，卿尘微微咬唇，快步往外走去。一出殿外，便见夜天凌背着身子站在台阶的最高处，天空中乌云压得格外低，他孤独地站在那灰色的苍穹之下，单衣萧索，一身的清冷。冷风推着云层缓缓移动，几丝残花卷过，零星仍见点点雨丝。

夜天凌听到了卿尘的脚步声，却没有回头，他一动不动地凝望着那毫无色泽的天穹，眼中是一脉深不见底冰封的孤寂。

"四哥。"

风微过，凉意透骨，卿尘听到夜天凌用一种缓慢而苍凉的声音道："师父、十一弟、母妃，他们都走了，近者去，亲者离，孤绝独以终，这是孤星蔽日，天合无双呢。"

卿尘心头似是被一把尖利的匕首抵住，泛起隐痛刺骨。她上前一步，紧紧握住夜天凌的手，用力将他整个人扳过来面对着她："不是！什么孤星蔽日，都是胡说的。四哥，你还有我。我不信这天命，只要我还在你身边，你就不是什么孤星！"

夜天凌眸中深深浅浅，是难以名状的哀伤，更有一丝复杂的感情不期然流露出来。

他轻轻地将卿尘拥入怀中，下巴抵在她的头顶，声音暗哑："母妃一点儿都不留恋这个世界，也不在乎我这个儿子，清儿，我只有你了。"

卿尘只觉得他浑身冰冷，没有一丝温度。她微微挣开他的手臂，抬头看去，他清瘦的面容之上是她从未见过的消沉，那眼中的阴霾如轻云遮蔽了星空，令天地失去了颜色，更如夹着冰凌的潮水，沿着她的血液散布，将心头的隐痛一丝丝牵扯。

她几乎是焦虑地在他眼中寻找往日的神采，他只是低头看着她，像是要将她看进心里去，清寂的目光使原本坚冷的轮廓平添了几分柔和，却叫人不由得害怕。她紧握了他的手，近乎尖锐地一扬眉："四哥！你错了！母妃是被人杀害的，她不是自尽！"

夜天凌神情骤然僵住："你说什么？"

"我刚刚看过了，缢痕在颈后相交，这不可能是自尽留下的痕迹。事情本来就蹊跷，好端端的母妃为什么要自尽？宫中的冷言冷语听了一辈子，难道还在乎皇后几句斥责？还有迎儿，她平日里最是开朗，怎会眼见母妃求死不但不劝，反倒殉主而去？有什么天大的事情她们会都想不开？"

夜天凌沉声问道："你是说，有人潜入宫中杀了母妃，又为掩人耳目，造成自缢的假象？"

卿尘道："不错，白夫人到北疆之前，母妃还派冥魇送来了平安符。她怎么会不在乎你？她日日都盼着你平安回来，更盼着我们的孩子出生。她的心思别人不懂，莫非我们还不懂吗？"

这一句句的话，在夜天凌心中掀起难以遏制的悲愤，然而他周身是静冷的，杀意，阴沉沉让人如坠冰窖的杀意，深冷而凌厉，可以将一切洞穿粉碎，寸甲不留。他双手紧握成拳，薄唇透出一种苍白的冷厉："是什么人做的？"

卿尘道："先查当初来莲池宫的御医，他若非渎职，便是受人指使，隐瞒实情。"

"冥魇，她不可能毫不知情。"夜天凌道，"派出冥衣楼所有人手，冥魇生要见人，死要见尸。能在莲池宫行凶的人，必然对宫里情况极其熟悉，也肯定有其他的帮手，要找主凶，便从这些爪牙入手。"他眼中深光隐隐，犀利迫人。那一瞬间，卿尘重新看到了那个傲视天下的男子，那种滴水不漏的冷静，将所有事握于指掌的沉稳与自信，她无比熟悉。

风吹进眼中微凉，卿尘轻轻闭目，只觉得浑身松弛了下来，竟有种失而复得的感觉。她从来都不曾这样清楚，他原来已经如此深刻地化作了自己血肉的一部分，悲欢与共，生死相连，每一丝波动都牵动着彼此，再不可能有一个人独活。

冷风阵阵，吹得殿前白幔翻飞，化作一片波浪茫茫的深海。旧仇新恨，满心悲痛，夜天凌面色如霜，一字一句道："我夜天凌不报此仇，誓不为人！"